# 《闲情赋》源流概说

武怀军 著

2018年·北京

图书在版编目(CIP)数据

《闲情赋》源流概说/武怀军著.—北京：商务印书馆,2018
ISBN 978-7-100-16261-6

Ⅰ.①闲… Ⅱ.①武… Ⅲ.①赋—文学研究—中国—晋代 Ⅳ.① I207.224

中国版本图书馆 CIP 数据核字 (2018) 第 136843 号

权利保留，侵权必究。

《闲情赋》源流概说
武怀军　著

商 务 印 书 馆 出 版
（北京王府井大街36号　邮政编码100710）
商 务 印 书 馆 发 行
艺堂印刷（天津）有限公司
ISBN 978-7-100-16261-6

2018年7月第1版　　开本 787×960　1/16
2018年7月第1次印刷　　印张 15
定价：40.00元

# 自　序

　　陶渊明其人、其诗历来为读书人赞叹和钦慕，林语堂先生称他为"人生的爱好者"。"陶渊明代表中国文化的一种奇怪的特质，这种特质就是肉的专一和灵的傲慢的奇怪混合，就是不流于灵欲的精神生活和不流于肉欲的物质生活的奇怪混合；在这种混合中，感官和心灵是和谐相处的。因为理想的哲学家能够了解女人的妩媚而不流于粗鄙，能够酷爱人生而不过度，能够看见尘世的成功和失败的空虚，能够站在超越人生和脱离人生的地位，而不敌视人生。因为陶渊明已经达到了那种心灵发展的真正和谐的境地，所以我们看不见一丝一毫的内心冲突，所以他的生活会像他的诗那么自然，那么不费力。"（林语堂《人生的盛宴》，江苏文艺出版社，2009年）的确，在他的作品中，既有对于理想的追求，也充满着对于一饭一蔬、一酒一食、一草一木、一鸡一犬的深情，物质与情怀同在，须臾不可相离。陶渊明爱好人生还体现在"了解女人的妩媚"方面，这一点在他的《闲情赋》中可以看到。在陶渊明所有作品中，与《闲情赋》主旨相类的作品几乎没有，大多数研究者把精力集中在陶渊明诗歌上面，对此赋不甚留意。即便有留意者，做系统研究的人也少，大多数的研究只停留在褒贬不一、片言只语的评价之上。这样的评价中，有褒有贬，一直充满争论，至今仍未停歇。

　　如何看待《闲情赋》呢？

　　看待一篇文学作品，不仅要将其置于作家的生活场景之中，而且还要将其置于同类作品迭代发展的历史谱系之中，这样既能探究出该作品生成的个人创作动因，又能推演出该作品生成的文化动因。《闲情赋》不仅是陶渊明个人生活际遇的产物，也是自古以来同类赋作中的一个个案，且是艺术成就卓越的个案，它不仅超越了前代同类的作品，而且后代的作品没有能望其项背者。为了更好地理解《闲情赋》，本书即把《闲情赋》置于历史序列中，置于陶渊明的生活场景中，进行观察和研究，全书分上、中、下三篇。

要试图理解陶渊明《闲情赋》，就得从源头上进行梳理，看看《闲情赋》中的文化要素在陶渊明以前的时代是怎样发展、演变、凑集的，这是本书上篇的基本内容。从大的方面来看，《闲情赋》主要的文化要素有三：一是"闲"，这里的"闲"是"防闲"的意思，是一个带有较强道德意义的概念；二是"情"，这种情特指对于异性的情，是由异性的"美丽"而引发的，在实际写作和表达过程中，可区分为异性的美和作者的情两个因素；三是"赋"，赋是文体，是表达的形式。从这三个方面入手，基本上可以厘清《闲情赋》的源。

中篇侧重于对《闲情赋》的文本解读。之所以说文本解读，而不说文本研究，是因为《闲情赋》与陶渊明其他作品及相关史料的相关度较低，能够进行系统研究的可能性不大，其中有些问题不可能用史料坐实，只能结合当时的情形用情理进行推测。此时，从文本出发，抓住细节进行解读，就显得格外重要。

《闲情赋》面世以后，人们对它是如何理解和评价的？这是本书下篇的主要内容。对这些史料进行梳理，一方面见出《闲情赋》的接受情况，另一方面也可以见出古代中国人在女性审美观念上的些许变化，不失为一件有趣的事情。

上、中、下三篇研究的角度各不相同，借用德国哲学家卡尔·雅斯贝尔斯的话来说，上篇是从"文化积淀的角度"进行研究，《闲情赋》的起源"往往隐藏在其他事物之中，借他物而滋长"（雅斯贝尔斯《大哲学家》上册，社会科学文献出版社，2012年。下同），所以上篇除了赋，还涉及社会文化的其他方面。中篇是从"实质性的角度"出发，"在不考虑历史年代顺序的前提下"，研究了几个问题。下篇则是从"历史的角度"和"实用的角度"出发，以年代学为主导，"展现给读者一些历史时期"，以及在这些时期《闲情赋》是如何影响当时人们的生活和文学创作的。

《闲情赋》是中国古代女性审美赋的代表作，《闲情赋》是本书的主要线索，贯穿本书的另一条线索就是女性审美观念的演变。

在上、中、下三篇研究性文字的后面，附有该篇所涉及时段的女性审美辞赋作品，并附有笔者的翻译，以便读者翻检。在这些辞赋作品选录过程中，遵循了两个原则，一是求全，力求把与《闲情赋》类似的、以女性审美为主题的辞赋尽可能收录进来，但是由于资料掌握有限，可能会有所遗漏；二是收录的标准问题，本书收录的辞赋作品是以主题为标准的，对于宫怨、闺怨类抒发怨情为主的辞赋（如刘彻《李夫人赋》、司马相如《长门赋》、唐代江采苹《楼东赋》等）作品不予收录，对于涉及女性审美但主题并非女性审美的大赋不予收录，对于以女性审美为比兴进行怀抱寄托的不予收录（如清刘孚京《美人赋》）。在对这些辞赋翻译时，笔者力求忠实于原作的字句意义，非必要情况下，不做过多的扩展与演绎。

  本书为兴趣之作，信手写来，由于水平所限，难免有错漏之处，请方家们不吝指教。

武怀军

2016 年 11 月

# 目　录

## 上　篇　"闲情"传统的形成

一、《诗经》异性审美传统的确立 … 3

二、楚辞对两性审美环境的拓展 … 12

三、王权与女性审美的纠缠 … 15

四、"思无邪"——道德与审美的战争 … 25

五、由诗及赋——防闲观念的形成 … 32

六、"防闲"观念对女性审美辞赋创作的影响 … 37

七、《青衣赋》与《诮青衣赋》对抗的审美解读 … 44

八、《洛神赋》人神恋爱的审美意义 … 50

九、作品译读 … 53

## 中　篇　《闲情赋》论读

一、渊明其人 … 89

二、《闲情赋》创作时间辨析 … 95

三、《闲情赋》创作动因分析 … 99

四、《闲情赋》主旨讨论 … 105

五、《闲情赋》的审美意蕴 … 112

六、《闲情赋》细读………………………………………………118

## 下篇 《闲情赋》的接受与影响

一、后《闲情赋》时期女性审美辞赋的创作流变………………133
  （一）精神滑坡的南北朝时期女性审美赋创作……………133
  （二）两极分化的唐宋女性审美赋创作……………………135
  （三）开放的明代女性审美赋创作…………………………137
  （四）承明余绪的清代女性审美赋创作……………………138
二、《闲情赋》接受与批评研究…………………………………140
  （一）唐及以前——《闲情赋》接受之发轫期……………140
  （二）两宋——《闲情赋》接受之转折期…………………143
  （三）金至明——《闲情赋》接受之拓展期………………148
  （四）清代——《闲情赋》接受之总结期…………………153
三、《闲情赋》批评始盛于宋代之原因探讨……………………159
四、拟作传统变异的文化心理学分析……………………………169
五、《闲情赋》的接受与儒家诗学传统冲突的消解……………175
六、作品译读………………………………………………………178

参考文献……………………………………………………………224
后　记………………………………………………………………232

# 上 篇
## "闲情"传统的形成

# 一、《诗经》异性审美传统的确立

对于异性的关注，是人的天性。早在《诗经》当中，就已经出现了不少描写异性之美的诗篇，开了中国古代文学作品描摹和赞美异性之美的先河。这些诗篇多集中在国风中，雅颂之中比较少见。

《诗经》中对于异性的赞美既有女性对男性之美的赞美，也有男性对于女性之美的赞美。从现存篇目来看，赞美男性的诗篇要多于赞美女性的诗篇。为了解基本情况并便于分析，笔者不得不稍嫌繁复地对主要相关作品进行列举。

先来看女性赞美男性之美的作品。

> 简兮简兮，方将《万舞》。日之方中，在前上处。
> 硕人俣俣，公庭《万舞》。有力如虎，执辔如组。
> 左手执龠，右手秉翟。赫如渥赭，公言锡爵。
> 山有榛，隰有苓。云谁之思？西方美人。彼美人兮，西方之人兮。
> ——《邶风·简兮》

这首诗按照大多数学者比较认可的说法，写的是一位女子对于舞师的爱慕之情，描写的对象应为男性。诗中的男性舞师高大魁梧、强壮有力、面色红润，体现了当时人们对于男性的审美标准。诗中所称"美人"一词与后世的意义不同，与性别无关，既可指男性，也可以指女性。

再看一首：

> 瞻彼淇奥，绿竹猗猗。有匪君子，如切如磋，如琢如磨。瑟兮僴兮，赫兮咺兮。有匪君子，终不可谖兮。
> 瞻彼淇奥，绿竹青青。有匪君子，充耳琇莹，会弁如星。瑟兮僴兮，赫兮咺兮。有匪君子，终不可谖兮。
> 瞻彼淇奥，绿竹如箦。有匪君子，如金如锡，如圭如璧。宽兮绰

兮，猗重较兮。善戏谑兮，不为虐兮。

——《卫风·淇奥》

《淇奥》一诗描写的是一位士大夫的形象，诗作从几个方面赞美了这位士大夫的优秀：首先是才能，"如切如磋，如琢如磨"，是说这位士大夫的文章学问很好。其次是外貌，诗歌以外在的装饰品来衬托士大夫之美，即所谓"充耳琇莹，会弁如星"，他冠服上的装饰品也是极其精美的。第三是对士大夫性格的赞美，诗歌突出了他"善戏谑兮"的性格特征，即有幽默感，喜欢开玩笑，为人随和，一点也不会招致他人怨嫌。第四是对于士大夫品德的称赞，"如金如锡，如圭如璧"，其品德像金属般坚强，又像玉一样润洁。最后，诗中还表现出对于这位士大夫社会地位的赞美，"赫兮咺兮"以重复出现的方式强调了其地位之显赫。

《诗经·郑风》中有两首赞美男性的诗歌，即《叔于田》和《大叔于田》。

叔于田，巷无居人。岂无居人？不如叔也，洵美且仁。
叔于狩，巷无饮酒。岂无饮酒？不如叔也，洵美且好。
叔适野，巷无服马。岂无服马？不如叔也，洵美且武。

——《郑风·叔于田》

叔于田，乘乘马。执辔如组，两骖如舞。叔在薮，火烈具举。袒裼暴虎，献于公所。将叔勿狃，戒其伤女。
叔于田，乘乘黄。两服上襄，两骖雁行。叔在薮，火烈具扬。叔善射忌，又良御忌。抑磬控忌，抑纵送忌。
叔于田，乘乘鸨。两服齐首，两骖如手。叔在薮，火烈具阜。叔马慢忌，叔发罕忌，抑释掤忌，抑鬯弓忌。

——《郑风·大叔于田》

这两首诗都是赞美男性青年猎手的，其侧重点有所不同。《叔于田》主要使用的是衬托和直接描写的方法。用"巷无居人""巷无饮酒""巷无服马"来衬托"叔"之优秀杰出，无人能与之相比；接着直接点出了"叔"

的外美与内美，三个重复出现的"洵美"强调了"叔"的外貌之美，而"仁""好""武"则从三个不同方面写出了这位青年猎手的内在美。《大叔于田》则侧重于环境和动作的描写。全诗通过三个复沓的章节，再现了狩猎的过程，赞美了猎手的力量、射技以及驾车的本领，而奔马、烈火等环境的渲染为猎手的形象增色不少。

《齐风·卢令》也是题材相近的一篇诗作，诗中描画的也是一位男性猎手的形象。

　　卢令令，其人美且仁。
　　卢重环，其人美且鬈。
　　卢重鋂，其人美且偲。

诗中的"鬈"和"偲"都有两种解释，"鬈"一说形容头发漂亮，一说是勇壮的样子。"偲"一说是胡须多且美，另一说是多才多智。根据《诗经》作品复沓的章节在结构上大多具有同构性的原则，比照第一节的"美且仁"，"鬈"和"偲"应该解释为与"仁"类似的内在品质为妥。也就是说，这首诗是从外在的角度描写了猎手的英俊，从内在角度描写了猎手仁慈和善、勇敢强壮、多才多智的品性。

《齐风·著》则完全是从外在的装饰来描写男性。

　　俟我于著乎而。充耳以素乎而，尚之以琼华乎而。
　　俟我于庭乎而。充耳以青乎而，尚之以琼莹乎而。
　　俟我于堂乎而。充耳以黄乎而，尚之以琼英乎而。

这首诗是从新娘的角度来描写夫婿的。诗作反复描写的是男子垂在帽子两侧的丝带及悬挂于其上的美玉，甚至没有面部的描写。一般说来，单纯的外在饰物的描写并不能达到最低的描绘要求，但是放在特定的环境下并非完全不可以。恰是这种看似非常表面化的描写把新娘因娇羞而不敢直视的情态表达得淋漓尽致。

《齐风·猗嗟》是一首赞美青年猎手的诗：

> 猗嗟昌兮，颀而长兮。抑若扬兮，美目扬兮。巧趋跄兮，射则臧兮。
>
> 猗嗟名兮，美目清兮，仪既成兮。终日射侯，不出正兮，展我甥兮。
>
> 猗嗟娈兮，清扬婉兮。舞则选兮，射则贯兮。四矢反兮，以御乱兮。

此诗主要从外貌和射技两个方面对猎手进行描写，在外貌描写部分，比较细致地刻画了他的脸部特征，而他的射箭技艺则是描写的重点。

《魏风·汾沮洳》是一首女子思慕心仪男子的诗：

> 彼汾沮洳，言采其莫。彼其之子，美无度。美无度，殊异乎公路。
> 彼汾一方，言采其桑。彼其之子，美如英。美如英，殊异乎公行。
> 彼汾一曲，言采其藚。彼其之子，美如玉。美如玉，殊异乎公族。

用今天流行的词语来形容这位女子的话，那就是"颜控"，令她魂牵梦绕的是男子俊美的外貌，"美极了""像花儿一样美""像玉一样美"，这种情不自禁的赞叹贯穿整首诗。对于男子的内在品行没有指向性很明确的描写，用"公路""公行""公族"等贵族或官吏所做的类比，指向模糊，似指外貌，又似乎指内在品行。

《秦风·终南》带有一定的政治意味，赞美了一位男性的统治者，所以这首诗很难确定为单纯的对异性的赞美，它应该是一群人对于一个人的赞美。诗中对男子的描写从衣饰和外貌两方面进行，与出于异性的描写并无多大差别。

> 终南何有？有条有梅。君子至止，锦衣狐裘。颜如渥丹，其君也哉！
>
> 终南何有？有纪有堂。君子至止，黻衣绣裳。佩玉将将，寿考不亡！

《陈风·泽陂》是女子思恋男子的情歌：

彼泽之陂，有蒲与荷。有美一人，伤如之何？寤寐无为，涕泗滂沱。

彼泽之陂，有蒲与蕳。有美一人，硕大且卷。寤寐无为，中心悁悁。

彼泽之陂，有蒲菡萏。有美一人，硕大且俨。寤寐无为，辗转伏枕。

诗中女子对男子的思念不能自已，反复念及男子高大魁梧的身材、卷曲的头发、威严的仪容，这些外貌特征在女子意念中无疑是最具吸引力的。《曹风·鸤鸠》是颂扬"淑人君子"的，与《秦风·终南》类似，不能简单地归入描写异性一类。这首诗也不外乎从仪容、装饰和德行几个方面对描写对象进行刻画。

《诗经》中虽然有不少表达男性对于女性爱慕思恋的篇章，但是直接描写女性之美的诗篇反倒不及描写男性之美的诗篇数量多。后人解诗，似乎更为喜爱描写女性之美的篇章，以致有些篇章十分流行，给人造成一种错觉，即《诗经》中描写女性之美的篇章似乎要多于描写男性之美的篇章。

《卫风·硕人》是一篇十分经典的描写女性之美的诗歌。这首诗赞美的是卫庄公夫人庄姜，诗中对她的外貌做了非常形象的描绘，描绘的细致程度，在《诗经》中是少见的。

硕人其颀，衣锦褧衣。齐侯之子，卫侯之妻。东宫之妹，邢侯之姨，谭公维私。

手如柔荑，肤如凝脂，领如蝤蛴，齿如瓠犀。螓首蛾眉，巧笑倩兮，美目盼兮。

硕人敖敖，说于农郊。四牡有骄，朱幩镳镳，翟茀以朝。大夫夙退，无使君劳。

河水洋洋，北流活活。施罛濊濊，鱣鲔发发，葭菼揭揭。庶姜孽孽，庶士有朅。

程俊英先生把全诗译成了白话，现摘引如下以便读者领略这位美女的风采："高高身材一美女，身穿锦服罩单衣。齐侯的女儿，卫侯的娇妻。太子的胞妹,邢侯的小姨,谭公原是她妹婿。手指纤细像嫩荑,皮肤白润像冻脂。美丽脖颈像蝤蛴,牙比瓠子还整齐。额角方正蛾眉细,一笑酒窝更多姿,秋水一泓转眼时。美人身材长得高,停车休息在近郊。四匹雄马多肥膘,马嚼边上飘红绡,雉羽饰车来上朝。大夫朝毕该早退,别教卫君太辛劳。河水一片白茫茫,哗哗奔流向北方。撒开鱼网呼呼响,鳣鲔泼泼跳进网,芦荻高高排成行。陪嫁姑娘个子长,随从媵臣真雄壮。"① 赞美的直接原因是美貌,其中很多描写女子貌美的词汇成为后代描写女性之美的文学作品的必用词汇;赞美的深层原因是身份和地位,诗中从不同角度强调了被赞者的身份。

《郑风·有女同车》也是历来传诵较广的一首关于贵族青年恋爱生活的诗歌,诗中对女性之美的描写也很典型:

有女同车,颜如舜华。将翱将翔,佩玉琼琚。彼美孟姜,洵美且都。

有女同行,颜如舜英。将翱将翔,佩玉将将。彼美孟姜,德音不忘。

诗中这位姓姜的女子,在她的恋人眼中,面颊像木槿花一样白里透红,走起路来像鸟儿飞翔一样轻盈飘逸,佩戴的珍贵环佩相互撞击发出悦耳的声音。她不但有美丽的外貌,而且有高尚的品德和娴雅的风度。诗人从容貌、行动、衣饰以及内在品质等多方面,对这位女子进行了描画。

《陈风·月出》是一首月下恋歌,月光下一位美丽的女步态轻盈,身姿窈窕,月光美,人更美。

月出皎兮,佼人僚兮,舒窈纠兮,劳心悄兮!
月出皓兮,佼人懰兮,舒忧受兮,劳心慅兮!
月出照兮,佼人燎兮,舒夭绍兮,劳心惨兮!

《郑风·野有蔓草》也值得一提,诗歌渲染了一个青草茂盛、露珠晶莹

---

① 程俊英:《诗经译注》,上海:上海古籍出版社,1985年,第103页。

的郊外清晨，一对青年男女邂逅相遇，男子惊叹于女子的美丽，发出由衷的赞叹。诗中仅仅描写了女子美丽的眉目，给读者留下了无穷的遐想空间。

  野有蔓草，零露漙兮。有美一人，清扬婉兮。邂逅相遇，适我愿兮。
  野有蔓草，零露瀼瀼。有美一人，婉如清扬。邂逅相遇，与子偕臧。

  除上述诗歌外，还有一些诗歌对异性之美也有所涉及，但是篇幅较小，如《召南·何彼襛矣》《唐风·椒聊》《邶风·静女》等，在此不一一赘述。

  综观上述篇章，我们不仅可以得出《诗经》中描写男性美的篇目要多于描写女性的篇章的结论，而且还能获取更多的信息。

  首先是描写者与描写对象的关系问题。在大多数情况下，描写者与被描写对象是不同性别的，是对异性之美的描写。但也有例外，这种例外出现在对男性之美进行描写的诗篇中，如《淇奥》《猗嗟》《终南》，描写者的身份或为一个群体，或难以考辨。对女性美描写的诗篇中，《硕人》一诗的作者性别似乎也难以断定，根据诗中对于"硕人"的手、皮肤、脖子、眉目的细致描写，从心理学的角度，几乎可以断定作者是一位男性。也就是说，男性之美并不总是被放置于异性的审美视域之下，有时还会被放置于社会公众的视域之下进行审美。这种审美视域是男权社会的一种必然现象，因为公众的审美理想一定是指向在政治生活、社会资源方面占有统治地位的性别的。

  其次，男性美与女性美存在共通现象。在《诗经》时代，"美人"既可以指男性，也可以指女性，与后代专指女性不同。《简兮》将所描写的男性直呼为"美人"，即"美"这个形容词，既可以用在男性身上，也可以用在女性身上。"美目"一词既可以形容女子的眼睛，也可以形容男子的眼睛。甚至在描写男性之美的诗歌《泽陂》与描写女性之美的诗歌《野有蔓草》中都出现了相同的"有美一人"的句式。在审美标准上，男性与女性也有相同之处，比如"硕"，无论男女，都以"硕"为美，"硕"就是高大的意思；又比如《猗嗟》中形容男性"美目扬兮""美目清兮""清扬婉兮"，与《野有蔓草》中形容女性的"清扬婉兮""婉如清扬"基本相同，都是形容人眉清目秀，非常漂亮；《曹风·鸤鸠》将男性说成"淑人君子"，而《周南·关雎》称呼女性为"窈窕淑女"，"淑"是善良、美好之意。有意思的是，这些曾经男女通用的审美概念在后来发生了分化，类似"清扬"的词汇变成了形容女性的专用词汇，而"硕"这样的形容词则很少用在女性身上，"淑"在后代多用于女性，偶尔才用于男性。

是否可以说，在《诗经》时代，人们对于男女两性美的观念具有同质化的倾向呢？笔者认为不是。人是社会性的动物，在任何时代，无论男女，都会自然而然地成为他人的审美对象。在《诗经》时代，平民之间的两性审美，既重貌，也重德；贵族的男女审美，除了貌与德，还有地位、身份、饰物等。不管怎样，男女双方既是审美者，也是审美对象，甚至男性更大几率地成为审美对象，那时两性的审美关系基本上是一个双向互动的过程，是一种平等的关系。描写男性美和女性美用词虽然相同，但是在具体的内涵上还是有区别的，只是当时语汇尚不够丰富，无法从字面上做出更为细致的区分。这种具有共通性的语汇，更多地出现在外貌描写方面，并不占审美内容的主体。在更核心的层面，对于男性的审美更多偏重于健壮、勇敢、威严等方面。

后代对男性和女性的审美重心发生了转移。在儒家思想的影响下，男性更为强调"德"与"才"，比如汉代的举孝廉，就是特别看重对男性的道德评判。北京大学所藏西汉竹简《妄稽》一赋，对男主人公周春的描写是："荥阳幼进，名族周春。孝悌慈诲，恭敬仁逊。乡党莫及，于国无伦。辞让送挹，俗节理义。行步周还，进退矜倚。颜色容貌，美好姱丽。精洁贞廉，不肯淫议。血气齐疾，心不怒暴。力劲决骼，不好手抶。勇若孟贲，未尝色挠。"① 在 20 句的描写当中，只有两句是关于他的容貌的，说明容貌已经不是男性审美的重要因素，更重要的是出身、品行、气节等与社会、政治、道德相关的因素。东汉末年许劭、许靖二人开创的"月旦评"，其品评内容也多在德行和能力，比如许劭评论曹操一事即可见其一斑："曹操微时，常卑辞厚礼，求为己目。劭鄙其人而不肯对，操乃伺隙胁劭，劭

---

① 转引自何晋：《文学史上的奇葩——北京大学藏西汉竹书〈妄稽〉简介》，《文汇报·文汇学人》，2015 年 12 月 18 日，第 10 版。

不得已，曰：'君清平之奸贼，乱世之英雄。'操大悦而去。"①而魏晋时的风气，更重男性人物的才华、个性、风姿、气质、言语等内在的因素，《世说新语》中颇多例证。至迟到元代，已经形成了"郎才女貌"的审美观念。王实甫《西厢记》第一本第二折："夫人太虑过，小生空妄想，郎才女貌合相仿。"②一旦将男性的审美标准定为"才"与"德"，对男性的审美就不是一个单纯的审美问题，而是与社会的、政治的评判标准结合起来了，符合审美标准的往往是在社会生活和政治生活中占据优势的人。在大多数情况下，对男性的审美会被社会生活、政治生活及其延伸话语代替。

同样在儒家思想的影响下，对女性的审美也重视"德"，出现于汉代或更早以前的"三从四德"就是具体表现，后来还出现过一些在道德上旌表女性的书籍。但通常情况下，由于女性不进入政治生活，对她们的道德审美并没有与政治生活相融合，仍然是独立存在的。这种独立存在的道德要求对所有的女性都一视同仁，没有等差，成为一种最基本的准则。没有等差就意味着分不出美丑，难以进行有效的审美。而天生就有等差的外貌此时就成为审美的主要内容，这就是"郎才女貌"中"女貌"标准形成的心理机制。说是"女貌"，实际上道德的要求是作为一个必要条件隐藏在其中的。

如上所述，对男性的审美消隐在社会政治生活之中，女性实际上成为唯一的审美对象，《诗经》时代那种两性审美上互动平等的关系被打破了，当时通用于男女两性的一些审美标准转移到专用于女性审美方面便是自然而然的事情了。《诗经》中两性审美中同质化的现象，其实是用已经发生了变化的参照系回顾原来的坐标系时必然出现的现象。

第三，《诗经》中两性审美的基本模式。上述诗篇，都不是单纯描写男性或女性的外貌与才德，总是伴随着强烈的感情体验，描写中带有抒情，成为一种基本的写作模式。描写的内容，主要有外貌、才能、品德、性格、行动、地位、身份等；抒发的感情有些是明明白白地写出来，有些则暗含在字里行间；抒发的感情类型主要有思念、忧伤、爱慕、欣赏、赞叹、自豪等。诗人描写任何一个对象，总是有感而发，总是伴随着感情活动，《诗

---

① （南朝宋）范晔：《后汉书》，北京：中华书局，1965年，第2234页。
② （元）王实甫著，王季思校注：《西厢记》，上海：上海古籍出版社，1978年，第21页。

经》中描写加抒情的写作模式是人类心理活动的普遍规律。需要注意的是，在自然的状态下，这种感情应该是无阻碍地自然流淌的，《诗经》中的篇章也不例外。像《野有蔓草》中"邂逅相遇，适我愿兮"两句，感情强烈，喷泻而出，与呐喊无异。有些篇目的抒情方式虽然委婉一些，但只不过是诗人的表达偏好问题，诗人并没有对情绪进行节制的主观愿望。之所以强调这一点，就是想说明后来的"防闲"即用外在的道德准则来节制感情自由抒发的做法，并不是来源于《诗经》。

## 二、楚辞对两性审美环境的拓展

《诗经》中描写两性思慕的诗歌，其环境都是现实主义的。典型的如《周南·汉广》和《郑风·出其东门》，"南有乔木，不可休思；汉有游女，不可求思"，"出其东门，有女如云"，这些环境意象为后来多篇描写女性的辞赋所采用。但是这些现实的环境因素还比较单薄，只能为后来女性审美辞赋的环境渲染提供必要条件，而不能为之提供充分条件。

事实上，从宋玉开始，直到清代赋家所写的女性审美辞赋，其环境容量远远超出了《诗经》所提供的容量。这个扩容的任务就是由楚辞完成的。楚辞中描写异性或描写男女恋情的代表性篇目有《湘君》《湘夫人》《大司命》《少司命》《山鬼》等几篇，通过分析发现，楚辞在以下几个方面对后代女性审美辞赋中的审美环境进行了拓展。

首先是时空的延展。《诗经》中的环境类似于一幅静止的画面，而楚辞中的环境随着时间的推进不断变化，就像一部沿时序展开的动画，这样就大大地扩充了审美的环境内容。环境在时序上的延展得益于楚辞一种游历性的结构，这种结构广泛地存在于楚辞的大部分篇章中，如《离骚》中屈原上叩"天阍"，下求佚女宓妃、有娀氏女和有虞之二姚，找神巫灵氛占卜，寻巫咸问策，最后决定离楚远行。这一系列的行为，是受诗人内心情感的驱动，反过来驱动了环境的变化。但是在《离骚》中，环境的描写并不典型，沿时序展开环境描写比较典型的当属《湘君》和《湘夫人》。

《湘君》一篇中，主人公从沅湘到洞庭，从江皋到北渚，从江中到醴浦，环境多次变化，既有安流的江水，又有乘风破浪的桂舟；既有船上的兰旌荪桨，又有船下的滔滔波浪；既有薜荔芙蓉，又有屋上飞鸟。这些无一不是主人公在追寻途中的所见所思,比起《诗经》中"野有蔓草,零露漙兮"的环境描写,不仅容量大,内容多,也更有利于传情达意。

《湘夫人》的环境描写则更胜一筹。主人公登高远望,又驰马江皋,行船西澨,筑室水中,捐袂江中,弃褋澧浦,搴芳汀洲,所有的环境因素都镶嵌在主人公的游历过程中。诗中的游历有些是主人公的想象,但无论是想象还是现实,对于在时序上逐次展开环境因素而言是具有同等作用的。围绕着时序线索,吹拂的秋风,飘落的树叶,翻滚的波浪,茂密的蘋草,聚集的鸟儿,悬挂的渔网,江畔的香草,潺湲的流水,觅食的麋鹿,出水的蛟龙,香草香木筑就的房屋,江中小洲上的香草等环境因素都有条不紊地被串联在一个相思与追慕的主题之下。这种以游历的方式展开对异性审美空间的做法在宋玉以后的赋家中得到了广泛的应用,极大地丰富了辞赋的表现力。

其次,楚辞对人物审美环境的神仙化。《诗经》中的诗篇都是现实主义的作品,其环境描写也只能是在现实的基础上进行选择和升华。后代描写女性的辞赋往往出现一种神仙化的倾向,这种倾向是无法从《诗经》的传统中演化出来的,其源头还是在楚辞这里。楚辞与楚地的民间祭歌关系密切,所以其中出现的人物和环境多与神鬼有关。《山鬼》一篇从表面看塑造了一位美丽、率真、痴情的女性形象。女主人公与情人约定相会,可是她的情人却没有如约前来,她苦苦等待,天色昏暗,风雨交加,更让她倍感哀怨。但是关于"山鬼"的身份,没有一种观点认为写的是现实中的女子。大致看法有以下几种:

第一种,认为山鬼就是瑶姬。清人顾成天在《四库全书总目提要》引述其《九歌解》:"曰《山鬼》篇云:楚襄王游云,梦一妇人,名曰瑶姬,通篇辞意似指此事。"[①]郭沫若则认为诗歌中"采三秀兮於山间"的"於山即巫山。凡《楚辞》'兮'字每具有'於'字作用,如於山非巫山,则'於'字为累赘。"[②]那么山鬼就是巫山神女。此说相当流行,楚辞研究界的很多名家多从此说。

第二种,认为山鬼是精怪。宋代楚辞学家洪兴祖在《楚辞补注·山鬼》

---

① (清)永瑢等撰:《四库全书总目》,北京:中华书局,1965年,第1271页。
② 郭沫若:《屈原赋今译》,北京:人民文学出版社,1981年,第75页。

题解中说："《庄子》曰：'山有夔。'《淮南子》曰：'山出魃阳'，楚人所祠，岂此类乎？"①夔是传说中的一足怪物。魃阳，《淮南子·氾论训》高诱注云："山精也。人形，长大，面黑色，身有毛，足反踵，见人则笑。"②洪兴祖认为山鬼就是山中的精怪，也是楚人祭祀的对象。

第三种，认为山鬼是山神。明人汪瑗认为："此题曰《山鬼》，犹曰山神、山灵云耳。"③马茂元的《楚辞选》："山鬼即山中之神，称之为鬼，因为不是正神。"④

第四种说法，认为山鬼是鬼。明代张京元《删注楚辞》认为："又注《山鬼》曰：灵修、公子、君、山中人，皆指所祀鬼言。"⑤

先不去管上述的观点是否正确，其共同点是几乎没有人认为《山鬼》所写的是一位现实中的女子。山鬼既然是神鬼之属，其所处的环境自然就不是人间的环境。翻检一下全篇，的确如此。"乘赤豹兮从文狸，辛夷车兮结桂旗"，"余处幽篁兮终不见天"，"表独立兮山之上，云容容兮而在下"，"采三秀兮于山间，石磊磊兮葛蔓蔓"，"饮石泉兮阴松柏"，"雷填填兮雨冥冥，猨啾啾兮狖夜鸣。风飒飒兮木萧萧"，这些环境因素远远超出了日常生活的范围，与《诗经》中的环境因素大相径庭。楚辞其他作品中也有同样的情形，此处不再一一叙述。

第三，以香花香草来描写人物的生活环境。在楚辞作品中，香花香草琳琅满目，几乎所有篇目中都会出现，上文提到的《山鬼》中就出现了薜荔、女罗、石兰、杜衡、辛夷、桂枝等香草。《湘君》和《湘夫人》中出现了桂、薜荔、兰、荪、蕙、芙蓉、杜若、白蘋、芷、芳椒、辛夷、石兰、杜蘅等多种香花香草。《少司命》中则出现秋兰、蘪芜、荪、荷、蕙、艾等。楚辞篇章中多芳草香花，是楚地自然环境的反映，楚地湿热多雨，草木繁茂，植物品类繁多。但是并不是楚地所有的植物都有机会进入楚辞作品中，作者往往选取的是那些带有特殊香气的植物。为什么呢？因为人们认为香气可以娱神。从现有的民间习俗来看，祭祀神灵时都要焚香，所焚

---

① （宋）洪兴祖：《楚辞补注》，《景印文渊阁四库全书》，台北：台湾商务印书馆，1986年，第1062册，第160页。
② 陈广忠著：《淮南子斠诠》（下），合肥：黄山书社，2008年，第729页。
③ （明）汪瑗撰，董洪利点校：《楚辞集解》，北京：北京古籍出版社，1994年，第137页。
④ 马茂元选注：《楚辞选》，北京：人民文学出版社，1998年，第77页。
⑤ 周啸天主编：《诗骚观止》，西安：陕西人民教育出版社，1998年，第323页。

之香多用香草香木做成。这种焚香的传统由来已久,周代人就有"升烟"祭天的传统,烟不仅可以上达天庭,而且带有特殊香气。这种特殊香气在生活实践中可以驱避蚊虫,甚至可以灭菌,预防疾病,即俗称的避邪。而人们祭天祭神的目的也是希望神灵能够帮助人们驱避灾难邪气,这样,焚烧香草的活动就与祭神的活动自然而然地统一起来。可以推测,在楚辞的时代,楚国民间利用香花香草祭神娱神的习俗已经比较盛行,所以与祭祀活动关系密切的楚辞大量描写香花香草就是必然的事情了。当然,屈原在作品中使用香花香草不是单纯受习俗和环境的影响,还有其主观的用意在。具有香气的植物往往能带给人们感官上的愉悦,同时还能唤起人们对于神灵的联想,屈原正是利用了这一点,使得通过香花香草构建的环境,带给人们审美上的愉悦,进而产生对生活在此环境中的主人公的审美愉悦,同时利用香花香草带来的联想,使人们对作品中的环境产生一种疏离感,即使作品中的环境远离现实,靠近神灵。楚辞中的这种环境描写方法,为后来描写女性的辞赋所继承,以香草香花衬托美人,几乎成为固定的套路。

由《诗经》开创的两性审美传统被楚辞部分地发展了,楚辞的主要贡献在于对于两性审美环境作了很大的拓展,不仅使两性审美环境在时空上延展,扩大了容量,而且使环境脱离了现实生活环境,实现了奇幻化的效果,单纯从审美的层面来看,这无疑是一种升华。

当然,楚辞对于两性审美作品的贡献不止以上几点,还有其他方面,比如人神恋爱、神神恋爱等情节因素,以及怨叹的感情色彩,无不对后来的女性审美辞赋作品产生了较大的影响。

## 三、王权与女性审美的纠缠

真正意在描写男女情爱、进行两性审美的辞赋作品,当从宋玉开始。

《诗经》中虽然有描写爱情的篇什,但是大多是民间的爱情。真正涉及文人男女情爱的作品,最早的当属屈原的作品,但屈原作品意旨深远,情长意切,很难完全界定为两性审美作品。真正在辞赋中花费笔墨,正面描写男女情爱的,当属宋玉。宋玉在创作过程中,已经将《诗经》与楚辞中的两性审美完全转变为单纯的对女性的审美了。宋玉作品中此类题材的辞赋,共有三篇。第一篇是《高唐赋》,此赋只有第一段与男女情爱相关:

昔者楚襄王与宋玉游于云梦之台，望高唐之观，其上独有云气，崪兮直上，忽兮改容，须臾之间，变化无穷。王问玉曰："此何气也？"玉对曰："所谓朝云者也。"王曰："何谓朝云？"玉曰："昔者先王尝游高唐，怠而昼寝，梦见一妇人曰：'妾，巫山之女也。为高唐之客。闻君游高唐，愿荐枕席。'王因幸之。去而辞曰：'妾在巫山之阳，高丘之阻，旦为朝云，暮为行雨。朝朝暮暮，阳台之下。'旦朝视之，如言。故为立庙，号曰'朝云'。"

《高唐赋》是写景之作，楚王在梦中偶遇高唐神女只是顺便提及，为赋作增加了几分神秘魔幻的色彩。赋中楚王的故事既离奇，又香艳，神女在两性关系上表现得主动而大胆，自荐枕席，楚王也是来者不拒，顺水推舟，"因而幸之"，是个皆大欢喜的结局。在过去的观念中，"溥天之下，莫非王土；率土之滨，莫非王臣。"① 天下的土地都是国王的，天下的老百姓自然也属于国王。在对女性的占有方面也是如此，国王与任何一个女性发生关系，于情于理都说得通。《礼记·昏义》："古者天子后立六宫、三夫人、九嫔、二十七世妇、八十一御妻以听天下之内治，以明章妇顺，故天下内和而家理。"② 根据这段资料，先秦时期天子虽然没有后来后宫三千的盛况，但是至少有一百多个妻妾是毫无疑问的。东汉蔡邕则明确天子后宫一百多人是周代的情形。蔡邕的《独断》记载，夏、商、周三代："天子一娶十二，夏制也，二十七世妇。殷人又增三九二十七，合三十九人，八十一御女。周人上法帝喾，正妃又九九为八十一，增之合百二十人也。天子一取十二女，象十二月。三夫人、九嫔。诸侯一取九女，象九州，一妻八妾。卿大夫一妻二妾。士一妻一妾。"③ 楚王当然不是天子，就以其诸侯的身份而论，按照蔡邕的说法，后宫也有九人。东周时期，礼崩乐坏，诸侯未必就规规矩矩地只娶九女，实际上数量可能更多。也就是说，无论是在现实中，还是赋作中，王或者诸侯与其他女性发生关系是自然而然的事情，并不会招致人们的非议（包括对当事女性的非议）。

---

① 程俊英：《诗经译注》，上海：上海古籍出版社，1985年，第416页。
② 杨天宇：《礼记译注》（下），上海：上海古籍出版社，2004年，第820页。
③ （汉）蔡邕撰：《蔡中郎集》，《景印文渊阁四库全书》，台北：台湾商务印书馆，1986年，第1063册，第143页。

《高唐赋》中的艳遇故事充其量不过是个引子，宋玉真正浓墨重彩描写男女情爱的作品是《神女赋》。作为辞赋作品，《神女赋》在描写男女情爱方面，具有开创性的意义。

　　在谈《神女赋》的开创性意义之前，有必要先澄清一个问题。此赋中由于"王""玉"二字形近，在多个版本中多有错讹，所以，自宋代以来，宋玉与楚王究竟谁梦遇神女，一直争议不清。笔者认为，此赋应为宋玉梦神女，原因有二。一是赋中所描绘的是梦境，而非人人可见的实景，楚王自己都不能用语言穷形尽相地描绘梦境，倒让梦外人宋玉描写未曾经历的梦境，虽然不无可能，但确属不合情理的要求。而宋玉作为亲历者通过赋的形式向楚王描述自己的梦境，相比之下要合理得多。二是赋中对男女关系的处理与《高唐赋》有异。《高唐赋》让先王好梦成真，体现出王权的尊荣。若《神女赋》中真是楚襄王梦神女，却又好梦难圆，无疑是有损于王权的，于情于理都觉欠妥。《高唐》《神女》两赋相比，与神女交合，先王可以，而襄王不可以，无疑是扬先王而贬襄王，以宋玉的为人来说，断不会如此做；若先王可以，襄王也可以，面对同一个神女，似乎在伦理方面又说不过去。所以，合理的解释就是宋玉梦神女，而神女选择守贞，让宋玉无缘艳遇，无疑是给王权的尊严留出了余地，就像赋中所说，神女"骨法多奇，应君之相"，神女的长相分明是侍应君王的，作为臣子自然是无缘了。

　　关于前人对此问题的辨正，袁梅在《宋玉辞赋今读》亦作了总结，兹录于下：

　　　　关于本篇的人称问题，向争议。不过，宋人沈括及明人张凤翼、陈第的说法比较近理；细绎原文，也能寻出明确的内证。沈括云："……以此考之，则'其夜王寝，果梦与神女遇'者，王字乃玉字耳。'明日以白玉'者，'以白王'也。王与玉字误书之耳。前日梦神女者，怀王也；其夜梦神女者，宋玉也。襄王无预焉，从来枉受其名耳。"张凤翼云："此乃玉梦，非王梦也。旧作王梦，则于下'若此盛矣'处不通。且'白'字应体贴未有君白臣之理。"陈第曰："愚谓'白'字

'对'字俱不应属之君,张之言是也。"以上古人的辨正,确凿可信。①

《神女赋》的大意是:楚襄王和宋玉出游,让宋玉向他描述高唐所见之事。这天晚上宋玉梦到与美丽的神女相遇。第二天,宋玉告诉了楚襄王,并向楚襄王描述了梦中的情形,重点描述了神女如花似玉的容貌、丰盈妩媚的仪态、珍宝奇石般的风采、温柔娴雅的性情。这番描述逗弄得楚王非得让宋玉作赋来描述神女的模样。宋玉在赋中描述了神女水草般的衣裙,毛嫱西施也无法相比的美艳,精致漂亮的五官。更重要的是赋中描述了神女内心的活动,突出她倾慕异性而又坚贞守身的矛盾心态。最后情意未绝而起身告别,令人无限怅惘。

如果把《神女赋》放在女性审美赋的历史序列中,值得注意的是其中透露出的情爱与守贞的矛盾,这种矛盾自宋玉之后,就经常出现在情爱赋作中,而且呈现出不同的变化。此赋中的情爱是因为作者目睹了神女的外在美,内心情不自禁而产生;而守贞说明神女虽然拥有美貌并且向往情爱,但是并不是一个招之即来、呼之即去的玩物,她有自己的自主意识,有自己的原则和立场,同时也能够用理智压制情欲,这些要素成就了神女的内在美。仰慕与守贞在神女之美的主题下统一起来了。赋作的中心无疑是神女的美丽,作者在赋中只是作为见证者和陪衬者出现,以渲染和突出神女举世罕匹的美。神女为什么没有像《高唐赋》中那样自荐枕席,而是在犹疑不决中飘然而去?除了上文已推知的此赋创作时人物关系上的原因,其他的原因也无从猜起。可以确定的一点是,赋中所有的描述都是为了塑造神女的美。

宋玉的《登徒子好色赋》更为有趣。登徒子指责宋玉貌美善辩,是好色之徒,宋玉用此赋予以回击,指斥登徒子才是好色之徒。赋中极写貌美无双的邻女,主动示好,而自己丝毫不为所动,力证自己并不好色。赋中对登徒子的指责是否有理有据,暂不讨论,此赋的精华在于对邻女的描写上:"东家之子,增之一分则太长,减之一分则太短;著粉则太白,施朱则太赤。"这一经典的句子千年以来一直为人称道和引用。宋玉的《讽赋》结构与主旨与《登》赋类似,也是反击唐勒的,唐勒在楚襄王面前说宋玉

---

① 袁梅译注《宋玉辞赋今读》,济南:齐鲁书社,1986年8月,第105页。

好色。宋玉讲了一个故事以自证清白，说自己在旅途中宿于人家，与年轻女子独处，女子主动撩拨示爱，而自己始终凝神静志，不为所动。综合这两篇作品，基本上可以得出这样的结论：宋玉不仅有才华，而且美貌，颇得异性青睐，以致景差、登徒子多人都认为宋玉好色。宋玉是否真的好色，无从考证，也无关紧要。紧要的是赋中对待好色的态度。一旦有人指责自己好色，宋玉就忙不迭地写赋来自辩，说明至少宋玉认为好色是不好的，而且是非常不好的，他宁可"杀人之父，孤人之子"，都不会去打"主人之女"的主意。一般来说，不好的就是不道德的，宋玉真是这样认为的吗？笔者认为不尽然。就古代中国的道德准则而言，在男女关系方面，一般对于女性的要求更为严格。《诗经·卫风·氓》："于嗟女兮，无与士耽！士之耽兮，犹可说也。女之耽兮，不可说也。"①说的是女子在感情方面和道德方面所面临的困境比男子更为严峻。宋玉《登》《讽》二赋中的女子又是怎样的呢？一个是"登墙窥臣三年"，另一个则是"横自陈兮君之傍"，在男女关系方面主动而泼辣，但是赋中并未对她们有半点微词，反而树立为极具诱惑力的美的典范。赋中对女子尚且如此宽容，怎么可能认为作为被诱惑的对象一旦接受诱惑就是不道德的呢？

那么导致宋玉如此紧张的原因何在？因为两篇赋表面写的都是宋玉好色，但因为宋玉是楚王身边的人，其实质则指向其他方面。《登》赋中登徒子建议楚王不要带宋玉到后宫里去玩，言下之意是宋玉会勾引楚王的女人，在男权加王权的社会里，这一点是非常要命的。《讽赋》中唐勒以好色为由建议楚襄王疏远宋玉，楚王也质问宋玉道："出爱主人之女，入事寡人，不亦薄乎？"楚襄王关注的不是宋玉是否好色，而是宋玉是否忠诚。也就是说，两篇赋中，让宋玉紧张的不是好色本身，而是王权。失去王权的恩宠与庇护，对于才华横溢的宋玉来说，是绝对不可接受的。

厘清了这两篇赋中最本质的东西，再顺便谈一下一直存在争议的《登徒子好色赋》的真伪问题。笔者想从此赋的思想本质方面予以辨析。正如上文所言，宋玉这两篇题材相类的赋作本质上有对王权的依附与敬畏，而非对好色本身的道德评判，即从逻辑上推断，赋作只需要辨明自己不好色即可，无须对好色做出道德评判。但是《登》赋中"秦章华大夫"一段却

---

① 程俊英：《诗经译注》，上海：上海古籍出版社，1985年，第108页。

突破了这一思路,在赋作结构上也有蛇足之嫌。这段赋文的重点在于"扬诗守礼",与前文差异较大。"诗"与"礼"并称,作为一种道德规范符号,应该是在汉代立五经博士之后,此前似无可能,尤其是在文化传统自成体系的楚地更无可能。所以,笔者认为,《登》赋自"是时,秦章华大夫在侧"以下均为后人伪托。前半部分与宋玉其他作品无论是内在气质,还是外在文辞方面都比较一致,宜认定为宋玉作品。

在《诗经》和楚辞的两性审美中,权力、地位是作为一种审美因素出现的,尤其是在《诗经》中,具有较高身份和地位的男性或女性,会产生一种庄严和崇高的美感;而在宋玉的辞赋中,权力和地位却成为妨碍自由审美的制约因素,发自于天性的对于异性的审美需求必须让位于王权。为什么会产生这种变化呢?根本的原因在于国王与诗赋作者的关系发生了根本性的变化,由原来的没有日常生活交集变成了在日常生活中产生交集,从而使权力与审美产生了冲突。

西周时期,国家具有比较完备的教育体系,贵族子弟在小学和大学完成教育,平民教育主要在被称为"庠"或"序"的"乡校"进行。官方也相应地有一套选拔制度。

据《周礼·地官司徒第二·乡师/比长》记载,西周时期按如下程序选拔人才:"三年则大比,考其德行、道艺,而兴贤者、能者。乡老及乡大夫,帅其吏与其众寡,以礼礼宾之。厥明,乡老及乡大夫、群吏,献贤能之书于王,王再拜受之,登于天府,内史贰之。退而以乡射之礼五物询众庶:一曰和,二曰容,三曰主皮,四曰和容,五曰兴舞,此谓使民兴贤,出使长之;使民兴能,入使治之。"① 大概的流程就是每三年进行一次筛选,考查乡民的德行和道艺,举荐有德行、有才能的人。乡老和乡大夫率领属吏以及乡民,非常恭敬地礼敬被荐举出来的人。第二天,乡老和乡大夫以及乡吏们,把举荐贤能的文书呈献给王,王行再拜礼而后接受文书,再把文书上交到天府收藏,内史收藏文书的副本。回来后举行乡射礼,而用有关乡射礼的五个方面询问众人,这就叫作让百姓自己推举有德行的人,使他们做长官;让百姓自己推举有才能的人,使他们治理国家。

《礼记·王制》中也有相关的记载,有所不同:"凡官民材,必先论之。

---

① 崔记维校点:《周礼》,沈阳:辽宁教育出版社,2000年,第25页。

论辨，然后使之。任事，然后爵之；位定，然后禄之。"① "命乡，论秀士，升之司徒，曰选士。司徒论选士之秀者而升之学，曰俊士。升于司徒者，不征于乡；升于学者，不征于司徒，曰造士。乐正崇四术，立四教，顺先王《诗》《书》《礼》《乐》以造士。春、秋教以《礼》《乐》，冬、夏教以《诗》《书》。王大子、王子、群后之大子、卿大夫、元士之适子、国之俊选，皆造焉。凡入学以齿。将出学，小胥、大胥、小乐正简不帅教者以告于大乐正。大乐正以告于王。王命三公、九卿、大夫、元士皆入学；不变，王亲视学；不变，王三日不举，屏之远方：西方曰棘，东方曰寄，终身不齿。大乐正论造士之秀者以告于王，而升诸司马，曰进士。司马辨论官材，论进士之贤者以告于王，而定其论。论定然后官之，任官然后爵之，位定然后禄之。"② 上述第一段话的大意是凡是选用平民中有才能的人做官，一定要对他的德行和才能进行考察。考察清楚了，然后试用。如果胜任工作，再授予一定的爵位。爵位定了，就给予一定的俸禄。第二段话的大意是（司徒）命令六乡的长官考察乡学中优秀的学生并把他们推荐给自己，被推荐者被称作选士。司徒考察选士中的出类拔萃者并把他们推荐给大学，这次被推荐者被称作俊士。获得选士资格的不再承担乡里的徭役，获得俊士资格的不再承担国家的徭役，后者又叫造士。乐正特别重视大学生的四个科目，每个科目设有教师，沿用先王传下来的《诗》《书》《礼》《乐》四种教材来培养人才。春秋二季教授《礼》《乐》，冬夏二季教授《诗》《书》。国王的太子和庶子、诸侯的太子、卿大夫、元士的嫡子，国家的俊士和选士，都被送到大学学习。入学的人都只以年龄大小为序，不论尊卑。大学毕业时，小胥、大胥和小乐正将不听教导的学生汇报给大乐正，大乐正汇报给天子。天子命令三公、九卿、大夫、元士齐集大学，演习有关礼仪以感化不听教导者。这样做了还没有效果，天子就亲自到校视察。如果还没有效果，天子要自责，三天的饭内不见肉，而且吃饭时也不奏乐，然后将屡教不改者流放到远方，西部远方叫棘，东部远方叫寄，终身不予录用。大乐正考察评定优秀的国学毕业生，汇报给天子，并荐举给司马，被荐举的学生就叫进士。司马考察每个进士的特长才能，选出优秀的进士汇报给

---

① 杨天宇：《礼记译注》（上），上海：上海古籍出版社，2004年，第146页。
② 同上书，第157—159页。

天子，最后拿出定论。结论确定了然后委派官职，能胜任官职然后封以爵位，爵位确定后发给俸禄。

从上面的叙述中可以看出，当时的行政体系比较完整，选拔人才也有一套比较完整完善的制度和方法，在人才选拔过程中，大多数时候起作用的是相关的职能部门或官员，天子只在最后的环节把关。也就是说，被选拔的人才基本上是按照体制的流程在流动，与天子或国王产生交集的机会并不多，更不用说日常生活上的交集了。

但是，这种体系到了春秋战国时期就遭到了破坏，《左传》昭公十七年载孔子曰："吾闻之天子失官，学在四夷。"① 所谓的"天子失官，学在四夷"，就是指西周时期的这种教育和选拔制度被破坏了，代之而起的是民间的私学，有些学者把这种现象称为"官学下移"。教育制度的改变必然引起用人制度的改变，依靠制度选拔已经难以实现，比较盛行的是推荐和自荐。像孔子、孟子这样杰出的人才，也要到处游说自荐，以期推行自己的主张。魏国的吴起、李克、西门豹、乐羊、卜子夏、段干木、田子方，由卫入秦的商鞅，纵横数国的苏秦、张仪等，都是通过他人推荐或自荐踏上仕途。这种推荐或自荐已经打破了诸侯国界的限制，出现了所谓的"先秦游士无宗国"② 的现象。

与过去的选拔制度相比，被选拔者面对的不再是一层层的选拔机构和严密的选拔制度，而是直接面对诸侯国王，这样就给国王创造了一个非常有利的条件——他不但有可能利用这个机会选拔出有才能的人，而且挑选出投合自己喜好的人。齐国的管仲起初辅佐公子纠，射了公子小白一箭，差点致命，后来小白夺得王位，在鲍叔牙的力荐之下任用管仲为相，称霸诸侯，成为历史上赫赫有名的齐桓公。齐桓公的雄心壮志与管仲的雄才大略甚为相投，所以双方才能忘却一箭之仇，愉快合作，以至于后来齐桓公尊管仲为"仲父"。可见齐桓公与管仲的关系已经不单纯是君臣关系了，而有了超越君臣关系的感情联系，这种联系如果不通过朝夕相处的日常生活，是难以建立起来的。

《战国策·燕策》记载了郭隗对燕昭王说的几句话："帝者与师处，王

---

① 王云五主编，李宗侗注译，叶庆炳校订：《春秋左传今注今译》（下），北京：新世界出版社，2012年，第1072页。

② 陈登原：《国史旧闻》（第一册），北京：中华书局，2000年，第179页。

者与友处，霸者与臣处，亡国与役处。"①说明当时君臣关系有师生、朋友、君臣、主仆几种类型，第三种类型是正常的国王与臣僚的工作关系，其他三种都超越了工作关系而进入日常生活的范围。在战国时期，各诸侯国之间竞争加剧，各国争相延揽人才，严格的君臣关系已难以收买人心，所以师友型的君臣关系更为普遍。《战国策·齐策一》记载的邹忌讽齐王纳谏的故事不像君臣之间的对话，更像朋友之间的聊天与规劝，臣子显得更为从容和自信，像这样的对话在战国时期并不少见。

将游士和王权结合起来的纽带，无非是权力和才能，国王通过自己的权力为游士提供他需要的名誉、地位、财富等，而游士也为国王施展自己的才能，双方各取所需。《韩非子·外储说右下》中曾引用谚语"主卖官爵，臣卖智力"②来比喻君臣之间的关系，正是反映了这种状况。这种关系更像是契约关系，如果缔结契约的核心因素一旦被抽离，这种关系无论带有多重的师友色彩，也会立刻解体。在这种君臣关系中，国王无疑处于强势地位，无论臣子与国王在日常生活中交集有多大，对于国王权威的尊重都是必需的。国王的权威经常以绝对的占有和支配为标志的，如对土地的占有，对财富的占有，对异性的占有，对人民的支配等。游士可以从国王手中取得自己需要的东西，但是在这些方面还是要尽力避免与国王发生冲突的，尤其是游士与国王有了日常生活交集后，对于国王对异性的占有权的尊重显是格外重要。《登徒子好色赋》中登徒子劝楚王："愿王勿与出入后宫"，现在看来，此话绝非虚语。

宋玉是战国时期典型的游士。关于宋玉的生平，史料极少。《韩诗外传》有"宋玉因其友而见楚相"的说法，刘向《新序》则说"宋玉因其友以见楚襄王"。③晋代习凿齿《襄阳耆旧记》又说："宋玉者，楚之鄢人也，故宜城有宋玉冢。始事屈原，原既放逐，求事楚友景差。"④根据上述零零散散的记述，可知宋玉要借助于朋友的介绍才能在楚王跟前做事，说明他

---

① 屈进、胡建华译注：《战国策》（下册）（第二版），广州：广州出版社，2004年，第414页。

② 王先慎撰：《韩非子集解》，北京：中华书局，2013年，第335页。

③ （清）严可均：《全上古三代秦汉三国六朝文》（第一册），石家庄：河北教育出版社，1997年，第137页。

④ （晋）习凿齿撰，黄惠贤校补：《校补襄阳耆旧记》，郑州：中州古籍出版社，1987年，第1页。

不是楚国贵族，属于游士一类的人物，比较有才华，又投合楚王的喜好，所以才得到楚王任用。从宋玉的辞赋中也可以看出，他与楚王在日常生活中交集甚深，到了可以公开谈论男女关系的程度。但无论关系如何亲密，在宋玉的辞赋中女性审美总是让步于王权的。可以这样说，战国时期的游士与国王的关系模式使宋玉有了和楚王共同进行女性审美的可能，但是他们关系的本质又决定了这种审美必须以尊重王权为前提，不能不说，这种矛盾是前述宋玉几篇辞赋产生的思想根源。

战国游士之风并没有随着战国时代的结束而消歇，而是一直延续到了西汉初年。西汉建立后，采取了郡国制的政治制度，在继承秦朝郡县制的同时，又分封了一些王国和侯国，形成一个郡国杂处的局面。王国和侯国的存在，营造了一个和战国时期较为相似的政治环境，在短暂的秦政权的高压下没有完全消失的游士文化此时又蓬勃兴起了。

汉初各封国养士成风，游士奔走相投，形成几个有名的游士聚集中心。淮南王刘安"为人好读书鼓琴，不喜弋猎狗马驰骋，亦欲以行阴德拊循百姓，流誉天下……阴结宾客，拊循百姓"。[①] 流传至今的《淮南子》一书，便是他和他门下的游士们共同完成的。吴王刘濞"招致四方游士，阳与吴严忌、枚乘等俱仕吴，皆以文辩著名"。[②] 邹阳与枚乘等赋家都当过吴王的幕僚，吴王刘濞后因叛乱被杀。梁孝王刘武"从游说之士齐人邹阳、淮阴枚乘、吴严忌夫子之徒，相如见而说之，因病免，客游梁，得与诸侯游士居，数岁，乃著《子虚之赋》"。[③] 枚乘和司马相如两位大辞赋家都有过当游士的经历。除封国的王侯喜欢招致网罗游士，体制内的权臣显贵也热衷于罗致宾客，一时游士趋归。窦婴"喜宾客"，景帝时，窦婴被封为魏其侯，"游士宾客争归之"；[④] 田蚡"卑下宾客，进名士家居者贵之"。[⑤] 像这样的事情史书中还有不少，当时的风气就是谁的游士宾客越多，谁的势力就越大。有些游士从地方的封国到了中央之后，在某些方面仍然留有游士的印记。像司马相如，后来得到汉武帝的任用，但武帝仍然是"俳优蓄

---

① （汉）司马迁撰：《史记》，北京：中华书局，1959 年，第 3082 页。
② （汉）班固撰：《汉书》，北京：中华书局，1962 年，第 2338 页。
③ 同上书，第 2529 页。
④ 同上书，第 2375—2376 页。
⑤ 同上书，第 2378 页。

之",其身份地位,与宋玉相去不远。所以,在司马相如的赋中,仍然可以看到君权与异性审美的纠缠。

司马相如的《美人赋》在立意方面与宋玉的赋极像。赋中写道:"司马相如,美丽闲都,游于梁王,梁王悦之。邹阳潜之于王曰:'相如美则美矣,然服色容冶,妖丽不忠,将欲媚辞取悦,游王后宫,王不察之乎?'王问相如曰:'子好色乎?'相如曰:'臣不好色也。'"赋中用大量篇幅自辩自己并不好色,自辩的目的固然是好色与否,但其本质是在洗脱"游王后宫"的嫌疑。赋中将审美对象写得活色生香而又热烈奔放,作者面对诱惑不为所动,断然拒绝。这篇赋作与宋玉的辞赋作品相类,对异性审美存在双重性,作者能以浓墨重彩出色地描写审美对象,说明他已经做出了基本的审美判断,即肯定审美对象在各方面符合人们对于美的期待。审美必然会带给审美者以愉悦感,但是赋中作者将这种愉悦感最大程度地予以抗拒剥离,将审美活动带给自己的心理情感效应人为地消解掉了。所以,赋中所呈现出的对异性的审美过程是不完整、不自然的,或者说作者并没有全程参与审美过程,在审美的后半段处于缺席状态。这个缺席的位置实际上是让给王权的。

有一种说法说相如写作《美人赋》是警示自己的,根据是《西京杂记》卷二的记载:"文君姣好,眉色如望远山,脸际常若芙蓉,肌肤柔滑如脂;十七而寡,为人放诞风流,故悦长卿之才而越礼焉。长卿素有消渴疾,及还成都,悦文君之色,遂以发痼疾;乃作《美人赋》,欲以自刺,而终不能改,卒以此疾至死。"① 虽然不能确定这则资料的真实性,但目前也无法对其证伪。即便是真的,相如在赋作文本构思时因袭了宋玉的做法,反映了其潜意识中对于宋玉关于王权与异性审美的关系的认知是持肯定态度的。

## 四、"思无邪"——道德与审美的战争

"思无邪"是孔子对于《诗经》的评价,这个评价将道德标准引入了文学批评领域,其影响至深至远,波及了本书正在谈论的女性审美赋的创作,使之产生了一些显著的变化。

---

① (汉)刘歆等撰,吕壮译注:《西京杂记译注》,上海:上海三联书店,2013年,第86页。

"思无邪"三字出自《诗经·鲁颂·駉》,这首诗是这样写的:

驷驷牡马,在坰之野。薄言駉者,有驈有皇,有骊有黄,以车彭彭。思无疆,思马斯臧。

驷驷牡马,在坰之野。薄言駉者,有骓有駓,有骍有骐,以车伾伾。思无期,思马斯才。

驷驷牡马,在坰之野。薄言駉者,有驒有骆,有骝有雒,以车绎绎。思无斁,思马斯作。

驷驷牡马,在坰之野。薄言駉者,有骃有騢,有驔有鱼,以车祛祛。思无邪,思马斯徂。

此诗的大致意思如下:

公马肥壮有力,远牧郊野之外。远望宝驹良马,黑白还有黄白,纯黑纯黄不少,驾车力强不衰。深谋远虑无边,只望我马能耐。

公马肥壮有力,远牧郊野之边。远望宝驹良马,苍白黄白一片,赤黄青黑也有,驾车力大不慢。深谋远虑永久,只盼我马干练。

公马肥壮有力,远牧郊野之坡。远望宝驹良马,青黑追逐白色,红马相伴黑驹,驾车快如穿梭。深谋远虑不倦,只要我马乐活。

公马肥壮有力,远牧郊野之地。远望宝驹良马,红白灰白一起,腿毛长眼毛白,驾车强健如飞。深谋远虑不偏,只想我马添翼。

现在人们通常认为这首诗是颂扬鲁僖公的。《论语·为政》引用孔子的话说:"《诗》三百,一言以蔽之,曰思无邪。"孔子借用这首诗中"思无邪"三个字来评价《诗经》。《论语》中的许多言论都是寥寥数语,没有具体的语境,给后人理解其真正含义制造了不小的麻烦,歧义与异见也就在所难免了。这句评论《诗经》的话,同样也引起了后人理解上的困惑与争议。

王竹君先生曾对前人的争议作过总结性的陈述,笔者不再叠床架屋,直接引用如下:

很多学者也对"思无邪"三个字的意义提出了不同的看法,主要是对"思""邪"这两个字的意义有争议。一、"思"的虚实之争。"思"字是实词还是虚词,有很多的争议。最早是把这个字当作实词,例如郑笺云:"徂,犹行也。思遵伯禽之法,专心无复邪意也。"后来,有学者提出此字是虚词,语助词。例如俞樾在《曲园杂纂》中说道:"《駉篇》八'思'字并语词。毛公无传,郑以'思遵伯禽之法'说之,失其旨矣。"陈奂《诗毛氏传疏》:"思,词也。斯,犹其也。无疆无期颂祷之词,无斁无邪又有劝戒之义焉。思皆为语助。"再如于省吾《泽螺居诗经新证》:"陈奂以思为语词是对的,思为发语词。"笔者认为,"思"字还是应该当作实词,意为"谋虑,思考"。……二、"邪"的正确理解。相对于"思"字,对"邪"的错误理解更加严重。历史上对这个字多理解为"邪恶,邪僻,邪念",总之是将"邪"的一般意义套用在"思无邪"中的"邪"上,很多《诗经》专著都是这么认为的。例如:郑笺云:"徂,犹行也。思遵伯禽之法,专心无复邪意也。"朱熹《诗集传》:"孔子曰:诗三百,一言以蔽之,曰思无邪。盖诗之言美恶不同,或劝或惩,皆有以使人得其情性之正。"王先谦《诗三家义集疏》:"'思无邪'者,思之真正,无有邪曲。"向熹先生的《诗经词典》在"邪,邪僻"一义下,引用"思无邪"一句为例。就连当今中国诗经学会会长夏传才先生的书斋都命名为"思无邪斋",可见,夏老先生也是把"思无邪"解释为"思想纯正,没有邪念"。研究《论语》的专著中也有很多作如此解释的:包咸《论语包氏章句》注曰:"思无邪,归于正也。"邢昺《论语注疏》曰:"此章言为政之道在于去邪归正,故举诗……'思无邪'者,此诗之一言,《鲁颂·駉篇》文也。诗之为体,论功颂德,止僻防邪,大抵皆归于正,故此一句可以当之也。"杨伯峻先生的《论语译注》是这样翻译的:"孔子说:《诗经》三百篇,用一句话来概括它,就是思想纯正'。"附录《论语词典》中把"思"解释为"思想""思虑",并举"思无邪"为例。《汉语大字典》在"邪,邪恶;邪僻"义下举例:《论语·为政》《诗》三百,一言以蔽之,曰:'思无邪'。"

……

那么,这个"邪"字到底应当作何解释呢?研究《诗经》和《论语》的专家分别有不同的看法:于省吾先生的《诗经新证》中认为,"邪"应读作"圄","圄"通"圉",从"牙"、从"吾"之字古义相通,且"圄""圉"古同,《说文》"囹圄"作"囹圉"。而

"囿"有"垂(陲)"义,因此,"无邪"就是指无边无际。近人郑浩《论语集注述要》:"'无邪'字在《诗·駉篇》中,当与上三章'无期''无疆''无斁'义不相远,非邪恶之'邪'也。《集传》……何以解'无邪'句即作邪恶之'邪'?心无邪恶与牧马之盛,意殊不贯,与'无期'各句亦不一例,知古义当不如此。古义'邪'即'徐'也。《诗·北风篇》'其虚其邪'句,汉人引用多作'其虚其徐',是'邪''徐'二字古通用……《管子·弟子职》曰:'志无虚邪。'是二字双声联合,古所习用,《诗传》云:'虚,虚徐也。'释《诗》者如惠氏栋、臧氏琳即本之《诗传》,谓'虚''徐'二字一义,是徐即虚。《北风篇》之'邪'字既明,则《駉篇》之'思无邪'即可不烦言而解矣。《集传》于前二章曰'无期犹无疆',于后二章不敢曰'无邪犹无斁',以'邪''斁'二字义尚远也,今如此解,则亦可曰'无邪犹无斁'也。无厌斁,无虚徐,则心无他骛,专诚一志以之牧马,马安得不盛……《駉篇》'思无邪'之本义既明,则此章亦可不烦言而解矣,夫子盖言《诗》三百篇,无论孝子、忠臣、怨男、愁女皆出于至情流溢,直写衷曲,毫无伪托虚徐之意,即所谓'诗言志'者……"[①]

王竹君先生的引述基本涵盖了前人对《駉》篇中"思无邪"三个字理解上的分歧。关于"思"字,笔者认为应该理解为实词,为"思想""思虑"之义,因为"思无邪,思马斯徂"两句中的两个"思"字,在意义上具有连属的关系,第二个"思"字对一个"思"字作递进说明,所以第一个"思"的词性应与第二个"思"字相同,即均为实词,而不应该把第一个"思"字拿出来作单独的理解或解释。

从上述引文可以看出,关于"邪"字,后人理解上的分歧更多。大多数人倾向于把它解释成"邪恶""邪念""邪僻"之义,孔子引用"思无邪"时是不是这个意思,下文再讨论,但是在这首诗中这样理解,与上下文难以呼应,似不妥。于省吾先生把"邪"理解为"囿","无邪"就是无边无际的意思。这种理解思路上有值得借鉴的地方,使"无囿"的意

---

① 王竹君:《〈诗经·鲁颂·駉〉之"思无邪"考辨》,《现代语文》,2007年第9期,第111页。

思与上文的"无疆""无期"呼应起来了，但是"邪"通"圉"尚属于推断，缺乏证据。郑浩把"邪"理解为"虚徐"，迟疑、犹豫的意思，"无邪"和"无斁"意思相近，是"心无旁骛，专诚一志"的意思，这种解释非常可取，但路径稍显曲折。郑浩认为"无疆""无期""无斁""无邪"意义应该相去不远的看法也是非常可取的。王竹君先生则将其解为"馀"，作"剩余""保留"来理解，具体到"思无邪"三字时，则译为"鲁侯深谋远虑，永不满足"，从"馀"到"满足"，意义跨度过大，理解起来有些困难。

　　通过对《駉》篇中"思无邪"不同理解的小结，有一个原则应该可以确定下来，即要准确理解"思无邪"在诗中的意义，应该与诗中其他几个"思无……"的句式联系起来进行整体理解，才能尽可能贴近原诗的意思。《诗经》中的不少诗篇，都可分成若干小节，各小节句式大体相同，字数也大致相等，意义相近、相类或相对，有时各节的意义也形成一种层层递进的关系。如《桃夭》一诗："桃之夭夭，灼灼其华。之子于归，宜其室家。桃之夭夭，有蕡其实。之子于归，宜其家室。桃之夭夭，其叶蓁蓁。之子于归，宜其家人。"这首诗是祝愿女子出嫁后家庭美满、生活幸福的。诗中"灼灼其华""有蕡其实""其叶蓁蓁"三句就形成一种时间上的递进关系，写出了随着季节推移桃树的变化。而"室家""家室""家人"三个词意义相近，回环往复，起到渲染和加深感情的作用。《駉》篇可分为四个非常对称的小节，每节有些句子完全相同，有的句子仅变换了若干字词，其中"有……有……"的句子，只是用来列举马的毛色和种类，"有"字后面的词完全是近义并列的关系；"以车……"的句型"车"字后面的词在意义上有一定的演进关系，仍然属于近义；同样，"思无……"的句式中，"无"字表示否定的意义，而全诗的意义指向又是同质同向的，所以"无"字后面的词必定是意义相近的。"无疆"是指空间上没有边界，"无期"指时间上没有边界，"无斁"指良好的情绪上没有边界，那么"无邪"指的是什么呢？前面三节中"无疆""无期""无斁"都是讲"思"的状态，那么"无邪"也应该是描述"思"的状态的，这种状态就是郑浩所说的"心无旁骛，专诚一志"，即专注，不偏离主题，也就是在专注度上没有边界。这时"邪"字应该通"斜"，意思是"歪斜""偏离"的意思，这个义项是它本身就有的，而无须先将它理解成"虚徐"，再进行解释。

上面谈的是"思无邪"一句在《诗经·駉》中的含义。那么，孔子在引用时是否用的是其本来意义呢？有些表述，由于语境的变化，其意义也会相应地发生变化。有时引用者也会故意利用语句的多义性表达与其初始意义有别的其他意义。

朱熹《诗经集注》："孔子曰：'《诗》三百，一言以蔽之，曰思无邪。'盖《诗》之言，美恶不同。或劝或惩，皆有以使人得其情性之正。然其明白简切，通于上下，未有若此言者。故特称之，以为可当三百篇之义。以其要为不过乎此也。学者诚能深味其言，而审于念虑之间，必使无所思而不出于正，则日用云为，莫非天理之流行矣。苏氏曰：'昔之为诗者，未必知此也。'孔子读诗至此，而有合于其心焉，是以取之。盖断章云尔。"①朱熹这段话表达了两层意思，一是认为"思无邪"即指思想纯正。二是认为孔子此处引"思无邪"所表达的意义与原诗的意义没有太大的关联。他援引了苏轼的看法，来证明孔子的引用属断章取义（《濋南遗老集》载苏轼所言与此处文字有异，但是意思大体相同）。此外，清人姚际恒在《诗经通论》中也持与苏轼大体相同的观点。把孔子对于诗经的概括理解为"思想纯正，没有邪念"，许多学者持赞同意见，现已几成定论。

如果认定孔子所说的"思无邪"是指"思想纯正"之后，随之而来的问题就是怎么才算思想纯正呢？因为孔子在说完"思无邪"之后，没有更进一步的解释，要弄清楚怎样才是"无邪"变得非常复杂，后人对此有过不少争论，现在仍然存在不少分歧。

对于这么复杂的一个问题，从逻辑上讲，孔子应该做个简略的解释才对。如《论语·为政》中一则："子夏问孝。子曰：'色难。有事，弟子服其劳；有酒食，先生馔，曾是以为孝乎？'""色难"二字单独理解时有困难，所以孔子接着举例来明确这两个字的具体含义。但是在谈到"思无邪"时，他并没有这样做。是不是在孔子眼中"思无邪"根本就不是一个复杂的问题，即他的"思无邪"所指并非我们所理解的"思想纯正"呢？《诗经》中诗篇主旨各异，要全部纳入"思想纯正"的范畴中来，的确有困难。后世解诗者对一些诗篇非常牵强的解释也是由此产生的，应该说，这些解诗者在穷尽了所有理解诗篇的可能性之后，仍然无法达到孔子所说的"思想

---

① （宋）朱熹：《诗经集注》，上海：世界书局，1943年，第186页。

纯正"的要求，不得已才进行了曲意理解。当然，也不能排除这些解诗者在把握"思想纯正"的标准上与孔子有差别。即使这样，也难以完全解释《诗经》内容的多样性与"思想纯正"的标准的单一性之间所产生的矛盾。

正是由于上述原因，有些人抛开了字面的考证，单从逻辑上寻求更为合理的解释。如程颐就指出："'思无邪'者，诚也。"① 所谓的"诚"，就是忠于自己的内心，真实地写出自己的真情实感，不造作，不无病呻吟。即所谓"美恶怨刺虽有不同，而其言之发皆出于恻怛之公心，而非有他也，故'思无邪'一语可以蔽之"。② 若就这一点来论，那么《诗经》中的每一篇毫无疑问都是"缘事而发"，有感而发，符合"无邪"的要求的。如果孔子是在这个意义上谈论"思无邪"的，那么在他眼里自然就不存在辨别"邪"与"正"的问题了。这时，会发现《论语》中引用的"思无邪"与《诗经》中原诗原句在意义上是有关联的，并非完全的断章取义。笔者认为《駉》中的"无邪"是指没有偏离，非常专注的意思，孔子在引用时应该也是这个思，只不过是指没有偏离诗人内心的真实而已。

文本作者所要呈现的意义，不一定就是读者所理解的意义，在语境资料缺乏，表达缺乏严密逻辑推理的情况下尤其如此。孔子所说的"思无邪"即属于这种情况。争论较多、歧义纷出的现象倒不是出现在距离孔子较近的秦汉时代，而是在距其较远的唐宋以后。此处拟讨论"思无邪"对初创发展时期的辞赋创作理论的影响，重点在东晋陶渊明《闲情赋》之前。

两汉魏晋时期人们对孔子"思无邪"理解上基本没有分歧，至少以现存的资料来看是这样。当时人们释"思"为思想，释"邪"为"不正""邪曲"，"思无邪"就是"思想纯正"之义。《诗大序》是反映汉代人对《诗经》看法的重要文献，此序深受儒家诗教影响，但其中并未提到"思无邪"的字眼，但是仔细斟酌其意思，其中所提到的"发乎情，止乎礼义"，就是"思无邪"的进一步阐释。魏何晏《论语集解》引东汉包咸的话解释"思无邪"为"归于正"。梁代皇侃《论语集解义疏》引三国卫瓘云："不曰思正，而曰思无邪，明正无所思邪，邪去则合于正也。"③

---

① （宋）朱熹撰：《四书章句集注》，北京：中华书局，2011年，第55页。
② （宋）张栻撰：《张栻集》（一），长沙：岳麓书社，2010年，第11页。
③ （三国魏）何晏集解，（梁）皇侃义疏：《论语集解义疏》，《丛书集成》第四册，上海：商务印书馆，1937年，第14页。

汉魏时期人们对"思无邪"的阐释中，明显地出现了一些变化。这种变化体现在两个方面。其一在句式的选择上，将孔子以否定形式表达的肯定意义转换为以肯定的形式表达肯定的意义。正如今人说"不坏"，是以否定的形式表达肯定的意义，说"好"的时候是以肯定的形式表达肯定的意义，明显后者的语气和意义要强于前者。其二，将孔子"思无邪"所具有的多义性完全消解，变成一种确定无疑的解释。正如今人在表达时去掉了句子中的"也许"之类的词汇一样，句子的肯定意义大大加强了。

不管《诗经·駉》中"思无邪"的实际含义为何，也不管孔子引用时的实际含义为何，孔子的意思最起码在陶渊明之前的时代被人们真真切切地理解为"思想纯正"了。那么在魏晋以前的时代，人们理解中的"思想纯正"究竟是指什么呢？"纯正"是与"邪"相对而言的，是一种道德评判，符合公认道德准则的为正，违背公认道德准则的为邪。《诗大序》中提到的"发乎情，止乎礼义"，"礼义"就是指人们当时的道德体系和价值体系。这一体系用孔子所提倡的仁、义、礼、智、信做一个概括，大致不会有什么问题。陶渊明对"思无邪"的理解，应该离此不远。孔子的"思无邪"说影响陶渊明的途径可以很直接，但是影响他辞赋创作的方式却没有这么直接。在文学尚未完全自觉并独立发展的魏晋以前，《诗经》是最接近后世观念中的文学的本质的，所以孔子对于《诗经》的评价不但广泛地影响了后人对于《诗经》的看法，而且也深刻影响到人们对其他文学种类的看法。因此，在汉代，《诗经》的批评观念被自然而然地移植到了辞赋批评领域。

## 五、由诗及赋——防闲观念的形成

汉代是《诗经》批评和传播的一个高峰时期，出现了多家解《诗》的局面，流传至今的《诗大序》以及毛诗的各篇小序，较有代表性地反映了汉代人看待《诗经》的态度。概括起来看，可以归结为"诗言志"和"发乎情，止乎礼义"两个要点。这两个要点的意义与汉人所理解的"思无邪"的意义是非常相近的，可以看作是"思无邪"的批评观念具有汉代时代特色的表述。除了《诗经》批评，汉代辞赋创作批评活动也进入繁荣状态。辞赋这一体裁经过演变，进入西汉时逐渐定型。无论是辞赋创作还是辞赋批评，对于汉代人来说，都是前所未有的事情。所以在辞赋创作和批评两个方面，汉代人尤其是西汉人都处于不断的探索之中。在这个过程中，人们最自然的做法是寻找参照物，寻找可以借鉴的东西。对于创作来说，一方面借鉴《诗经》，另一方面借鉴楚辞。对于批评来说，可资借鉴的就只有前人或同时代的人对于《诗经》或楚辞的批评了。对孔子"思无邪"的理解和解释自然极大地影响了汉代辞赋的创作和批评。

汉代辞赋的创作和批评大致经历了"发乎情"和"止乎礼义"两个阶段。

首先是"发乎情"的阶段。一般而言，先有创作活动和作品的出现，当作品积累到一定程度后才会出现相应的批评。在批评出现之前，文学的创作活动处于自主探索阶段，这个阶段的创作活动基本上是自主的、自由的，很少受到来自文学批评方面的影响。汉赋同样也经历了这样一个过程，在扬雄之前，包括扬雄青年时期，汉赋一直处于自由创作的阶段。根据费振刚先生主编的《全汉赋》，在扬雄以前，西汉赋家计有陆贾、贾谊、枚乘、邹阳、公孙乘、路乔如、公孙诡、羊胜、刘安、司马相如、董仲舒、孔臧、刘胜、刘彻、东方朔、司马迁、王褒、刘向18人，作品49篇。这些赋作有的以描摹见长，有的以抒情见长，有的以夸饰见长。其中最能代表汉代大赋精神气象是司马相如的作品，在《子虚赋》和《上林赋》中，他虚构了楚国的子虚、齐国的乌有先生和代表天子的亡是公三者相互夸耀苑囿之盛的情景。子虚说："臣闻楚有七泽，尝见其一，未睹其余也。臣之所见，盖特其小小者耳，名曰云梦。云梦者，方九百里，其中有山焉……"乌有先生则夸耀齐国的苑囿"吞若云梦者八九，其于匈中曾不蒂芥"。亡是公最后矜夸天子上林苑的广大："且夫齐楚之事又乌足道乎！君未睹夫巨丽也，独不闻天子之上林乎？左苍梧，右西极，丹水更其南，紫渊径其北……"三个虚构人物的对话中，蕴含着狂野的想象力，透露出对物质世界毫无保留的赞美。除了当时天子诸侯的政治架构的烙印之外，看不到任何足以对辞赋创作形成制约的因素。这种制约不仅仅是指想象力方面的制约，在篇幅、词汇、题材、气势诸方面都看不到制约。当时的赋家们基本上是按照自己的内心的想法去创作的，除了上面说的大赋，一些抒情类的赋作，也是直抒胸臆，如董仲舒的《士不遇赋》开头几句："呜呼嗟乎，遐哉邈矣。时来曷迟，去之速矣。屈意从人，非吾徒矣。正身俟时，将就木矣。悠悠偕时，岂能觉矣。心之忧矣，不期禄矣。"忧愤苍凉，溢于字里行间。正是这种自由的抒写，使得赋作能符合读者的阅读期望，紧紧地抓住读者的眼球。《论衡》中记载："孝武皇帝好仙，司马长卿献《大人赋》，上乃仙仙有凌云之气。孝成皇帝好广宫室，扬子云上《甘泉颂》妙称神怪，若曰非人力所能为，鬼神力乃可成，皇帝不觉，为之不止。长卿之赋如言仙无实效，子云之赋言奢有害，孝武岂有仙仙之气者？孝成岂有不觉之惑哉？"①司马相如和扬雄的赋作之所以能达到这样的效果，关键就在于他们在创作时是"发乎情"，从自己的内心感受出发，契合了读者的阅读期待。

这一时期的赋学批评还没有成形，只有零散的一些言论。这些言论并没有给辞赋创作制定任何规范，大多属于创作体验式的。最典型的当属《西京杂记》所载："司马相如为《上林》《子虚》赋，意思萧散，不复与外事相关，控引天地，错综古今，忽然如睡，焕然而兴，几百日而后成。其友人盛览，字长通，牂牁名士，尝问以作赋，相如曰：'合纂组以成文，列锦绣而为质。一经一纬，一宫一商，此赋之迹也。赋家之心，苞括宇宙，总览人物，斯乃得之于内，不可得而传。'览乃作《合组歌》《列锦赋》而退，终身不复敢言作赋之心矣。"②盛览的《合组歌》和《列锦赋》没有流传下来，大概是司马相如意思的进一步阐发吧。根据司马相如的说法，作赋只需要根据遵从赋家内心，运用语言工具表达出来就可以了，没有任何外在约束和限制。这段关于辞赋创作的对话，完全以创作者内在的小宇宙为中心，完全出乎自然，毫无疑问，这是"发乎情"的。

当把人性尽情地抒写在辞赋中而不加任何限制时，辞赋中的人性边界就会不断扩张，直至碰触到意识形态坚硬的边界，从此辞赋创作和批评进入了"止乎礼义"的阶段。

"闲邪"观念的出现，给辞赋创作划出了一道无形的界限。《周易·乾·文言》中就有"闲邪"概念出现："闲邪存其诚。"《周易》的《文言传》约形成于西汉初，也就是说，至晚在西汉初年已经形成了"闲邪"观念，这一观念后来被一些赋家直接作为描写情与礼冲突的赋作题目（如

---

① 黄晖校释：《论衡校释》，北京：中华书局，1990年，第641—642页。
② （汉）刘歆撰，（晋）葛洪辑：《西京杂记》，《景印文渊阁四库全书》，台北：台湾商务印书馆，1986年，第1035册，第9页。

王粲作《闲邪赋》，陶渊明《闲情赋》有"坦万虑以存诚"的句子）。对于"闲邪"的具体内涵，孔颖达解释为："闲邪存其诚者，言防闲邪恶，当自存其诚实也。"① "闲邪"的"邪"，很多人认为它就是"思无邪"的"邪"，如苏辙的《诗集传》："孔子曰：'《诗》三百，一言以蔽之，曰思无邪。'何谓也？人生而有心，心缘物则思，故事成于思，而心丧于思。无思其正也，有思其邪也。有心未有无思者也。思而不留于物，则思而不失其正，正存而邪不起。故《易》曰：'闲邪存其诚'，此'思无邪'之谓也。"②

其次由董仲舒提出的"罢黜百家，独尊儒术"，无形中强化了若隐若现的"闲邪"观念。《春秋繁露·循天之道》："故君子闲欲止恶以平意，平意以静神，静神以养气。"③这里提出的"闲欲"与"止恶"加起来应该就是"闲邪"，在这一时期的"闲欲"所指应该不止于男女之欲，它还包含更多。但不可否认的是，"闲欲"已经作为一个独立的概念从"闲邪"中分化出来了，为东汉时期女性审美辞赋定下了基调。"独尊儒术"的思想是为政治目的而提出的，它一经提出便直接作用于政权结构上并立刻体现出了效果，但是对于文学艺术领域的影响有滞后效应。一开始人们把主要的精力用于最主要的方面即政治生活，尚无暇顾及其他方面；另一方面，要让意识形态在文学艺术领域里发挥作用，有赖于在新的意识形态的熏陶下成长起来的赋家的参与。所以，西汉时期包含"闲欲"的意识形态虽然自董仲舒时期就开始确立，但它影响及于辞赋创作则要晚到扬雄时期。

扬雄四十四岁以前，完成了他最有代表性的四篇大赋《甘泉赋》、《河东赋》、《羽猎赋》和《长杨赋》，此后再无大赋出于其手。扬雄中年时期辞赋创作观念发生了巨大的变化，这在汉代辞赋批评史上具有标志性的意义。有人问他："'吾子少而好赋？'曰：'然，童子雕虫篆刻。'俄而曰：'壮夫不为也！'"④从早年热衷于辞赋创作，到后来放弃辞赋创作，其中的原因令人深思。张震泽在《扬雄集校注》中说：扬雄"四赋的创新之处，首先

---

① （唐）孔颖达撰：《周易正义》（上），北京：九州出版社，2004年，第29页。
② （宋）苏辙：《苏氏诗集传》，《景印文渊阁四库全书》，台北：台湾商务印书馆，1986年，第70册，第523页。
③ 曾振宇、傅永聚注：《春秋繁露新注》，北京：商务印书馆，2010年，第340页。
④ 李守奎等译：《扬子法言译注》，哈尔滨：黑龙江人民出版社，2003年，第16页。

在于建立了汉大赋的一种蕴藉的风格。以前的大赋多抒情言志之作，故其文华比较恣肆。他的四篇赋是写给皇帝看的，意在讽谏，故词多隐约，意旨深婉。刘勰评论说：'理赡而辞坚。'我们可以称为赋的蕴藉派的滥觞。"①在扬雄前期的辞赋创作中，已经有一条似隐似显的规范在形成，他对辞赋创作的负面看法也在萌芽。

不妨对司马相如和扬雄的赋作一个比较。司马相如《上林赋》开篇："楚使子虚使于齐，齐王悉发车骑，与使者出田。田罢，子虚过姹乌有先生，而亡是公存焉。坐定，乌有先生问曰：'今日田，乐乎？'子虚曰：'乐。''获多乎？'曰：'少。''然则何乐？'曰：'仆乐王之欲夸仆以车骑之众，而仆对以云梦之事也。'曰：'可得闻乎？'"完全是用讲故事的方式开头，引人入胜，所以可以断定，这篇赋创作的初衷是以趣味为主的。但扬雄的赋作不同，其《甘泉赋》开篇："孝成帝时，客有荐雄文似相如者。上方郊祀甘泉泰畤、汾阴后土，以求继嗣，召雄待诏承明之庭。正月，从上甘泉。还，奏《甘泉赋》以风。"虽然也用叙事手法，但是无复相如赋作的生动性。同时对于赋的使命也作了一个基本的定性，作赋的最终目的是"风"，即讽谏、规劝汉成帝。讽谏自此成为衡量汉赋创作的一条最重要的准绳，即成为收束汉赋的"礼义"，辞赋的创作不能顺着人性人情恣肆无边，必须到此为止。这一点，当时有多个批评者论及。

扬雄就提出了"诗人之赋"与"辞人之赋"的问题，他说："诗人之赋丽以则，辞人之赋丽以淫"，②"女恶华丹之乱窈窕也，书恶淫辞之淈法度也。"③"则"就是要有法度，要讽谏，而过分夸饰华丽的辞藻会妨碍讽谏。班固在《两都赋序》中也认为赋作具有"或以抒下情而通讽谕，或以宣上德而尽忠孝"的功能，完全将辞赋纳入到"礼义"的体系中去了。也有对辞赋创作极度反对的，如王充批评西汉赋家："文丽而务巨，言眇而趋深，然而不能处定是非，辨然否之实。"④有学者认为，"赋体文学的'讽谏'功能，是继承了《诗经》'国风好色而不淫，小雅怨诽而不乱'和《楚辞》'作辞以讽谏，连类以争义'的思想统绪，而在特定的时代文化氛围中通过

---

① 张震泽：《扬雄集校注》，上海：上海古籍出版社，1993年，第11页。
② 李守奎等译：《扬子法言译注》，哈尔滨：黑龙江人民出版社，2003年，第17页。
③ 同上书，第19页。
④ 黄晖：《论衡校释》，北京：中华书局，1990年，第1117页。

汪洋宏肆的铺排渲染表现出来的，具有鲜明的时代色彩与政治内涵"。① 所谓"国风好色而不淫，小雅怨诽而不乱"，是指可以有男女情思，但不过度；可以讥讽指责，但不宣扬作乱。这就是汉代人对"思无邪"的辞赋学解读，与"发乎情，止乎礼义"的诗学解读有异曲同工之妙。

汉赋发展到"止乎礼义"阶段后，赋作风气为之一变，其影响所及，不仅仅使大赋平添了讽谏的外衣，而且使小赋也受到了束缚，尤以描写男女情爱的赋作所受影响最大。

## 六、"防闲"观念对女性审美辞赋创作的影响

防闲观念形成之后，逐渐地影响到了文学创作领域，辞赋创作自然不能例外。从司马相如之后，两性审美类型的辞赋创作从本质上发生了不小的变化。这种变化在张衡的《定情赋》、蔡邕的《青衣赋》以及建安文人的同类赋作中都有体现，主要体现在三个方面。

第一，两性互动模式发生了根本性的改变。宋玉和司马相如的赋作中，两性互动模式有两种类型，一是以宋玉《神女赋》为代表的类型，女性既是美的化身，又具有一定的道德上的优点，对于男性的追求最终予以拒绝。第二类模式的赋作带有作者自证清白的意味，为了达到这一目的，赋作一般将女性塑造得泼辣大胆、主动热情，男性在赋中处于被动的尴尬状态。第二模式的赋作虽然有利于男性道德漂白，但是事实上会造成审美上的矛盾，即对美的认知与最终呈现出的情感之间无法调和的矛盾，男性一方面认为女性很美，另一方面又做出不符合审美认知的选择。

这种矛盾在司马相如之后，出现了弥合的迹象，第二种模式的赋作逐渐销声匿迹了。张衡的《四愁诗》是介于诗和赋之间的作品，虽然不能把它看成单纯的赋作而归入辞赋的历史系列中加以讨论，但是用它来补充《定情赋》由于篇章散佚而导致的意义缺失，还是值得一试的。《四愁诗》曾有个序："张衡不乐久处机密，阳嘉中，出为河间相。时国王骄奢，不遵法度，又多豪右并兼之家。衡下车，治威严，能内察属县，奸猾行巧劫，皆密知名，下吏收捕，尽服擒。诸豪侠游客，悉惶惧逃出境，郡中大治，

---

① 孙福轩:《中国古体赋学史论》，杭州：浙江大学出版社，2013年，第15页。

争讼息,狱无系囚。时天下渐弊,郁郁不得志,为《四愁诗》,效屈原以美人为君子,以珍宝为仁义,以水深雪雾为小人。思以道术为报,贻于时君,而惧谗邪不得以通。"① 此序已经多人辨伪,所以根据文本意义,将《四愁诗》认定为抒写男女相恋的作品更为恰当。

张衡的《定情赋》现在只剩残篇,难睹全貌。从残篇中可以看出赋作首先肯定了异性的美:"夫何妖女之淑丽,光华艳而秀容。断当时而呈美,冠朋匹而无双。"而且毫不掩饰由这种美而引发的情感反应——思念。由于上下文缺失,难以推断出这种思念是男性对女性的思念,还是女性对男性的思念。反观《四愁诗》中既有男性对女性的思念,也有女性对男性以赠物表达的好感,相比之下,男性对女性的思念更为深沉一些。由此推测,《定情赋》中也应该是有男女之间情意互动交流的。也就是说,从张衡的赋作开始,美与情不再是分离的关系,而呈现出自然统一的状态。

张衡之后,蔡邕的女性审美赋作留存相对较完整,其赋作中美与情也呈现出高度统一的状态。蔡邕《青衣赋》写的是一位地位低贱的美丽女子,赋中不仅尽情描写了这位女子的美,而且表达了作者对于这种美的无穷思慕,而女子对于作者也是依依不舍,男女两性都表现出积极主动的状态。《协和婚赋》是一篇描写新人婚嫁的赋作,赋中写了新娘之美、仪式之盛,甚至还写了洞房之事,但归结起来,这些无非都是"人伦之端始",是人类生生不息繁衍过程中的一个环节。把审美与人伦结合起来,把对异性的审美与人之常情结合起来,是蔡邕这篇赋的一个重要特点,开创了婚姻赋写作的模式。《检逸赋》是蔡邕另一篇关于女性审美的赋作,虽然已为残篇,但仍能看出美与情的交融。这位女子"颜炜烨而含荣",而作者"余心悦于淑丽","昼骋情以舒爱,夜托梦以交灵"。

东汉末至三国,有关女性审美的赋作还有不少,从赋中表现出来的两性互动模式上来看,它们都具有共同点。如陈琳的《止欲赋》既写女子"色曜春华,艳过硕人",也写"伊余情之是说,志荒溢而倾移",毫不掩饰自己的喜欢、爱恋与神往(至于对感情的克制,则属于作者内心的冲突,而非行动选择,下文另作讨论),美与情完全统一。陈琳《神女赋》中写

---

① 逯钦立:《先秦汉魏晋南北朝诗》,北京:中华书局,1983年,第80页。

道："既叹尔以艳采，又说我之长期。顺乾坤以成性，夫何若而有辞。"不但被美打动，心生爱恋，而且认为这种遇合是符合自然之道，欣然接受。应场《正情赋》也是"余心嘉夫淑美，愿结欢而靡因"，王粲的《闲邪赋》也表达出"愿为环以约腕"的强烈意愿，其《神女赋》也毫不回避感情上的纠结，"心交战而贞胜"。曹植《洛神赋》是女性审美赋作的扛鼎之作，不但写了神女的美丽情态与高洁心志，而且表达了作者因为神女之美而引发的无限怅惘，"遗情想像，顾望怀愁"。阮籍的《清思赋》受了玄学的影响，在阅读体验上与其他女性审美赋作相去甚远，词旨玄远，哲思精微。即使这样，仍然表现出自张衡以来美与情的统一，"嗟云霓之可凭兮，翻挥翼而俱飞"，如果天上的云彩可以依凭的话，我愿与她一起挥动翅膀而高飞。张华《永怀赋》："邀幸会于有期，冀容华之我俟。"毫不掩饰对于那份爱恋的向往与追求。他的《感婚赋》中写得更为直接："怨佳人之幽翳兮，恨检防之高深。"由于见不到佳人而埋怨起世俗的礼法来了。张敏《神女赋》写作者见到神女时"心荡意放"，主动"寻房中之至燕，极长夜之欢情"。可见，此阶段的女性审美赋作中，作者不但描写美，而且很真实地表露了自己对于这种美的向往。

张敏《神女赋》中的女性相当主动，说成自荐枕席毫不为过。但是不能因此简单地认为此赋是与《登徒子好色赋》《美人赋》同类。因为此赋中男主人公不再是被动尴尬的处境，而是欣然接受，纵情相娱，流连不舍的。从实质上看，美与情仍然是统一的。

美与情趋于统一，原因在于辞赋作者身份发生了变化。宋玉、司马相如的身份类似于游士，多与人主有亲狎的机会，他们的才华使他们有条件以文狎主，他们赋作中美与情的矛盾实际上就是审美与王权的矛盾。从汉武帝"罢黜百家，独尊儒术"，设五经博士以来，过去自由取舍各家学说的游士逐渐转变了身份，被吸纳到以儒家思想作指导的等级森严的官僚集团之中，游士之风也渐渐消歇。由于诸侯王逐渐被削弱甚至消灭，中央权力和皇权权威进一步加强，赋家与皇帝在除政治场合之外再难有日常生活上的交集；另一方面官僚体系在考核评价时更多地以儒家的价值观为标准，而不是以君王的喜好为标准，皇帝与臣子共同进行女性审美的土壤消失了。所以无论是生活中还是创作中，对于才华横溢的赋家来说，女性审美远离了王权，脱离了王权的限制，变成了个人的事情。由于加在审美之上的外力消失，审美活动就回归到它本来的状态，既有对美的官能体验，也有对美的精神情感体验，成为一个完整的审美活动。

其间也有与皇帝甚为亲狎的臣子，如卫青、霍去病、张放、董贤等人，这些人往往投主所好，得到皇帝赏识，能与皇帝日常游处，但是他们的身份不是游士，缺少游士身上所具有的文学才华，他们可以狎主，但没有能力以文狎主，所以，即使君臣有可能进行共同的审美，但是这种审美升华到文学高度的条件已经不再具备了。

第二，女性美的具体内涵发生了变化。在张衡以前，宋玉和司马相如赋作中对于女性美的描写多集中在外貌上，像"增之一分则太长，减之一分则太短；著粉则太白，施朱则太赤"这样经典的描写，就出自于宋玉的《登徒子好色赋》；司马相如的《美人赋》同样不遗余力地描写了东邻女子与郑卫女子的绝世美貌，既有"云发丰艳，蛾眉皓齿，颜盛色茂，景曜光起"的外貌描写，也有"弱骨丰肌"，"柔滑如脂"的肢体描写。大致流行于汉武帝时代的俗赋《妄稽》对于美女虞士的描写重点也是集中在外貌上："靡曼白皙，长发诱绐。駃邌还之，不能自止。色若春荣，身类缚素。赤唇白齿，长颈宜顾。……手若阴蓬，足若揣卵。丰肉小骨，微细比转。眺目钩折，蚘□□管。廉不签签，教不勉究。言语节检，辞令愉婉。好声宜笑，厣辅之有选。发黑以泽，状若蒳断。臂胻若蒻，奇牙白齿。姣美佳好，至京以子。发黑以泽，状若纤缁。问其齿字，名为虞士。"① 宋玉的《神女赋》中，除外貌之外，也有对女性情志的描写。约言之，这个时期赋作中对于女性美的描写并未形成统一的模式，对于女性美的共性认知只限于女性的外貌之美，品性之美并非女性美的必要因素。比如在《高唐赋》中神女荐枕，楚王得御，而《神女赋》中的神女则守节自持，在《登徒子好色赋》与《美人赋》中美女则主动大胆，近乎放纵。

司马相如之后，女性审美赋作中对于女性美的认知趋于稳定，赋作除了描写女性的外貌之美，还要描写女性的品性之美，对于品性之美的描写成为女性审美赋作中不可或缺的要件。张衡赋作残缺，在这方面已难以作为样本进行探讨。蔡邕的《青衣赋》可以看作是这方面的代表。赋作不

---

① 转引自何晋：《文学史上的奇葩——北京大学藏西汉竹书〈妄稽〉简介》，《文汇报·文汇学人》，2015 年 12 月 18 日，第 10 版。

仅进行了外貌描写,还详细描写了该女子的品性:"《关雎》之洁,不陷邪非。察其所履,世之鲜希。宜作夫人,为众女师。"女师是掌管教养贵族女子的女性教师,青衣作为一名地位低贱的女子,当此殊荣,可见作者对于其品性的肯定与赞美。蔡邕的《协和婚赋》因残缺,不能断定其没有女性品性的描写,以《青衣赋》作类比,有品性描写当是情理中的事情。陈琳《止欲赋》中写女子品性:"允宜国而宁家,实君子之攸嫔。"其德行足以让国泰家安,与有德君子为伴。陈琳《神女赋》从现存规模上来看,应该不是完篇。如果是完篇,与宋玉、曹植的同名赋作相比较,则篇幅过短,容量过小,有潦草敷衍之嫌,无论是外貌描写还是品性描写都显得模糊不清。阮瑀《止欲赋》中写道:"禀纯洁之明节,后申礼以自防。重行义以轻身,志高尚乎贞姜。"重点强调女性纯洁守礼,重义轻身的美好品德。杨修的《神女赋》中的神女不仅"华面玉粲,韡若芙蓉。肤凝理而琼絜,体鲜弱而柔鸿",而且举止得体,进退有节,"彼严厉而静恭",对待男女大防毫不含糊,而且"微讽说而宣谕",婉言相劝,以理服人。应场的《正情赋》已经完全将外貌描写与品性描写融合在一起了,很难分出彼此,像赋的首句:"夫何媛女之殊丽兮,咨温惠而明哲。"前句写女子的美丽,后句写品性,两个方面密不可分。这说明,到了这个阶段,对于女性之美的认知已经完全定型,外貌之美与品性之美缺一不可,没有高洁品性的女子在审美方面至少是残缺的。王粲《神女赋》并没有对神女的品性做详细的描述,但从字里行间仍可看出端倪,"举动多宜",所谓的"宜"就是恰当、合乎规范,当时对于女子的规范是什么呢?当然是守礼;"称《诗》表志",说明神女对于儒家经典是认可和熟悉的。曹植《洛神赋》中的神女也并没有超脱人间的礼法:"嗟佳人之信修,羌习礼而明《诗》","动朱唇以徐言,陈交接之大纲"。在阮籍旨意玄远的《清思赋》中,也隐约提到了女子的品性之美:"清言窃其如兰兮,辞婉婉而靡违。""靡违"就是无所违背,合乎规矩。张华《永怀赋》的女子格外忠贞:"誓中诚于瞰日,要执契以断金。"其《感婚赋》中的女子也是"容华外丰,心神内正",所谓"正"就是合乎大多数所认可的道德规范。张敏《神女赋》中神女自诩:"我实贞淑,子何猜焉?且辩言知礼,恭为令则。美姿天挺,盛饰表德。"知书、守礼、有德,甚至华丽的装饰也是为了象征自己美好的品德而设。这篇赋中有个不可回避的矛盾,神女先称知礼,但事实上并没有守礼,而是自荐枕席，前后的反差的确让人感到迷惑。其实大可不必为此纠结，当时描写女性之美已经形成了一种套路，真正的美必须是德貌双全，缺一不可。如果按照这一套路写作，赋中知礼的含义是指向美的，而不是指向价值判断的。

将女子品性之美纳入描写范围，实际上是西汉中期以来女德观念逐渐浸润、扩散的结果。关于这一点，下文将会提及，此处不再一一论述。

第三，道德自律的形成。上文所讲美与情的统一，是就审美主体与客体之间的关系而言的，主客体的统一不等于审美主体不存在内在的冲突。事实上，在女性审美辞赋中，作为审美主体的作者在司马相如之前很少有内心的冲突，如果说有冲突的话，那也是审美主体与外在因素的冲突。宋玉《讽赋》写的是对于女色的拒绝，如前文所述，此赋与宋玉的《登徒子好色赋》、司马相如的《美人赋》一样，其实都是审美者与外在权力的冲突。宋玉《神女赋》中审美者情动于中，基本的感情基调是向往、追求，是单向度的，没有内在的冲突因素。在司马相如之后，女性审美辞赋中处于审美主体地位的男主人公内心就出现了向往与克制、追求与压抑之间的冲突。张衡《定情赋》从残篇正文中看不出这种矛盾，但是这种矛盾一定是存在的。此赋题作《定情赋》，"定情"二字非今人所理解的双音节词"定情"，即确定爱情关系，而是两个单音节词，"定"为镇定、安定之意，"定情"即镇定感情之意，与"静情""闲情"是同样的意思。蔡邕《检逸赋》从残篇正文中也难睹究竟，其标题原题作《静情赋》，"静情"与"定情"意思相同，"检逸"二字为约束放任的感情之意。陈琳《止欲赋》正文仅表达出"欲"，而没有"止"的意思，所以此赋也应该是残篇，完篇应该有作者对于自己内心感情的克制。阮瑀《止欲赋》篇末出现了"知所思之不得，乃抑情以自信"的句子，此处的"抑情"就是一种内心的冲突状态，作者将"抑"的原因归于"所思之不得"，即千思万想追求不得无奈之下为了减轻痛苦才做出的克制感情的决定。因为此赋也为残篇，难以断定全赋关于"抑"的表达是否还有更多。应玚《正情赋》、曹植《静思赋》亦残，但属于同类作品无疑。

有一点值得注意的是，辞赋创作自西汉开始就有了模拟的风气，同类题材的作品在创作模式方面往往具有一定的相似性。根据这一规律，"定情""静情""止欲""正情"等作品在创作模式上存在着一定的相似性，尤其是赋作中出现的这种审美主体内在冲突的原因应该是一致的。王粲的《闲邪赋》在一定程度上揭示了这种内在冲突的真正原因，"闲"为防御、约束之意，"邪"为不正，相当于其他赋作的"情"，这种情不合乎规范则为邪，导致审美主体内在冲突的根本原因是出于道德上的考量。王粲《神女赋》中也透露出相关的信息："顾大罚之淫愆，亦终身而不灭。心交战而贞胜，乃回意而自绝。"因为贪恋美色会受到惩罚，所以在道德上选择了儒家执正守一的姿态。阮籍《清思赋》中也存在审美主体内在的冲突，只不过这种冲突的原因与前述辞赋是不一样的："既不以万物累心兮，岂一女子之足思！"导致这种内在冲突的不是儒家的伦理规范，而是老庄思想，这是玄学炽盛时期女性审美辞赋受到影响的必然结果。

势均力敌的冲突双方力量应该是旗鼓相当的，但是上述审美主体内在的冲突却不是这样。表现在赋作中，感情和审美的篇幅要大得多，作为冲突另一方的有关克制、抑制内容的篇幅则少得多，有些赋作只是在赋末用几句话点出。这种模式像极了汉代大赋"劝百讽一"的套路，甚至是如出一辙。大赋中"劝"的内容虽非情欲，但也是人的本性中向往的美事，"讽"是迫于舆论压力或作者内心的责任感而出现的符合政治或道德原则的建议。大赋中"劝"和"讽"的矛盾不但没有通过自身的发展得到解决，而且逐渐扩散，影响到了其他题材的赋作。

仔细揣摩司马相如之后的女性审美赋作，就会发现导致审美主体内在冲突的根本原因是作者内在的道德自律力量的加强。这种道德自律和武帝时奉行的独尊儒术的政策不无关系。独尊儒术不仅仅是设立了一些机构，制定了一些政策，关键是确立了一种价值观，附带在这种价值观上的体制性利好让读书人欲罢不能，纷纷以儒家思想为准绳，进行自我修养。而儒家思想中关于女色的内容也深入人心。孔子曾将"德"与"色"放在难以相容的位置上："吾未见好德如好色者也。"[①] 这句话是说，一个人可以好德，也可以好色，但通常情况下人们更为好色一些。言外之意则是，如果好色过甚，会影响好德。事实上，孔子并不是完全反对女色，他所说的"食色，性也"，就是对女色的一种正面的肯定。但是一旦女色危及政治与道

---

① 程树德撰，程俊英、蒋见云点校：《论语集释》（下），北京：中华书局，2013年，第1254页。

德追求，孔子就会毫不犹豫地加以反对。孔子在鲁国做大司寇时，"齐人归女乐，季桓子受之，三日不朝。孔子行"。①看到季桓子贪恋美色，连政事都不理了，孔子毅然弃官离开了。在离开鲁国时，还唱了一首歌："彼妇之口，可以出走；彼妇之谒，可以死败。"②那些美女们的逸言，可以逼走大臣；那些美女们的请谒，可以破国亡家。儒家向来有治国平天下的宏愿，而汉代之前的历史，一些特别突出的事例也证明了女色对于政治的危害性，如夏朝之妹喜、商朝之妲己、西周之褒姒、春秋之息妫等等。在汉武帝之后的读书人来看，如何看待女色不但有先贤的理论，而且有历史的明证，确立女色害德的观念应该是顺理成章的事情了，影响及于辞赋，就形成了对女性美的追求与来自教育的对女色害德的戒惧二元并存的局面，冲突就在所难免了。

宋代王楙在《野客丛书》中认为从宋玉开始到南北朝的女性审美辞赋都是转相因袭模拟的："小宋状元谓相如《大人赋》全用屈原《远游》中语，仆观相如《美人赋》又出于宋玉《好色赋》。自宋玉《好色赋》，相如拟之为《美人赋》，蔡邕又拟之为《协和赋》，曹植为《静思赋》，陈琳为《止欲赋》，王粲为《闲邪赋》，应玚为《正情赋》，张华为《永怀赋》，江淹为《丽色赋》，沈约为《丽人赋》，转转规仿，以至于今。"③从题材方面来看，这样讲是有道理的。但这种归类方法过于粗疏，显然忽略了女性审美赋作在司马相如之后所发生的巨大变化。

### 七、《青衣赋》与《诮青衣赋》对抗的审美解读

蔡邕《青衣赋》是一篇很有特色的赋作。在《诗经》一些篇章中，男性或者女性的地位往往被当作审美的当然因素。在蔡邕之前的女性审美赋中，也存在同样的情况，有些赋作描写的女性是神，其地位之高自不待言；有些赋作描写的是人，从环境及装饰方面看，应该是上层社会的女子，至少也是拥有人身自由的平民。宋玉《讽赋》中的主人之女"披翠云之裘，

---

① 程树德撰，程俊英、蒋见元点校：《论语集释》（下），北京：中华书局，2013年，第1441页。
② （汉）司马迁撰：《史记》，北京：中华书局，2006年，第324页。
③ 徐志啸：《历代赋论辑要》，上海：复旦大学出版社，1991年，第71页。

更被白縠之单衫，垂珠步摇"，还有"翡翠之钗"，全身上下散发出华贵的气息。宋玉《登徒子好色赋》中的东家之子，应是平民家的少女。司马相如《美人赋》中的女子的住处"暧若神居"，内部"芳香芬烈，黼帐高张"，女子饰有玉钗，穿着罗衣，还有各种珍奇的用品，其地位想必不低。蔡邕却一反传统，在《青衣赋》中描写了一位美丽出众的婢女。

　　青衣是青色或黑色的衣服，从汉代开始，是地位低下者的服色，这篇赋用青衣代指婢女。《青衣赋》中的婢女首先非常美丽，她有洁白的牙齿，弯弯的眉毛，乌黑的头发，白嫩的脖子，高挑的身材，表情可爱，举止得体。其次，她具有美好的德行，从不沾染邪恶的事情，堪称世间女子的楷模。可以说，赋中青衣外美与内美兼具。蔡邕家世虽称不上显赫，但是也属于当时的社会名流，其祖上曾经为官，其父蔡棱节操清白，死后被谥贞定公。蔡邕本人也非常遵守礼制，为侍奉卧病的母亲，三年未解衣带，母亲去世后，依墓建房而居。这些事迹广为时人称道。蔡邕曾入仕，任过郎中、议郎、侍中、左中郎将等官职，被封为高阳乡侯。可见，蔡邕在当时具有较高的社会地位，然而在《青衣赋》中，他不顾自己与青衣之间巨大的社会地位差别，毫不避忌地表达了对于青衣的爱恋与思念。当然，当时以侯王身份纳婢女为妾的情形是存在的，但是这种关系仍然是一种绝对服从的主仆关系。但当蔡邕把对婢女的爱恋形诸文字时，情形就发生了变化，把主仆关系升华成一种在感情上能够平等交流的关系，且把这种关系置于社会的舆论场中，这本身就表达出对青衣的尊重。东汉时期正值门阀士族萌芽阶段，上层与下层之间的鸿沟正在逐步加大，蔡邕此赋无视这种身份地位的差距，无疑会造成对现实的冲击。

　　《青衣赋》在当时引起的争议细节已无从考证，从张超的《诮青衣赋》中仍可看出争议的激烈程度。张超认为《青衣赋》除了文辞，一无是处。其主要抨击方向是《青衣赋》中所表达出来的道德败坏问题。赋中说："高冈可华，何必棘茨？醴泉可饮，何必洿泥？隋珠弹雀，堂溪刈葵。鸳雏啄鼠，何异乎鸱？"高山上可以采到花朵，何必到灌木丛中寻找？不饮用甘泉之水，为何到污水坑里找水喝？这种行为就像用宝珠去射鸟，用宝剑去收割野葵。凤凰去吃老鼠肉，和猫头鹰有何区别呢？此处的高冈、醴泉、隋珠、堂溪、鸳雏均指社会地位较高的女子，而棘茨、洿泥、雀、葵、鸱均指青衣，言下之意是不去追求上层社会的异性，为什么偏偏要中意地位低下的青衣呢？如果仅仅是地位低下，张超的反对也不会如此激烈，关键问题是张超把地位低下的女子等同于卑贱淫荡的妻妾，"三族无纪，绸缪不序。蟹行索妃，旁行求偶。昏姻无媒，宗庙无主。门户不名，依其在所。生女为妾，生男为房"。如果娶了青衣那样的女子，会导致伦理次序错乱，会破坏长幼尊卑的次序。这种行为就是不顾规矩礼节地求取妻妾，不以正道求得配偶。如果婚姻没有媒妁之言，在宗庙祭祀祖先时就没有主祭人。门第也会没有名望，只能局促于其居住地。生下的女儿只能给别人做侧室，生下儿子只能给别人当奴仆。不难看出，张超把地位的低下和道德的败坏等同起来了。其实，当时持有这种观点的不止张超一个人，张超的观点反映了当时的一种现实。

对于女子的德行要求早在汉代以前已经存在，在西汉时期有所加强，具体的标志就是刘向的《列女传》。《列女传》的事例分为七个类别：母仪、贤明、仁智、贞顺、节义、辩通、孽嬖，其中所收录的事例逐渐成为妇女德行养成的典范。东汉时期，班昭对女子德行提出了更高的要求。她把以前有关女子教育零散的史料整理成系统的理论，形成《女诫》一书。书中要求女性"谦让恭敬，先人后己，有善莫名，有恶莫辞，忍辱含垢，常若畏惧"，更提出了女性必修的"四德"："清闲贞静，守节整齐，行已有耻，动静有法，是谓妇德。择辞而说，不道恶语，时然后言，不厌于人，是谓妇言。盥浣尘秽，服饰鲜洁，沐浴以时，身不垢辱，是谓妇容。专心纺绩，不好戏笑，洁齐酒食，以奉宾客，是谓妇功。此四者，女人之大德，而不可乏之者也。"[1]《女诫》的影响很大，在此后很长时期内，成为女子日常德行养成的不二法则。

但是，需要注意的是，《女诫》所提倡的种种，其本意是向全社会推广，但在当时，实际上只在社会上层产生较大的影响，下层的情况有着很大的不同。现以较容易判断和掌握的女子再嫁为例，看一下当时的情形。

女子不再嫁的观念在西汉时期尚无非常明确的表述，东汉时期则有了非常确切的提法。班固在《白虎通》中就提出："夫有恶行，妻不得去者，地无去天之义。夫虽有恶，不得去也。"[2]即无论如何，妻子只能从一而终，

---

[1] （南朝宋）范晔：《后汉书》，北京：中华书局，1965年，第2789页。
[2] 陈立：《白虎通疏证》，北京：中华书局，1994年，第467页。

不能改嫁。班固的妹妹班昭也有同样的表述："《礼》，夫有再娶之义，妇无二适之文，故曰夫者天也。天固不可逃，夫固不可离也。行违神祇，天则罚之；礼义有愆，夫则薄之。"① 男子可以再娶，女子不可以再嫁，若再嫁，就违背了天意，会受到惩罚和轻视。至此，女不二嫁的观念正式形成并确立，但是这种观念并不是对社会现实的总结，而是发端于少数精英的提倡，所以需要推广才能为全社会知晓并接受。由于当时传媒不发达，主要推广渠道是教育。但是，汉代的教育并不发达，面向的人群也极为有限，所以推广起来并不容易。首先践行这一观念的是社会上层人士。把西汉和东汉的后妃出身作一对比，就会发现一个有趣的现象。西汉刘邦的薄姬和赵美人、汉景帝的王皇后、汉成帝的张美人等都是再嫁成后成妃的。但根据《后汉书·皇后纪》所记载的20位皇后或贵人，没有一位是再嫁成后成妃的，也没有一位在帝王死后再嫁他人。还有一部分受儒学浸润很深的家族，也有女不再嫁的事例。班昭出身于诗礼簪缨之家，她14岁嫁入曹世叔家，世叔死后，誓不改嫁，践行了她提出的"妇无二适之文"的理论。儒学大师桓鸾的女儿嫁给了刘长卿，生一子。儿子5岁时刘长卿去世，她不肯再嫁。10年以后，年仅15岁的儿子也不幸夭亡，她割耳自誓，决意不再嫁。她说："昔我先君五更，学为儒宗，尊为帝师。五更已来，历代不替，男以忠孝显，女以贞顺称……是以豫自刑翦，以明我情。"② 上流社会的家族有名望，誓不再嫁是对名望的守护。综合刘向《列女传》、后人所续的《续列女传》、范晔《后汉书·列女传》、常璩《华阳国志》等典籍，会发现东汉守节不嫁的女性要远远多于西汉。

以上事例多发生在上流社会，但并不是上流社会的所有女性都遵守的。皇室的公主们，丈夫死后就很少守寡，一般都会再嫁，如东汉光武帝刘秀的姐姐湖阳公主，丈夫死后看上了相貌不凡的宣平侯宋弘，刘秀就欣然前去提亲。一些守节的女子，在再嫁问题上受到了家人的逼迫，说明其家人对女不再嫁的观念是很不以为然的。汉末的荀爽，是儒学大师，他就曾逼女儿再嫁，上文所提到的桓鸾的女儿，也是受到家人的压力。可见，再嫁在很多人眼中是很正常的事情。占人口主体的中下层百姓更是把再娶再嫁

---

① （南朝宋）范晔：《后汉书》，北京：中华书局，1965年，第2790页。
② 同上书，第2797页。

看成寻常的事情了，对于他们来说，生活下去是主要的，至于家族名望、个人的声誉都是要排在后面的。以上所举守贞与再嫁的例子，实际上反映的是西汉中期以后至东汉末年社会道德分化的一种情形，这种分化不仅存在于社会上层，而且存在于社会中下层，其中以社会上层与底层分化最为严重。

上层社会女性高者以守贞著称，低者即便是再嫁的女性还是遵守基本的伦理规范的。但是对于下层的奴婢来说，情形就完全不一样了。瞿同祖说："在中国古代社会，婢与主人的性关系本是社会和法律所默认的。"[①] 这里所说的默认，是对男主人与婢女之间关系而言的，并不包括男性的奴仆与女主人。婢女是没有人身自由的，也没有婚姻保证，在两性关系方面很多时候不是自主的，而是取决于其主人的，所以这一阶层在两性道德方面更为混乱。张家山汉墓竹简《二年律令·杂律》："婢御其主而有子，主死，免其婢为庶人。"[②] 婢女与男主人有染且生子，是有机会得到自由之身的。所以，有些婢女不专私于一个男主人，而是与多个男主人有染。《汉书·王莽传下》："莽妻旁侍者原碧，莽幸之。后临亦通焉，恐事泄，谋共杀莽。……既葬，收原碧等考问，具服奸、谋杀状。莽欲秘之，使杀案事使者司命从事，埋狱中，家不知所在。赐临药，临不肯饮，自刺死。"[③] 即原碧与王莽和王临父子俩都有染，此时此地，原碧是没有道德考量和选择余地的。除了主人，婢女有时还与主人以外的其他异性有染。像王莽被贬就国的时候曾幸侍女增秩、怀能、开明，后来这三人都育有子女。但王莽并没有把他们带回京师，因为他不能确认这些子女是不是他的血脉。由此可见，当时的婢女在处理两性关系时是比较随意的。《汉书·卫青霍去病传》中记载，卫青的母亲卫媪是平阳公主家的婢女，生有三个女儿，长女君孺，次女少儿，三女子夫。卫媪与服务于平阳公主家的县吏郑季私通，生卫青。卫青有两个弟弟步和广，根据班固的说法，他们"皆冒卫氏"，都假称姓卫，终不知其父。

这种情形不限于西汉，就在儒家伦理规范定为一尊之后，对婢女的道

---

[①] 瞿同祖：《中国法律与中国社会》，载《瞿同祖法学论著集》，北京：中国政法大学出版社，1998年，第260页。

[②] 李均明著：《秦汉简牍文书分类辑解》，北京：文物出版社，2009年，第178页。

[③] 班固撰：《汉书》，北京：中华书局，2007年，第1055页。

德状况也没有产生影响。原因有三：第一，因为儒家的伦理道德规范是针对"君子"的，而婢女天然地被排除在外，所以人们不会用儒家的道德规范去苛责婢女；第二，婢女的男主人更愿意维护和维持主人对于婢女的优势地位，从而从中谋取福利，会有意无意地把婢女排除在正常的伦理规范之外；第三，与不同的异性私通，固然有风险，但其中包含着改变命运的契机。所以，不仅仅是汉代，即便在以后一千多年间，这种情况都没有太大的改变。

蔡邕在《青衣赋》中也叹道："金生沙砾，珠出蚌泥。"他承认在婢女这一卑微的阶层，是泥沙俱在的。泥沙俱在只能说明婢女阶层的主流，不能用来说明这个阶层的每一个个体。清白、优秀者应该还是有的，所以，不能认定为《青衣赋》中所写的女子就一定失实。但是当把个体特征用文字展现出来的时候，尤其是用赋这种形式——以隐去具体姓名、时间、地点的方式展现的时候，读者非常容易把它理解为一种普遍化描写，理解为蔡邕似乎要给婢女阶层做翻案文章，给这个弱道德化的群体贴上一张非常高尚的道德招贴。这自然要引起很多人的不满了，张超只是其中之一。张超在《诮青衣赋》中，并不是否定蔡邕所描写的这一个个体，而是用否定这个阶层的方式来反击蔡邕，其中是不是有对《青衣赋》的误读或有意误读之处，很值得回味。张超愤怒的另一个原因是觉得蔡邕玷污了读书人阶层。蔡邕认为青衣"宜作夫人，为众女师"，把张超心目中属于不同道德体系的人放到了同一个体系中，用同一个标准来衡量。在张超看来，无非就是两种情况，一是抬高了婢女阶层的道德水准，二是降低了上流社会包括读书人在内的道德水准。在《诮青衣赋》中，张超将婢女阶层与淫荡画上了等号，显然提升她们的道德水准是不可能的。那就剩下后一种情形了，拉低了士人的道德水准，他的痛心疾首实是根源于此，绝不是为了蔡邕的"自甘堕落"。

且放下蔡张二人的争议不说，《青衣赋》在女性审美赋作创作序列中，实在应该占有重要的地位。从《诗经》以来的传统，对于女性的审美，其身份和地位都是重要因素之一。地位高的、身份显赫的女性似乎能够给予人们更为强烈的审美体验。蔡邕的《青衣赋》以不惜与社会现实和士人阶层的对抗为代价，排除了女性身份地位因素在审美中的作用，使审美的重点完全聚焦于女性自身的精神之美与形体之美上。可以这样说，《青衣赋》

使女性审美赋作进一步从外在的社会性的审美因素中解放出来,向纯粹的女性审美迈进了一大步。

## 八、《洛神赋》人神恋爱的审美意义

人神恋爱是中国古代文学中一个历史悠久的传统。有人把这一传统题材的源头溯源至《诗经》,这是有一定道理的。但是比较集中而充分地描写人神恋爱应该是从楚辞开始的。楚辞中人神恋与《诗经》中零星的同类题材关系并不密切,而是与其起源于祭歌的特点息息相关。祭祀从本质上来说,是人类取悦神灵的活动,很容易被演绎成男祭司或女祭司与异性神灵的恋爱行为。这种人神恋爱至今读来仍令人荡气回肠,但是从根本上说,它带有巫风扇炽之下集体无意识的烙印,不是带有个体冲动的、自发的人神恋爱。自发地畅叙人神恋情当从宋玉开始,宋玉的《神女赋》上承楚辞,为辞赋别开人神恋爱的新路,后代创作者多继其踵武。

以人神恋爱作为题材的辞赋作品,最出色的当属宋玉的《神女赋》和曹植的《洛神赋》。这两篇赋作处于女性审美辞赋历史序列的不同位置,《神女赋》前文已经论及,这里谈谈《洛神赋》在女性审美辞赋发展演变中的作用。在说明这个问题之前,不妨将这一演变过程的起点设为蔡邕的《青衣赋》,终点设为陶渊明的《闲情赋》。

在《青衣赋》中,作者更注重女性内在的美,是回归真正美的一次努力,但在对青衣的审美时,说她特别会做事,仍然带有一定的工具性、实用性的目的。《洛神赋》则继续推动了这一趋势,使女性审美完全成为一种价值判断,成为精神世界的自由游历。

唐代李善在《文选》注中说《洛神赋》原名是《感甄赋》,是怀念曹丕的甄后而作,后来魏明帝下令改为《洛神赋》。李善的说法不太可靠,固然不必信以为真,但是从《洛神赋》所表达出来的情绪来看,此赋背后必有难言的苦衷。当时文人作类似题材者大有人在,陈琳、杨修、应玚、王粲等人都有同类作品流传,可大多数作品徒有形式,是为创作而创作,没有真情实感。《洛神赋》则不同,字里行间透露着变化多端的复杂感情,有初见时的"余情悦其淑美兮,心振荡而不怡",相约时的"执眷眷之款实兮,惧斯灵之我欺。感交甫之弃言兮,怅犹豫而狐疑",分别时的"恨人神之道殊兮，怨盛年之莫当。抗罗袂以掩涕兮，泪流襟之浪浪。悼良会之永绝兮，哀一逝而异乡"，回忆时的"遗情想像，顾望怀愁"，"浮长川而忘反，思绵绵而增慕"。其中"悦"、"不怡"、"惧"、"怅"、"狐疑"、"恨"、"怨"、流泪（悲）、"悼"、"哀"、"怀愁"、"思"等相互冲突、相互呼应、相互交织的情绪或同时呈现，或次第而出，若不是在现实中受到强烈的感情刺激，是不可能有如此复杂的情感体验的。作者把产生于现实生活中的真情实感完全贯注到了这篇赋中，寄托在对神女的无限思恋之中。

如果作一个纵向比较的话，宋玉赋和司马相如赋中那种略带轻佻的感情基调从《青衣赋》开始就已经不见了，这一情形在《洛神赋》中得到了巩固，感情变得更真切了。陶渊明的《闲情赋》即是在这个基础上继续发展的，把真切发展到了忘我的境地。

虽然《青衣赋》中表达的感情是真切的，但仍然流露出上流社会对处于弱势的社会下层婢女那种俯视悲悯的态度，即审美的角度是由上向下的，是俯视的。《洛神赋》中视角变成了人对神的仰视，即经过东汉到三国这段历史时期的发展，审美视角由主对仆的俯视变化为人对神的仰视。虽然不能用这种变化来说明女性地位在现实中的相应变化，但是它的确反映出男性对于女性美的理解发生了深刻的变化。这种变化就是把女性的美从现实中"精慧小心，趋事若飞。中馈裁割，莫能双追"的美提升到了理想美的境界。

人们当初在想象和创造神灵的时候，已经有了一种预先的设定，即神灵是优于人类的存在，无论是从能力、生活环境还是形态上来说都是如此。人们在形容女性之美的时候经常用"貌若天仙"这样的词汇，一方面说明神仙的确比人要美，另一方面也说明人间的至美似乎可以达到神仙美的境界，但又不是神仙的美，只能是"若"。不管《洛神赋》中的洛神有没有现实中的原型，其中的女性形象已经确确实实变成了高于人的存在，相应地赋中的女性之美也超越了人间之美。

同样描写的是女神，《洛神赋》中的美比宋玉的《神女赋》中的美更接近理想之美。这一结论并不建立在对女性美描写的技术层面，而是建立在对作者写作思维的分析基础之上的。约言之，主要有以下两个方面。

一是对比的方向不同，《神女赋》大体上是向下对比，而《洛神赋》是向上作比。《神女赋》为了突出神女之美，用人间的美来反衬神女的美，描写道:"其象无双,其美无极,毛嫱鄣袂,不足程式;西施掩面,比之无色。"用人间公认的美女来衬托神女之美。在人们的意识中,神女的美本应高于人间之美,所以这样的对比对激发读者关于神女之美的想象作用是很有限的。《洛神赋》中则如是比喻和描写:"其形也,翩若惊鸿,婉若游龙","奇服旷世,骨象应图"。"惊鸿""游龙"的形象蕴含的是一种可以诉诸想象但又难以具象化的美,是一种抽象的美,这种美已经超过了对女性外貌形体进行具体描写所能达到的美的最高境界。"婉若游龙"的说法源自《神女赋》,"忽兮改容,婉若游龙乘云翔",但是这种比喻与毛嫱、西施的比喻混杂在一起,充其量只能成为木桶上的长板,而整个赋作的审美效应则是取决于向下作比的短板的。"骨相应图","图"是图画的意思,图画中的女性美是不受任何现实条件制约的,只和读者的想象力有关,可以直抵读者想象力的最远边界。

二是美的目的不同。《神女赋》的创作是在特定的君臣对话语境中创作的,赋作的根本目的就是取悦君王,赋中的神女再美,其身份也只能和作者一样,臣服并服务于君王。即此赋中美不是最终目的,只是服务于最终目的的子目的。赋作中也清楚地表达了这一点:"性和适,宜侍旁。顺序卑,调心肠","骨法多奇,应君之相"。神女再美天生就是陪侍君王的面相,只能从属于君王,只能陪侍在君王身边。《洛神赋》中描写了神女的外貌之美、情态之美、仪仗之美、德行之美,这些美是自由的,在赋中没有高于神女的存在或者权威,神女就是美,美就是神女,除了美之外别无其他的附属目的,是一种纯粹的美。

《洛神赋》以其极高的艺术成就提升了辞赋中女性审美的境界,继宋玉之后,使辞赋中的女性审美脱离了王权与世俗社会的种种考量,将之置于一种自由之地,不仅通过神灵这种高于人间的存在来提升女性审美的理想特质,更重要的是通过内在审美意蕴提升了审美的品质。与《洛神赋》同时的其他描写人神恋的辞赋作品,在审美意蕴上都流于单薄,对于女性审美境界与品质的提升基本无所建树。陶渊明《闲情赋》只靠两汉女性审美赋作的滋养是不足以出现的,其间审美境界与审美品质的巨大差距就是靠《洛神赋》来弥补和拉升的。

## 九、作品译读

### 讽赋

(战国) 宋玉

楚襄王时，宋玉休归。唐勒谗之於王曰："玉为人身体容冶，口多微词，出爱主人之女，入事大王，愿王疏之。"玉休还，王谓玉曰："玉为人身体容冶，口多微词，出爱主人之女，入事寡人，不亦薄乎？"玉曰："臣身体容冶，受之二亲；口多微词，闻之圣人。臣尝出行，仆饥马疲，正值主人门开，主人翁出，妪又到市，独有主人女在。女欲置臣，堂上太高，堂下太卑，乃更于兰房之室，止臣其中。中有鸣琴焉，臣援而鼓之，为《幽兰》《白雪》之曲。主人之女，翳承日之华，披翠云之裘，更被白縠之单衫，垂珠步摇，来排臣户曰：'上客无乃饥乎？'为臣炊雕胡之饭，烹露葵之羹，来劝臣食。以其翡翠之钗，挂臣冠缨，臣不忍仰视。为臣歌曰：'岁将暮兮日已寒，中心乱兮勿多言。'臣复援琴而鼓之，为《秋竹》《积雪》之曲，主人之女又为臣歌曰：'内怵惕兮徂玉床，横自陈兮君之傍。君不御兮妾谁怨，日将至兮下黄泉。'玉曰：'吾宁杀人之父，孤人之子，诚不忍爱主人之女。'"王曰："止止。寡人于此时，亦何能已也！"

(《全上古三代秦汉三国六朝文》，商务印书馆，1999年)

**译文**：

楚襄王的时候，宋玉离职回家。唐勒趁机在襄王面前说宋玉的坏话："宋玉这个人体健貌美，言辞婉转而巧妙，出外宠爱寓所主人的女儿，回来才侍奉大王您，希望您疏远他。"宋玉回来后，襄王对宋玉说："你体健貌美，言辞婉转而巧妙，出外宠爱寓所主人的女儿，回来才侍奉我，这样做不是不厚道吗？"宋玉说："我体健貌美，来自于父母；言辞巧妙，得之于圣人。我曾经外出，仆人饥饿，马儿疲劳，正好遇到主人大门敞开，主人家的老翁外出，老太太上街，只有主人的女儿在家。女儿想安置我，让我住在正房嫌太高，住在下房又嫌太低，于是把我安排在她的闺房，让我留在房中。闺房中有琴，我拿过来弹奏，弹奏的是《幽兰》《白雪》这样高雅的曲子。主人的女儿，笼罩着太阳般的光华，身披青云般的皮衣，外罩洁白的纱衫，头饰上珠串悬垂，随步摇摆，过来推开我房间的门说：'尊贵的客人，您饿了吧？'为我煮了菰米饭，熬了莼菜汤，让我吃一点。她（与我如此亲近以至于）翡翠簪子，挂在了我的帽缨上，我不敢抬头直视她。她为我歌唱：'一年将尽天已寒，内心狂乱不可言。'我又拿琴来弹，弹奏的是《秋竹》《积雪》这类曲子，主人的女儿又为我歌唱道：'心怀惊惧上玉床，横卧就在您身旁。您不爱我能怨谁，青春逝去老将至。'宋玉说：'我宁愿杀死他人的父亲，使其子成为孤儿，真的不愿宠爱主人的女儿。'"襄王说："别再说了。我面对此情此景，恐怕也不能自控了！"

## 神女赋
### （战国）宋玉

楚襄王与宋玉游于云梦之浦，使玉赋高唐之事。其夜玉寝，果梦与神女遇，其状甚丽，玉异之。明日，以白王。王曰："其梦若何？"玉曰："晡夕之后，精神恍忽，若有所喜，纷纷扰扰，未知何意。目色仿佛，乍若有记。见一妇人，状甚奇异，寐而梦之，寤不自识。罔兮不乐，怅然失志。于是抚心定气，复见所梦。"王曰："状如何也？"玉曰："茂矣，美矣，诸好备矣；盛矣，丽矣，难测究矣。上古既无，世所未见。瑰姿玮态，不可胜赞。其始来也，耀乎若白日初出照屋梁；其少进也，皎若明月舒其光。须臾之间，美貌横生，烨乎如华，温乎如莹，五色并驰，不可殚形，详而视之，夺人目精。其盛饰也，则罗纨绮缋盛文章，极服妙采照万方。振绣衣，披袿裳，袂不短，纤不长，步裔裔兮曜殿堂。忽兮改容，婉若游龙乘云翔。嫷披服，侻薄装，沐兰泽，含若芳，性和适，宜侍旁，顺序卑，调心肠。"王曰："若此盛矣，试为寡人赋之。"玉曰："唯唯。"

"夫何神女之姣丽兮，含阴阳之渥饰。披华藻之可好兮，若翡翠之奋翼。其象无双，其美无极。毛嫱鄣袂，不足程式；西施掩面，比之无色。近之既妖，远之有望。骨法多奇，应君之相。视之盈目，孰者克尚？私心独悦，乐之无量。交希恩疏，不可尽畅。他人莫睹，玉览其状。其状峨峨，何可极言！貌丰盈以庄姝兮，苞温润之玉颜。眸子炯其精朗兮，瞭多美而可观。眉联娟以蛾扬兮，朱唇的其若丹。素质幹之酖实兮，志解泰而体闲。既姽婳于幽静兮，又婆娑乎人间。宜高殿以广意兮，翼故纵而绰宽。动雾縠以徐步兮，拂墀声之珊珊。望余帷而延视兮，若流波之将澜。奋长袖以正衽兮，立踯躅而不安。澹清静其愔嫕兮，性沈详而不烦。时容与以微动兮，志未可乎得原。意似近而既远兮，若将来而复旋。褰余帱而请御兮，愿尽心之惓惓。怀贞亮之洁清兮，卒与我兮相难。陈嘉辞而云对兮，吐芬芳其若兰。精交接以来往兮，心凯康以乐欢。神独亨而未结兮，魂荧荧以无端。含然诺其不分兮，喟扬音而哀叹。颇薄怒以自持兮，曾不可乎犯干。于是摇珮饰，鸣玉鸾，整衣服，敛容颜，顾女师，命太傅。欢情未接，将辞而去，迁延引身，不可亲附。似逝未行，中若相首。目略微眄，精彩相授。志态横出，不可胜记。意离未绝，神心怖覆。礼不遑讫，辞不及究，愿假须臾，神女称遽。"

"惆肠伤气，颠倒失据，暗然而暝，忽不知处。情独私怀，谁者可语。惆怅垂涕，求之至曙。"

（袁梅译注《宋玉辞赋今读》，齐鲁书社，1986年）

**译文**：

楚襄王带着宋玉一起到云梦泽岸边游览，让宋玉叙述在高唐所见之事。当晚宋玉睡觉时，梦中与神女相遇，神女的姿容异常美丽，让宋玉惊异不已。第二天，宋玉将所梦之事告诉了襄王。襄王问："你的梦境是怎样的呢？"宋玉答道："黄昏以后，我觉得心神不宁，似乎有什么喜事来临，思绪纷乱，不知道预示着什么。当我目光迷离之际，惊觉有似曾相识的人到来。定睛一看是一个女子，相貌奇丽。睡着的时候梦见了她，醒来的时候又无从认识。这让我闷闷不乐，无限失落，神智不清。这时我安定心思，沉静精神，才又重回梦境。"襄王问："她长得什么样子呢？"宋玉说："太美了！太美了！所有的优点都集于一身；太漂亮了！太漂亮了！简直让人无法想象。上古时代完全不曾有，当今人间难得见。她那美玉宝石般的风采，让人想赞美却又无法开口。她刚刚出现的时候，光彩照人，就像朝阳初升照亮屋梁；当她走近一点的时候，皎洁无瑕，就像明月绽放光芒。从容盘桓之间，她的美已经充溢我心，时而光华如同盛放的鲜花，时而柔和好像温润的美玉，各种颜色交相辉映，让人无法一一描绘。若想要仔细欣赏，会被她的光彩照得难以直视。她那华丽的服饰，全是极品丝绸，上面织绘着精美的花纹，绝佳的服装美妙的颜色映照四方。她整理锦绣的衣服，披上长袍，衣裙不肥不瘦，不长不短，非常合身，她迈着轻盈袅娜的步伐走进宫殿，让殿堂生辉。很快她又改变姿态，就像游龙乘云飞翔。她的衣着美丽光鲜，薄妆化得恰到好处，抹有兰草浸制的发油，时时散发着宜人的芳香。她的性情柔顺，很适合侍奉在君王身旁。她懂得尊卑的礼仪，还善解人意能拨动人的心弦。"襄王说："若真像你说的，就太美了。你就尝试着为我描绘一番吧。"宋玉说："好的，好的。"

"神女妖娆又美丽，天地之美都给她。身披华彩衣裙让人喜，恰似翡翠鸟儿拍翅膀。说起样貌世无双，说起美丽不能尽，毛嫱见她举袖遮脸，自愧无法相比量；西施见她举手遮面，无法和她比容颜。接近她让人神魂颠倒，远离她让人自怨自艾。她非凡的气质风度，定是陪伴君王的命相。她的美占据君王的视线，除了她还有谁值得夸赞？一心只把她喜欢，爱她的心情不可探。只恨和她交往少，不敢冒昧吐衷肠。只愿别人莫要把她见，君王一人赏其美。神女太美丽，怎能说得清。她的体态丰满庄重，她的容颜温润如玉。她的美眸明又亮，顾盼有神值得看。弯弯细眉象蚕蛾飞扬，鲜亮的嘴唇红似朱砂。身段自然丰满，神态安闲无躁。既能在幽静处表现娴静，又能在大庭广众下翩然起舞。高大的宫殿适合她舒展志意，舞动衣裙如翼伸展仍显宽绰。拖动裙纱，她从容地走来，纱裙拂阶，发出玉佩的声音。她对着我的门帘久久注视，目光像流动的水面就要兴起波澜。她挥起衣袖整理衣襟，逗留徘徊内心不安。表情安闲又和善，秉性安详而又沉静。有时从容闲舒表情微有所动，她的想法无从探知。她的心意似触手可及，又远在天边，她的脚步似要走来，又忽而转身离开。（本以为）她掀起我的帷帐邀我欢爱，愿完全交付诚挚的心意。（不料）她却心怀忠贞诚信以守清白，突然对我指责发难。她用优美的言辞和我交谈，高雅的谈吐如兰草馨香；倾吐彼此的衷肠，满心是激昂和欢乐。精神相爱却未能交合，让我感到莫名的孤单。她是否答应与我交好难以分辨，只听她发出悲伤的叹息。她微怒自守却越发光润美丽，竟然显得不可冒犯。这时她迈步摇动身上佩饰，敲响车驾上的玉铃，整理好自己的衣装，收起先前的容颜，回头看看身后的女乐师，吩咐侍从们驾车出发。这段欢情还未实现，神女就要告辞离去。她后退着抽身离开，让我难以再靠近她。在将要启程还未走远的时候，中途她好像又回头把我望。她朝我瞥了一眼，传送着一种神采情义。她的精神与容颜实在丰富，我实在难以尽数细说；去意已决但情意未断，她心里该有多少担忧和反复啊。告别的礼数都未周全，更来不及把话说完。我多想再和她多待一会儿，神女却说时间匆忙。"

"我内心痛苦心志受挫，不辨上下前后，仿佛失去依靠，只觉得天昏又地暗，忽然不知自己身处何方。此情我只能暗自想念，究竟可以说给谁听呢。伤感失意，泪流不止，苦苦等待直到天明。"

## 登徒子好色赋

（战国）宋玉

大夫登徒子侍于楚王，短宋玉曰："玉为人体貌闲丽，口多微词，又性好色，愿王勿与出入后宫。"王以登徒子之言问宋玉，玉曰："体貌闲丽，所受于天也；口多微词，所学于师也。至于好色，臣无有也。"王曰："子不好色，亦有说乎？有说则止，无说则退。"玉曰："天下之佳人莫若楚国。楚国之丽者，莫若臣里。臣里之美者，莫若臣东家之子。东家之子，增之一分则太长，减之一分则太短；著粉则太白，施朱则太赤。眉如翠羽，肌如白雪，腰如束素，齿如含贝。嫣然一笑，惑阳城，迷下蔡。然此女登墙窥臣三年，至今未许也。登徒子则不然，其妻蓬头挛耳，齞唇历齿，旁行踽偻，又疥且痔。登徒子悦之，使有五子。王孰察之，谁为好色者矣？"是时秦章华大夫在侧，因进而称曰："今夫宋玉盛称邻之女，以为美色愚乱之邪。臣自以为守德，谓不如彼矣。且夫南楚穷巷之妾，焉足为大王言乎！若臣之陋，目所曾睹者，未敢云也。"王曰："试为寡人说之。"

大夫曰："唯唯。臣少曾远游，周览九土，足历五都。出咸阳、熙邯郸，从容郑卫溱、洧之间。是时向春之末，迎夏之阳，鸧鹒喈喈，群女出桑。此郊之姝，华色含光。体美容冶，不待饰装。臣观其丽者，因称《诗》曰：'遵大路兮揽子袪。'赠以芳华辞甚妙。于是处子恍若有望而不来，忽若有来而不见。意密体疏，俯仰异观，含喜微笑，窃视流眄。复称《诗》曰：'寤春风兮发鲜荣，洁斋俟兮惠音声。赠我如此兮不如无生。'因迁延而辞避。盖徒以微辞相感动。精神相依凭，目欲其颜，心顾其义。扬《诗》守礼，终不过差，故足称也。"于是楚王称善，宋玉遂不退。

(《全上古三代秦汉三国六朝文》，商务印书馆，1999年。笔者改动了部分标点）

**译文**：

大夫登徒子陪侍楚王，趁机说宋玉的坏话："宋玉其人长得娴雅英俊，说话言辞华美微妙，生性爱好女色，请大王不要带他出入后宫。"

楚王拿登徒子的话去质问宋玉，宋玉说："容貌生得俊美，这是上天所赐；善于言辞，这是从老师那里得来的；至于爱好女色，我绝无此事。"楚王说："你不爱好女色，有说法吗？有说法就留下来，讲不出道理便离开这里。"宋玉道："天下的美女，没有谁比得上楚国女子。楚国女子中的美丽者，又没有谁比得上我家乡的美女。而我家乡最美丽的姑娘就是我东邻的那位女子。东邻那位女子，高矮正好，如果增加一分就太高，减掉一分就太矮；肤色宜人，如果涂上脂粉则嫌太白，抹上朱红又嫌太红。她的眉毛就像翠鸟的羽毛，肌肤像白雪一样无瑕，腰身纤细柔软有如一束绢帛，牙齿就像含在嘴里的小贝壳一样整齐。娇媚地一笑，足以迷惑阳城和下蔡一带的人们。这位美女，扒在墙头上暗中观察我多年（希望与我交好），我至今仍然没有答应她。登徒子却不是这样，他的妻子头发蓬乱，耳朵缩成一团，嘴唇外翻，牙齿长短不齐，走路一瘸一拐，弯腰驼背，又患有疥癣和痔疮。登徒子非常喜爱她，并且和她生了五个孩子。请大王明察，到底谁是好色之徒呢？"

这个时候，秦国的章华大夫在旁边，趁机对楚王进言说："如今宋玉大力称赞他邻居的女子，认为美色是使人昏聩和乱性的邪物。我自认为我自己遵守道德，但觉得还不如宋玉。何况楚国穷乡僻壤之地的女子，怎么可以对大王称道呢！像我眼光鄙陋之人，曾经看见的（美女），都不敢说了。"楚王说："你就试着再为我说一说。"

大夫说："好的。我年轻的时候曾经远游，遍览九州，踏遍繁盛的城市。离开咸阳，在邯郸游乐，在郑、卫两国的溱水和洧水边悠闲逗留。那时节已接近春末，将迎来夏天炎热的阳光，黄莺喈喈鸣叫，众多美女出没在桑林间采摘桑叶。这里郊野的美女，容颜艳丽，光彩照人。体态婀娜，面容妖艳。我看到她们里面最美丽的人，就想起了《诗经》里的话：'沿着大路走，与你携手行。'把这优美诗句送给这些妙龄美女再好不过了。那美人好像有意过来但又没有来，好像来了又不与我见面。虽然情意洽好，但形迹却又很疏远。她举手投足都与众不同，心中喜悦难掩微笑，偷偷向我暗送秋波。于是我又引用《诗经》里的句子：'草木在春风的吹拂下复苏，开满了鲜花。她身心纯洁，庄重恭敬，正等待我传送佳音。像这样不能与她结合，还不如死去。'她后退谢绝，避我而去。最终想以优美的辞句打动她，但终是徒劳。精神上依靠着她，很想亲眼看看她的容颜，心里想着她为人处世的法度。口诵《诗经》古语，遵守礼仪，始终没有违反规范而犯错，所以值得称道。"这时楚王连声叫好，宋玉也不会被黜退了。

## 美人赋

### （西汉）司马相如

　　司马相如美丽闲都，游于梁王，梁王悦之。邹阳谮之于王曰："相如美则美矣，然服色容冶，妖丽不忠，将欲媚辞取说，游王后宫，王不察之乎？"

　　王问相如曰："子好色乎？"相如曰："臣不好色也。"王曰："子不好色，何若孔墨乎？"相如曰："古之避色，孔墨之徒，闻齐馈女而遐逝，望朝歌而回车，譬犹防火水中，避溺山隅，此乃未见其可欲，何以明不好色乎？若臣者少长西土，鳏处独居，室宇辽廓，莫与为娱。臣之东邻，有一女子，云发丰艳，蛾眉皓齿，颜盛色茂，景曜光起。恒翘翘而西顾，欲留臣而共止。登垣而望臣，三年于兹矣，臣弃而不许。

　　"窃慕大王之高义，命驾东来，途出郑卫，道由桑中。朝发溱洧，暮宿上宫。上宫闲馆，寂寥云虚，门阁昼掩，暧若神居。臣排其户而造其堂，芳香芬烈，黼帐高张。有女独处，婉然在床。奇葩逸丽，淑质艳光。睹臣迁延，微笑而言曰：'上客何国之公子，所从来无乃远乎？'遂设旨酒，进鸣琴。臣遂抚弦为《幽兰》《白雪》之曲。女乃歌曰：'独处室兮廓无依，思佳人兮情伤悲。有美人兮来何迟，日既暮兮华色衰，敢托身兮长自私。'玉钗挂臣冠，罗袖拂臣衣。时日西夕，玄阴晦冥，流风惨冽，素雪飘零，闲房寂谧，不闻人声。于是寝具既设，服玩珍奇，金锤薰香，黼帐低垂，袿褥重陈，角枕横施。女乃驰其上服，表其亵衣。皓体呈露，弱骨丰肌。时来亲臣，柔滑如脂。臣乃脉定于内，心正于怀，信誓旦旦，秉志不回。翻然高举，与彼长辞。"

（《全上古三代秦汉三国六朝文》，商务印书馆，1999年。笔者改动了部分标点）

**译文**：

　　司马相如美丽文雅，游历到梁国，很得梁王喜欢。邹阳在梁王跟前诽谤相如说："相如俊美是俊美，但是衣服容颜艳冶，艳丽而不忠诚，想用甜言蜜语讨大王欢心，到大王后宫（去和大王的姬妾们）游玩，大王没有察觉到吗？"

　　梁王问相如说："您爱好女色吗？"相如说："我不喜欢女色。"梁王说："你不喜欢女色，和孔子、墨子相比怎么样？"相如说："孔子、墨子都是古代回避女色的人，孔丘听说齐国给鲁国赠送美女就躲得远远的，墨翟远远望见商代淫乐成风的朝歌城就掉转车头，这好比浸在水中防火，躲到山上逃避水淹，这种做法是没有见到能引起欲望的事物，凭什么证明不爱好女色呢？我年轻时在西部地区生活，一个人独住，房屋宽敞，没有人陪我游乐。我东邻有个女子，秀发如乌云般浓密美丽，双眉如蛾，牙齿洁白，容颜正值青春盛放，容光逼人。经常带着期盼向西观望，想留我一起双栖双宿。爬上墙头望我，到现在已经三年了，我放弃她而从未答应。

　　"我仰慕大王为人高尚正义，驱车东来，路过郑国、卫国，取道桑中等淫乐成风的地方。清早从郑国的溱洧河启程，晚上歇在卫国的上宫。上宫房舍空旷，寂静空虚似有云雾，白天也关着门窗，幽暗不明像神仙的居所。我推开房门进入室内，香气郁烈，华美的帷帐高挂。有个美女独身居住，娇柔地躺在床上。如珍奇的花朵般美丽，体貌美好，容光艳丽。看到我在徘徊，微笑着说：'贵客是哪国公子，是从很遥远的地方来的吧？'于是摆上美酒，献上鸣琴。我于是弹琴，弹出《幽兰》《白雪》的曲调，美女就唱起歌来：'独处空房啊无人相伴，盼念佳人啊心情伤悲。有个美人啊来得迟,岁月已晚啊红颜老,大胆托付终身啊永伴我。'她头上玉饰挂住了我的帽子,丝绸衣袖拂扫在我的衣服上。时近黄昏,冬天寒冷的阴气使天地昏暗,猛烈的寒风凛冽呼啸,白雪飘飘洒洒,空房寂静,听不到人声。这时,被褥已经铺好,服饰器具珍贵稀奇,金制香炉燃起香料,华美的床帐已经低低放下,褥垫铺了好几层,角制的枕头横放床上。美女褪去外衣,露出内衣,雪白的身体展现在我眼前,骨骼苗条,肌肉丰满。她时时来亲近我,我感到她的肌肤柔滑如凝脂。我于是安定心神,端正思想,誓言真诚,守志不移。远走高飞,和她长别。

## 四愁诗

(东汉)张衡

我所思兮在太山。欲往从之梁父艰,侧身东望涕沾翰。美人赠我金错刀,何以报之英琼瑶。路远莫致倚逍遥,何为怀忧心烦劳。

我所思兮在桂林。欲往从之湘水深,侧身南望涕沾襟。美人赠我金琅玕,何以报之双玉盘。路远莫致倚惆怅,何为怀忧心烦伤。

我所思兮在汉阳。欲往从之陇阪长,侧身西望涕沾裳。美人赠我貂襜褕,何以报之明月珠。路远莫致倚踟蹰,何为怀忧心烦纡。

我所思兮在雁门。欲往从之雪雰雰,侧身北望涕沾巾。美人赠我锦绣段,何以报之青玉案。路远莫致倚增叹,何为怀忧心烦惋。

(《先秦汉魏晋南北朝诗》逯钦立,中华书局,1983年)

**译文**:

我所思念的美人在泰山。有心追随她怎奈山脉险。侧身东望泪湿我襟衫。美人赠我金银和财宝,若问拿啥来回报?奇石美玉一定好。道长路远送不到,使我徘徊不敢前,为何总教(我)愁苦心牵念?

我所思念的美人在桂林,有心追随她怎奈湘水深。侧身南望泪湿我衣襟。美人赠我镶金的珠宝,若问拿啥来回报?玉盘成双一定好。道长路远送不到,使我失意又徬徨,为何总教(我)愁苦又忧伤?

我所思念的美人在汉阳,有心追随她怎奈陇山长。侧身西望泪湿我衣裳。美人赠我貂皮的单袍,若问拿啥来回报?如月明珠一定好。道长路远送不到,使我徘徊不能去,为何总教(我)愁苦又忧郁?

我所思念的美人在雁门,有心追随她怎奈雪纷纷。侧身北望泪湿我衣巾。美人赠我锦绣的绸缎。若问拿啥来回报?青玉之盘一定好。道长路远送不到,使我一声声叹息,为何总教(我)愁苦又惋惜?

### 定情赋
### (东汉)张衡

夫何妖女之淑丽,光华艳而秀容。断当时而呈美,冠朋匹而无双。叹曰:"大火流兮草虫鸣,繁霜降兮草木零。秋为期兮时已征,思美人兮愁屏营。"

思在面为铅华兮,患离尘而无光。

(仅存残篇,摘自《全上古三代秦汉三国六朝文》,商务印书馆,1999年)

**译文**:

多么贤淑漂亮的美女啊,光彩鲜丽,面容秀美。她散发出的美丽在当时无人能比,妙龄女中数她美无双。赞叹道:"大火星宿向西移,草间昆虫叫不停,浓霜已降草木凋落。秋天是约定的日子,可时间早已过去,思念美人啊忧愁而彷徨。"

想做她脸上的铅粉啊,怕沾染了尘土散发不出光彩。

### 青衣赋
### (东汉)蔡邕

金生沙砾,珠出蚌泥。叹兹窈窕,产于卑微。盼倩淑丽,皓齿蛾眉。玄发光润,领如蝤蛴。修长冉冉,硕人其颀,绮绣丹裳,蹑蹈丝扉。盘跚蹀躞,坐起昂低。和畅善笑,动扬朱唇。都冶武媚,卓铄多姿。精慧小心,趋事如飞。中馈裁割,莫能双追。《关雎》之洁,不陷邪非。察其所履,世之鲜希。宜作夫人，为众女师。伊何尔命，在此贱微。代无樊姬，楚庄晋妃。感昔郑季，平阳是私。故因杨国，历尔邦畿。虽得嬿婉，舒写情怀。寒雪翩翩，充庭盈阶。兼裳累镇，展转倒颓。昒昕将曙，鸡鸣相催。饬驾趣严，将舍尔乖。蒙冒蒙冒，思不可排。停停沟侧，嗷嗷青衣。我思远逝，尔思来追。明月昭昭，当我户扉。条风狎猎，吹予床帷。河上逍遥，徙倚庭阶。南瞻井柳，仰察斗机。非彼牛女，隔于河维。思尔念尔，愁焉且饥。

（《全上古三代秦汉三国六朝文》，商务印书馆，1999 年）

**译文**：

黄金生长在沙石之中，珍珠出产在污泥里的蚌壳中。可叹的是这位美丽的女子，却出身低贱。一顾一盼之间尽显贤淑美丽，牙齿洁白，眉毛弯弯。乌黑的头发光亮润泽，脖子又白又嫩。身段高挑柔媚，就像《诗经》中描写的硕人一样，彩色的丝织上衣红色的裙子，脚穿丝绸制作的鞋子。她盘旋起舞，碎步快走，时坐时立，忽高忽低。她温和而又喜欢微笑，笑起来红色的唇角微微上翘。她美艳而可爱，光彩照人，婀娜多姿。她精细聪明而又恭顺，办事快得像飞一样。下厨做饭，织布裁衣，没有人能比得上她。她具有《关雎》中所歌淑女的美好品德，从不沾染邪恶不正的事情。细看她的所做所为，世上真是少见。她适合做诸侯的妻子，成为天下女子的楷模。

为什么你的命运，让你如此低下微贱。几代以来几乎没有像春秋时楚庄王的樊姬一样贤德劝谏的女子，有的只是像晋献公的骊姬一样进谗言的女子。想起往日郑季与平阳侯家仆卫媪私通而生下卫青，卫青因姐姐卫子夫被封为皇后而大贵，卫家后代也因此做了邦国列侯。只有和你一起欢好，才能抒泄我的心情。寒冷的雪花飘飘洒洒，落满了院子和台阶。穿着厚重的衣服，压上好几重被子，辗转反侧不能入睡，让人精疲力竭。

黎明到来，天就要亮了，公鸡鸣叫着催促人们起床。准备车马，收拾行装，将告别你离开这里。愚暗冒昧啊，愚暗冒昧啊，思念你的心情无可排解。我独自呆立在沟旁，青衣不停地呼唤我。我要远走高飞了，你追着我依依不舍。月亮明亮极了，正对着我的门口。东北风不停地刮，吹动了我床上的帷帐。我在黄河边上独自行走，你在院中的台阶上徘徊。你抬头看到的是南方的井、柳两个星宿，我仰望天空看到的是斗、机两个北方的星宿。我们又不是牛郎星和织女星，却被分隔在银河的两岸。思念你啊思念你，忧伤痛苦就像饥饿一样难以忍受。

## 协和婚赋
### （东汉）蔡邕

惟情性之至好，欢莫备乎夫妇。受精灵于造化，固神明之所使。事深微以元妙，实人伦之端始。考遂初之原本，览阴阳之纲纪。乾坤和其刚柔，艮兑感其脢腓。《葛覃》恐其失时，《标梅》求其庶士。惟休和之盛代，男女得乎年齿。婚姻协而莫违，播欣欣之繁祉。良辰既至，婚礼以举。二族崇饰，咸仪有序。嘉宾僚党，祈祈云聚。车服照路，骖騑如舞。既臻门屏，结轨下车。阿傅御竖，雁行蹉跎。丽女盛饰，晔如春华。(《初学记》十四，《古文苑》。)

其在近也，若神龙采鳞翼将举。其既远也，若披云缘汉见织女。立若碧山亭亭竖，动若翡翠奋其羽。众色燎照，视之无主。面若明月，辉似朝日，色若莲葩，肌如凝蜜。

长枕横施，大被竟床。莞弱和软，茵褥调良。

粉黛弛落，发乱钗脱。

（此赋为残篇，摘自《全上古三代秦汉三国六朝文》，商务印书馆，1999年）

### 译文：

人性中最美好的事情，莫过于能带给人们欢乐的夫妇关系。从大自然得到精神灵魂，原本就是神明的安排。这件事深奥精微而又玄妙，真正是人类的起始。推究一下以前万事万物的根源，观察天地运行的法则。乾卦与坤卦组合成泰卦，调和其阳刚与阴柔，代表少男的艮卦与代表少女的兑卦组合成咸卦中的脢（脊背）与腓（小腿肚子），同时受伤似有感应。《诗经》中的《葛覃》唯恐男女不能在适龄的时候结合，《诗经》中的《摽有梅》女主人公鼓励追求者。在安定和平而又繁荣的时代，男人和女人能够在适当的年龄结合。婚姻和洽而没有分手的，到处流播着充满喜乐的幸福。择定的好日子到了，婚礼就要举行了。两个家族的人都打扮起来，仪容庄重而有秩序。贵客和朋友们慢慢聚集。车子和礼服色彩丽照亮了大路，拉车的马儿好像在翩翩起舞。到了门与屏之间，车子络绎不绝，车迹交错，人们走下车子。下人和童仆，有的排列整齐而有次序，有的散乱不齐。美丽的女子打扮得异常华丽，光彩就像春天盛开的花朵。

她离你近的时候，就像神龙披挂着彩色的鳞片展翅欲飞。她离你远的时候，就像拨开云层看见站在银河边的织女。静立的时候像青山高耸，舞动的时候像翡翠鸟拍打翅膀。多种颜色互相映照，看上去分不出主次来。脸庞就像明月一般，容光就像朝阳一样，肤色就像荷花一般，肌肤就像凝结的蜂蜜一样。

长长的枕头横放着，宽大的被子铺满了整张床。用蒲草编织的席子光滑而柔软，床垫合度妥帖。脸上化妆的脂粉散落，头发披散，发钗脱落。

## 检逸赋

（东汉）蔡邕

夫何姝妖之媛女，颜炜烨而含荣，普天壤其无俪，旷千载而特生。余心悦于淑丽，爱独结而未并。情罔象而无主，意徒倚而左倾。昼骋情以舒爱，夜托梦以交灵。

（此赋为残篇，原题应为《静情赋》。摘自《全上古三代秦汉三国六朝文》，商务印书馆，1999年）

**译文**：

多么艳丽的女子，容颜美盛而秀丽，普天之下难找到与她相媲美的人，千年以来就独独出现了她一个。我内心喜欢她的贤淑美丽，爱意积聚在内心可无法和她结合。情意飘忽而身不由己，心意反复而意志颓丧。白天纵情抒发爱意，晚上借助梦境与她灵魂相交。

## 诮青衣赋

（东汉）张超

彼何人斯，悦此艳姿？丽辞美誉，雅句斐斐。文则可嘉，志卑意微。凤兮凤兮，何德之衰。高冈可华，何必棘茨？醴泉可饮，何必洿泥？隋珠弹雀，堂溪刈葵。鸳雏啄鼠，何异乎鸱？历观古今，祸福之阶，多由孽妾淫妻。《书》戒牝鸡，《诗》载哲妇，三代之季，皆由斯起。晋获骊戎，毙坏恭子；有夏取仍，覆宗绝祀；叔肸纳申，听声狼似；穆子私庚，竖牛馁己；黄歇之败，从李园始；鲁受齐乐，仲尼逝矣。文公怀安，姜笑其鄙；周渐将衰，康王晏起；毕公喟然，深思古道，感彼《关雎》，德不双侣。得愿周公，妃以窈窕，防微消渐，讽谕君父，孔氏大之，列冠篇首。晏婴洁志，不顾景女；及隽不疑，奉霍不受；见尊不迷，况此丽竖。三族无纪，绸缪不序。蟹行索妃，旁行求偶。昏姻无媒，宗庙无主。门户不名，依其在所。生女为妾，生男为虏。岁时酹祀，诣其先祖。或于马厩，厨间灶下，东向长跪，接狎觞酒。悉请诸灵，僻邪当主。多乞少出，铜丸铁柱。积缯累亿，皆来集聚。嫡婉欢心，各有先后。臧获之类，盖不足数。古之赘婿，尚为尘垢。况明智者，欲作奴父。勤节君子，无当自逸。宜如防水，守之以一。秦缪思褒（"褒"一作"詟"），故获终吉。

（《全上古三代秦汉三国六朝文》，商务印书馆，1999 年）

### 译文：

那个人是怎样的人啊，竟然喜欢这种美丽的女子。用华美的辞藻赞美她，文雅的句子文采斐然。他的文辞是值得赞美的，但他的文章内容卑下琐细。如凤一样的贤德之人，德行如何这样衰微呢。高高的山岗上可以采到花朵，为何要去带刺的灌木丛中去找？有甘美的泉水可以饮用，为什么要到污水坑里去寻？就像用隋珠一样的宝珠去射鸟雀，用堂溪一样的宝剑去收割葵类作物。鸾凤一样的神鸟去吃老鼠肉，和猫头鹰还有什么区别呢？

遍观古今，灾祸的起因，大多是由卑贱淫荡的妻妾引发的。《尚书》告诫女性掌权不利于家庭,《诗经》记载有智谋的女人会颠覆国家,夏、商、周三个朝代的没落,都是由于这个原因。晋献公立俘获的骊姬为夫人,因此坏了晋献公儿子申生的性命;帝相娶了有仍氏之女,导致宗庙毁灭、祭祀断绝(帝相事与史实不合——笔者注);春秋大夫叔向娶了申公巫臣的女儿为妻,生子后叔向的母亲听其声似豺狼;叔孙豹离鲁奔齐,在庚宗邂逅一女,生子竖牛,后被竖牛困于家中饿死;春申君黄歇全家被灭,都缘于李园将妹妹进献给黄歇和楚王;鲁国接受齐国送来的能歌善舞的美女,孔子就离开了。晋文公重耳娶了齐国王室之女贪图安逸,他的妻子批评他见识浅陋;周朝逐渐衰落的时候,周康王因贪恋床笫而晚起;周朝辅国大臣毕公感叹不已,深深思恋文、武、周公之道,感叹《关雎》时代淑女、君子以德相配,如今贤德之人再也找不到伴侣。

愿像周公那样,后妃贤德美丽,对坏事能防微杜渐,委婉地劝导君王,孔子重视这种情形,把它列为《诗经》的第一篇。齐国晏婴志操高洁,不接受齐景公把美貌女儿许配给自己的请求;到了西汉守礼的隽不疑,断然拒绝了大将军霍光嫁女的请求。以上这几个对于地位尊崇者都不迷恋,何况他们美丽的女儿呢。

父族、母族、妻族没有伦理次序,男女之间的缠绵情义坏了长幼尊卑的次序。不顾规矩礼节地求取妻妾,不以正道求得配偶。婚姻没有媒妁之言,使得在宗庙祭祀祖先时没有主祭人。门第没有名望,只能局促于其居住地。生下的女儿只能给别人做侧室,生下儿子只能给别人当奴仆。每年到祭祀的时候,拜祭他的先祖。有时在马圈里,有时在厨房做饭的地方,面朝东恭敬地跪着,接过祭祀的酒水。把所有的神灵都请来,以邪恶的神灵做主神。乞求于祖先的多而回报于祖先的少,乞求的东西像铜丸铁柱之类多而杂。积攒丝绸之类的细碎之物,把它们收集在一起。明媒正娶的妻子与丈夫的关系,还有先后次序。奴隶之类的人,就不值一提了。古来倒插门的女婿,尚且地位卑微。何况明智的君子,竟然想做奴仆的父亲。勤守节操的君子,不应当放纵自己。应该像防水渗透一样,坚守节操,始终如一。秦穆公反思自己的过失,最后得到了称霸的吉利结果。

## 止欲赋
### （三国）陈琳

媛哉逸女，在余东滨。色曜春华，艳过硕人。乃遂古其寡俦，固当世之无邻。允宜国而宁家，实君子之攸嫔。伊余情之是说，志荒溢而倾移。宵炯炯以不寐，昼舍食而忘饥。叹北风之好我，美携手之同归。忽日月之徐迈，庶枯杨之生稊。欲语言于玄鸟，玄鸟逝以差池。道攸长而路阻，河广瀁而无梁。虽企予而欲往，非一苇之可航。展余辔以言归，含懵瘁而就床。忽假瞑其若寐，梦所欢之来征。魂翩翩以遥怀，若交好而通灵。

（《全上古三代秦汉三国六朝文》，商务印书馆，1999年）

**译文：**

有位美丽的女子，住在我的东邻。她的容光像春天的花朵一样明媚，美艳还要胜过《诗经》中描绘的美女。就算在远古也难找出与她相当的美人，当今也肯定没有人能与她比肩。（她）的确能使国泰家安，实在是有德之人所求的佳偶。我内心喜欢这位女子，情绪迷乱放纵而背离本性。晚上难合眼通宵未眠，白天不想吃饭而忘记了饥饿。感慨于《诗经》中《北风》诗篇中"惠而好我"的句子，憧憬着能像诗中描写的那样携手同归。倏忽间岁月流逝，但愿枯老的杨树生出鲜嫩的枝叶。想告诉传说中代表吉祥的玄鸟，玄鸟却展翅远飞。道路长远且充满险阻，黄河水深无边又没有桥梁。即使踮脚远望想到达那里，绝非一叶用芦苇编成的小筏子所能渡过的。松开马缰绳掉头往回走，心怀忧伤躺在床上。很快在装睡时好像进入梦乡，梦见我所喜欢的人来到眼前。灵魂飘飘飞扬遥遥思念，好像情义友好灵魂相通。

## 神女赋
### （三国）陈琳

汉三七之建安，荆野蠢而作仇。赞皇师以南假，济汉川之清流。感诗人之攸叹,想神女之来游。仪营魄于仿佛,托嘉梦以通精。望阳侯而潢瀁,睹玄丽之轶灵。文绛虬之奕奕,鸣玉鸾之嘤嘤。答玉质于苕华,拟艳姿于蕣荣。感仲春之和节,叹鸣雁之噰噰。申握椒以贻予,请同宴乎奥房。苟好乐之嘉合,永绝世而独昌。既叹尔以艳采,又说我之长期。顺乾坤以成性,夫何若而有辞。

(《全上古三代秦汉三国六朝文》,商务印书馆,1999年)

**译文**:

汉代建立二百一十年的建安年间,荆州骚乱而成为仇敌。辅佐皇家的军队到南方远征,渡过汉江清澈的水流。有感于宋玉等人所感叹的,想象着神女到此游玩的情形。在隐约之中揣想其魂魄,借助美梦实现和她心灵相通的目的。眺望波涛汹涌而无垠,看到的奇妙美丽的图景出类拔萃。装饰着深红色的龙纹光彩鲜丽,凤凰形的车铃叮叮作响。她的美貌与凌霄花互相映衬,她艳美的风姿可与木槿花相比。感发于仲春温和的节令,感慨于大雁鸣叫声之和谐。扎一握花椒送给我表达爱慕,邀约我到幽深的房间里一起宴饮。若是令人欢悦的美好结合,就会永远是冠绝当世的美事。我惊叹于你艳丽的风采,你欣喜于我长久的约定。顺应乾坤阴阳之理成全天性,为什么要推辞不就呢?

## 止欲赋
### (三国)阮瑀

夫何淑女之佳丽,颜焖焖以流光。历千代其无匹,超古今而特章。执妙年之方盛,性聪惠以和良。禀纯洁之明节,后申礼以自防。重行义以轻身,志高尚乎贞姜。予情说其美丽,无须臾而有忘。思《桃夭》之所宜,原《无衣》之同裳。怀纡结而不畅兮,魂一夕而九翔。出房户以踟蹰,睹天汉之无津。伤匏瓜之无偶,悲织女之独勤。还伏枕以求寐,庶通梦而交神。神恍惚而难遇,思交错以缤纷。遂终夜而靡见,东方旭以既晨。知所思之不得,乃抑情以自信。

伫延首以极视兮，意谓是而复非。

（以上据《全上古三代秦汉三国六朝文》，商务印书馆，1999年）

思在体为素粉，悲随衣以消除。

（以上据《全三国赋评注》，齐鲁书社，2013年）

**译文**：

那位贤良的女子是多么俊美秀丽啊，容貌明丽照人就像流动的光芒。遍数千代都找不到能与她相匹敌的美人，横跨古今而一枝独秀。处在风华正茂的妙龄之年，天性聪明智慧又温和纯良。禀受上天纯厚清白的节操，其后又强调礼制以自守。重视按照义的原则做事而轻视自身需求，其情志之高洁超越了贞节的齐侯之女。我心里喜欢她的美好艳丽，没有片刻能遗忘。想起《诗经·桃夭》中女子嫁入夫家，愿意像《诗经·无衣》中那样与她不辨衣履。内心有所郁积而非常不畅快，魂魄一夜多次飞向远方。走出房门徘徊不安，遥望银河茫茫却不见渡口。为鲍瓜星的形单影只而伤怀，为织女星独自劳碌而悲伤。回到房中趴在枕头打算睡一会儿，希望能借助梦境与她交换心意。心神恍惚难以相遇，心思杂乱而繁多。于是整整一夜也没能见到她，东方朝阳升起早晨已经来临。知道所思之人不能追求到，就压制自己的感情以求让自己心里宽舒一下。

久久地站在那里伸长了脖子张望，觉得是她结果又不是。

想成为她身体上的白粉，但会被衣服擦掉而令人悲伤。

## 嘉梦赋
### （三国）徐幹

昔嬴子与其交游于汉水之上，其夜梦见女神。

（《全上古三代秦汉三国六朝文》，商务印书馆，1999年）

**译文**：

以前秦穆公女儿弄玉和她的朋友在汉江上游玩，当天夜里梦见了女神。

## 神女赋

（三国）杨修

惟玄媛之逸女，育明曜乎皇庭。吸朝霞之芬液，澹浮游乎太清。余执义而潜厉，乃感梦而通灵。盛容饰之本艳，兔龙采而凤荣。翠鬐翚裳，纤縠文袿，顺风揄扬，乍合乍离。飘若兴动，玉趾未移。详观玄妙，与世无双。华面玉粲，韡若芙蓉。肤凝理而琼絜，体鲜弱而柔鸿。回肩襟而动合，何俯仰之妍工。嘉今夜之幸遇，获帷裳乎期同。情沸踊而思进，彼严厉而静恭。微讽说而宣谕，色欢怿而我从。

（《全上古三代秦汉三国六朝文》，商务印书馆，1999年）

**译文**：

那位极其美丽的女子，在天庭育成夺目的风采。她吸食朝霞芳香的汁液，安然地在天空中漫游。我坚守伦常之礼暗自砥砺节操，于是在梦中有所感应而与神女精神相通。华美的妆容和饰物很美艳，鲜明艳丽得如龙的花纹凤的颜色。用翠鸟和野鸡羽毛绣成纹饰的衣服，轻薄的纱和纹饰漂亮的上衣，随着风挥送扬起，时而合拢时而分离。（衣带）飘扬好像她将起身行动，实际上她脚步并未移动。仔细地观看其曼妙的容颜与舞姿，全世界都找不出第二个。如花的容颜像玉一般光泽绚丽，容光焕发犹如荷花。皮肤白皙细腻如美玉一般光洁，身材苗条像温顺的大雁。转身的动作合乎节度，抬头低头的动作优美和谐。今夜有幸遇到她多么令人幸福，得到与她在帐内相约的机会。我感情热烈想着更进一步，她却矜持庄重而又静肃恭敬。稍稍地对我婉言相劝说明道理，我欢快喜悦地听从了（她的劝告）。

## 正情赋

（三国）应玚

夫何媛女之殊丽兮，咨温惠而明哲。应灵和以挺质，体兰茂而琼洁。方往载其鲜双，曜来今而无列。发朝阳之鸿晖，流精睇而倾泄。既荣丽而冠时，援申女而比节。余心嘉夫淑美，愿结欢而靡因。承窈窕之芳美，情踊跃乎若人。魂翩翩而夕游，甘同梦而交神。昼彷徨于路侧，宵耿耿而达晨。清风厉于玄序，凉飚逝于中唐。听云雁之翰鸣，察列宿之华辉。南星晃而电陨，偏雄肃而特飞。冀腾言以俯首，嗟激迅而难追。伤往禽之无隅（应作"偶"），悼流光之不归。愍伏辰之方逝，哀吾愿之多违。步便旋以永思，情慄栗而伤悲。还幽室以假寐，固展转而不安。神眇眇以潜翔，恒存游乎所观。仰崇夏而长息，动哀响而馀叹。气浮踊而云馆，肠一夕而九烦。

（以上据《全上古三代秦汉三国六朝文》，商务印书馆，1999年）

思在前为明镜，哀既饰于替□。

（以上据《全三国赋评注》，齐鲁书社，2013年）

**译文**：

有位美女特别美丽，禀性温顺贤惠而又明于事理。感应于祥和之气而独具气质，身体如兰般生机勃勃又如美玉般洁白。和过去相比很少有人能和她相提并论，照耀今世无人可与她并肩。散发出朝阳般夺目的光彩，顾盼注视目光无处不在。不仅秀美冠绝一时，还引用西周守节的申人之女来比喻自己的节操。我心中赞叹她的娴淑美丽，想与她结为相好却找不到借口。蒙受她娴静美好的气质与外貌，内心热烈心向此人。灵魂晚上飞向远方，愿意她结为相好心意相通。白天在路边徘徊，每夜心事重重直到天亮。冬天凉风劲吹，冷风直达庭院。听到云中大雁的鸣叫，看到天上众星灿烂的光辉。南箕星闪亮而飞速陨落，谁料只有雄鸟振翅独飞。希望传言给她我愿顺从于她，可叹（南箕星）速度迅疾难以追赶。伤感飞走的禽鸟没有同伴，痛心流失的时光不再回来。为刚刚落下的星辰而忧愁，为我不能实现的愿望而悲哀。脚下徘徊心中难舍思念，心情凄怆而悲伤。回到昏暗的房间和衣打盹，当然翻来覆去内心难安。心神飘忽不知不觉已飞走，久久地停留浮游于所看到的（神女身上）。抬头对着高大的屋宇而长叹，弹奏悲凉的乐声而叹息无尽。高大的建筑上雾气飘浮升腾，内心一夜充满烦忧。

想成为神女面前明亮的镜子，可悲的是她已经用（其他的镜子）化好了妆。

### 神女赋
（三国）应玚

腾玄眸而睇青阳，离朱唇而耀双辅。红颜晔而和妍，时调声以笑语。
（以上据《全上古三代秦汉三国六朝文》，商务印书馆，1999年）
夏姬曾不足以供妾御，况秦娥与吴娃。
（以上据《全三国赋评注》，齐鲁书社，2013年）

**译文**：

转动黑色的眼珠美目流盼，张开红唇光彩照耀双颊。脸色红润光亮显得温柔美丽，时不时发出和谐悦耳的笑语。

秦穆公淫荡的女儿夏姬都不足以陪侍，何况来自各地的美女。

### 闲邪赋
（三国）王粲

夫何英媛之丽女，貌洵美而艳逸。横四海而无仇，超遐世而秀出。发唐棣之春华，当盛年而处室。恨年岁之方暮，哀独立而无依。情纷挐以交横，意惨凄而增悲。何性命之奇薄，爱两绝而俱违。排空房而就衽，将取梦以通灵。目炯炯而不寐，心忉怛而惕惊。

关山介而阻险。

愿为环以约腕。

（《全上古三代秦汉三国六朝文》，商务印书馆，1999年）

**译文**：

那位杰出美丽的女子，容貌的确美丽而光彩四射。四海之内没有人能与之匹敌，超越旷远的岁月而特别突出。就像开得美盛的唐棣花，正值美好的青年时期还没有出嫁。遗憾的是青春将逝，独自一人无所依靠令人悲伤。思绪纷乱纵横交错，内心的悲凉凄惨有增无减。为何命运如此不好，与所爱两相隔绝让彼此心愿成空。推开空荡荡的房门上床睡觉，打算借助梦境来与他互通心意。两眼明亮难以入睡，内心哀伤而恐惧。

关隘山川相隔险阻重重。

情愿变作手镯环绕在她的手腕上。

## 神女赋
### （三国）王粲

惟天地之普化，何产气之淑真。陶阴阳之休液，育天丽之神人。禀自然以绝俗，超希世而无群。体纤约而方足，肤柔曼以丰盈。发似玄鉴，鬓类削成。质素纯皓，粉黛不加。朱颜熙曜，晔若春华。口譬含丹，目若澜波。美姿巧笑，靥辅奇葩。戴金羽之首饰，珥照夜之珠珰。袭罗绮之黼衣，曳缛绣之华裳。错缤纷以杂佩，袿熠爚而煇煌。退变容而改服，冀致态以相移。发（一作"登"）筵对兮倚床垂，税袿裳兮免簪笄，施华的兮结羽钗。扬娥微眄，悬藐流离。婉约绮媚，举动多宜。称《诗》表志，安气和声。探怀授心，发露幽情。彼佳人之难遇，真一遇而长别。顾大罚之淫愆，亦终身而不灭。心交战而贞胜，乃回意而自绝。

（《全上古三代秦汉三国六朝文》，商务印书馆，1999年）

### 译文：

天地广施化育之功，天地之气是多么地美善真实。陶化阴阳二气至美的汁液，生出美丽多姿的神女。禀受天然的气韵而超凡脱俗，世所罕有无人能与其相比。身材纤细刚刚好，肌肤柔和美好而丰满。秀发光亮犹如明镜，鬓角整齐得好像雕刻出来的一般。肤色不加修饰而明亮光润，没打粉底也没有描画眉毛。红润美好的面容焕发光彩，华美如春天盛放的花朵。嘴唇红艳好像蕴含着丹砂，目光犹如水波。姿容美好笑意可爱，颊边酒窝好像珍奇的花朵。佩戴着用金色羽毛制成的首饰，耳朵上戴着可照亮黑夜的耳饰。穿着多层丝绸织就的花衣，拖着绚丽锦绣的裙子。各种佩饰参差不齐非常繁盛，长袍光彩鲜明耀人眼目。回到内室卸掉妆容换了衣服，希望通过表明态度来打动（我）。登上座位两人相对倚靠在床沿上，脱掉长袍取下发簪，脸上点上红点收拢饰有翠羽的发钗。眉毛上扬用眼睛的余光看着（我），眼神飘忽流转。柔美而可爱，举止妥帖合度。称述诗文以明心志，说话的声音和顺又悦耳。把心怀敞开向我交心，表露她隐秘的感情。那样的美人实在难以遇到，果真遇到后又永远分别。想到贪恋美色会遭受巨大惩罚，但终我一生难以忘记。内心激烈斗争守正执一的念头占了上风，于是改变意志自行与她断绝关系。

### 洛神赋

（三国）曹植

黄初三年，余朝京师，还济洛川。古人有言："斯水之神，名曰宓妃。"感宋玉对楚王神女之事，遂作斯赋，其辞曰：

余从京域，言归东藩，背伊阙，越轘辕。经通谷，陵景山。日既西倾，车殆马烦。尔乃税驾乎蘅皋，秣驷乎芝田。容与乎阳林，流眄乎洛川。于是精移神骇，忽焉思散。俯则未察，仰以殊观。睹一丽人，于岩之畔。乃援御者而告之曰："尔有觌于彼者乎？彼何人斯？若此之艳也！"御者对曰："臣闻河洛之神，名曰宓妃。然则君王所见，无乃是乎？其状若何，臣愿闻之。"

余告之曰："其形也，翩若惊鸿，婉若游龙。荣曜秋菊，华茂春松。仿佛兮若轻云之蔽月，飘飖兮若流风之回雪。远而望之，皎若太阳升朝霞；迫而察之，灼若芙蕖出渌波。秾纤得衷，修短合度。肩若削成，腰如约素。延颈秀项，皓质呈露。芳泽无加，铅华弗御。云髻峨峨，修眉联娟，丹唇外朗，皓齿内鲜。明眸善睐，靥辅承权。瑰姿艳逸，仪静体闲。柔情绰态，媚于语言。奇服旷世，骨象应图。披罗衣之璀粲兮，珥瑶碧之华琚。戴金翠之首饰，缀明珠以耀躯。践远游之文履，曳雾绡之轻裾。微幽兰之芳蔼兮，步踟蹰于山隅。于是忽焉纵体，以遨以嬉。左倚采旄，右荫桂旗。攘皓腕于神浒兮，采湍濑之玄芝。"余情悦其淑美兮，心振荡而不怡。无良媒以接欢兮，托微波而通辞。愿诚素之先达兮，解玉佩以要之。嗟佳人之信修，羌习礼而明《诗》。抗琼珶以和予兮，指潜渊而为期。执眷眷之款实兮，惧斯灵之我欺。感交甫之弃言兮，怅犹豫而狐疑。收和颜而静志兮，申礼防以自持。

于是洛灵感焉,徙倚傍徨。神光离合,乍阴乍阳。竦轻躯以鹤立,若将飞而未翔。践椒涂之郁烈,步蘅薄而流芳。超长吟以永慕兮,声哀厉而弥长。尔乃众灵杂遝,命俦啸侣。或戏清流,或翔神渚。或采明珠,或拾翠羽。从南湘之二妃,携汉滨之游女。叹匏瓜之无匹兮,咏牵牛之独处。扬轻袿之猗靡兮,翳修袖以延伫。体迅飞凫,飘忽若神。陵波微步,罗袜生尘。动无常则,若危若安。进止难期,若往若还。转眄流精,光润玉颜。含辞未吐,气若幽兰。华容婀娜,令我忘餐。于是屏翳收风,川后静波。冯夷鸣鼓,女娲清歌。腾文鱼以警乘,鸣玉鸾以偕逝。六龙俨其齐首,载云车之容裔。鲸鲵踊而夹毂,水禽翔而为卫。于是越北沚,过南冈。纡素领,回清阳。动朱唇以徐言,陈交接之大纲。恨人神之道殊兮,怨盛年之莫当。抗罗袂以掩涕兮,泪流襟之浪浪。悼良会之永绝兮,哀一逝而异乡。无微情以效爱兮,献江南之明珰。虽潜处于太阴,长寄心于君王。忽不悟其所舍,怅神宵而蔽光。

于是背下陵高,足往神留。遗情想像,顾望怀愁。冀灵体之复形,御轻舟而上溯。浮长川而忘反,思绵绵而增慕。夜耿耿而不寐,沾繁霜而至曙。命仆夫而就驾,吾将归乎东路。揽騑辔以抗策,怅盘桓而不能去。

(《全上古三代秦汉三国六朝文》,商务印书馆,1999年)

**译文**:

黄初三年,我到京城朝拜皇帝,回来时要渡过洛水。古人说:"这条江水神灵的名字叫宓妃。"有感于宋玉写赋描绘楚王遇见神女的旧事,就写成这篇赋,赋文曰:

我从京城来,回到东方的封邑(鄄城)。翻越伊阙山,爬过轘辕山。经过通谷,登上了景山。夕阳已经西斜,车马都很困乏了。于是在长满香草的河岸上停下车,让马儿在芝草地上吃草。我在树林中安闲地散步,放眼欣赏洛水的美景。这时,感到心神受到震撼,思绪飘忽不定。低着头没感觉到什么,抬头看到的景象大为不同。只见一个美丽的女子正在山崖旁边。于是忙拉住驾车的人问道:"你看到那个女子了吗?她是谁啊?怎么如此美艳!"驾车者回答:"我听说洛水的神灵叫宓妃。那么,君王您见到的莫非是她？她是什么样的？我很想听听。"

我对他说："她长得体态轻盈像惊飞的鸿雁，身体柔软像空中游动的龙。容颜比秋天盛开的菊花还要鲜亮，美好的青春比春天茂密的青松还要有生机。行动起来像薄云轻轻遮掩了明月，举止洒脱像随疾风飞舞的雪花。远远望去，光彩明亮像是朝霞中冉冉升起的太阳；靠近点看，光彩耀眼如清澈池水中亭亭玉立的荷花。胖瘦恰到好处，高矮正好。肩部线条像是削成一样，腰肢苗条如一束白绢。修长而美丽的脖颈，白嫩的肌肤显露无遗。没有使用香水，也没有涂抹脂粉。浓密如云的发髻高高耸立，修长的眉毛微微弯曲，红唇鲜艳，牙齿洁白。明亮的眼眸顾盼生姿，两只美丽的酒窝儿就在颧骨下面。她姿态奇美而又洒脱，仪容安静而又体态娴美。情态柔顺舒缓，说话声音美好动听。服饰奇特人间罕见，骨骼相貌如画中的仙女。她披着鲜丽灿烂的绫罗衣服，戴着华美的用美玉做成的耳环。头戴黄金和翠玉制作的首饰，身垂明珠照亮了柔美的身姿。她踏着远游用的绣有精美花纹的鞋子，拖曳着烟雾一样轻薄的纱裙。微微散发出兰花的香气，在山的拐角处徘徊。这时她纵身跳跃，边走边玩。左面倚靠着彩色的旗子，右面有桂枝遮蔽阳光。她将洁白细腻的臂腕探到洛水之中，采摘湍急河水中的黑色灵芝。"我深深地爱慕上了她的贤淑和美丽，内心起伏激荡，闷闷不乐。没有优秀的媒人去传情达意，就用脉脉含情的目光代替我的语言。希望我的真情实意能先于别人向她表达，解下腰间的玉佩相赠并相约。她的确是太完美了，不仅懂得礼节而且通晓《诗经》。她高举美玉应答我，指着深深的潭水与我约定日期。我心里充满难分难舍的真诚，惟恐美丽的神灵在欺骗我。有感于传说中两位神女在汉水边赠白玉给郑交甫以定终身却立刻背弃信言的事情，我惆怅犹豫心里充满疑虑。收起喜悦的表情，镇定情绪，告诫自己要严守男女之间的礼仪来克制自己。

于是洛神为我的行动所感，往来徘徊。神异的光芒一会分散一会聚拢，忽明忽暗。她耸起轻灵的身躯像仙鹤站立，好像要飞走却又停留着。她走过生满椒树香气浓郁的小路，流连在散发着香气的杜蘅丛中。惆怅地长吟以抒发永远的爱慕，声音悲哀凄厉经久不息。不久众多的神灵纷纷而来，呼朋引伴。有的在清澈的河水中嬉戏，有的在水中的沙洲上翱翔。有的在河底采拾明珠，有的在岸边觅取翠鸟的羽毛。洛神带着湘水的娥皇、女英，领着在水边游玩的汉水女神。哀叹我像匏瓜星一样孤独无偶，也感慨我像牵牛星的寂寞独居。她挥扬轻薄的衣袖让它随风飘动,用修长的衣袖遮蔽阳光翘首眺望。她的动作轻盈得像飞翔的野鸭一样,飘忽不定令人难以琢磨。在水波上细步行走,袜底升腾着蒙蒙水雾。行踪没有规则可循,似乎很危险又似乎很安全。难以预料她行动还是停留,似乎要离去又似乎要回来。目光流转,辉光润泽着她如玉的面容。有话要说但没有说出口,呼出的气息中已充溢着兰花般的香气。她花容月貌柔美无比,让我忘记了吃饭。这时风神收住了风,水神让水中波涛平静下来。黄河之神敲起了鼓,女娲唱起了清亮的歌声。文鱼腾跃为车乘开路,玉制鸾铃叮咚作响一起远去。六条龙并驾齐驱,拉着云车缓缓行进。鲸鲵争相跳跃在两侧护卫车驾,水鸟盘旋飞舞担任护卫。这时洛神越过洛水北岸的小岛,翻过南面的山岗。回转白皙的颈项,用清秀美丽的眼睛看着我。张开红唇缓缓说话,陈述交往的大节纲常。遗憾人与神分属不同的世界,怨叹正当青春却不能相守。举起丝绸的衣袖擦拭眼泪,泪水不禁滚滚而下沾湿了衣襟。伤心美好的聚会将永远断绝,哀怨从此别离天各一方。没有一点微末的心情可以表达爱慕,就将江南名贵玉环送给我。虽然隐居在地下,也会永远思念君王。忽然不知道她消匿于何方,怅然地看着她神光消失。

于是我翻山越岭,人虽离去心思却还留在原地。洛神的音容犹在,四下张望平添惆怅。我盼望洛神的美妙身影重新出现,于是驾起小船逆水而上。在长长的河流上任意漂泊不知回家,思念绵绵不绝更加深了思慕之情。夜晚我心神不安难以入睡,到天亮时厚厚的霜华沾满衣裳。命令仆夫驾起车马,我将继续踏上东归的路程。我揽住缰绳举起马鞭,在原地盘桓,久久不愿离去。

## 静思赋
### (三国)曹植

夫何美女之娴妖,红颜晔而流光。卓特出而无匹,呈才好其莫当。性通畅以聪惠,行嫌密而妍详。荫高岑以翳日,临渌水之清流。秋风起于中林,离鸟鸣而相求。愁惨惨兮增伤悲,予安能乎淹留。

(《全上古三代秦汉三国六朝文》,商务印书馆,1999年)

**译文**：

多么优雅美丽的女子啊，红润的脸色闪耀着迷人的光彩。（其美貌）卓越突出找不出对手，显露出的才华也无人能匹敌。天性通达而聪明，举止美好缜密而安详。站在高山下以遮挡阳光，走近清澈的溪流。秋风从野外的树林中刮来，离群的鸟儿鸣叫着寻找伴侣。无限忧愁让人越来越悲伤，你怎么能够停留（此地）呢。

## 清思赋
### （三国）阮籍

余以为形之可见，非色之美；音之可闻，非声之善。昔黄帝登仙于荆山之上，振《咸池》于南口之冈，鬼神其幽，而夔牙不闻其章。女娲耀荣于东海之滨，而翩翩于洪西之旁。林石之陨从，而瑶台不照其光。是以微妙无形，寂寞无听，然后乃可以睹窈窕而淑清。故白日丽光，则季后（疑为"李后"）不步其容；锺鼓闛铪，则延子不扬其声。

夫清虚寥廓，则神物来集；飘飘恍惚，则洞幽贯冥。冰心玉质，则激（一作"皦"）洁思存。恬淡无欲，则泰志适情。伊衷虑之道好兮，又焉处而靡逞？寒风迈于黍谷兮，海子而游鹄。申孺悲而毋归兮，吴鸿哀而象生。兹感激以达神，岂浩溔而弗营？志不觊而神正，心不荡而自诚。固秉一而内修，堪粤止之匪倾。惟清朝而夕晏兮，指蒙汜以永宁。是时羲和既颓，玄夜始扃。望舒整辔，素风来征。轻帷连飐，华茵肃清。彭蚌微吟，蝼蛄徐鸣。望南山之崔巍兮，顾北林之葱菁。大阴潜乎后房兮，明月耀乎前庭。乃申展而缺寐兮，忽一悟而自惊。

焉长灵以邃寂兮，将有歆乎所之。意流荡而改虑兮，心震动而有思。若有来而可接兮，若有去而不辞。嗟博赜而失庚，情散越而靡治。岂觉察而明真兮，诚云梦其如兹。惊奇声之异造兮，鉴殊色之在斯。开丹桂（一作"山"）之琴瑟兮，聆崇陵之参差。始徐唱而微响兮，情悄蕙以蜷蚝。

遂招云以致气兮，乃振动而大骇。声飂飂以洋洋，若登昆仑而临西海。超遥茫渺，不能究其所在。心瀁瀁而无所终薄兮，思悠悠而未半。邓林殪于大泽兮，钦䴔悲于瑶岸。徘徊夷由兮，狩靡广衍；游平圃以长望兮，乘修水之华旂。长思肃以永至兮，涤平衢之大夷。循路旷以径通兮，辟闰阒而洞闱。羡要眇之飘游兮，倚东风以扬晖。沐洧渊以淑密兮，体清洁而靡讥。厌白玉以为面兮，披丹霞以为衣。袭九英之曜精兮，珮瑶光以发微（一作"辉"）。服倏煜以缤纷兮，缔众采以相绥。色熠熠以流烂兮，纷杂错以葳蕤。象朝云之一合兮，似变化之相依。魔常仪使先好兮，命河女以胥归。步容与而特进兮，眄两楹而升墀。振瑶谿而鸣玉兮，播《陵阳》之斐斐。蹈消（疑为"清"）澳之危迹兮，蹑离散之轻微。释安朝（疑为"期"）之朱履兮，践席假而集帷。敷斯来之在室兮，乃飘忽之所晞（疑为"晞"）。馨香发而外扬兮，媚颜灼以显姿。清言窈其如兰兮，辞婉婉而靡违。托精灵之运会兮，浮日月之余晖。假淳气之精微兮，幸备嬿以自私。愿申爱于今夕兮，尚有访乎是非。被芬芳之夕赐（一作"畅"）兮，将暂往而永归。观悦怿而未静兮，言未究而心悲。嗟云霓之可凭兮，翻挥翼而俱飞。弃中堂之局促兮，遗户牖之不处。帷幕张而靡御兮，几筵设而莫辅（一作"拊"）。载云舆之奄霭兮，乘夏后之两龙。折丹木以蔽阳兮，辣芝盖之三重。翩翼翼以左右兮，纷悠悠以容容。瞻朝霞之相承兮，似美人之怀忧。采色杂以成文兮，忽离散而不留。若将言之未发兮，又气变而飘浮。若垂髦而失髻兮，饰未集而形消。目流盼而自别兮，心欲来而貌辽。纷绮靡而未尽兮，先列宿之规矩。时觉莽而阴瞳兮，忽不识乎旧宇。迈黄妖之崇台兮，雷师奋而下雨。内英哲与长年兮，答离伦与膺（疑为"赝"）贾。摧魍魉而折鬼神兮，直径登乎所期。历四方而纵怀兮，谁云顾乎或疑？超高跃而疾骛兮，至北极而放之！援间维以相示兮，临寒门而长辞。既不以万物累心兮，岂一女子之足思！

（《全上古三代秦汉三国六朝文》，商务印书馆，1999年。标点有改动）

**译文**：

我认为看得见的形体，不是容貌之美；听得见的声音，不是声音之美。以前黄帝在荆山上成仙，在南口的山岗上演奏《咸池》之乐，幽微如神似鬼，舜的乐官夔和善于鼓琴的伯牙都没有听过。炎帝的女儿女娃溺死于东海之畔而得到后人称赞，后来化作精卫鸟飞翔于西山的旁边。衔林中石头填入东海，但是她并未位列仙班。因此深微奥妙没有形体，清静寂寞没有声音，之后就能看到纯洁的美色。所以太阳闪耀光芒，汉武帝已经亡故的李夫人就无法被模拟容貌；代表正乐的钟鼓之乐被演奏，以纣王乐师延子为代表的靡靡之乐就无法发声。

清静虚无而又高远空旷的地方，就会有神仙聚集；精神处于混沌状态，就能够洞察到玄远微妙的事情。心灵像冰一样洁净，心地像玉一样润美，就会有高洁的精神状态。清静淡泊而没有过多的欲望，则心志安定而顺应性情。内心想法十分美好，又该隐藏在何处而不表现出来呢？寒风刮过黍谷山，某人（此处用典不明）用飞翔的鸥鸟来教导儿子。周朝时申喜因为母亲走失而悲伤不已，吴国的吴鸿被其父杀掉衅金铸钩而哀痛不已。这些都是因为感奋激发达到了不可思议的地步，难道仅仅是精神境界阔大而不迷乱？心无贪念则心神端正，内心不动摇则真心在我。真正坚持专一的原则修炼自己的内心，就能防止精神倾斜不正。早晨天气清明黄昏晴朗，面向太阳落山的地方希望内心永远安宁。这时太阳已经落山，黑夜笼罩。为月神驾车的望舒整理好马缰绳准备出发，清凉的风刮过来。薄薄的帷帐不断飞扬，华美的褥子被清扫干净。蟹与蚌轻声吟唱，蝼蛄舒缓地鸣叫。远望南山高大险峻，回望北面的树林青翠茂盛。夜晚的阴气隐伏在后面的房屋，明亮的月光照耀着前面的院子。于是辗转反侧不能入睡，突然间明白了什么而暗自心惊。

于是神思安静，似乎聚集在将要前往的地方。心思无所依托而想法多变，内心震动若有所思。似乎有什么到来并且可以相互交往，似乎有什么离开而并未告辞。可叹地位低微而且错失最好的年龄，感情激越而不能控制。难道是醒来后细看才得到真相，老实说它就是如云如梦般不可捉摸。惊异于声音之奇妙到达难以想象的地步，看到一位绝美的女子正在这里。高山之上各种声音错落不齐，好像在演奏丹桂做成的琴瑟。开始缓缓低唱声音若有若无，情绪安静清明而又委婉随顺。

于是云气聚集，又震荡发声让人心惊。声音洪大而且远播，就像登上昆仑山俯瞰西海。空阔迷蒙让人内心不很不安定，没法探查它在什么地方。内心动荡不定没地方可以停靠，思绪悠远没有尽头。夸父逐日渴死于大泽化为邓林，神鸟钦䲹在瑶岸被天帝诛杀而悲鸣不已。徘徊犹豫，随风散布；漫游在平坦的园囿上远远眺望，心随长长的河流上飘动的旗帜。经常想快速到达永远停留,掠过平坦的大道。沿着开阔的道路直接到达,打开闺门到达内室。喜爱她的美好灵动,借着春风散发光辉。在幽深清流的洧水洗浴,身体清白洁净无可挑剔。面色像白玉一样,披着像红色云朵的衣服。身着北斗星一样闪着光芒的衣服,佩戴着星星般闪闪发光的饰物。衣服众色闪耀盛美异常,各种颜色集中而和谐。颜色鲜明闪烁到处流散,相互交映显得非常美丽。像早上的彩云聚拢一处,又千变万化相互衬托。让帝喾的女儿常仪先通报交好的意思,命令河神陪同一起出嫁。步伐安闲自得一个人走来,看着堂上的柱子走上台阶。出产于瑶溪的美玉叮当作响,发出的声音像《陵阳》之曲一样往复曲折。踩着清净高洁的行迹,踏着节奏分明的轻碎步伐。脱掉仙人安期穿过的红鞋,走上草席停留在帷帐之中。虽说她已经来到了房中,但是所见的却是飘忽不定。香气四处飘散,美丽的容貌光鲜抢眼。高雅的言谈如兰花般暗香散发,言辞和顺无所违背。借助神灵以相会,浮游于日月的余光之中。凭借淳和之气的精粹,有幸极尽安乐来达成私爱。希望今晚就向她表达爱意,还有待于访断对与错。享受着芬芳的香气晚上心情特别愉快,想马上出发而永远停留在那里。看到的美好光润使内心难以平静,话没有说完就悲上心头。如果天上的云彩可以依凭的话,愿与她一起挥动翅膀而高飞。离开局促狭小的房间,放弃有门窗的住处。帷帐陈设停当但没有人使用,桌子和席子准备好却没有人依凭。于是驾起昏暗不明的云车,乘着夏后启的两条龙。折来丹木树的枝叶来遮挡阳光,树起三层的车盖。(两龙)在左右整齐有序地飞翔,随行者众多阵容宏大。看到早晨的云彩上下掩映,像美丽的女子心怀忧伤。各种颜色相错杂交织成花纹,忽然间又散去不见踪影。好比想说话但忽又刹住,气息改变而飘飞。就像垂发至眉而遮住鬓发,修饰未完形体就忽然消失。眼睛顾盼想要告别,心意想亲近外表却表现得疏远。华丽纷杂还没有展现完,已超出了众星的领地范围。此时所在宽广天气阴而多风,忽然认不出自己旧时的住所。越过有妖异之气的高台,雷神飞起布云施雨。接纳杰出睿智和长寿的人,鞭打离经叛道之人和售卖假货的商人。敲打水神而挫败鬼神,直接到达向往的地方。遍游四方而放纵心情,谁说想回头而有所犹疑?高高跃起而疾速奔跑,到了北方极远之地而驱逐他。抓起天地的间维(古时认为天有六间,地有四维)展示给她看,在天之北极与她永远道别。已经不因为万物而让心灵增加负担,一位女子怎么值得思念呢!

### 永怀赋
（西晋）张华

美淑人之妖艳，因盼睐而倾城。扬绰约之丽姿，怀婉娩之柔情。超六列于往古，迈来今之清英。既惠余以至欢，又结我以同心。交恩好之款固，接情爱之分深。誓中诚于曒日，要执契以断金。嗟夫！天道幽昧，差错缪于参差。怨禄运之不遭，虽义结而绝离。执缠绵之笃趣，守德音以终始。邀辛会于有期，冀容华之我俟。倘皇灵之垂仁，长收欢于永已。

北风兴兮增凉。

（《全上古三代秦汉三国六朝文》，商务印书馆，1999年）

### 译文：

美啊，这位淑女非常艳丽，凭借她顾盼的眼神就可以倾人城池。展现柔婉美好的姿容，怀有万分的柔情。超过往古《古列女传》所载之女子，超越当今最美丽的女子。既给我以最真挚的欢爱，又与我情投意合。相互交好的情意诚挚而又坚定，爱情的缘分很深。在光明的太阳底下立誓表白心中的诚意，约请守信而同心。唉！天意昏暗不明，在纷纭杂乱中又多错误。只怨自己命运不好，虽然情义深结却又隔绝分离。怀着情意深厚的志向，始终坚守着好名声。在某个日期邀约相会，希望美丽的容颜能为我驻留。如果上天垂爱，就会让我永远将欢爱收敛不再想起。

北风刮起天气变得更为清凉。

### 感婚赋
（西晋）张华

方今岁在己巳，将次四仲，婚姻者竞赴良时。粲丽之观，相继于路。虽葩英肯顾，嫁娶之会，不乏平日，乃作《感婚赋》，曰：

彼婚姻之俗忌，恶当梁之在斯。逼来年之且至，追星纪之未移。窈窕初茂，玉质始盛。容华外丰，心神内正。接轸连骑，隐隐习习。充街塞里，晖曜城邑。相丽姿之绰约兮，遥仿佛以感心。怨佳人之幽翳兮，恨检防之高深。

（《全上古三代秦汉三国六朝文》，商务印书馆，1999年。标点有改动）

**译文**：

现在正是己巳年，将到这个季节的第二个月，结婚的人都争相选择好时候。灿烂华丽的景象，在大路上络绎不绝。即使花儿（没有）开放，嫁娶的盛会，也不比平时少，于是作《感婚赋》，赋文曰：

婚姻的风俗与禁忌，这里讲究子、午、卯、酉年婚娶不利。明年已经临近就要到来，趁着年岁还没有改变。美丽的女子刚刚长到盛年，如玉般的身体正是最好的时候。美丽的容貌非常好看，内在的精神也很纯正。车马前后相接，轰轰作响。占满了大街小巷，为城镇增光添彩。看那些美丽的女子风采动人，远远看去似乎能感受到她们的心意。只怨美人隐在深闺，而检点防范的规矩如山之高如谷之深，让人遗憾。

## 神女赋
### （西晋）张敏

世之言神女者多矣，然未之或验也。至如弦氏之妇，则近信而有证者。夫鬼魅之下人也，无不羸病损瘦。今义起平安无恙，而与神女饮宴寝处，纵情极意，岂不异哉！余览其歌诗，辞旨清伟，故为之作赋。

皇览余之纯德，步朱阙之峥嵘。靡飞除而入秘殿，侍太极之穆清。帝愍余之勤肃，将休余于中州。托玄静以自处，是夫子之好仇。于是主人怳然而问之曰："尔岂是周之褒姒、齐之文姜，孽妇淫鬼，来自藏乎？傥亦汉之游女，江之娥皇，厌真乐怨，倦仙侍乎？"于是神女乃敛袂正襟而对曰："我实贞淑，子何猜焉？且辩言知礼，恭为令则。美姿天挺，盛饰表德，以此承欢，君有何惑？"尔乃敷茵席，垂组帐。嘉旨既设，同牢而飨。微闻芳泽，心荡意放。于是寻房中之至燕，极长夜之欢情。心眇眇以忽忽，想《北里》之遗声。既澹泊于幽默，扬（疑为"旸"）觉寐而中惊。赋斯时之要妙，进伟服之纷敷。俯抚衽而告辞，仰长叹以欷吁。乘云雾而变化，遥弃我其焉如。

（《全上古三代秦汉三国六朝文》，商务印书馆，1999 年。标点有改动）

**译文**：

世上谈论神女的人很多，但是没有人能拿得出凭证。弦姓人家的妻子，就是接近真实而且是可以证实的。鬼怪下附于人，人没有不病弱消瘦的。现在义起（人名）平安无恙，但是和神女一起宴饮共眠，放纵自己的情意，怎能不让人感到惊异！我读他的诗歌，文辞意旨清晰宏大，所以为之作赋。

天帝觉得我德行纯正，让我踏入高大巍峨的天宫。走过长而高的台阶进入幽深的宫殿，侍奉在清和的帝宫。天帝看我勤勉恭敬，让我回到中土的州郡休息。守着清静无为的思想独自居住，这样就成为孔子的好伙伴。房东很惊异地问道："你难道是周朝的褒姒、齐国的文姜，邪恶的女人，淫荡的鬼怪，到这里来隐藏吗？也许是汉水之上游玩的美女，湘江之上的娥皇，不喜仙界而喜欢人间，厌倦了在仙界的侍奉生涯？"这时神女整理衣袖和衣襟，回答道："我实际上是忠贞有德的，你为什么要猜疑呢？而且善于言辞，懂得礼仪，恭敬地奉行着美好的德行。美丽的容貌天生出众，装饰华丽以体现美好德行，用这种姿态来接受（天帝的）欢心，你有什么好疑惑的呢？"于是铺好褥垫，设好华美的帷帐。美味的酒食摆好了，按照婚仪中的同牢之礼共食一牲。闻到她若有若无的香气，内心激荡情意难以控制。于是寻求闺房中极致的快乐，尽情于漫漫长夜中的欢爱。感觉辽远而且恍惚，想起《北里》这样的靡靡之乐。既在寂静中保持恬淡，忽因惊惧而醒来仍暗自心惊。陈说此时的微妙，穿上（侍女进献的）盛多的奇异服装。低头摸着衣襟而告别，抬头大声叹息。乘着云雾变化而去，远远地将我抛弃，她不知道去往何方。

# 中 篇
## 《闲情赋》论读

## 一、渊明其人

在了解陶渊明的《闲情赋》之前,有必要先大致了解一下陶渊明这个人。陶渊明的经历并不复杂,南朝宋颜延之作有《陶徵士诔》,《晋书》《宋书》《南史》都有关于陶渊明的记载,另外萧统也为陶渊明作过传,《莲社高贤传》中也有陶渊明的传记。这几则史料记载的内容大体相同,姑节选成书或成篇距陶渊明生活时代最近的《宋书》与萧统所写的传记,在对比叙述中,以分析其为人。

《宋书》卷九十三《隐逸列传》:①

  陶潜,字渊明,或云渊明字元亮,寻阳柴桑人也,曾祖侃,晋大司马。

  潜少有高趣,尝著《五柳先生传》以自况,曰:……

  其自序如此,时人谓之实录。

  亲老家贫,起为州祭酒,不堪吏职,少日,自解归。州召主簿,不就。躬耕自资,遂抱羸疾,复为镇军、建威参军。谓亲朋曰:"聊欲弦歌,以为三径之资,可乎?"执事者闻之,以为彭泽令。公田悉令吏种秫稻。妻子固请种秔,乃使二顷五十亩种秫,五十亩种秔。郡遣督邮至,县吏白应束带见之。潜叹曰:"我不能为五斗米折腰向乡里小人。"即日解印绶去职。赋《归去来》,其词曰:……

  义熙末,征著作佐郎,不就。江州刺史王弘欲识之,不能致也。潜尝往庐山,弘令潜故人庞通之赍酒具于半道栗里要之。潜有脚疾,使一门生二儿舁篮舆,既至,欣然便共饮酌,俄顷弘至,亦无忤也。先是,颜延之为刘柳后军功曹,在寻阳,与潜情款。后为始安郡,经过,日日造潜,每往必酣饮致醉。临去,留二万钱与潜,潜悉送酒家,稍就取酒。尝九月九日无酒,出宅边菊丛中坐久,值弘送酒至,即便

---

① 见(梁)沈约撰:《宋书》,北京:中华书局,1974年,第2286—2290页,笔者引用时对原文有节略。

就酌，醉而后归。潜不解音声，而畜素琴一张，无弦，每有酒适，辄抚弄以寄其意。贵贱造之者，有酒辄设，潜若先醉，便语客："我醉欲眠，卿可去。"其真率如此。郡将候潜，值其酒熟，取头上葛巾漉酒，毕，还复著之。

潜弱年薄宦，不洁去就之迹。自以曾祖晋世宰辅，耻复屈身后代，自高祖王业渐隆，不复肯仕。所著文章，皆题其年月，义熙以前，则书晋氏年号，自永初以来唯云甲子而已。与子书以言其志，并为训戒曰：……

又为《命子诗》以贻之曰：……

潜元嘉四年卒，时年六十三。

**萧统《陶渊明传》：**①

陶渊明字元亮，或云潜字渊明，浔阳柴桑人也。曾祖侃，晋大司马。渊明少有高趣，博学，善属文，颖脱不群，任真自得。尝著《五柳先生传》以自况曰："……"时人谓之实录。亲老家贫，起为州祭酒，不堪吏职，少日，自解归。州召主簿，不就。躬耕自资，遂抱羸疾。江州刺史檀道济往候之，偃卧瘠馁有日矣。道济谓曰："贤者处世，天下无道则隐，有道则至。今子生文明之世，奈何自苦若此？"对曰："潜也何敢望贤，志不及也。"道济馈以梁肉，麾而去之。

后为镇军、建威参军，谓亲朋曰："聊欲弦歌，以为三径之资可乎？"执事者闻之，以为彭泽令。不以家累自随，送一力给其子，书曰："汝旦夕之费，自给为难。今遣此力，助汝薪水之劳。此亦人子也，可善遇之。"公田悉令吏种秫，曰："吾常得醉于酒，足矣。"妻子固请种秔，乃使二顷五十亩种秫，五十亩种秔。岁终，会郡遣督邮至县，吏请曰："应束带见之。"渊明叹曰："我岂能为五斗米折腰向乡里小儿！"即日解绶去职，赋《归去来》。征著作郎，不就。

江州刺史王弘欲识之，不能致也。渊明尝往庐山，弘命渊明故人庞通之赍酒具于半道栗里邀之。渊明有脚疾，使一门生、二儿舁篮舆，既至，欣然便共饮酌。俄顷弘至，亦无迕也。先是颜延之为刘柳

---

① （清）严可均：《全梁文》（上册），北京：商务印书馆，1999年，第223—224页。

后军功曹,在浔阳与渊明情款,后为治安郡,经过浔阳,日造渊明饮焉。每往必酣饮致醉。弘欲邀延之坐,弥日不得。延之临去,留二万钱与渊明,渊明悉遣送酒家,稍就取酒。尝九月九日出宅边菊丛中坐,久之,满手把菊,忽值弘送酒至,即便就酌,醉而归。渊明不解音律,而蓄无弦琴一张,每酒适,辄抚弄以寄其意。贵贱造之者,有酒辄设。渊明若先醉,便语客:"我醉欲眠,卿可去。"其真率如此。郡将尝候之,值其酿熟,取头上葛巾漉酒,漉毕,还复著之。

时周续之入庐山事释惠远,彭城刘遗民亦遁迹匡山,渊明又不应征命,谓之"浔阳三隐"。后刺史檀韶苦请续之出州,与学士祖企、谢景夷三人共在城北讲《礼》,加以雠校。所住公廨,近于马队。是故渊明出其诗云:"周生述孔业,祖、谢响然臻。马队非讲肆,校书亦已勤。"其妻翟氏亦能安勤苦,与其同志。自以曾祖晋世宰辅,耻复屈身后代,自宋高祖王业渐隆,不复肯仕。元嘉四年,将复征命,会卒,时年六十三。世号"靖节先生"。

上面两篇传记,内容大致相似。简述了陶渊明一生的经历,并以事例佐证其性情。综合两篇传记,陶渊明一生行事大抵如下:陶渊明是江西九江一带的人,他的曾祖陶侃曾做过晋代的大司马。大司马在晋代是武官中官阶最高的官,不可不谓显赫。陶渊明自小志趣高雅,学问渊博,是写文章的高手。曾写过《五柳先生传》以自比。可见《五柳先生传》应作于其青年时期或更早。当时人们认为《五柳先生传》写得很真实。他家里很贫穷,父母亲年迈,于是做了州祭酒,大概是分管一州的文化教育。这个职位做了不久,就忍受不了,辞职回家了。州里面请他当主簿,主簿类似于秘书或秘书长之类的官职,可他不愿意做。可见,陶渊明不爱做官是天生的,主要原因并不全因为官场黑暗。《宋书》传记中还记录了他训诫其子的文字,其中有云:"少年来好书,偶爱闲静,开卷有得,便欣然忘食。见树木交荫,时鸟变声,亦复欢尔有喜。尝言五六月北窗下卧,遇凉风暂至,自谓是羲皇上人。意浅识陋,日月遂往,缅求在昔,眇然如何。""偶爱闲静",陶醉自然,是他少年时就有的天性,并非官场失意后才转而关注自然。此后他过了一段耕田自给的生活,传记说他因此患了体弱之病。一般来说,躬耕的生活在物质方面不会太富裕,但是由于参加体力劳动,身体会得到一定程度的锻炼，所以躬耕和羸疾之间形不成因果关系。萧统写的传记中记载的一段故事揭示了其中某些缘由，躬耕不能自给，经常饿肚子。《陶征士诔》说他"少而贫病"，似乎其羸疾是先天遗传的，再加上后天的营养不良以及酗酒无度，他的疾病怕是雪上加霜了。江州刺史檀道济去看望陶渊明，发现陶渊明已经饿了好几天。于是道济劝道："有才德的人在天下无道的时候隐居，天下有道的时候就出来做官。你现在生在文教昌明之世，为什么要这样自苦呢？"陶渊明答道："我怎么能和有才德的人相比呢？志向达不到啊。"檀道济送了美食佳肴给他，他拒绝了。

后来他在镇军将军、建威将军的帐下做过幕僚。可能是他不喜欢做军中的官职，于是就对亲朋放出风声说："我想做个文官，挣点钱补贴家用。"管事儿的官员听说了，就让他做了彭泽县的县令。其实这次任职，多半是因为他叔叔的关系才得以实现的。他去当彭泽县令的时候，没有携带家小，让他的家眷仍留在家乡。萧统说陶渊明"不以家累自随"，是赞扬的语气，即正常情况下是可以携带家小一同赴任的。彭泽就在九江，离陶渊明的家乡也近，并不是路远不便携带。陶渊明有气节，同时也有人情味。他把家小留在家乡的同时，也留了一个劳动力给他的儿子，让他帮助儿子进行日常劳作，并让儿子善待之。"汝旦夕之费，自给为难"，从这句话来看，他是想让家小自给，不想因为家小生计的原因，使自己在为官任上为钱物所累。

上文说过，陶渊明不喜欢做官。但一介文人，不做官又难以生活，所以他还得做官。他做官的才能如何呢？根据萧统的记载，的确不怎么样。他当了彭泽县令后，想在公田里全部种上粘高粱，用来酿酒，且说："我可以喝足酒了，很满足了。"但是他的妻子和儿子坚持请求种水稻，最后二顷五十亩种了粘高粱，五十亩种了水稻。作为一名地方长官，公田并不是用来供养自己一个人的，全部种成酿酒的作物实在难称得上是善政。尤其是陶渊明之前已经受过饥饿之苦了，还不吸取教训，可见他的确不是个做官的人才。萧统把这件事写进来，恐怕也是想告诉大家这个意思吧。

最终让陶渊明离开官场的，倒不是他的才能，而是他的心气儿高，受不得折辱。那时有个官名叫督邮，督邮就是代表郡守到属地巡察的官员，一个郡守属下会有好几个督邮，每个分管一片。督邮的职权范围很广，既向下级传达教令，督察下级官员，又检查诉讼案件，检控非法之事。在行政体系中，这样的官员应该是常见的，也是保证下级官员清廉行事的有效手段之一。这次督邮来巡察彭泽，属下提醒陶渊明，应该穿上正装，去拜见一下。想想这也不是什么过分的事，是官场上最起码的礼仪吧。就算当代，虽然没有那么多繁缛的礼节，可上级官员来了，下级官员毕恭毕敬，笑容可掬地迎接也是常见的事。可陶渊明就是受不了这个，说了句："我怎么能为了五斗米向乡里小儿屈身呢？"当天就离职了。都说渊明有骨气，的确不假。其实让陶渊明这样激愤的除了他的骨气，可能还有一个原因，就是所谓的"乡里小儿"。今天已经没有办法查证这个"乡里小儿"是谁了，但是陶渊明对此人是极为反感的，称之为"乡里小儿"，用现在的话来说就是"粗俗的家伙"。这个称谓只是针对这位督邮的，绝不是指整个官场的人。也许这位督邮是个不学无术的人，其行事早已为陶渊明所深恶痛绝，所以才有愤然离职的结果。据说陶渊明的《归去来兮辞》就是这个时候写的。后来，朝廷想请他做著作郎，就是主修国史的官职，他不愿意去，甚至谢绝官方人员登门造访。可见，陶渊明当时还是很受官方人士的看重的。

　　陶渊明对官方人士有着天然的疏离感，但对于乡野之士却颇为亲近。朋友请他喝酒，无论认识或不认识，他都去，喝得很高兴。他对其他地方的风景也不甚感兴趣，只去过与家乡极近的庐山，平常便只在田园间活动。

　　除了爱自然，陶渊明还极为喜欢喝酒。江州刺史王弘想结识陶渊明，前往拜访被拒，请又请不来。有一次陶渊明去庐山，王弘让陶渊明的老朋友庞通之带着酒在半路邀请陶渊明，让人用篮舆把有脚疾的渊明抬来饮酒，渊明很高兴地喝起来，王弘这时出来，见到了陶渊明，陶渊明也不以为意。陶渊明的好朋友颜延之有段时间经常与陶渊明一起喝酒，分别时留了二万钱周济陶渊明，而陶渊明把钱全给了酒家，用来买酒喝。某年的九月九日，陶渊明没酒喝，在院旁的菊花丛中久坐，正好王弘送酒过来，当场开喝，喝醉才回家。陶渊明不懂音律，但收藏着一把琴，没有弦，不能弹。每逢喝酒，就抚弄这把无弦之琴，以寄托自己的心意。无论身份贵贱的客人来家里，有酒的话必定拿出来招待客人，如果他先喝醉了，就会对客人说："我喝醉了，要睡觉，你回去吧。"不会刻意挽留，非常真诚直率。有一次郡守在等候他，正好酒酿好了，他顺手取下头上的头巾来过滤酒，用完又戴在头上。

陶渊明虽然身居田园，但不喜欢营务生计。按《晋书》的说法他把家务都交给儿子和下人，但《晋书》和萧传都未提及此事，颜延之《陶徵士诔》中写道："少而贫病，居无仆妾。井臼弗任，藜菽不给。母老子幼，就养勤匮。"① 是说他从小就很穷，家里没有下人可供驱使，但自己又不擅长干农活，导致日常生活所需经常处于匮乏状态。从他的诗文来看，他还是参加体力劳动的。他在《自祭文》中也说："自余为人，逢运之贫。箪瓢屡罄，絺绤冬陈。含欢谷汲，行歌负薪。翳翳柴门，事我宵晨。春秋代谢，有务中园。载耘载籽，洒育洒繁。"② 也可证明他自己是参加田园劳作的。他当了彭泽令之后给家里请了一个下人，并且没有携带家眷一同赴任，这可能就是《晋书》"家务悉委之儿仆"说法的来源吧。这种说法对某一时期的陶渊明来说，是真实的，但是在大多数情况下，是不准确的。陶渊明好酒，在日常生计上一方面能力不及，另一方面可能是不甚用心罢了。陶渊明生活的贫穷，除了他不善经营生计外，与他子嗣多且幼弱有关，他从大约28岁到36岁的9年间，一共生了5个儿子，即在他36岁那年，他大儿子8岁，小儿子才出生。要抚养这么一群小孩，家庭又如何能不贫困呢？

《晋书》和萧传对陶渊明不愿意出来做官的行为做了心理学上的分析，认为陶渊明的曾祖曾做过晋代的高官，自己身为高官之后，耻于屈身人下，所以不再愿意出来做官。这种分析是有道理的，但缺乏更多的证据支持，只能存疑了。

后人对陶渊明生平研究比较详尽的大有人在，有关陶渊明的年谱面世的不少，如王质《栗里谱》、吴仁杰《陶靖节先生年谱》、张演《吴谱辨正》、陶澍《靖节先生年谱考异》、丁晏《陶靖节年谱》、杨希闵《陶靖节年谱》、梁启超《陶渊明年谱》、傅东华《陶渊明年谱》、古直《陶靖节年谱》、朱自清《陶渊明年谱中之问题》、逯钦立《陶渊明年谱稿》、杨勇《陶渊明年谱汇订》、逯钦立《陶渊明事迹诗文系年》；还有数部传记面世，如李长之的《陶渊明传论》（天津人民出版社，2007）、杜景华的《陶渊明传》（百花文艺出版社，2005）、袁行霈《陶渊明研究》（北京大学出版社，2009）、戴建业《澄明之境：陶渊明新论》（华中师范大学出版社，

---

① （梁）萧统编，（唐）李善注：《文选》，长沙：岳麓书社，1995年，第2018页。
② 逯钦立校注：《陶渊明集》，北京：中华书局，1979年，第197页。

1998）、吴云《陶渊明论稿》（陕西人民出版社，1981）、李华《陶渊明新论》（北京师范大学出版社，1992）、陈俊山《陶渊明》（百花洲文艺出版社，1994）、潘水根《陶渊明小传》（广东旅游出版社，2002）、李蒙《陶渊明》（解放军出版社，2003）等等。这些研究都结合了他的诗文创作，对其生平细节多有疏证，此不一一列举。

## 二、《闲情赋》创作时间辨析

有关陶渊明《闲情赋》的创作时间、背景，由于史料所限，诸多研究成果中涉及的不多。即使有所提及，也多为推测，难以坐实。

关于《闲情赋》的创作时间，大致有以下四种说法。

第一种说法认为《闲情赋》作于陶渊明少年时期。古直在《陶靖节诗笺余录》中据其《五柳先生传》中"尝著文章自娱，颇示己志"数语，认为《闲情赋》为陶渊明少年示志之作。袁行霈先生认为："此赋写爱情之流荡，又序曰'余园间多暇'，可见乃渊明少壮闲居时所作。姑系于晋海西公太和五年庚午（370），渊明十九岁。"① 钱志熙在《陶渊明传》中认为《闲情赋》与《咏三良》《咏荆轲》《感士不遇赋》都是他早期学习汉魏诗赋的作品。另潘水根《陶渊明小传》认为此赋作于陶渊明第一次婚姻新婚后不久，但没有提出任何材料进行佐证。

第二种说法认为此赋作于他三十岁丧偶之后。王瑶先生认为："《闲情赋》大概是少年时的示志之作。渊明于晋太元十九年甲午（394）丧偶，见《怨诗楚调示庞主簿邓治中诗》注；《闲情赋》是抒情文字，或即这年所作。时渊明年三十岁。"② 杜景华在《陶渊明传》、孙钧赐在《陶渊明集校注》中均持这种观点，认为此赋应作于陶渊明丧偶之后。

第三种说法认为《闲情赋》作于陶渊明壮年时期。逯钦立先生认为此赋作于彭泽致仕之后："本篇约写于义熙二年（406），陶渊明四十二岁，彭泽归田后之次年。"③ 龚斌赞同这种说法，并为之提出了证据："按，赋序云：'余园间多暇。'赋云：'悼当年之晚暮，恨兹岁之欲殚。'作于少年说与晚

---

① 袁行霈：《陶渊明集笺注》，北京：中华书局，2003年4月版，第452页。
② 王瑶编注：《陶渊明集》，北京：人民文学出版社，1956年8月版，第104页。
③ 逯钦立校注：《陶渊明集》，北京：中华书局，1979年5月版，第146、276页。

年说皆与'当年之晚暮'不合;且此赋热情奔放、辞藻华美,不太像是晚年之作。故诸说中以逯注较可取,惟确切年份不可考。"[1]

第四种说法认为此赋作于陶渊明晚年。杨勇先生在《陶渊明年谱汇订》中,认为《咏贫士》诗作于渊明56岁,《与子俨等疏》作于57岁,《闲情赋》作于58岁。[2] 王振泰在《〈闲情赋〉系年新探》中认为:"《闲情赋》应是渊明接踵其《感士不遇赋》作于晚年,即晋、宋易代之后,其时渊明五十八岁左右。二赋珠联璧合,为姊妹篇。"[3] 他列举了六条理由:二赋之序神似、二赋之悲相似、二赋"之暇"同为晚年教子之暇、二赋时间描述相似、《闲情赋序》中"复"字承接《感士不遇赋》、"虽文妙不足"是相对于《感士不遇赋》而言的。

诸种说法中,作于晚年说非常牵强,《闲情赋》中的确有"悼当年之晚暮,恨兹岁之欲殚"的句子,但是把这句理解为对作者年龄的描述是不可取的。在这两句之前有"叶燮燮以去条,气凄凄而就寒"的句子,说明当时的季候为深秋或初冬,是一年即将结束的时候,故"晚暮""欲殚"都是指节候而言,与作者年龄无涉。其他三种说法难以断定其真,也难以断定其假。也就是说,目前的史料不足以为《闲情赋》的系年提供可靠的支撑。在没有新的史料出现之前,这恐怕要成为一桩悬案。在陶渊明的作品中,《闲情赋》与其他作品的联系甚少,相关的史料也少,使其成为陶渊明作品中一个相对孤立的存在。

那么《闲情赋》究竟是何时创作的呢?目前只能在尊重现有史料的基础上,从较为宏观的心理层面进行把握,以避免陷入穿凿附会的窘境。

讨论《闲情赋》的创作时间,绕不开这篇赋的序言。赋序中提供了一个线索"园闾多暇",即这篇赋是他田园闲居时的作品,但陶渊明一生未仕的时间要比出仕的时间多得多,所以这条线索对于确定《闲情赋》的创作时间价值不大。所以还得从其他方面着手解决这一问题。

每个人的性格都是不同的,有些人比较热烈,有些人比较平和。体现在诗文中,情形大致相似,陶渊明绝大多数诗文风格是比较平和的,所以

---

[1] 龚斌校笺:《陶渊明集校笺》,上海:上海古籍出版社,1996年版,第369、383页。
[2] 杨勇:《陶渊明集校笺》,上海:上海古籍出版社,2007年版,第453—459页。
[3] 王振泰著:《〈闲情赋〉系年新探》,《九江师专学报》(哲学社会科学版),1987年第3期。

他是个性格比较平和的人。在人的一生中，不同年龄段的感情特征也是有区别的。古人讲"四十而不惑"，即指人在四十岁以后心态就比较务实、理性而平和了。所以，大抵一个人在四十岁以前感情要比四十岁以后热烈。有了这些基本的认识，再反观《闲情赋》的感情特征，就能有一个大致的判断了。

在陶集中，《闲情赋》是陶渊明所有作品中感情比较热烈的一篇了，赋中所表达出的为了爱甘于奉献自己一切的感情是极其浓烈的，即使现代一些爱情诗高手也不见得比它来得更热烈和真切。同时此赋词藻富赡华美，文采斐然。结合陶渊明一贯的文风，基本可以得出这样的判断，《闲情赋》应该是陶渊明四十岁以前的作品。由于爱情的触发，年轻的作者几乎把自己所有的官能感知都调动起来了，故有了"十愿"的强烈体验。在感官的敏锐程度上，年轻人永远要胜一筹，四十岁以后感官的敏锐程度降低，想象力也随之衰退，这就是相当一部分作家中年以后创作力下降的原因之一。四十岁以后有没有可能热烈地去爱一个人呢？当然是有可能的，但是感情特征与表达方式与此有明显的差别。四十岁以后即使爱恋一个人，由于自我意识发展成熟，在爱情中表现出来的往往是有我之境，即使最真挚的爱，也不例外。什么是有我之境？举个例子，张衡的《四愁诗》就是有我之境，诗中描写的是两个相对独立的个体，以及在此基础上的情感交流，而不是一方独大，另一方弱化依附的状态。但不能反过来说《四愁诗》就是张衡四十岁以后的作品，不成立。《闲情赋》表现出来的是无我之境，赋中只有爱情，自我极度弱化，自我由于爱情的作用而趋逐于爱情的对象，自我是被爱情完全统摄着的，而不是自我把控爱情。

如果《闲情赋》是陶渊明四十岁之前的作品，创作时间的可能性就只有三种了：婚前、第一次婚后、丧偶之后。首先来解决婚前还是婚后的问题。《闲情赋》中的想象非常细腻，在"十愿"中先后提到了"华首"、"纤身"、"颀肩"、"弱体"、"素足"、"玉容"、"柔握"，这些都是女性身体部位的雅称，并且每个部位都有一个形容词。这些形容词所描摹的情态大部分可以通过日常观察和古文传习得来，但如果要运用得当，富含感情，则必须在亲密关系中才能够体察或感知。基于此，可推断《闲情赋》应作于渊明婚后，在婚姻中对女性有了更为真切的了解才能作出如此真切而恰当的想象。渊明少而家贫，家中应该没有奴婢，他对于女性真切的认识应该始于第一次婚姻。接下来的问题就是此赋作于婚后什么时候？有人说是在第一次婚姻期间，这种推断未必确实。陶渊明的第一次婚姻持续了多久，没有史料可以佐证。根据他的诗文，可知他的五个儿子中，长子陶俨是第一任妻子所生。大多数年谱认为陶渊明29岁时，陶俨1岁，那么陶俨出生时，陶渊明应该是28岁。他第一次结婚应该在二十六七岁，这在当时已经算是晚婚了。二十六七岁结婚，姑且认定他30岁丧偶，第一次婚姻约持续了三四年的时间，有可能更短。三四年的婚姻算是很短命了，夫妻间的感情应该还是比较融洽的。在这期间写作《闲情赋》就难以解释了。若是写给第一任妻子，赋中追求而不可得的苦闷就难以理解。若是写给他人，也不合理，新婚不久，又有第一个儿子降生，妻子也有可能在此期间生病，感情尚新，诸种压力叠加，怎么会有精力和心情移情他人呢？所以，《闲情赋》作于第一次婚姻期间的说法还是要打一个大大的问号。

比较可取的说法是《闲情赋》作于他丧偶之后。有人把此赋与《祭程氏妹文》等祭文作比较，认为此赋不像一篇悼亡之作。这篇赋确实不是悼亡之作，丧偶之后所作未必就是悼亡之作。大凡丧偶之后，在心理上要经历两个阶段，第一个阶段是告别过去，心情沉痛，悼思难忘；第二个阶段是走向未来，走出丧偶的阴影，重新燃起对未来的希望。《闲情赋》应该作于他丧偶后第二个心理阶段。梁启超在《陶渊明年谱》中，将陶渊明续娶翟氏与丧偶放在同一年，因为陶渊明与第二任妻子所生的次子陶俟比长子陶俨小两岁。那么陶渊明在30岁这一年要经历丧偶、续娶、生子三件大事，就算次子生于该年年末，那么续娶也该在年初一月或二月份，也就是说前任妻子一死，尸骨未寒，香案犹在，他马上就张罗续娶的事了，这于情于理都说不通。问题出在哪里了呢？应该是各家进行年谱考订时对所据资料的理解上出了问题。说陶渊明30岁丧偶的依据是陶渊明《怨诗楚调示庞主簿邓治中》诗中两句：“弱冠逢世阻，始室丧其偏。”始室是指30岁，但是"始室丧其偏"未必就是指30岁这一年丧偶，它还可以是对30岁这一年生活状态的叙述，即30岁的时候孤身一人，妻子已经亡故。古代妇女早夭，一般是三种情况，一是难产，二是病故，三是意外身亡。古代妇女活动范围不大，很少涉足险境，第三种可能极小。结合第一任妻子亡故后其子尚幼的情况，所以陶渊明第一任妻子死于难产的可能性很大，当然也不排除病故的可能性，总之，应该死于陶渊明30岁之前，最早的可能是死于陶俨出生的时候，即陶渊明28岁时。这样，陶渊明在丧偶后就有两年鳏居时间，《闲情赋》应该作于陶渊明鳏居后期，以29岁最为可能。盛年丧偶之后的孤独比少不经事时的孤独更为强烈，这种强烈的孤独感使陶渊明《闲情赋》的风格热烈秾丽，明显异于他的其他诗文作品。而他正是在29岁的时候辞去了州祭酒的职位，从每天要应付公务到田园闲居，事情一下子少了许多，平日未曾思考的事情也自然而然地想起来了，"园间多暇"的孤独感便油然而生。

## 三、《闲情赋》创作动因分析

《闲情赋》前有小序，序中道出了创作此赋的两个动因："初，张衡作《定情赋》，蔡邕作《静情赋》，检逸辞而宗澹泊，始则荡以思虑，而终归闲正。将以抑流宕之邪心，谅有助于讽谏。缀文之士，奕代继作，并因触类。广其辞义。余园间多暇，复染翰为之。"陶渊明创作《闲情赋》，一个动因是受前代作者创作的启发，即类型化创作的文化动因，另一个是"园间多暇"，属于个人动因。对于《闲情赋》来说，这两方面的动因缺一不可。

《闲情赋》既是陶渊明个人的作品，也是文化积淀与文化演变的产物。此前文化演变所积累的诸多因素在这篇赋中得到比较典型的体现。主要的因素，有以下几个方面。

第一，继承从《诗经》发端，并经楚辞演绎出的丰富的异性审美传统。《诗经》确立了异性审美的基本要素，确立了中国异性审美的最早标准。楚辞在此基础上扩展了异性审美的内容，尤其是对环境的描写进行了较大的发展。宋玉的辞赋创作同时受到王权和游士传统的影响，将异性审美发展方向扭转成男性对于女性的单向审美，为后来同类题材辞赋的创作确定了模式和基调。在宋玉及司马相如的赋作中，女性审美赋作中既有女思男，也有男思女，两种模式并存。西汉中期以后，游士之风消失，女性审美赋作就只剩下男思女一种模式了。与此同时，审美的深度也在不断地发展，西汉中期儒家伦理对女子在道德方面提出了一系列的要求，使得女性审美赋作在审美上既重视外貌环境的外在之美，也更加重视精神性情方面的内在之美。蔡邕的《青衣赋》不顾当时上层社会与奴婢阶层巨大的身份差异以及道德标准的巨大差异，进一步打破了女性审美的身份限制，使得女性审美变得更加自由，曹植《洛神赋》则把这种审美传统向前推进了一大步。至此，传统的女性审美辞赋在审美模式上已经定型，三国时期阮瑀等人的创作，虽然没有更大的突破，但在模仿重复的过程中，巩固了女性审美辞赋的既成模式。陶渊明的《闲情赋》就是这种比较自由的审美模式下的经典之作。陶渊明在赋序中所说的"逸辞""荡以思虑"就是这种模式的不完全表述。需要特别一提的是曹植的《洛神赋》在楚辞和宋玉辞赋的基础上，进一步演绎了人神恋爱。人神恋爱题材是女性审美赋作中比较特殊的一个类别，但其在审美意义上与其他女性审美辞赋是相通的。这种赋作中的女主人公是神，神的地位要高于人，具有一种超凡脱俗的美。所以这种赋通过抬高女主人公的身份，形成对于作为审美主体的男性的一种优势地位，从而将男性对女性的审美心态转化为一种近乎膜拜的心态，将女性的美从现世抽离，使之神圣化或圣洁化，从而为悲剧的结局埋下必然的伏笔。陶渊明《闲情赋》中的"十愿"无不处处体现出一种膜拜的姿态，最后求之不得的失意彷徨也与《洛神赋》有类似之处。

第二，赋家精神世界的内在冲突。《诗经》中的异性审美中既没有外在的冲突，也没有内在的冲突，是一种和谐的状态。从宋玉的《登徒子好色赋》开始，赋家的审美与外在的王权发生了冲突，表现为审美过程中的悖谬情形。赋家一方面极力渲染女性的美，另一方面却表现出对这种美的漠视甚至抵抗。这种审美显然是不合情理的。到西汉中期以后，这种悖谬情形就消失了，代之而起的是审美主体的内在冲突。孔子批评《诗经》时所提出的"思无邪"，关于"邪"的概念主要是从道德方面考虑的，之后便成为古代中国文学批评的一个重要概念。秦汉之际在"邪"的基础上形成了"闲邪"的修身理论。东汉时期在女性审美辞赋创作中，赋家们引入了"闲邪"的概念，将对于女性的过度迷恋视为"邪"的一种，而加以克制。在辞赋中，对于女性的审美是与"邪"同义的，是有害于德行修养的。对异性的思恋是发自于赋家内心或天性的，对于自身德行的要求也是在长期的社会伦理要求的浸染下逐渐形成的一种自觉要求。这两方面的冲突从本质上来讲，是人的自然性与社会性的冲突，或称之为人的动物性与神性的冲突。冲突的形成有赖于两个强大的推动力，一是人的天性，这种天性是不可被取缔的，无论在多么不利的环境下，它总会寻找一种适当的方式表现出来；二是来自社会政治伦理的强大压力，这种压力要求辞赋要有一定的社会的、政治的、道德的功用，表现在大赋中是讽谏，表现在女性审美辞赋中，就是"闲邪"。这就是陶渊明在《闲情赋》序中所说的"将以抑流宕之邪心，谅有助于讽谏"。三国时期，女性审美赋作大都重复了这种审美与"闲邪"的冲突模式，陶渊明的《闲情赋》也不例外。只不过由于陶作极具感染力，所以其内心的冲突显得格外激烈些。

文化动因固然重要，但是只有文化动因是不够的。这些文化动因之所以会在某个作者身上起作用，其个人因素也不容忽视。陶渊明在赋序中提到个人动因时只说"园间多暇"，为什么"园间多暇"就一定能写出《闲情赋》，而不是其他类型的赋作？看来作者于个人动因方面隐藏了太多的东西，给后人留下了很大的想象空间。

为了稍微补充一下这片空白，有必要对陶渊明的婚姻生活作一番检视。

很多论者已经注意到，陶渊明很少在诗文中提及自己的妻子。如上文所述，陶渊明的第一次婚姻持续了三四年甚至更短的时间。按理来说，人生的第一次婚姻，应该会给他留下深刻的印象和永久的回忆，但是在他的诗文中，却找不到关于他第一次婚姻生活的片言只语。后一任妻子，史料上有记载："其妻翟氏亦能安勤苦，与其同志。"[①] 是说后一任妻子，能够安于辛劳贫穷的生活，与陶渊明同心同德。对于这样一位相濡以沫几十年的妻子，陶渊明的诗文中也较少提及，只在教育儿子时隐隐约约透露出些许消息："常感孺仲贤妻之言，败絮自拥，何惭儿子。此既一事矣。但恨邻靡二仲，室无莱妇，抱兹苦心，良独罔罔。"[②] 大意是说，我总是有感于东汉王霸贤妻所说的话，拥着破棉絮坐在床上，儿子形貌丑陋又有什么好惭愧的呢？古今同理。我只是遗憾邻居中没有求仲、羊仲那样的高士，家里没有老莱子妻子那样的老婆。心中怀着这样的苦楚，的确让我深感惶惑。

有论者以为，陶渊明未在诗文中像杜甫那样提及自己的妻子，一定是对自己的婚姻生活不满。这种推论有一定的道理，但未必完全可靠。自古以来，诗人们大抵可以分为两种人格类型，一种是像杜甫、白居易那样，愿意将自己的婚姻、情事写到诗作中去向众人展现的；另一类则像陶渊明

---

① （清）严可均：《全梁文》（上册），北京：商务印书馆，1999年，第224页。
② 见（梁）沈约撰：《宋书》，北京：中华书局，1974年，第2289页。

这样不愿意将自己的婚姻、情事写到诗文中去的。但不能据此推论那些不在诗文中表现恩爱的人就一定不幸福。陶渊明的诗文中所展现的，多是自己精神世界的独语，与自己精神世界相投契的事与物才会进入他的诗文，也许他的婚姻生活还没有达到让他觉得投契的境界。

但是也不能因此断言陶渊明的家庭生活很幸福。在《归去来兮辞》中写他辞官归去时的情形："僮仆欢迎，稚子候门。"下人和孩子都写了，唯独没有写妻子，难道妻子在家庭中的地位还不如下人吗？这显然是有意漏写的。为什么要漏写？"欢迎""候门"说明下人和孩子都盼着他归来。在此文中，他着意要营造一种辞官之后的欣悦之情，所以自己的欣悦之情相若的，就摄入笔下；相抵牾的，自然就不写了。想必此次辞官是妻子不能理解的，妻子是不赞同的。陶渊明这次辞官时，已经过了四十岁，膝下有五子，大的才十三岁，最小的才五岁，都很幼弱，家庭的经济压力很大。而他去做彭泽的县令本来就是为了解决生计问题。"余家贫，耕植不足以自给。幼稚盈室，瓶无储粟，生生所资，未见其术。则亲故多劝余为长吏，脱然有怀，求之靡途。会有四方之事，诸侯以惠爱为德，家叔以余贫苦，遂见用为小邑。"①家里穷得实在不行了，在亲友的规劝下，才做了彭泽令。他辞了彭泽令，就没有收入，生活势必要回到原来"瓶无储粟"的赤贫状态，这一点对于操持家务的妻子来说，没有人比她感受得更为痛切了，听到陶渊明辞官的消息，她心里一定是凉了半截，难免有些怨怼之情。

以上分析也与他"室无莱妇"的抱怨相吻合。"莱妇"典故出自《列女传》："楚老莱子之妻也。莱子逃世，耕于蒙山之阳。葭墙蓬室，木床蓍席，衣缊食菽，垦山播种。人或言之楚王曰：'老莱，贤士也。'王欲聘以璧帛，恐不来，楚王驾至老莱之门，老莱方织畚，王曰：'寡人愚陋，独守宗庙，愿先生幸临之。'老莱子曰：'仆山野之人，不足守政。'王复曰：'守国之孤，愿变先生之志。'老莱子曰：'诺。'王去，其妻戴畚莱挟薪樵而来，曰：'何车迹之众也？'老莱子曰：'楚王欲使吾守国之政。'妻曰：'许之乎？'曰：'然。'妻曰：'妾闻之：可食以酒肉者，可随以鞭捶。可授以官禄者，可随以铁钺。今先生食人酒肉，授人官禄，为人所制也。能免于患乎！妾不能为人所制，投其畚莱而去。'老莱子曰：'子还，吾为子更虑。'遂行不

---

① 逯钦立校注：《陶渊明集》，北京：中华书局，1979年5月版，第159页。

顾，至江南而止，曰：'鸟兽之解毛，可绩而衣之。据其遗粒，足以食也。'老莱子乃随其妻而居之。民从而家者一年成落，三年成聚。"① 楚国人老莱子不愿意出去做官，隐居在蒙山之南。楚王想让他出去主持楚国的政局，老莱子的妻子劝道："我听说，可以给你提供酒肉的人，也是可以鞭打你的人；可以给你官做的人，也是可以对你施加铁制刑具的人。先生倘若吃了人家的酒肉，领了人家的官俸，这些都是受制于人的事情。生在乱世而受制于人，能够幸免于难吗？"老莱子听后，深以为然，于是跟着妻子跑到江南隐居去了。俗话说，贫贱夫妻百事哀，对于陶渊明来说，也不例外。由于生活的拮据，陶渊明一定少不了要听妻子的抱怨，而陶渊明深深赞赏的老莱子妻不仅不抱怨丈夫，而且鼓励丈夫隐居。很显然，现实生活中的妻子与陶渊明心目中理想的女性还是相去甚远的。抱怨归抱怨，他的妻子总体上还是"甘于勤苦"的，操持着一大家子人的生计，不能不说是个好妻子。

陶渊明写过祭文，但没有为他的亡妻写过。祭奠异性的有《祭程氏妹文》一篇，是祭奠他同父异母的妹妹的，其妹殁年39岁，文中哀思悲切。他的第一任妻子殁年应该不超过三十，且遗有一子，却不见任何祭奠文字，的确有些奇怪。细读《祭程氏妹文》，发现陶渊明在其妹身上，不仅寄托了亲情，而且找到了理想的品格："咨尔令妹，有德有操。靖恭鲜言，闻善则乐。能正能和，惟友惟孝。行止中闺，可象可效。"② 他所称许的这些品格，一方面是其妹品格的写照，另一方面也是他与妹妹分别多年由距离产生的美感。这些品格多少折射出他对于理想异性的期待。观渊明一生，他所乐于交游的，多是与其性格、脾性相投合的人。写入他诗文中的人，不仅与他性情相投合，而且多少带了一些理想的色彩。如《祭从弟敬远文》："于铄吾弟，有操有概。孝发幼龄，友自天爱。少思寡欲，靡执靡介。后己先人，临财思惠。心遗得失，情不依世。其色能温，其言则厉。乐胜朋高，好是文艺。遥遥帝乡，爰感奇心。绝粒委务，考槃山阴。淙淙悬溜，暧暧荒林。晨采上药，夕闲素琴。"③ 这段是写其堂弟的品性的。其堂弟有节操有气度，孝顺父母，友爱兄弟。无忧无虑，追求不多，既不固执，也不孤

---

① （汉）刘向著：《列女传》，北京：中国文史出版社，1999年，第11页。
② 逯钦立校注：《陶渊明集》，北京：中华书局，1979年5月版，第191页。
③ 同上书，第193—194页。

僻。先人后己，惠及他人。不计较得失，不趋附世俗。他态度温和，言辞严肃。乐于结交高明的朋友，爱好文学与琴棋书画。他向往神仙世界，于是不食烟火，抛弃世俗事务，隐居于山林深处。在瀑布下，荒林中，清晨采摘仙药，晚上研习琴艺。这些品性与陶渊明何其相似！所以陶渊明这两篇祭文的确有惺惺相惜之意。他的另一篇祭文是《自祭文》，更无须多说了。至此，陶渊明没有给他的妻子写祭文也就不难理解了。他的妻子虽然与他共同生活，在日常生活中能够同甘苦、共患难，但是在精神气质上却不是同一类人，至少在陶渊明心目中不是。其妻亡故，渊明并不是不悲伤，只是无以为文而已。

根据上文的推断和分析，有着独立和丰富的精神世界的陶渊明，和他的两任妻子过的都是一种平淡的日常生活，在精神上能够沟通的可能性不大，难免产生孤独之感。有论者认为《闲情赋》的写作可能和他的妻子有关，殊不可信。结合前文分析的《闲情赋》创作时间，"园间多暇"的隐含意义就多少浮现出来一些了。创作《闲情赋》时陶渊明正好从州祭酒的任上辞归，突然清闲了许多，难免回忆起自己的前一段婚姻，包括前一段婚姻中的不完美。他对未来生活的渴望也渐渐产生，有了第一次婚姻的经验，他对自己心仪女性的体认更加深切，所以《闲情赋》是此时此地的陶渊明在孤独中对理想伴侣的一种美好想象。

既然是想象，为什么会有求而不得的失望呢？《闲情赋》中所涉女性形象，在田园草莱间是不可能存在的，一定是来自于上流社会，很有可能是他任州祭酒时遭逢的一位上流社会的女子，这位女子打动了陶渊明，让陶渊明倾慕不已。但不知由于仅仅是单相思或出于其他原因（也许是门第原因），这位女子留给陶渊明的只有无尽的回忆。陶渊明在29岁时作过一首《命子》诗，诗中历数了其祖上的文治武功，对自己的处境深自痛悼："悠悠我祖，爰自陶唐。邈为虞宾，历世重光。御龙勤夏，豕韦翼商。穆穆司徒，厥族以昌。纷纷战国，漠漠衰周。凤隐于林，幽人在丘。逸虬绕云，奔鲸骇流。天集有汉，眷予愍侯。于赫愍侯，运当攀龙。抚剑风迈，显兹武功。书誓山河，启土开封。亹亹丞相，允迪前踪。浑浑长源，郁郁洪柯。群川载导，众条载罗。时有语默，运因隆窊。在我中晋，业融长沙。桓桓长沙，伊勋伊德。天子畴我，专征南国。功遂辞归，临宠不忒。孰谓斯心，而近可得？肃矣我祖，慎终如始。直方二台，惠和千里。于穆仁考，淡焉虚止。寄迹风云，冥兹愠喜。嗟余寡陋，瞻望弗及。顾惭华鬓，负影只立。"① 陶俨是陶渊明长子，给长子命名时历数先祖功德，也是情理中事。陶渊明还写过《责子》诗、《与子俨等疏》，这些可以提及先祖功业的诗文中均只字未提。原因何在？他的心态发生了变化。大概在他29岁的时候，还有着追蹑先祖、提升门第的想法。这种想法是否与《闲情赋》有些许的关系，就不得而知了。

## 四、《闲情赋》主旨讨论

关于《闲情赋》的主旨，历来讨论甚多，本书下篇中叙述后人对此赋的评价时多有涉及。本节拟从辨析赋题出发，大致整理一下几种具有代表性的意见，并提出笔者自己的看法。

《闲情赋》中的"闲情"与此前同类赋题中的"闲邪"同义，但陶渊明不取"闲邪"而自命其赋为"闲情"，"情"与"邪"的取舍，实际上已经显示出作者作赋时的心态。将男女感情完全归于"邪"，他大概是不情愿的，至少在他自己的笔下如此。

《闲情赋》之"闲"，是约限的意思，我们今天所说的悠闲、安闲的"闲"，在古代一般是写作"閒"。也就是说，约限的意义与空闲的意义在古代是由两个字来表示的，后来才逐渐混用。"闲情"放在辞赋创作的序列中，其表示的意义是确定不移的，就是约限感情的意思。这一点袁行霈先生已经作过说明。② 但是"闲"与"情"的组合，极易让人们联想到宋词中的闲情，从而产生误解，一些学者也不例外。如李世萍认为："对于《闲情赋》之'闲'历来有多种解释：一说为道德、法度，一说为防闲。二者似乎都不确切。文中共出现了三次'闲'字，第二段'随瞻视以闲扬'，这里的'闲扬'相当于《诗经》的'清扬婉兮'，指女子眉清目秀：第三段的'始妙密以闲和'，'闲'为闲静之意；并序中的'终归闲正'应当为闲雅平静。俗话说不是闲人闲不得，闲人不是等闲人。同样，闲情也非同寻常。在解读作品时，我们最好不要'以辞害意'，即过分拘泥于词句。笔

---

① 逯钦立校注：《陶渊明集》，北京：中华书局，1979年5月版，第27—28页。
② 袁行霈：《陶渊明的〈闲情赋〉与辞赋中的爱情闲情主题》，《北京大学学报》（哲学社会科学版），1992年第5期。

者觉得'闲'是相对于'忙'（因追名逐利）而言的一种生活或情感状态，那么作者的这份'闲情'究竟表达的是什么呢？我认为是思念亡妻。"①"闲扬""闲和""闲正"之"闲"，意思与"娴"相通或接近，与"闲情"之"闲"关系不大，以此来推论《闲情赋》是思念亡妻之作显然是靠不住的。

古今讨论《闲情赋》主旨者，从大的方面来看，基本可分为两类，一类是把赋作的主旨抽象化、象征化，另外一种则根据文本把赋旨作具体化的理解。

把《闲情赋》主旨抽象化者一般通过发掘此赋的象征意义，通过各种联系，寻找赋作超越文本的意义诠释。主要的解释有君臣之思、同调之思、求道之思、理想之思几种。兹列举较有代表性的观点。

明代张自烈认为："此赋托寄深远，合渊明首尾诗文思之，自得其旨。如东坡所云，尚未脱梁昭明窠臼。或云此赋为眷怀故主作，或又云续之辈虽居庐山，每从州将游，渊明思同调之人而不可得，故托此以送怀。如东坡所云与屈、宋何异，又安见非小儿强作解事者？""观渊明序云：'谅有助于讽谏'，'庶不谬作者之意'，此二语颇示己志。览者妄为揣度，遗其初旨，真可悼叹。"②张自烈对此赋提出了两种可能的理解：眷怀故主和思求同调。他的方法是用陶渊明的诗文作旁证，但没有点明是哪些诗文。翻检渊明诗文，说其中有思求同调的作品尚可理解，但要找到眷怀故主的作品实在有点困难。理解作品首先应该从文本开始，绕开文本从其他方面进行探求的方法是不科学的，其观点也是不可取的。

清代邱嘉穗认为："其赋中'愿在衣而为领'十段，正脱胎《同声歌》中'莞簟衾帱'等语意。而吴兢《乐府题解》所谓'喻当时七君子事君之心'，是也。《诗》曰：'云谁之思，西方美人。'朱子谓'托言以指西周之盛王'，如《离骚》'怨美人之迟暮'，亦以美人目其君也。此赋正用此体。昭明太子指为'白璧微瑕'，固为不知公者；即东坡以为'《国风》好色而

---

① 李世萍：《〈闲情赋〉的情蕴和主旨探析》，《贵州社会科学》，2006年第6期，第129—130页。
② （晋）陶潜撰，（明）张自烈辑：《笺注陶渊明集》卷5，景印涵芬楼《四部丛刊》（初编），上海：上海商务印书馆，1922，无页码，北京大学图书馆藏。

不淫',亦不知其比托之深远也。"① 邱说主张此赋寄寓的是君臣关系,一如屈原之《离骚》,与眷怀故主的意思差不多。这种说法显然是一种猜测,《闲情赋》与《离骚》在文本意义上差异迥然,怎么会有相同的寄托呢?赋序中已明确指出:"将以抑流宕之邪心",又怎么会变成君臣之喻呢?

正因为将赋旨抽象化带来的不确定性,清人刘光贲取了一种多维理解的方法,不主一说,多了学人求道的说法:"身处乱世,甘于贫贱,宗国之覆既不忍见,而又无如之何,故托为闲情。其所赋之词,以为学人之求道也可,以为忠臣之恋主也可,即以为自悲身世以思圣帝明王也亦无不可。"② 这种不主一说的提法,各说之间本身就有一种相互否定的意思在内。在一篇赋内,不可能同时表达如此众多且相去甚远的主旨的,一说成立,则另一说必不成立。以此解赋,只能是读者心中的《闲情赋》,至于与作者本意的远近,就不可说了。

由于脱离了传统伦理体系,相比之下,今人对《闲情赋》的抽象化理解更为可取一些。逯钦立校注《陶渊明集》提出新的看法:"赋作于彭泽致仕以后,以追求爱情的失败表达政治理想的幻灭。"③ 陶渊明早年的确有过积极的政治理想,也希望能有一番作为,说他的政治理想幻灭,是非常有道理的。《归去来兮辞》写的是作者脱离官场的欢欣,直抒胸臆,无半点委曲之意,何以表达政治理想的破灭却用如此隐晦的方式,不符合陶渊明为文的一贯风格。

当代有论者则将《闲情赋》的主旨抽象为美的理想或理想的美。叶嘉莹先生认为:"陶渊明所写的那个'负雅志于高云'的女子,有着这样高雅的品格,不是一个现实的女子,是陶渊明理念之中的一个美好象征,他所向往的一个象征。"④ 周乔健认为:"《闲情赋》流露出一股极其强烈和深沉的追思爱慕之情。这里所追慕的佳人已不是单纯的异性美,而是一种美的理想的象征。作者力图通过对佳人的追求,即对美的理想的追求,从苦闷的心境中解脱出来,求得心态平衡。"将《闲情赋》所表达出来的热烈的爱

---

① (晋)陶潜撰,(清)邱嘉穗笺:《东山草堂陶诗笺》,《四库全书存目丛书》,济南:齐鲁书社,1997年,第3册,第270—271页。
② 北京大学中文系编:《古典文学研究资料汇编陶渊明卷》(下册),北京:中华书局,1961年,第325页。
③ 逯钦立校注:《陶渊明集》,北京:中华书局,1979年5月版,第153页。
④ 叶嘉莹著:《叶嘉莹说陶渊明饮酒及拟古诗》,北京:中华书局,2007年,第266页。

情虚化和泛化。他论证道:"据王瑶判定,《闲情赋》大约作于渊明三十岁,此时陶已有一次做官的经历,'起为州祭酒,不堪吏职,少日自解归'。他这时虽然还没有与混浊仕途决裂的决心,但社会的黑暗、官场的污浊与他的内心世界所渴慕的安宁平和产生了强烈的矛盾:一方面他由于受儒家兼济天下思想影响,'猛志逸四海,骞翮思远翥',企望有所作为,另一方面他的孤傲性格和喜欢安宁的个性,在现实社会中找不到繁衍的土壤,其内心是痛苦的,感情是压抑的。他努力摆脱这种苦闷,寻求精神解脱,这就是他创作的原动力之一。"① 在论证过程中,他忽略掉了一个重要的因素,即陶渊明在三十岁前后丧偶鳏居,舍此不论而去泛泛分析陶渊明的思想和个性,的确有点舍近求远了。

此外,还有许结、李健、范炯、郭平、高光富、李文初、刘根栓等人也主张寻求《闲情赋》的象征意义,他们的主要观点集中在心灵苦闷、人格追求、人生理想等方面,这里不再一一叙述。

与抽象化的理解相比,对陶渊明《闲情赋》的具体化理解更接近此赋文本的原始意义。在这种理解中,大致有两种意见,一种认为此赋是主讽谏的,另一种认为此赋是写爱情的。

认为此赋以讽谏为主旨的,主要代表有苏轼和清代的孙人龙。苏轼认为:"渊明作《闲情赋》,所谓'国风好色而不淫',正使不及《周南》,与屈宋所陈何异?而统大讥之,此乃小儿强作解事者。"② 苏轼将此赋与屈原的作品相提并论,认为它是写爱情的,但是主旨并不是爱情,而是"好色而不淫",符合儒家的礼法规范。清代孙人龙在评论《闲情赋》时说:"古以美人比君子,公亦犹此旨耳。昭明以'白璧微瑕'议此赋,似可不必。意本《风》《骚》,自极高雅,所谓发乎情,止乎礼义者,非欤!逐层生发,情致缠绵,终归闲正,何云卒无讽谏耶?"③ 认为此赋"发乎情,止乎礼义",重点是"止乎礼义"。振甫认为:"他(陶渊明)不同意这种私会。他排除万虑,寄情八方。那么他完全是用礼教来防闲情思的。因此说他追

---

① 周乔健:《〈闲情赋〉二论》,《九江师专学报》(哲学社会科学版),1986年,第3期。
② (宋)苏轼撰:《东坡志林》,《景印文渊阁四库全书》,台北:台湾商务印书馆,1986年,第863册,第23页。
③ 北京大学中文系编:《古典文学研究资料汇编陶渊明卷》(下册),北京:中华书局,1961年,第324页。

求爱情的失败，似与赋的内容不合。赋里是说美女招引他，他不敢去接近，不是他追求爱情，是他遵守礼教不敢去接受这种爱情。"① 但总体上来说，认为此赋主讽谏的论者人数不多。从《闲情赋》文本比例上看，写情的篇幅大大超过了写闲的篇幅，只要略微注意到这个事实，一般是很难得出此赋主讽谏的结论的。像苏轼和孙人龙这样的看法，多少有一些抬高陶渊明的意思在内，毕竟陶渊明是他们心目中的文人偶像。

主张此赋写男女情爱的，历来都大有人在。如萧统认为《闲情赋》是陶渊明"白璧"般的作品中的"微瑕"，他虽然对此赋持否定态度，但不难看出，否定的原因就是认定此赋是写男女情爱的。他认为此赋"劝百而讽一"，对人们的鼓励远远大于规劝，"劝"指的就是鼓励人们去关注男女情爱。钱锺书先生评萧统的观点时说："昭明何尝不识赋题之意？……其谓'卒无讽谏'，正对陶潜自称'有助讽谏'而发；其引扬雄语，正谓题之意为'闲情'，而赋之用不免于'聞情'，旨欲'讽'而效反'劝'耳。"② 萧统之后，认为《闲情赋》描写男女情爱者甚众，兹举有代表性的几人。明代杨慎在《升庵诗话》中指出："陶渊明《闲情赋》：'瞬美目以流盼，含言笑而不分'，曲尽丽情，深入冶态。裴铏《传奇》、元氏《会真》，又瞠乎其后矣。所谓词人之赋丽以淫也。"③ 他将《闲情赋》与裴铏的《传奇》与元稹的《会真记》（即《莺莺传》）相提并论，认为这些作品"曲尽丽情，深入冶态"，在描写女性之美和男女情爱方面都很出色。清代方东树认为："昔人谓正人不宜作艳诗，此说甚正，贺裳驳之非也。如渊明《闲情赋》可以不作，后世循之，真是轻薄淫亵，最误子弟。"④ 直接将此赋归入轻薄淫亵之流，虽然批评极为尖锐，但也从侧面认定此赋是以描写男女情爱为重点的。

今人多认为《闲情赋》是描写爱情的，鲁迅、郑振铎、徐公持、朱光潜、袁行霈等均作如是理解。徐公持先生在《魏晋文学史》中说："统观全

---

① 振甫《发乎情止乎礼义——读陶渊明〈闲情赋〉》，《名作欣赏》，1984年第2期。
② 钱锺书著：《管锥编》（第四册），北京：生活·读书·新知三联书店，2007年，第1923页。
③ （明）杨慎撰，王仲镛笺证：《升庵诗话笺证》，上海：上海古籍出版社，1987年，第520页。
④ （清）方东树撰：《昭昧詹言续》，《续修四库全书》，上海：上海古籍出版社，2002年，第1705册，第594页。

赋，只能认为是一篇情爱之自赞，文士之恋歌。"① 袁行霈先生也说："我们不如从作品本身出发，根据陶渊明本人对其作品的说明，参照同一系列的作品的内容，把《闲情赋》的写作视为陶渊明的一次爱情的遐想或冒险，心飞远了，最后还是收了回来，虽然收得无力。陶渊明不管多么清高，他总还是人，总还有人的情欲。清高表现在政治上不同流合污，并非连爱的能力和兴趣也没有。"②

在爱情说的基础上，出现了更为细致的考证或猜想。一种猜想认为《闲情赋》中的爱情与陶渊明第一任妻子有关。如孙钧锡认为《闲情赋》是一篇悼亡之作，是陶渊明写来悼念他的第一任妻子的。③ 杜景华也认为："无可否认的是，诗人确实在这里描绘了人类的性爱情感，不但写得十分真挚，而且十分丰富。这在古代除了民歌以外，以一个诗人的身份描写这种性爱的情感，确实是不多见的。这种情感的根据，应该来自他与第一个妻子之爱获得的感受，同时也来自他对亡妻的怀念。"④ 刘振英等人赞同此说。⑤ 潘水根则猜想《闲情赋》写作于陶渊明第一次婚姻期间，表达的是婚姻生活中的幸福与苦恼。⑥ 第二种观点为认为此赋中的爱情与陶渊明在生活中经历的或在精神上体验的理想人格有关。朱中明先生认为《闲情赋》中的女性形象与《祭程氏妹文》中提到的堂妹有关，与《祭从弟敬远文》中的堂弟有关，与陶渊明的自我形象有关，与史书中的理想女性有关，"《闲情赋》的写作的直接动因来自他的'室无莱妇'的遗憾，其中理想女性的塑造来自于现实中的至亲弟妹，甚至包括自我的形象，同时也来自于陶渊明因现实的失望而从史传中寻觅到的知音"。⑦ 第三种猜想认为赋的爱情与陶渊明一段秘而不宣的感情经历有关。查紫阳认为："作品写一个普通得不能再普通的情感故事：隐士陶渊明在其隐居生涯的某个点上，遇见了一位美丽纯洁清高的姑娘，于是心中泛起一阵一阵的涟漪。由于种种缘由，渊明心中

---

① 徐公持著：《魏晋文学史》，北京：人民文学出版社，2006年，第590页。
② 袁行霈：《陶渊明的〈闲情赋〉与辞赋中的爱情闲情主题》，《北京大学学报》(哲学社会科学版)，1992年第5期。
③ 参见孙钧锡：《陶渊明集校注》，郑州：中州古籍出版社，1986年。
④ 杜景华：《陶渊明传》，天津：百花文艺出版社，2005年，第69页。
⑤ 参见《陶渊明〈闲情赋〉摭言》，《邯郸学院学报》，2008年第2期。
⑥ 潘水根：《陶渊明小传》，广州：广东旅游出版社，2002年，第31页。
⑦ 朱中明：《陶渊明〈闲情赋〉理想女性形象之源》，《文艺评论》，2012年第6期。

的爱情之花并未绽放，而是静静地老去，老去在久远的历史时空中，成为渊明的一段经典记忆，也令后世多少善良而又多情的读者为之扼腕。"① 查紫阳的这篇文章猜想的意味很浓，但作为一种理解还是可以接受的。王能胜也有类似的看法："所以我们认为此赋写的是一段暗恋，是陶公不大愿意随便说出，而仅仅在此赋中说出的深藏于内心的秘密。只有从这种角度去理解，才'不谬作者之意'，才能更深地体味其'交欣惧于中襟'的内心的真实感受。"② 不同的是，王能胜结合《闲情赋》的文本做了分析，更有说服力一些。

除了以上基于象征和基于文本的两种说法外，还有一种说法认为《闲情赋》无关讽谏，无关爱情，仅仅是即兴模仿之作。③ 单纯的模仿之作，其成就是难以超越前代作品的。《闲情赋》全面超越了前代的同类作品，成为女性审美辞赋中的经典，没有强烈的感情驱动，实在是难以想象的。

笔者以为，在对《闲情赋》主旨的理解之中，以爱情说最为实事求是。全赋不计序言共705字，用了141字描写佳人之美，用240字写"十悲"与"十愿"，用246字写因情而生的彷徨。也就是说，全赋与写情相关的文字超过了全赋总字数的89%。在中国古代文学作品中，是有一种以情寓志的传统的，楚辞"灵修美人，以媲于君；宓女妃佚女，以譬贤臣"的手法就具有开创性和代表性。以情寓志的写作类型中，情一般指男女之情，志一般与政治相关，男女间的情感取向与政治志向之间构成同质类比的关系。例如，思美人而不得喻欲遇明主而不遂，忠诚于夫君喻忠于君上等等。《闲情赋》有没有可能是以情寓志的作品呢？如果是，它必定是以对理想女性的无限思慕来寄寓其在政治上的某种追求。但是这与作者一生行事殊不相合，他早年就"不慕荣利""忘怀得失"，担任州祭酒、彭泽令时间都不长，因为他不愿意忍受冗务、拜迎官长。既然如此，他怎么又可能在辞官之后再创作一篇有政治追求的作品呢？另外，陶渊明生平写作以任真自然为特征，多直抒胸臆，象这样以情寓志、隐微曲折的作品不符合他的创作风格。因此，把《闲情赋》理解为一篇描写单纯爱情的作品，与作品的文

---

① 查紫阳：《一段无法安放的青春——读陶渊明〈闲情赋〉》，《山东文学》，2010年第2期。
② 王能胜：《胡思乱想的自白——陶渊明〈闲情赋〉主旨之我见》，《九江师专学报》，1999年第4期。
③ 参见王英：《浅析陶渊明〈闲情赋〉》，《滁州学院学报》，2005年第3期。

本、作者的生平行事和作者的行文风格都比较贴合。

　　文人对于爱情的表达，不可能像民间诗歌那样直白，都要借助于为当时人们所认可的形式进行表达。正如宋词兴起不久，深得文人喜爱，但写作者往往是偷偷地写，并不愿意具名，就是因为宋词这种言情的新体裁尚未取得正统地位。陶渊明也一样，他表达爱情也得选取具有正统地位的体裁，素有传统的女性审美赋就成为他不二的选择。在考察赋作的主旨时，不必太拘泥于这种赋中"讽"和"劝"的矛盾，这二者表面看起来是矛盾的，实际上是相互依存的。"讽"的功能为赋作在当时社会环境下的传播提供了合法的身份，而"劝"的部分是符合人的审美要求的，是赋作真正要传播的内容，是赋作的生命力所在。失去了"讽"，赋作就难有生存空间；失去了"劝"，赋作就失去了读者的心理支持。正如挚虞所说："今之赋，以事形为本，以义正为助。情义为主，则言省而文有例矣；事形为本，则言富而辞无常矣。文之烦省，辞之险易，盖由于此。"① 所谓的"义正"，即讽谏功能只不过是一个辅助手段而已。这就是为什么很多赋都是"劝百讽一"的原因，真正要表达和传播的重点在哪里，是不言自明的。由此可见，陶渊明写作《闲情赋》真正要表达的是爱情，赋末所谓的"讽谏"，只不过是此类赋作的身份标记而已。结合前文对创作时间和创作动因的分析，笔者认为，《闲情赋》是陶渊明在丧偶之后，在对新生活的渴望中，以自己一次不成功的恋爱经历为基础，借用女性审美赋作的体裁创作的一篇纯粹的爱情之作。

## 五、《闲情赋》的审美意蕴

　　对《闲情赋》的艺术成就与美学意义，前人已有诸多研究。涉及构思、情感、意象，甚至有论者从中西比较的角度对《闲情赋》的美进行发掘。对于文学作品的美学意蕴的体会，因人而异，是个见仁见智的问题，论者所取角度各不相同，难以梳理到一个体系之中，故不作列举。此处仅谈笔者读此赋后的几点感想。

---

① 郭绍虞主编，中华书局上海编辑所编辑：《中国历代文论选》（上），北京：中华书局，1962年，第157页。

《闲情赋》在美学上最大的一个特征就是真。这种真是发自作者内心，从而体现于字里行间的。如赋序所言，创作此类赋作者前代已有不少，但是在陶渊明之前，流传下来的完篇甚少，大多数已经残缺。渊明此赋虽然饱受争议，但流传至今，首尾完整。这是什么原因呢？很明显《闲情赋》的生命力要比同类其他赋作要强，其生命力的核心则在于一个字——真。

　　关于陶渊明的"真"，前人已有论述。《宋书·隐逸传》中就用"真率"一词概括他的性格。萧统用"任真自得"评价陶渊明的为人[①]。苏轼也说："孔子不取微生高，孟子不取於陵仲子，恶其不情也。陶渊明欲仕则仕，不以求之为嫌；欲隐则隐，不以去之为高；饥则叩门而乞食，饱则鸡黍以延客。古今贤之，贵其真也。"[②] 这种"真"的具体内涵是什么？戴建业先生对此做过阐释："绝不能使宝贵的生命成为猎取声名、利禄、权势和富贵的工具，生命存在的本身就自成目的，真实而不虚矫地坦露生命的真性便是存在的首要课题。因而他将'任真''自得'作为自己最高的人格理想。""陶渊明高于魏晋名士的地方是他并没有将生命本性等同于动物性，因而也没有像他们那样由委心堕入纵欲，他所谓'质性自然'中的'自然'是指未被俗世污染扭曲的生命真性，'委心'只是要坦怀任意，'委运'只是要适性自然，本质上是一种回归生命真性的形而上冲动。"[③] "委心"与"委运"二词都是出自于陶渊明的诗文，其《归去来兮辞》有"曷不委心任去留"的句子，其《形影神·神释》诗写道："甚念伤吾生，正宜委运去。"用这两个词来概括陶渊明性格中的"真"是很恰当的。

　　陶渊明性格中的"真"也体现在《闲情赋》中，此赋的真也可以从"委心"和"委运"的角度来体察。

　　赋作先写佳人之美，佳人之美不是客观存在，是有赖于作者的主观认知的。庄子说："毛嫱丽姬，人之所美也；鱼见之深入，鸟见之高飞，麋鹿见之决骤，四者孰知天下之正色哉？"[④] 这是说，"天下之正色"因为审美主体的不同而有变化，不是绝对的。人们日常所说的"萝卜白菜，各有所

---

① （清）严可均：《全梁文》（上册），北京：商务印书馆，1999年，第223页。
② 张春林编：《苏轼全集》（下），北京：中国文史出版社，1999年，第1415页。
③ 戴建业：《"委心"与"委运"——论陶渊明的存在方式》，《北京工业大学学报》（社会科学版），2002年第1期。
④ 曹础基著：《庄子浅注》（修订重排本），北京：中华书局，2007年，第28页。

爱",也是在讲美不是绝对的,而是与审美主体密切相关的。《闲情赋》中所写的佳人之美,一定不是一种绝对的美,而是带有陶渊明个人审美趣味的美。根据赋作求而不得的结局,可知这种美是有一定距离的审美,作者所写之美,有些是实写,有些是根据自己的理想补足的。所以,陶渊明笔下的佳人也带有陶渊明个人理想美的特质。无论是审美趣味还是理想之美,都是陶渊明内心最真实的流露,这就是"委心",把自己对异性美的理解完完全全地坦白出来了。这种美,深深地打动了作者,作者把自己内心的感情也完完全全地坦白出来了,这就是下文的"十愿十悲"。

"十愿十悲"是陶渊明的"委心"之作,随顺心之自然,非常符合热恋或单相思中男性的心理状态,具有一种心理真实的力量。"十愿"的核心内容是男性在爱情中的奉献精神,愿意把自己的一切奉献给心爱的人,哪怕卑微到尘埃里也在所不惜。前文已经谈过女性审美赋作中男女双方互动模式的变化,在《登徒子好色赋》和《美人赋》中,是通过拉低女性从而达到抬高男性的目的,即便是在宋玉《神女赋》和曹植《洛神赋》中,女性获得了神的身份,在赋中的地位也比不过《闲情赋》中人间的女子。东汉蔡邕的《青衣赋》则是通过抬高女性的身份达到一种感情上近乎平等的交流,这种模式在张衡的《四愁诗》中也看得见。这种模式中的男性仍然固守于社会所赋予他们的身份,绝不会因为爱情而全然忘记身份。即使这样,蔡邕还是招致了张超的激烈抨击。东汉班婕妤作有《团扇诗》:"新裂齐纨素,鲜洁如霜雪。裁为合欢扇,团团似明月。出入君怀袖,动摇微风发。常恐秋节至,凉飙夺炎热。弃捐箧笥中,恩情中道绝。"[①]写出了女性在男尊女卑的社会中的那种卑微与不安全感。同样是在男尊女卑的社会条件下,陶渊明的写法完全把男女身份对调了过来,男性主动降低姿态,不再顾及身份,以仰视的姿态对待在社会地位上仍然处于弱势的女性。

"十愿"的写法不是陶渊明的发明,东汉至三国时期都有人写。如阮瑀《止欲赋》:"思在体为素粉,悲随衣以消除。"应场《正情赋》:"思在前为明镜,哀既𥳑于替□。"王粲《闲邪赋》:"愿为环以约腕。"这些也是卑微到尘埃里的写法,何以陶渊明的"十愿"能胜出许多呢?笔者以为首先

---

[①] (宋)郭茂倩编撰,聂世美、仓阳卿校点:《乐府诗集》,上海:上海古籍出版社,1998年,第482页。

是入微，其次是周洽。入微就是在空间上无所不在，有衣有裳，有领有带，有眉有发，有席有履，有影有烛，有扇有琴，凡佳人日常生活所需、贴身之物，都有了典型的代表物象，作者的想象进入到佳人举手投足的每一寸空间。前人讲愿意为粉、为镜、为环，都是实体的东西，而陶渊明说除了愿意化为实体之物，还愿意为发之泽、昼之影，可见而不可触，又须臾不可离。有体未必有粉，有貌未必有镜，有腕未必有环，可是，有发必定有泽，有身难免有影，"泽"与"影"是发与身的自然属性，那么推而广之，作者的爱似乎就变成佳人的天生之物了。所谓周洽就是指作者的爱无时不在，有昼有夜，有温有凉，有行有止，有晨有宵，有喜有乐，凡佳人经历过的那些日子，似乎都在里面了。有些时间是通过语意表达出来，作者并没有直言。"承华首之余芳"说的是白天的情形，与下文的"宵"暗对；"温凉之异气"，实际上说的是季节的转换，在温思凉，在凉思温，皆有所悲，与下文"方经年而见求"有异曲同工之效；"行止之有节""乐极以哀来"包括行时与不行时，包含了快乐和悲伤的日子，这种时间超越了节候与昼夜晨昏，不想须臾或离的情绪表达得非常强烈；"含凄飙于柔握"写的是夏季，"悲白露之晨零"，写的是秋季，之所以"缅邈"，是因为要到下一个夏季，还得跨越秋、冬、春三季，可谓聚少离多。《闲情赋》的"十愿"写得既入微又周洽，不是简单模仿能够达成的，没有来源于现实的真实感受，没有"委心"的写作态度，是难以达到如此境界的。

"十愿"虽已卑微，但这卑微的愿望竟然完全无望实现，于是有了"十悲"。钱锺书在《管锥编》中说："诸愿之至竟仅可托于虚想，实事不遂，发无聊之极思，而虚想生焉，然即虚想未遂，仍难长好常圆，世界终归阙陷，十愿适成十悲；更透一层，禅家所谓'下转语'也。张、蔡之作，仅具端倪，潜乃笔墨酣畅矣。"[①]"十愿"是虚想，"十悲"自然也是虚想了。但是这是真实到极致的一种虚想。作者对这位佳人爱到极点，故作"十愿"之想，但现实是他的爱得不到任何回应，他关于"十悲"的虚想就是这种现实的反映。爱到极致用实写已难表达其一二，悲到极致用实写也难写其大概，只有虚想才能将作者真实的心绪传神地表达出来，这种写意的表达

---

① 钱锺书著：《管锥编》（第四册），北京：生活·读书·新知三联书店，2007年，第1926页。

方式也是"委心"。

再说"委运",《闲情赋》也是一篇"委运"之作,"委运"就是随顺自然,听凭天命。面对"十愿"换来的"十悲",面对"所愿而必违"的悲剧结局,陶渊明是如何反应的呢?他在无限怨叹中接受了这样的结果,怨叹中仍然抱有幻想,但他最终连这种幻想也放弃了,顺从了这种"不可为"的现实。"委运"绝对不是简单的一句"随它去吧",它是作者内心冲动与外在现实相冲突、相调适之后形成的一种相对安妥的状态。全赋看不出作者为这次爱情所付出的行动和努力,只能读到作者极强的内心体验,甚至能看出这种体验未曾表达给佳人。为什么不表达?也许是横在作者面前的壁垒太强大了,本应轰轰烈烈的爱情于是变成了一场纯粹的精神上的冒险。与其说赋中所写是作者内心与现实的冲突,还不如说是他与现实妥协后内心的独白。"所愿必违"中的"必","徒契契以苦心"的"徒",都表明作者对于这种妥协的必然性的清醒认识。"委运"是在"委心"的前提下完成的,包含着作者向现实妥协后巨大的心理真实。比如到处乱走寻找,想见又怕见,神思恍惚,孤独茫然,种种行动与情态都淋漓尽致地表现出恋爱失败后特有的行为特征与心理特征。有论者以为,陶渊明由于受当时礼教的束缚,未能勇敢地争取爱情,是一种局限,笔者以为不然。陶渊明连官场的规矩都不怎么顾及,如果仅仅是单纯的礼教,对他会有那么大的约束力吗?"惧冒礼之为訾",这个"礼"中所包含的内容恐怕不是我们今天所理解的内容,恐怕也不是当时人们能够完全理解的。再者,"知其不可为而为之",不符合陶渊明的人生哲学,《闲情赋》之所以是陶渊明的作品,关键点之一就是"委运"的态度。单从审美上讲,悲剧的结局使作品有了更高的艺术价值,使其达到了同类作品无法企及的美学高度。

除了"真"的审美意蕴,《闲情赋》还提升了女性审美赋作的精神高度。女性审美辞赋发展到东汉,出现了德貌并重、外美与内美兼顾的趣味,并为后来同类赋作所继承。陶渊明《闲情赋》也不例外,赋的开端就说:"表倾城之艳色,期有德于传闻。""艳色"是外美,"有德"是内在美,前后几句都围绕这两个点在写。"德"与"色"相结合的美是一种怎样的美呢?笔者认为,这种内美与外美相结合的美绝大多数情况下是一种符合社会公共审美趣尚的美。对于女性的外貌,在共同的文化背景下,美的标准是有共同基础的,在此基础上个人的审美趣味会有些许差别。对于女性的品德，当时已经形成了公认的要求，这种要求具有一定的稳定性，不会因人而异。赋中"有德"是有具体的内容的，陶渊明在《祭程氏妹文》中对其妹品德的描写可作为"有德"的脚注。但是仅凭对女性公认的美的描写是不足以使《闲情赋》成为经典的。

《闲情赋》将琴瑟引入了审美的范畴，从而将赋作的审美从人人公认的美进入到了一个更高的精神境界，这个境界只与作者的精神境界相通，具有一定的排他性。据传记史料记载，陶渊明不通音律，但是非常喜欢琴，他收藏了一张无弦的琴，喝酒喝出兴致的时候便抚琴寄托情怀。对于他来说，这张琴不是乐器，而是一个象征性的符号，一个独属于自己精神世界的象征符号。其象征内容不在音律，而在于"琴"作为一种文化积淀所代表的意义。《列子·汤问》记载："伯牙善鼓琴，钟子期善听。伯牙鼓琴，志在登高山。钟子期曰：'善哉！峨峨兮若泰山！'志在流水。钟子期曰：'善哉！洋洋兮若江河！'"① 这则资料流传甚广，被人们传为美谈，知音一词即从此处演化而来。知音的实质是知"志"，"志"就是内心的东西，精神世界的东西，不是每个人都能了解的，只有具有共同修养基础、个性禀赋的人才可能成为知音。"不惜歌者苦，但伤知音稀"，② 讲的就是这个道理。所以很早开始琴就被抬升到人类精神世界的高度，这个高度不具有社会性或公众性。人们认为琴的沟通效果超越了人类的语言。枚乘在《七发》中就用动物的反应来衬托琴声的效果："飞鸟闻之，翕翼而不能去；野兽闻之，垂耳而不能行；蚑蟜蝼蚁闻之，拄喙而不能前。"③ 作为闻名千古的大才子，司马相如不是靠写诗赋去博得卓文君的青睐，而是采取了琴挑的方式，可见琴在男女表达爱情方面具有特殊的作用。除了成为精神世界的象征，琴同时也是雅正的代表。《宋史·乐志十七》："众器之中，琴德最优。《白虎通》曰：'琴者，禁止于邪，以正人心也。'宜众乐皆为琴之臣妾。"④ 这都是说琴适合表达雅正的感情，历来被文人视为一种雅趣。西汉刘歆《遂初赋》："玩琴书以条畅兮，考性命之变态。"⑤ 陶渊明《归去来兮

---

① 杨伯峻撰：《列子集释》，北京：中华书局，1979 年，第 178 页。
② 余冠英选注：《汉魏六朝诗选》，北京：中华书局，2012 年，第 72 页。
③ 费振刚、胡双宝、宗明华辑校：《全汉赋》，北京：北京大学出版社，1993 年，第 17 页。
④ 中国文史出版社编：《二十五史》卷 9，《宋史》（上），北京：中国文史出版社，2003 年，第 756 页。
⑤ 费振刚、胡双宝、宗明华辑校：《全汉赋》，北京：北京大学出版社，1993 年，第 233 页。

辞》："悦亲戚之情话，乐琴书以消忧。"① 琴与书相提并论，都是文人高雅的爱好。从《诗经》《尚书》等文献开始，琴与瑟就经常连用，《尚书·益稷》："戛击鸣球，搏拊琴瑟以咏，祖考来格。"②《诗经》也有"窈窕淑女，琴瑟友之"的句子。③ 琴与瑟二者不仅结构上相似，在声音的表现风格上也相近，所以古人在写作时往往琴瑟不分，琴的文化内涵也是瑟的文化内涵，反之亦然。《闲情赋》中多次描写到琴瑟，描写那位佳人时写道："泛清瑟以自欣"，"仰睇天路，俯促鸣弦"，"激清音以感余"，"十愿"之一就是"愿在木而为桐，作膝上之鸣琴"。这里的琴和瑟不是无意之笔，而是如渊明抚琴一样具有象征意义。"激清音以感余"已明确地说明琴瑟之声是二人精神沟通的桥梁，"作膝上之鸣琴"不仅是要亲近佳人，还要替佳人表达心声，所以琴瑟在这里的意义，不仅是说明佳人的"雅志"，而且代表着超越德色之美的精神沟通。也就是说，陶渊明把精神共鸣引入了女性审美赋作，在更高的层次上重塑了女性审美赋作的形态。

有论者认为，《闲情赋》中出现的琴瑟描写与下文的"笛流远以清哀"共同构成了全赋的结构线索，以音乐串联全赋。单从文本上看，这样的分析是有道理的。但是从文本意义上看，则需要商榷。"笛流远以清哀"在赋中是不关乎作者、也不关乎那位佳人的环境因素，而赋中的琴为作者自己，瑟为佳人所御，琴瑟与笛在表意功能上分野非常明显，似不应等量齐观。

## 六、《闲情赋》细读

### 闲情赋（并序）④

（东晋）陶潜

初张衡作《定情赋》[1]，蔡邕作《静情赋》[2]，检逸辞而宗澹泊[3]，始则荡以思虑[4]，而终归闲正[5]。将以抑流宕之邪心[6]，谅有助于讽谏[7]。缀文之士[8]，奕代继作[9]。并固触类[10]，广其辞义[11]。余园闾

---

① 逯钦立校注：《陶渊明集》，北京：中华书局，1979年5月版，第161页。
② 王世舜译注：《尚书译注》，成都：四川人民出版社，1982年，第37页。
③ 程俊英译注：《诗经译注》，上海：上海古籍出版社，1985年，第4页。
④ 此赋文字据袁行霈笺注：《陶渊明集笺注》，北京：中华书局，2003年。

多暇[12]，复染翰为之[13]。虽文妙不足[14]，庶不谬作者之意乎[15]？

**注释**：

[1] 张衡，字平子，东汉文学家、科学家。所作《定情赋》残文见于《艺文类聚》卷十八。

[2] 蔡邕，字伯喈，东汉文学家、书法家。所作《静情赋》已失传，《检逸赋》赋《艺文类聚》卷十八。《静情赋》，一本作《检逸赋》。

[3] 检，检束，收敛。逸辞，热情放荡的文辞。宗，本，以……为宗。澹泊，恬静寡欲。

[4] 荡，放纵。思虑：指构思、想象。

[5] 闲正，雅正，典雅纯正。

[6] 抑，遏止，压制。流宕，放荡。

[7] 谅，料想。讽谏，委婉劝谏。

[8] 缀文，写文章。

[9] 奕代，累世，屡代。继作，因袭创作。何孟春注："赋情始楚宋玉，汉司马相如、平子、伯喈继之为《定》《静》之辞。而魏则陈琳、阮瑀作《止欲赋》，王粲作《闲邪赋》，应玚作《正情赋》，曹植作《静思赋》，晋张华作《永怀赋》，此靖节所谓'奕世继作，并因触类，广其辞义'者也。"（《陶靖节集》卷五）

[10] 固，亦作"因"。触类，触及同类事情而有所感动抒发。

[11] 广其辞义，指在文辞和内容上都加以发挥。

[12] 园闾，田舍，指隐居务农。闾，里巷的大门。

[13] 染翰，用毛笔蘸墨。

[14] 文妙，文采，才华。

[15] 庶，庶几，大概。谬，违背。

**译文**：

最初张衡创作《定情赋》，蔡邕创作《静情赋》，约束热情放荡的文辞，以恬静寡欲为根本。开始时放纵思想，最后都归于典雅纯正。正是用以压制放荡的心志，想必有助于劝谏世人。写文章的人，累世因袭创作。都沿袭着同类题材而有所感动抒发，在文辞和内容上都有所发挥。我隐居田园，时间充裕，又提笔写作同类作品。就算文采不够，大概不会违背前代作者的意思吧？

夫何瑰逸之令姿[16]，独旷世以秀群[17]。表倾城之艳色[18]，期有德于传闻[19]。佩鸣玉以比絜[20]，齐幽兰以争芬[21]。淡柔情于俗内[22]，负雅志于高云[23]。悲晨曦之易夕[24]，感人生之长勤[25]。同一尽于百年[26]，何欢寡而愁殷[27]。褰朱帏而正坐[28]，泛清瑟以自欣[29]。送纤指之馀好[30]，攘皓袖之缤纷[31]。瞬美目以流眄[32]，含言笑而不分[33]。曲调将半，景落西轩[34]。悲商叩林[35]，白云依山。仰睇天路[36]，俯促鸣弦[37]。神仪妩媚[38]，举止详妍[39]。激清音以感余[40]，愿接膝以交言[41]。欲自往以结誓[42]，惧冒礼之为愆[43]。待凤鸟以致辞[44]，恐他人之我先[45]。意惶惑而靡宁[46]，魂须臾而九迁[47]。

**注释：**

[16]夫，发语词，无义。瑰逸，瑰奇俊逸，指容姿出众。瑰，珍奇。逸，超迈。令姿，美好的仪容。令，美好。

[17]旷世，当世所无。秀群，超凡出众。

[18]表，表现，显示。倾城，指女子美貌。《汉书·孝武李夫人传》："北方有佳人，绝世而独立。一顾倾人城，再顾倾人国。"

[19]期，希望。有德于传闻，将美好的品德传播。

[20]佩，佩戴。鸣玉，古人佩戴在身上的玉饰，行走时相击发出清脆悦耳的声音，故谓之"鸣玉"。絜，同"洁"。

[21]齐，并列。芬，芳香。

[22]淡，淡然，看轻。俗内，俗世。

[23]负，怀抱，具有。雅志，高雅脱俗之志。高云，喻很高的境界。

[24]晨曦，早晨的阳光，喻人生的好年华。夕。迟暮。

[25]长勤，长期愁苦，充满忧劳。

[26]同一，同样，相同。百年，指一生。

[27] 殷，多。

[28] 褰，揭起，拉开。朱帷，红色的幔帐。正坐，端坐，恭谨而坐。

[29] 泛，弹奏。清瑟，指瑟，瑟声清逸，故称。瑟，拨弦乐器，形似古琴，通常有二十五弦。欣，娱乐。

[30] 送，挥送。纤指，柔细的手指。馀好，格外美妙。

[31] 攘，捋。皓，洁白。缤纷，指衣袖飘动的样子。

[32] 瞬，眨眼。流眄，转动眼睛，顾盼。眄，斜视。

[33] 含言笑而不分，似笑似语，难以琢磨。宋玉《神女赋》："含然若其不分兮。"

[34] 景，日光。轩，窗。

[35] 悲商，悲凉的秋风。商，为五音之一。古人以征、角、商、羽配四季。商为秋季，故称。叩林，吹动林木。

[36] 睎，看，凝视。天路，天空。《晋书·束皙传》："徒屈蟠于坎井，眄天路而不游。"

[37] 俯，低头，俯身。促，急速弹奏。

[38] 神仪，神情仪态。妩媚，美好可爱。

[39] 详妍，安详美丽。

[40] 激，激发，弹奏。

[41] 接膝，促膝，对面而坐。交言，交谈。

[42] 结誓，订立爱的誓约。

[43] 冒礼，僭越礼法，不合礼法。愆（qiān），同"愆"，过错。

[44] 凤鸟，即凤凰，传说中的神鸟。致辞，表白，求婚。

[45] 我先，先于我。传说帝喾高辛氏用凤凰为媒，传送礼物，娶得简狄。屈原《离骚》："凤凰既受诒兮，恐高辛之先我。"

[46] 惶惑，疑惧不安。靡宁，不安。

[47] 须臾，片刻。九迁，多变。九，极言多。


**译文：**

多么瑰奇出众的美妙仪容啊，出类拔萃当世无双。美丽的容色倾国倾城，期许美德后世流芳。身佩鸣玉比拟自己纯洁的品格，使它散发幽兰一样的芬芳。柔情万种淡泊于世俗,怀抱高雅的志趣犹如青云之上。悲伤于美好年华如朝阳转眼就到黄昏,哀感人生是如此劳碌匆忙。人人同有不过百年的生命,为何欢乐少而哀多愁长?拉开红色的帷幔端坐其中,弹奏清瑟驱除忧伤。手指柔细起起落落姿态格外美好,衣袖洁白高举挥送时缤纷飞扬。眼睛转动盈盈一瞥,欲语欲笑实难辨详。曲子将近一半,太阳已落西方。悲凉的秋风吹动林木,白云片片绕于山上。抬头仰望高天,低头弹瑟节奏急促异常。精神仪态如此美好可爱,举止身姿无比美丽安详。她弹奏凄清的曲调感动了我,我希望能与她对坐把话讲。我想前去跟她订立爱的誓约,又怕不合礼法而犯了错狂。等待美丽的凤凰飞来代我向她表白,又怕(凤凰不来)让人抢先表白衷肠。我心中疑惧交加不能平静,内心意念片刻纷呈百变无常。

愿在衣而为领,承华首之余芳[48];悲罗襟之宵离[49],怨秋夜之未央[50]。愿在裳而为带[51],束窈窕之纤身[52];嗟温凉之异气[53],或脱故而服新[54]。愿在发而为泽[55],刷玄鬓于颓肩[56];悲佳人之屡沐[57],从白水以枯煎[58]。愿在眉而为黛[59],随瞻视以闲扬[60];悲脂粉之尚鲜[61],或取毁于华妆[62]。愿在莞而为席[63],安弱体于三秋[64];悲文茵之代御[65],方经年而见求[66]。愿在丝而为履[67],附素足以周旋[68];悲行止之有节[69],空委弃于床前[70]。愿在昼而为影,常依形而西东;悲高树之多荫,慨有时而不同[71]。愿在夜而为烛,照玉容于两楹[72];悲扶桑之舒光[73],奄灭景而藏明[74]。愿在竹而为扇,含凄飙于柔握[75];悲白露之晨零[76],顾襟袖以缅邈[77]。愿在木而为桐,作膝上之鸣琴;悲乐极以哀来[78],终推我而辍音[79]。

**注释:**

[48]华首,美丽的头面。余芳,余香。
[49]罗襟,罗衣,丝绸制的衣服。宵离,指夜间脱掉罗衣,衣领不能亲近美人。
[50]未央,未尽,指秋夜长。
[51]裳,古人穿的遮蔽下体的衣裙,男女均穿,是裙的一种。带,

裙带。

[52]窈窕，美好的样子。纤身，苗条的身材。

[53]嗟，感叹。温凉，冷暖。异气，不同的天气。

[54]脱故，脱去旧衣。服新，换上新衣。服，穿。

[55]泽，洗发膏。

[56]玄鬓，黑发。颓肩，下垂削瘦的双肩。古代女子双肩以瘦削为美。

[57]屡沐，经常洗发。

[58]白水，清水。枯煎，枯干。

[59]黛，青黑色的颜料，古代女子用以画眉。

[60]瞻视，顾盼。闲扬，闲雅清扬，指眉目秀丽。

[61]尚鲜，追求鲜艳。

[62]取毁，被毁。指被艳丽的脂粉华妆所掩盖。华妆，华丽的妆容。

[63]莞，植物名，俗名水葱、席子草，可织席。

[64]弱，柔弱。三秋，秋季。

[65]文茵，此指有花纹的皮褥。代御，代用，取代。御，用。

[66]经年，经过一年。见求，被需求，被用。

[67]履，鞋。

[68]附，依附。素足，白皙的脚。周旋，转动，移动。

[69]行止，行走与停歇。有节，有一定的节度。

[70]委弃，抛弃，弃置。

[71]不同，不在一起。

[72]玉容，如玉的容颜，美丽的容颜。楹，厅堂前部的柱子。烛台置于此处。

[73]扶桑，传说是太阳升起的地方，这里指太阳。舒光，发出光辉，指天亮。

[74]奄，忽然。景，日光，此指烛光。藏明：指烛光熄灭。

[75]凄飙，凉风。柔握，柔软的手掌。

[76]白露，秋天的露水。晨零，早晨降落。

[77]顾，顾念，想念。缅邈，遥远。指扇子被弃置不用。

[78]极，尽。

[79]辍,中断,停止。

**译文**:

若能化作衣服我愿做衣领,承接着她秀发上的芬芳。可悲的是晚上她脱下罗衣,寒凉的秋夜漫长无边让人怨怅。若能化作裙子我愿做腰带,围束在她窈窕的腰肢上。可叹的是天气冷暖交替,有时她会脱下旧裙穿上新装。若能化作头发我愿做头油,附于黑色的鬓发之上拂刷她瘦削的肩膀。可悲的是美人常常洗头,随着清水流走使我无光。若能化作眉毛我愿做她的黛色眉妆,随着目光的流转而美妙地上扬。可悲的是黛色依然鲜艳,她要变换艳丽妆容而将我毁伤。若能化作藤草我愿被织成席,在秋季里让她柔弱的身体安躺。可悲的是入冬她就要用华丽的厚褥,一年之后才能铺我在床。若能化作蚕丝我愿被做成鞋,依附在她洁白的脚上来来往往。可悲的是她有时走有时停,会把我脱在床的前方。若能化作白天里的东西我愿做她的影子,随着她的身形东来西往。可悲的是高高的树木投下浓荫,将我遮蔽不能在她身旁。若能化作黑夜的东西我愿做蜡烛,在堂前把她美丽的容颜照亮。可悲的是清晨太阳大放光芒,蜡烛被熄灭把光亮收藏。若能化作竹子我愿被做成竹扇,握在她柔软的手掌里吹送微风清凉。可悲的是秋天的早晨露水降临,就远离她的襟袖空自怀想。若能化作树木我愿做桐树,被制成她膝头奏响的鸣琴一张。可悲的是欢乐有尽悲伤来袭,最后还是推开我不再奏响。

考所愿而必违[80],徒契契以苦心[81]。拥劳情而罔诉[82],步容与于南林[83]。栖木兰之遗露[84],翳青松之余阴[85]。傥行行之有觌[86],交欣惧于中襟[87]。竟寂寞而无见[88],独悁想以空寻[89]。敛轻裾以复路[90],瞻夕阳而流叹[91]。步徙倚以忘趣[92],色惨悽而矜颜[93]。叶燮燮以去条[94],气凄凄而就寒[95]。日负影以偕没[96],月媚景于云端[97]。鸟悽声以孤归,兽索偶而不还[98]。悼当年之晚暮[99],恨兹岁之欲殚[100]。思宵梦以从之[101],神飘飘而不安[102]。若凭舟之失棹[103],譬缘崖而无攀[104]。

**注释：**

[80] 考，考虑，思量。违，违背，不能实现。

[81] 契契，愁苦的样子。

[82] 拥，怀抱，怀着。劳情：愁苦的情绪。罔诉，无处诉说。罔，无。

[83] 容与，徘徊貌。

[84] 栖，停留。木兰，香木名，皮似桂而香，状如楠树。遗露，残露。此句谓停留在芳洁之地。

[85] 翳，遮蔽。

[86] 怳，怅然自失貌。行行，徘徊于道中。觐，相见。

[87] 交，交织。欣惧，欣喜而又惶恐。中襟，内心。

[88] 竟，最终。

[89] 悁（yuān），忧愁。

[90] 敛，提起。裾，衣服的前襟。复路，原路返回。

[91] 瞻，看。流叹，长叹。

[92] 徙倚，犹徘徊，流连不去。趣，同"趋"，前行。

[93] 惨悽，悲痛。矜颜，脸色凝重。

[94] 燮燮（xiè），落叶声。去条：飘离枝条。

[95] 凄凄，寒凉貌。就，接近。

[96] 日负影，太阳连同其光影。偕，共同。没：隐没、消失。

[97] 媚景，发出美丽的光芒。

[98] 索偶，寻找伴侣。

[99] 悼，哀伤。当年，指壮年。晚暮，迟暮，衰老。屈原《离骚》："惟草木之零落兮，恐美人之迟暮。"

[100] 兹岁，今年。殚，尽，终结。

[101] 宵梦，夜梦。之，指上文描述的美女。

[102] 飘飖，动荡恍惚貌。

[103] 凭舟，乘船。棹（zhào），船桨。

[104] 譬，好像，譬如。缘，攀缘。无攀，没有可供攀缘之物。

**译文：**

细思凡我所愿都难实现，枉自愁苦堆积内心。心怀愁苦无处倾诉，来来回回徘徊在南林。木兰树上清露滴落我衣，走过高高青松的树荫。如果走来走去能遇见你，欢喜与害怕交织我心。最终倍感寂寞空无所见，独自忧愁怀想徒然找寻。提起衣襟走上来时路，看到夕阳西下我长叹不停。脚步流连徘徊忘记要去何处，表情悲伤痛苦脸色沉沉。黄叶嗖嗖飘离枝头，空气寒凉寒夜将临。太阳带着光影一起沉没，月亮在白云之上散射光芒美丽晶莹。就像划船时丢失了航桨，就像扒在悬崖上而无处攀引。

于时毕昴盈轩[105]，北风凄凄[106]。耿耿不寐[107]，众念徘徊[108]。起摄带以伺晨[109]，繁霜粲于素阶[110]。鸡敛翅而未鸣[111]，笛流远以清哀[112]。始妙密以闲和[113]，终寥亮而藏摧[114]。意夫人之在兹[115]，托行云以送怀[116]。行云逝而无语，时奄冉而就过[117]。徒勤思以自悲，终阻山而滞河[118]。迎清风以祛累[119]，寄弱志于归波[120]。尤《蔓草》之为会[121]，诵《邵南》之余歌[122]。坦万虑以存诚[123]，憩遥情于八遐[124]。

**注释：**

[105] 于时，此时。毕、昴，均为星宿名，此指群星。盈，满。轩，窗户。

[106] 凄凄，寒凉。

[107] 耿耿，内心焦灼不安。

[108] 众念徘徊，各种想法来来往往，萦绕心中。

[109] 摄带，束带，此指穿衣。伺，等待。

[110] 繁霜，浓霜。粲，鲜明，明亮。素阶，白色的台阶。

[111] 敛，收拢。

[112] 流远，传播到远方。清哀，凄清哀婉。

[113] 妙密，美妙而细腻。闲和，闲雅平和。

[114] 寥亮，同"嘹亮"，清越响亮。藏摧，同"摧藏"，凄怆，悲伤。《古诗为焦仲卿妻作》："未至二三里，摧藏马悲哀。"

［115］意，料想，猜度之词。夫人，那个人，此指上文描述的女子。兹，此处。

［116］托，托付。送怀，表达思慕的情怀。《楚辞·思美人》："愿寄言于浮云兮，遇丰隆而不将。"

［117］奄冉，犹荏苒，喻时光渐逝。就，随即。

［118］阻山，为山所阻隔。滞河，为河流所阻。"滞"，一作"带"，今从"滞"。

［119］祛累，消除忧虑。

［120］弱志，懦弱之情。归波，东流归海之水。

［121］尤，责怪，斥责。《蔓草》，指《诗经·郑风》中的《野有蔓草》篇。《诗序》谓此诗写"男女失时，思不期而会焉"。

［122］《邵南》之余歌，指《诗经·召南》中的《草虫》《行露》等篇，其中对男女无礼私会进行了批评。此句与上句即曲终奏雅之意。

［123］坦，坦白。万虑，变化多端的情思。存诚，保持赤诚之心。

［124］憩，休息，停歇。遥情，高远的情思。八遐，即八荒，八方极远之地。

**译文：**

其时繁星满窗，北风寒凉。我心事重重难以入眠，意念纷呈胡思乱想。起床穿衣等待黎明，浓霜落在白色的台阶上闪着光亮。公鸡收拢着翅膀还没鸣叫，远方笛声传来凄清而哀伤。开始美妙细腻而闲雅平和，最后声音响亮而凄怆。我臆想那位佳人就在此处，将托天上流云带给她我的怀想。流云飘逝不言不语，时光荏苒就成过往。徒然不断的思念让我自感悲伤，我与她最终就像隔着大河高岗。迎着早晨的清风以祛除心中的忧虑，我把内心微弱的志愿寄托东流归海的波浪。斥责《蔓草》诗中所描写的浪漫约会，颂扬《召南》中批评男女无礼私会的篇章。放下心中万念心怀忠诚，让我遥远的思念停留在极远的八荒。

下 篇

《闲情赋》的接受与影响

下　篇　《闲情赋》的接受与影响　131

　　陶渊明《闲情赋》自面世以来，颇多争议，原因在于此赋的文本现实与作者在此赋之外的其他作品中所体现出的人格现实不能充分调和，这种不可调和性对儒家传统人格范式提出了挑战。陶渊明身后的争议其实就是人们通过各种方式不断消解《闲情赋》在儒家诗教环境中的特异性的过程。

　　历来研究陶渊明者甚众，陶渊明研究已经形成一个专门的学科，被称为陶学。对于陶渊明接受史的研究也大有人在，较有代表性的有李剑锋先生的《元前陶渊明接受史》。在陶渊明的接受研究中，一般学者的注意力都在陶的其他诗文上，对于《闲情赋》关注的相对较少。专门研究《闲情赋》的文章，自20世纪80年代以来，海内外公开发表研究论文有六七十篇，但是研究《闲情赋》接受史的专文并不多见。薛健飞、杨爱东所撰《陶渊明〈闲情赋〉接受史研究》一文是仅见的一篇专文。[①] 这篇文章将评价《闲情赋》的观点分为言情说、寄托说、守礼说或反礼说等。此文由于篇幅限制，所涉及的资料偏重于近现代和当代，清以前的资料偏少，对于陶赋以后同类赋作的创作也没有进行关注和讨论，难以全面见出《闲情赋》在清以前的接受情况。为了较为全面地探究《闲情赋》在清代以前（含清代前期）的接受情况，本书以清代为时间节点，对《闲情赋》的批评和接受情况做了一个较为全面的梳理，同时对陶渊明之后与《闲情赋》同类的辞赋创作进行了分析，试图从创作和批评两个方面对《闲情赋》的接受进行研究。

　　本书收录的《闲情赋》接受资料，以对陶渊明《闲情赋》的评论、收录、传播、拟作为范畴，由于篇幅及精力所限，对于《闲情赋》的正文文字引用暂不列入研究范围。

　　经过初步搜集和整理，本书共汇集南朝至清代讨论《闲情赋》的资料115则，经过统计，南朝梁1则，两宋24则，金1则，元8则，明27则（含元明之际3则），清40则，韩国文献14则。在上述100余则资料中，

---

[①] 薛健飞、杨爱东：《陶渊明〈闲情赋〉接受史研究》，《郑州航空工业管理学院学报》（社会科学版），2007年第4期，第33—35页。

有30余则转相传抄，内容大体相同或类似，所以实际有效资料应为96则。这些资料谈不上完全，但是已经能够说明《闲情赋》的基本接受情况了。本书同时也搜集了与《闲情赋》相类的女性审美赋作26篇，用以考察女性审美赋作传统的发展与变化，从中捕捉《闲情赋》对辞赋创作的影响。

　　需要特别说明的一点是，关于《闲情赋》主题的理解上存在的分歧由来已久，与此相应，在历代文献中，此赋标题的写法也有着相应的差别。有些文献写作《闲情赋》，而另外一些文献则写作《閒情赋》。"闲"的原意是栅栏，引申为防御、限制之意，"闲情"则为限制、规范淫逸之情；"閒"字则为空闲、闲逸之意，"閒情"则指闲逸、淫逸之情。根据笔者统计，在100余则资料中，有65则写作《閒情赋》，47则写作《闲情赋》，另有2则未提及赋作标题。也就是说，超过半数资料的作者或传抄者倾向于把此赋理解为描写淫逸之情的作品，这种倾向代表了《闲情赋》接受过程中接受主体的主观倾向。传抄过程中的讹误使得情况更加混乱，同一则资料出现在不同的文献中，一处写作《闲情赋》，另一处又写作《閒情赋》，是常有的事。古人尤其是唐宋以降的人们是否严格区分"闲"与"閒"的用法，不同的写法能否代表作者或传抄者的主观理解，还是一个有待进一步探讨的问题。

　　要确定是"闲情"还是"閒情"，必须考虑三个方面的情况。

　　一是作者在赋作文本中体现出的意思。《闲情赋》对女子的爱慕之情真切、传神，从这个意义上讲的确是"閒情"。但是根据辞赋创作中"曲终奏雅"的原则，结合赋序和作者在赋末"坦万虑以存诚，憩遥情于八遐"的句子，作者的表达意图仍然是"闲情"，所以以"闲情"名赋的可能性更大。

　　二是要从此赋的历史源流来看。《闲情赋序》云："初，张衡作《定情赋》，蔡邕作《静情赋》，检逸辞而宗淡泊，始则荡以思虑，而终归闲正。"也就是说，此赋与张、蔡二赋属于一系列，"闲"字应与"定""静"二字的意义相近，当理解为"防闲"之意。

　　三是要以最早提及的文献为参考。最早提到陶渊明《闲情赋》的当属梁代的萧统，他提到此赋时写作《闲情赋》，这个应该最接近原始文本。

　　综上所述，不管后人如何理解，有何分歧，陶渊明创作此赋时的确是出于"防闲"之意，至少是借用了"防闲"的外壳，所以应写作《闲情赋》。关于这一点，钱锺书先生也作过考证。他说："'闲情'之'闲'即'防闲'之'闲'，显是《易》'闲邪存诚'之'闲'，绝非《大学》'闲居为不善'之'闲'。"① 袁行霈先生也作过类似的论述，兹不一一引用。

至于误写成"閒情"，绝不是读者信手而为，而是从读者对赋作主旨的解读而来。所以，"闲情"体现的是作者意志，而"閒情"表现的是读者意志。梳理清楚这一点，才能为《闲情赋》的接受研究提供一个坚实的起点。

## 一、后《闲情赋》时期女性审美辞赋的创作流变

陶渊明之后，女性审美赋作的创作不绝如缕，从总量上说有20余篇，其分布情况是南北朝3篇、唐代3篇、宋代2篇、明代7篇、清代10篇。其绝对数量不算少，与陶渊明之前的同类赋作数量大体持平。但是两个历史时期的创作在时间分布上是不均衡的，陶渊明之前的两性审美赋作传承时间跨度只有六七百年，年代久远，散佚的可能性大，陶渊明之后女性审美赋作传承时间跨度达到一千三四百年，年代尚近，散佚的可能性更小，因此，后陶渊明时期女性审美辞赋的创作情况远远不如陶渊明之前的时代活跃。从赋作质量上看，《闲情赋》之前的两性审美辞赋呈现一种生长的、上升的态势，一些新的文化因子时不时出现在辞赋创作中，使赋作在艺术上不断提升，在内涵上不断拓展。陶渊明之后，女性审美辞赋基本上没有新的拓展，在内涵和格调上也呈下降趋势，尤其是在南北朝之后，呈现加速下滑的趋势。从这种意义上来说，陶渊明的《闲情赋》是两性审美赋作中的一座丰碑，是一个无法逾越的高峰。

### （一）精神滑坡的南北朝时期女性审美赋创作

南北朝时期的女性审美赋全部出自南朝文人之手，分别是谢灵运的《江妃赋》、江淹的《丽色赋》、沈约的《丽人赋》。由于作者本身文学艺术修养较高，他们的这些作品保持着较高的艺术水准，但格调不及陶渊明的《闲情赋》。

---

① 钱锺书撰：《管锥编》，北京：生活·读书·新知三联书店，2001年，第4册，第12页。

谢灵运的《江妃赋》上承宋玉和曹植的作品，以美丽的神灵作为描写对象，但赋作的容量比宋赋和曹赋要小。若把此赋放在女性审美赋的历史序列中进行考察，就会发现一个比较明显的变化，即那个"劝百讽一"的"闲情"尾巴不见了，只剩下作者求之不得的怅惘。这种结构模式是从《洛神赋》来的，但又不完全是。此赋的开头部分不仅提到了《洛神赋》，而且提到了《定情赋》，可见此赋接受的影响是多方面的。不过作者在创作时借鉴了前代同类赋作的结构模式，同时也过滤了这些结构模式，这种过滤源于已经变化或正在变化着的思想观念。南北朝时期尤其是南朝对于人、对于纯文学、对于情爱的认知都达到了新的高度，儒家对文学所提出的功利化讽谏要求已经松弛了很多。

《江妃赋》另外一个特点就是情感内涵浅了很多，既没有《洛神赋》的怅惘，也没有《闲情赋》的真挚。全赋对于神女的描写基本上集中在外貌方面，对于神女的精神世界少有涉及。赋中写道："天台二娥，宫亭双媛，青袿神接，紫衣形见。或飘翰凌烟，或潜泳浮海。"结合上下文来看这几句，基本可推定谢灵运创作这篇赋时并没有特定的触发事件，赋中的神女只是一个比较抽象的概念，没有现实的寄托载体。其感情内涵不够深厚的根源也许就在于此处。

《江妃赋》中出现了少量的山水景物的描写，洗练优美，近于南北朝时期的山水小赋，这在以前的同类赋作是不多见的。

江淹的《丽色赋》在多个方面强化了谢灵运《江妃赋》所开创的趋势。

首先，"闲情"类的主题已完全消失不见，丽色成为消除忧愁的一种娱乐方式。全赋以宋玉和巫史的对话展开，巫史大肆铺陈了美色的种种表现。其中不仅张扬着对女性审美的向往，而且像汉大赋一样张扬着对物质的欲望。赋作为了表现丽色之美，用很多精美的物品来进行衬托，在某些段落中，对于物的描写已经超越了对人的描写。对丽色的铺陈与对物欲的张扬其本质是相同的，都是对人的欲望的解放，是对儒家文学讽谏功能的一种反动。陶渊明的《闲情赋》中说"尤《蔓草》之为会"，而此赋中借用女主人公之口说出"感《蔓草》于卫诗"的句子，前者与后者一反一正，形成鲜明的对比。由此可见，肇端于汉代的赋者心中道德与异性审美的冲突已经完全消失了，取而代之的是一种完全自由的异性审美状态。

其次，审美过程中感情的投入程度继续减弱。之前的女性审美赋作不仅给作者带来欣快的感觉，也会带来愁惧的感情体验，作者既参与外貌层面的审美活动，也参与情感层面的审美活动。从某种意义上说，作者既是审美主体，也是审美对象。此赋则完全不同，其结构与枚乘的《七发》很类似，通过巫史的陈述来进行审美活动，其间不仅巫史没有在情感层面（指爱情）参与审美活动，作为听众的宋玉和辞赋的作者都没有任何情感参与。审美活动的主体和对象呈现出多对一的情形，即丽色在这里是以类似于公共娱乐产品的性质出现的，其根本的作用是感官司审美与娱乐（即消忧）。而作为审美对象的丽色，其功能与赋中精美的物的功能已经趋同，女性在这个审美过程中精神高度已经大大地降低，与审美主体的平等的精神交流已经无法实现了。

第三，对自然环境的描写继续作为必要成分出现在赋中。赋中不止一处出现了大段的写景句子，意境优美，词藻华赡，如"若乃水照景而见底，烟寻风而无极。霞出吴而绮章，云堆赵而碧色。雾辞楚而容裔，风去燕而凄恻"。这种风气与南北朝时期的山水赋关系密切，同时开拓了女性审美赋作的审美意境，不失为有益的探索。

沈约的《丽人赋》在南朝三篇赋作中格调最低。赋作的描写对象是"凝情待价"的妓女，叙述的是"来脱薄妆，去留馀腻"的经历，不仅无复丝毫的讽谏意味，而且流于轻薄卑下。其审美体验完全是建立在欲望之上的，距离爱情已越来越远，遑论精神层面的审美了。

## （二）两极分化的唐宋女性审美赋创作

唐宋两代女性审美赋作的创作冷落异常，几百年间只有寥寥数篇。

唐代的女性审美赋作有把女性审美公共化的倾向，其间也有直继汉魏赋风的作品。

唐人对陶渊明《闲情赋》没有表现出太大的兴趣，对女性审美赋的创作没有多大热情。富嘉谟的《丽色赋》与前代同题材的作品差异较大。该赋名为"丽色"，其主题亦不全在丽色，其中有对盛世的歌颂和对豪客的赞美，对于女性的审美只是这颂歌中的一部分。正因为如此，其描写重点并不在对于女性的审美体验上，而在于场面的描写上。赋作中的"哀情"也不是源于女性审美，而是源于对盛年易逝的感慨。这篇赋作者在女性审美过程中的感情参与度是很低的。

《历代赋汇》"美丽"一类中，还收录了唐代江采苹的《楼东赋》，此赋与汉代《李夫人赋》《长门赋》同类，属于纯粹的宫怨或悼亡之作，在审美方面也不充分，故不列入本书的讨论范围。

吕向的《美人赋》铺陈描写了后宫女性之美，借用美人之口，对皇帝提出了委婉的讽谏，皇帝听后"圣心感通"，改弦易辙，大兴求才举措。此赋对于女性的外貌情态之美描写比较充分，但赋作缺少对女性审美的感情参与，把原本比较私人化的两性审美搬到了公共场合和政治场景中，是借用女性审美的题材写成的大赋，其主旨回到了汉赋讽谏的老路上。与汉代"劝百讽一"的大赋作相比，此赋的讽谏成分更多一些，讽谏的诚意也更足一些。

司空图的《情赋》不完整，仅作者在赋作散佚后回忆起的35字。据作者的描述，原赋有数百字，中心意思是"状其思媚"，"思"应该指感情和精神层面的相思，"媚"与"思"字连用，应指喜爱之情，也属感情层面的。由此推断，此赋应该不是偏写女性，而是写男女之间的爱情，正与《情赋》的标题相合。从赋中仅存的几句来看，与富嘉谟和吕向的赋作显然不属于同一类。正如作者所期许的，有诗骚遗风。

宋代女性审美赋作与唐代又不同。作品数量比唐代还少，仅有的两篇作品呈出两极分化的状态，一篇防闲，一篇轻薄。

薛季宣的《坊情赋》描写了男女之间的相悦相爱之情，最后男主人公克制感情而归于礼教。写作模式直继汉魏"定情""静情""闲情"类作品，与汉魏作品不同的是，男主人公从恋情中挣脱出来后，回归礼教更为彻底，非常理性，没有怅惘。作者有着"宁有负于家人兮，予心不歉"的想法，抱着"粲秀色而好不吾移兮，夫复何求"的决心，甚至在礼教中感受到了快乐，"慨礼教之可乐兮，聊卒岁以优游"。在这篇赋中，写"情"的部分由于有前代优秀作品作为对比显得并不出色，写"坊"的部分倒是写出了新意，不仅篇幅增加，而且有论述、有感触、有曲折。汉晋以来所形成的"闲"与"情"模式的平衡在这篇赋中被彻底打破了。

另一篇题为《咏妓转转赋》，作者是马彧，只有寥寥数句，不是完篇。从题目可以看出，此赋为赏妓之作，根据"有西园之上客，命南国之佳人"的叙述，参与赏妓者不止一人。女性的美在这里如同唐代吕向的《美人赋》一样，被作为一种玩赏的公共娱乐产品。这种模式杜绝了一对一感情交流的可能性，男性不是从平等的角度，而是从俯视的角度去欣赏女性，女性外在的美成为关注的唯一焦点，女性的精神世界被自然而然地忽略了。这种审美活动无疑变得更肤浅，审美对象也在一定程度上被物化了。

### （三）开放的明代女性审美赋创作

明代女性审美赋作数量大增，若以赋作总量的比例来计算，比清代还要高。明代的女性审美赋作一方面呈现出一种跳过汉魏模仿屈宋的风气，另一方面表现出一种更为开放的状态。

俞安期的《江妃赋》虚构了郑交甫和楚王的对话，借郑交甫之口铺陈描绘了其与神女相遇的情景。规模结构与宋玉的《神女赋》相仿，但在审美内涵上稍有变化。首先，此赋写的是"二姝"即两位仙女，这种一对二的两性审美模式在此前的赋作中包括《神女赋》都没有出现过。当然，两位仙女的出现，是受制于历史传说。在赋作实际审美过程中，这两位仙女的美在作者笔下是无差别的，是合二为一的；但从读者的角度来看，降低了审美专注度和高度。其次，《神女赋》作者相恋未遂是神女"自持"的缘故，而此赋乃是神女以神力戏弄了男主人公，离奇的情节在某种程度上掏空了审美形式之下的审美内涵。第三，赋作的结局不同，《神女赋》是以求而不得的遗憾结束全篇，而此赋对求而不得的遗憾作了弥补，楚王承诺用人间的美去弥补郑交甫在神界失落的美。可见明代人对于女性审美的态度已没有汉魏时期那么严肃，既追求审美的神性高度，也不拒绝审美的世俗化倾向。

孙七政的《邂逅赋》自称规仿"屈宋杨马"之流，即扬雄所说的"诗人之赋"。按序言的说法，赋作内容是借女性之美，来抒发冲和高远的情怀。这种情怀是什么？赋作中描绘的这位女子不仅外貌极其美丽，而且很有才情，其精神世界宁静淡泊、素朴归真，具有道教理想人格的色彩。赋中男女主人公在这个层面上展开了精神交流，这时的女主人公既可以被理解为现实生活中一位隐居的美女，也可以被理解为作者心目中的一种宗教境界。赋作表现出的是一种带有宗教色彩的自由审美。宗教色彩与个人的遭际和经历有关，自由审美则是明代同类赋作的共同特征。

祝允明的《顾司封伤宠赋》是一篇应景的悼亡之作，赋作在回忆中夹杂着审美活动，但流于浮泛，没有真情实感。

董梦桂的《幽期赋》是一篇真情实意的恋爱之作，赋作回忆了男女主人公相遇相爱的过程，抒发了由于外界的阻扰而无法会面甚至离散的相思与忧愁。如果说以前的女性审美赋作既写貌，又写情，那么此篇则取情而舍貌，双方的相思之情是全篇的重点，全篇无一笔写及外貌。此篇用情极真，"料芳心之善怀，想柔情之过此"，若非至情相恋，不会语出若此。与陶渊明《闲情赋》相比，陶赋中"闲"与"情"的二元对立已经不复存在，人的感情已经得到了极大的解放。

王骥德《千秋绝艳赋》也是应酬之作，对图而赋，没有特定而具体的审美对象，审美活动沿着"会真"的线索展开。所谓"会真"，原指与仙人相会，后来演变为男女相会，"真"特指女性，谓女性如仙人般美丽动人。唐代元稹作有《会真记》（即《莺莺传》），还写过题为"会真"的诗篇。而这篇赋作的创作缘起就是明代画家钱叔宝的画作《会真卷》的摹本。此赋是以描写女性之美和相恋之情为重点的。画"会真"，摹"会真"，赋"会真"，由此可见明代社会风尚之一斑。《千秋绝艳赋》是在当时社会风气影响下创作同时又反映当时社会风气的一篇女性审美赋作。

唐寅《娇女赋》的审美对象是自己的女儿，赋作借用汉乐府《陌上桑》的艺术手法，极写女儿的能干与美丽。一般的女性审美赋作，都与男女恋情相关，很少将自己的亲人纳入审美范畴。这篇赋作开拓了女性审美的新视角，将审美的重点转移到了德、才、貌等非恋情因素上。当然，对于女性外貌的描写仍然是这篇赋作的重点。

从钱文荐《爱妾换马赋》的赋题就可以看见，这是一篇把女性物化的作品。赋中爱妾对夫君万般爱恋，依依不舍，可夫君弃之不顾，毅然决然地用她交换了心仪的骏马。赋作深层的意思是男儿应当不为私情所累，志在四方。可人不如马、情不如志的冷酷也在赋作打下了深深的印记，读来令人泠然。在女性审美赋作中，女性地位低微如斯的确是绝无仅有。

### （四）承明余绪的清代女性审美赋创作

清代女性审美赋作绝对数量不算少，但与现存清代海量辞赋作品相比，其所占比例就少得可怜了。清代女性审美赋没有太多的创新，创作基本上继承了明代的传统，但不及明代赋作生动活泼。兹简述如下。

陈廷会《汉姝赋》采用宋玉笔下楚王的旧题材，极写汉阳名姝的美丽与坚贞，楚王使人聘之却遭到了拒绝。赋中既有对汉姝惊人美貌的描写，也有对其品德与贞节的描写。赋作采取坚贞和王权对比的方法，突出汉姝超越名利、无视权势的坚贞品性。

吴潘昌《寡女赋》仅存小序，逆推赋作内容大致为安慰之意。

高景芳《美人临镜赋》是一篇纯粹的审美赋作，全赋围绕美人照镜这一场景，写了一位美丽的女子晨起梳洗打扮的全过程，通过细致入微的细节描写和动态的过程展示，塑造出女子的优雅与美丽。

包世臣《丽情赋》序中明言，是继前代同类作品而作，包括宋玉《讽赋》《登徒子好色赋》，司马相如《美人赋》，繁钦《定情赋》，陶渊明《闲情赋》，江淹《丽色赋》。作者认为："夫情生无极，感丽而兴。不必辞动目欲，过称志回者已。"爱恋之情因感于美丽而生，没有必要心口不一地在赋末说自己回心转意，防闲于美色。的确，赋作在行文时没有流露出半点防闲或讽谏的意思，以环境描写、动作描写、外貌描写相结合的方式展现了女子之美。

吴嘉洤《丽人赋》虚构魏时吴质出游漳河之滨而艳遇神女之事，描写了与神女的一晌之欢，以及欢愉之后的无限惆怅。赋的主旨即"何佳冶之悦目，终形隔而神离"，既有对于女性"悦目"的外貌的审美，也有阻隔所带来的复杂情感参与。此赋是明清时期为数不多的情与美兼具的女性审美赋。

李遇春《闲情赋》与陶赋同题，但精神气质完全不同。李赋描写的场景大抵是烟柳繁华的青楼妓馆，重点在于铺排美女众多的香艳场面。其审美对象不是特定的一个人，而是一群人。这一群人的特点是品性模糊、面貌秀丽。审美对象的泛化必然导致对审美对象个体个性的忽略，情感交流的前提与可能性大大降低，审美者在审美过程中只能通过感官参与完成审美活动。谓之游戏之作，可也。

汤日新《西子捧心赋》是一篇寄托历史兴亡之感的女性审美赋作。赋作以西施故事为题，先描写西施的旷世之美，继而写吴国因她而亡，寄托了吴越盛衰荣辱的感慨。虽然赋作认为吴国因西施而亡，但作者并未表现出明显的红颜祸水的观点，对西施的评价也颇耐人寻味："悲歌垓下，却同虞美之忧；痛绝马嵬，不是杨妃之志。然玉埋于五湖四海，千古兴思；珠藏于七院六宫，一人独媚。"

汤日新另有一篇《杨妃露乳赋》，同样是历史题材。此赋与白居易的《长恨歌》既相似又不似，相似之处是二作都强调了杨妃之美与结局之悲，不似之处是观点不同。《长恨歌》的主题是李杨爱情，而此赋要表达的主题是杨妃"媚胜骊姬，德惭太姒"，以外貌为中心的审美与以道德为中心的批判并存于赋中。从本质上来看，此赋的观点仍然没有跳出红颜祸水的窠臼。

刘孚京《丽人赋》采用汉武帝和李夫人的典故，内容上是女性审美赋，但却采用大赋"曲终奏雅"的写作方式。赋作写汉武帝置酒明光之宫，司马相如以美女之美奏对以助兴，东方朔则认为美女不足为美，忠义高节之士才是真美，武帝于是罢宴。赋中关于女性审美的文字有宋玉和曹植遗风。

王维翰《江姝赋》写春日泛舟江上，偶遇江上女神，旋又飘忽无踪，令人怆然。赋作描摹了一位素衣芬芳、面若凝脂、双眸剪水的美丽女神形象，形象刻画虽然不够充分，但是环境烘托却很成功，为赋作增色不少。

总体来说，明清时期的女性审美赋作基本摆脱了道德标榜的习气。在审美过程中，情与貌呈现出一种不平衡的状态，重貌而轻情。在很多赋作中，审美活动抽离了感情因素变成了一种纯感官的享受。所以，明清时期的女性审美赋作仍然无法超越以陶渊明为代表的魏晋女性审美赋的高度。

## 二、《闲情赋》接受与批评研究

### （一）唐及以前——《闲情赋》接受之发轫期

唐以前，关于《闲情赋》的评论并不多见，梁萧统（501—531）对《闲情赋》的评价成为该赋接受史上的起点，为该赋的评价定下了基调，后人评价《闲情赋》时大多都是在对萧统观点的辨析中展开。萧统认为："白璧微瑕，惟在《闲情》一赋。扬雄所谓劝百而讽一者，卒无讽谏，何足摇其笔端！惜哉，无是可也。"[①]萧统将《闲情赋》视为陶渊明作品的瑕疵，对其持完全否定的态度。原因在于此赋没有汉儒论赋所要求的"讽谏"的

---

[①]（梁）萧统撰：《陶渊明集序》，见逯钦立校注《陶渊明集》，北京：中华书局，1979年，第10页。

社会政治效用。实际上汉代人对于辞赋的评价已经出现多元化的倾向，除了扬雄力主的讽谏说，还有汉宣帝的"辩丽"说。汉宣帝曾说："辞赋大者与古诗同义，小者辩丽可喜。"①"辩丽可喜"的评价对于东汉兴起的抒情小赋来说尤为恰当。《闲情赋》是一篇纯正的抒情赋，无疑符合"辩丽可喜"的评价标准。但是萧统取其一端，以具有"古诗之义"的大赋标准来评价"辩丽可喜"的抒情赋，毫无疑问，这里存在着某种错位。这种错位反映出萧统对陶渊明其人和作品因喜爱而产生的近乎完美的苛求，但同时这种错位也因忽略《闲情赋》的文学性而导致了先天不足，成为后人攻评与质疑的突破口。

《文选》收录了宋玉的《高唐赋》《神女赋》《登徒子好色赋》，还有曹植的《洛神赋》，但却未收陶渊明的《闲情赋》。李文初先生对此有过分析，不无道理："值得注意的是赋中反映了一个观念的重大变化。在《登徒子好色赋》《神女赋》《美人赋》中，尽管极尽敷陈，把女性写成绝世佳丽，但比起被她们挑逗的男性来，毕竟是卑贱的，'淫'而又'邪'的。这说明在作家的观念中，女性不过是男性的附属物。《闲情赋》则不然……。这种对女性的热诚和倾倒的心理，确是比较接近近代意义上的爱情观念的，这对传统的男尊女卑思想，无疑是一种冲击。当时及后来一般持正统观念的人，当然会感到相当刺激，无怪乎连敬重陶渊明的萧统先生也有所不满了。"②

从目前搜集的资料看，唐代人对《闲情赋》评论者甚少。即便有新的资料可供发掘，其数量应该不会太多。唐代类书《艺文类聚》卷一八《美妇人》门引了蔡邕的《检逸赋》、阮瑀的《止欲赋》、王粲的《闲邪赋》、曹植的《静思赋》等，却没有收录陶渊明的《闲情赋》，其原因也不得而知。

唐人对《闲情赋》的评价少，并不是因为他们不读《闲情赋》，而是此赋在他们看来，并无值得批评之处，没有引发关注而已。唐代"《文选》学"的盛行和诗赋取士的制度的实施，使《文选》的影响不断扩大。《文选》影响的扩大使萧统的影响也随之扩大，由此看来，萧统对《闲情赋》的负面评价影响应该不小。但是由于当时社会风气的原因，萧统的意见也

---

① （汉）班固撰：《汉书》，北京：中华书局，1962年，第2829页。
② 李文初：《陶渊明〈闲情赋〉的评价问题》，《暨南学报》（哲学社会科学版），1986年第2期。

没有引发人们对《闲情赋》的关注与批评。当时一些负面意见也多集中在对陶诗的批评上，比如杜甫对陶渊明的《责子》，王维对陶渊明的《乞食》，都曾做出过批评。

虽然如此，《闲情赋》对当时文学创作的影响仍然是有迹可寻的。

明代徐伯龄记录了一段与《闲情赋》有关的创作轶事："唐崔怀宝《赠薛琼琼词》，盖望江南调也。不知缘何只半篇。其词云：'平生无所愿，愿作乐中筝。得近玉人纤手子，砑罗裙上放娇声，便死也为荣。'其意本陶渊明《闲情赋》。案《闲情赋》云：……故瞿存斋诗云：'纤手娇声放砑罗，崔生乐意竟如何？若非曾读《闲情赋》，争识渊明恨更多。'"①崔怀宝为唐玄宗时人，他与当时教坊第一筝手薛琼琼相见倾心，后经人引见，与琼琼私奔。后来事发，崔怀宝被收押回京，因贵妃杨玉环求情获得赦免，后琼琼被赐与崔怀宝为妻。《赠薛琼琼词》即崔怀宝在与薛琼琼相恋时所作，仅存的半篇创意与构思完全出自陶渊明《闲情赋》"愿在木而为桐，作膝上之鸣琴"二句，关于这一点，明代瞿佑和徐伯龄有着一致的看法。瞿佑诗云"崔生乐意竟如何"，认为崔怀宝词中表现出的快乐更多一些，而渊明赋中"恨更多"。的确如此，《闲情赋》"愿在木而为桐，作膝上之鸣琴"二句下意绪转悲："悲乐极以哀来，终推我而辍音。"崔词仅取其乐而辍其哀。

晚唐时段成式的《嘲飞卿七首》，是与温庭筠交往时的游戏之作，其二曰："醉袂几侵鱼子缬，飘缨长胃凤凰钗。知君欲作《闲情赋》，应愿将身作锦鞯。"②诗歌对温庭筠醉后与女子的狎昵行为进行了打趣，模仿女子的口吻说："知道你要创作类似于《闲情赋》之类的作品，即使化作锦鞋让你穿在脚上也心甘情愿。"由此可见，晚唐时期至少有一部分人是将《闲情赋》看作纯粹的表现男女恋情的作品的。

唐人司空图在其《白菊》诗中提到了陶渊明的《闲情赋》："不疑陶令是狂生，作赋其如有《定情》。犹胜江南隐居士，诗魔终衮负孤名。"③司空图非常欣赏和仰慕陶渊明，对陶的人格品性持肯定态度，但对《闲情赋》

---

① （明）徐伯龄撰：《蟫精隽》卷5，《景印文渊阁四库全书》，台北：台湾商务印书馆，1986年，第867册，第100页。

② （宋）洪迈编：《万首唐人绝句》卷44，《景印文渊阁四库全书》，台北：台湾商务印书馆，1986年，第1349册，第375页。

③ 陈贻焮主编：《增订注释全唐诗》（第四册），北京：文化艺术出版社，2001年，第658页。

持一种微妙的态度，至少是一种不批评不反对的态度。"其如有《定情》"意指像《定情赋》一样的作品，即《闲情赋》。司空图把《闲情赋》当作陶渊明是"狂生"的主要标志。"狂生"既可指狂妄无知的人，也可指不拘小节的人，前者是贬义，后者则无贬义，此处的"狂生"显然是指后者。在司空图眼中，就算《闲情赋》有不当之处，那也不过是小节而已。在诗的后半部分，他把陶渊明的位置放置在自己之上，可见《闲情赋》作为小节，并不影响他对陶渊明的评价。

根据现有的资料，唐人对《闲情赋》的争议不大，对赋作的理解也没有受到以萧统为代表的儒家诗论的局限与影响，尤其是到了中晚唐时期，人们更倾向于将《闲情赋》理解为表现男女爱情的作品。

### （二）两宋——《闲情赋》接受之转折期

从宋代开始，关于《闲情赋》的评论较前代大幅增长。两宋时期评论《闲情赋》者可分为肯定与否定两派。

肯定派最具有代表性的当数苏东坡的评论："舟中读《文选》，恨其编次无法，去取失当，齐梁文章衰陋，而萧统尤为卑弱。《文选序》斯可见矣。如李陵书苏武，五言皆伪，而不能辨。今观《渊明集》，可喜者甚多，而独取数首，以知其余人忽遗者多矣。渊明作《闲情赋》，所谓'国风好色而不淫'，正使不及《周南》，与屈宋所陈何异？而统大讥之，此乃小儿强作解事者。"[①] 此条评论对萧统及其编纂的《文选》提出了尖锐的批评，认为萧统并不真正懂得渊明作品尤其是《闲情赋》。萧统和苏轼对《闲情赋》的看法根本性的区别在于，萧统认为此赋"劝"大于"讽"，有鼓励不良情愫的倾向；苏轼认为此赋有"好色"的倾向，但仍有节度，没有走到品位卑下的"淫"的境地，品格应与屈宋作品比肩。苏轼利用自己在文坛上的地位和影响力有力地反击了萧统的负面评价，影响甚大，除《东坡志林》外，《仇池笔记》《东坡全集》《类说》《记纂渊海》《古今事文类聚》《文选补遗》《纬略》等书中都可见到此条评论。苏轼的态度为《闲情赋》的接受开拓了新的空间，成为此赋接受史上的转折点。

---

[①] （宋）苏轼撰：《东坡志林》卷1，《景印文渊阁四库全书》，台北：台湾商务印书馆，1986年，第863册，第23页。

两宋时期,在《闲情赋》的评价上,与苏轼一样肯定《闲情赋》的观点不少,但是理由却各不相同,其中"讽谏"说占有主导地位。

欧阳修的评论应早于苏轼,他对萧统的观点提出了质疑,认为《闲情赋》是感情的自然流露,与《诗经》中的一些篇章同义,不应苛责。"情动于中而形于言,人之常也。《诗》三百篇,如俟城隅、望复关、摽梅实、赠勺药之类,圣人未尝删焉。陶渊明《闲情》一赋,岂害其为达,而梁昭明以为白玉微瑕,何也?"①

谢采伯认为《闲情赋》的要旨符合儒家规义,陶渊明的思想甚至与宋代理学暗合,无须对其进行质疑。"《闲情赋》末章云:'坦万虑以存诚,憩遥情于八遐。'可谓发乎情性止乎礼义,复何议焉。余每诵其'总角闻道,白首无成,先师遗训,予岂坠之'等语,颇有洙泗气象。"②

惠洪对于《闲情赋》的评价另辟蹊径,将后人对陶诗的评价与对此赋的评价进行对比,认为《闲情赋》恰好体现了陶渊明为人真诚、感情真挚的一面,不应被视为瑕疵:"渊明作《训子诗》,可以想见其恺弟。而杜子美乃曰:'有子贤与愚,何其挂怀抱。'作《闲情赋》足以见其真,而昭明太子曰白璧微瑕正在此耳。痴人面前不可说梦,岂子美昭明亦真痴耶?"③

刘克庄把《闲情赋》与唐代李群玉的诗作对比,提出陶写性情的尺度问题。"唐人多不矜细行,李群玉有《龙安寺佳人阿最歌》云:'何须同泰寺,然后始为奴。'其放泼如此,夫陶写情性,如《闲情赋》可也,过则为群玉矣。"④李群玉的《龙安寺佳人阿最歌》写得比较大胆,刘克庄此处所引尚不是其最"放泼"的句子,还有更"放泼"的句子:"团团明月面,冉冉柳枝腰。未入鸳鸯被,心长似火烧。"⑤通过与李群玉诗作的对比,刘克庄认为《闲情赋》的描写尺度是合理的。宋人叶廷珪所撰《海录碎事》中

---

① (宋)欧阳修撰:《欧阳文忠公文集近体乐府》卷3,景印涵芬楼《四部丛刊》(初编),上海:上海商务印书馆,1922年,无页码,北京大学图书馆藏。
② (宋)谢采伯撰:《密斋笔记》卷3,《景印文渊阁四库全书》,台北:台湾商务印书馆,1986年,第864册,第664页。
③ (宋)释惠洪撰,释觉慈编:《石门文字禅》卷26,《景印文渊阁四库全书》,台北:台湾商务印书馆,1986年,第1116册,第504页。
④ (宋)刘克庄撰:《后村集》卷17,《景印文渊阁四库全书》,台北:台湾商务印书馆,1986年,第1180册,第174页。
⑤ (唐)李群玉:《龙安寺佳人阿最歌八首》,见中华书局编辑部点校《全唐诗》(增订本),北京:中华书局,1999年,第570卷,第6663页。

设有"情欲门"和"寓情门",在"寓情门"下收录了《闲情赋》中"在衣为领""在裳为带"等十愿。① 他把十愿放在"寓情门"而没有放入"情欲门",说明他对的《闲情赋》的内容尺度也是认可的。

俞文豹认为《闲情赋》与张衡、蔡邕等人的作品一样,美色能够使人神移情荡,这些赋正是针对人(此处指男性)的弱点而予以"防闲",是值得肯定的:"张衡作《定情赋》,蔡邕作《静情赋》,渊明作《闲情赋》,盖尤物能移人,情荡则难反,故防闲之。"② 与苏轼的评价相比,俞评虽然持同样的肯定态度,但角度完全不同。

王应麟转述苏轼语,认为《闲情赋》不会影响陶渊明的品格和形象:"东坡云:'渊明欲仕则仕,不以求之为嫌;欲隐则隐,不以去之为高。饥则扣门而求食,饱则具鸡黍以近客。古今贤之,贵其真也。'葛鲁卿为赞,罗端良为记,皆发此意。萧统疵其《闲情》,杜子美讥其《责子》,王摩诘议其《乞食》,何伤于日月乎?《述酒》一篇之意,惟韩子苍知之。"③ 葛鲁卿即北宋词人葛胜仲,他作有《跋陶渊明归去来图》绝句,对渊明的高节进行了高度的赞美。罗端良即宋代的罗愿,他的《陶令祠堂记》认为渊明的"真风"扫清了魏晋以来欺世的"浇习",对渊明推崇备至。韩子苍即北宋末南宋初的韩驹,他对陶渊明《述酒》诗进行解读时,力主"忠义"之说。王应麟列举葛、罗、韩三人,是为了印证他对陶渊明的人格的肯定态度,但他对《闲情赋》等作品并没有进行直接评价,态度有些微妙,大意是说萧统等人的非议并不影响陶渊明日月般光辉的形象。可见他是反对萧统的意见的,对《闲情赋》是持肯定态度的。

与苏轼一样,王观国也不同意萧统的看法,但是他认为此赋非如苏轼所言"好色而不淫",而是寄意深远,吟咏的乃是君臣不遇之情,是大有讽谏,寄托深远的:"梁昭明太子作《陶渊明文集序》曰:'白璧微瑕者,唯在《闲情》一赋。幸无讽谏,何必摇其笔端。'观国熟味此赋,辞意宛雅,伤已之不遇,寄情于所愿。其爱君忧国之心,惓惓不忘。盖文之雄丽

---

① (宋)叶廷珪撰,李之亮校点:《海录碎事》,北京:中华书局,2002年5月,第371页。
② (宋)俞文豹撰:《吹剑录外集》,《景印文渊阁四库全书》,台北:台湾商务印书馆,1986年,第865册,第485页。
③ (宋)王应麟撰:《困学纪闻》卷18,景印涵芬楼《四部丛刊》(初编),上海:上海商务印书馆,1922年,无页码,北京大学图书馆藏。

者也。此赋每寄情于所愿者，若曰我愿立于朝而其君不能用之，是真谲谏者也。昭明责以无讽谏，则误矣。然则读此赋而不知其意者，以为咏妇人耶？……《闲情赋》之寄意远矣，以为微瑕者其不见知耶。"① 说《闲情赋》寄托深远，"爱君忧国"，虽然很牵强，但是有情可原。王观国是南宋高宗时人，他亲眼见证了由北宋至到南宋的变迁，政治上的偏安让身为读书人的他忧愤不已而又无可奈何。而陶渊明所处的东晋亦是偏安王朝，王观国因此将忧愤之情转移到渊明身上，借评《闲情赋》以抒发自己的"爱君忧国"之情，也是顺理成章的。

陈仁子《文选补遗》收录了《闲情赋》，对萧统进行了回应，将人们对于《闲情赋》的肯定以文献的形态固定下来。

还有人对《闲情赋》没有进行书面上的褒贬，仅从学术的角度对其创作源流进行了研究。这方面的研究兴趣本身就说明了研究者的态度，故亦属于肯定派。如姚宽认为《闲情赋》受了张衡《同声歌》的影响："陶渊明《闲情赋》必有所自，乃出张衡《同声歌》，云：'邂逅承际会，偶得充后房。情好新交接，飍栗若探汤。''愿思为莞席，在下蔽匡牀。愿为罗衾帱，在上卫风霜。'"②

否定派人数相对较少，他们大致与萧统的观点相类，也有自出机杼者。

高似孙对苏轼的论断不以为然，他引用了苏轼对萧统的批评，之后评论道："予固不敢妄议，如楚词《九歌》，凡十有一，孰为可取，孰为可删？而《文选》仅取其半耳。至若李龙眠作《九歌图》，则《国殇》、'礼魂'便不能画矣。然画又非《文选》之比。"③ 此段言论主要是针对"《文选》去取失当"而发的，但也能看出他对《闲情赋》的评价并不甚高。

洪迈对《闲情赋》评价亦不甚高，以"寄意女色"论断之："陶渊明作《闲情赋》，寄意女色，萧统以为白玉微瑕。"④

---

① （宋）王观国撰：《学林》卷7，《景印文渊阁四库全书》，台北：台湾商务印书馆，1986年，第851册，第171—172页。
② （宋）姚宽撰：《西溪丛语》卷上，《景印文渊阁四库全书》，台北：台湾商务印书馆，1986年，第850册，第920页。
③ （宋）高似孙撰：《纬略》卷10，《景印文渊阁四库全书》，台北：台湾商务印书馆，1986年，第852册，第377页。
④ （宋）洪迈撰：《容斋三笔》卷16，《景印文渊阁四库全书》，台北：台湾商务印书馆，1986年，第851册，第654页。

下　篇　《闲情赋》的接受与影响　147

　　总体上来看，两宋时期人们对《闲情赋》持肯定态度、主张讽谏寄托者占绝大多数，《闲情赋》的接受在这一时期呈现出空前盛况。
　　《闲情赋》对文学创作也产生了影响，成为文人雅士们乐于引用的素材。如向子諲《酒边词》一集中《满江红》一首："雁阵横空，江枫战，几番风雨。天有意，作新秋令，欲鏖残暑。篱菊岩花俱秀发，清氛不断来窗户。共欢然，一醉得黄香，仍叔度。尊前事，尘中去。拈花问，无人语。芗林顾灵照，笑抚庭树。试举似虎头城太守，想应会得玄玄处。老我来，懒更作渊明，《闲情赋》。"①其他如曾慥《类说》和洪迈《万首唐人绝句》所引段成式《嘲飞卿》："知君欲作《闲情赋》，应愿将身作锦鞋。"②《闲情赋》在文学作品中俨然已经成为闲情逸致、超然世事、风流不拘的代名词。
　　值得注意还有《宋史·朱昂传》的一段记载：

　　尝读陶潜《闲情赋》而慕之，因广其辞曰：……愿在足而为舄，何坎险之瞿忧。欲效勤于竖亥，思追踵于浮丘。愿在服而为袂，传绘素而饰躬。异化缁之色涅，宁拭面而道穷。愿在目而为鉴，分妍丑于崇朝。惊青阳之难久，庶白首以见招。愿在地而为簟，当暑溽而冰寒。伊肤革之尚疚，胡瘼寐以求安。愿在觞而为醴，不乱德而溺真。体虚受之为器，革谲性以归淳。愿在握而为剑，每辅衽而保裾。殊铅铦之效用，比硎刃而有余。愿在櫜而为矢，美筈羽之斯全。畴懋勋而锡晋，射穷垒而殂燕。愿在体而为裘，托针缕以成功。非珍华而取饰，将被服而有容。愿在轩而为筼，贯岁寒而不改。挺介节以自持，廓虚心而有待……③

　　这是一篇为数不多的公开标榜对《闲情赋》的仿作，说是仿作，其实细读之下，发现作者只是借用了《闲情赋》的形式，主旨上完全是另起炉

---

①（宋）向子諲撰：《酒边词》卷上，《景印文渊阁四库全书》，台北：台湾商务印书馆，1986年，第1487册，第528页。
②（宋）曾慥辑：《类说》卷49，《景印文渊阁四库全书》，台北：台湾商务印书馆，1986年，第873册，第848页；（宋）洪迈编：《万首唐人绝句》卷44，《景印文渊阁四库全书》，台北：台湾商务印书馆，1986年，第1349册，第375页。洪迈《万首唐人绝句》"锦鞋"作"锦鞯"。
③（元）脱脱等撰：《宋史》，北京：中华书局，1986年，第13006—13007页。

灶，显然已不在以《闲情赋》为代表的女性审美赋作系列之中了。

在日常生活中，《闲情赋》也广受喜爱。在朋友聚会的场合，往往以吟诵《闲情赋》为雅事。"客有诵渊明《闲情赋》者，想其于此亦自不浅。或问坐客：'渊明有侍儿否？'皆不知所对。有一人言之，问其何以知，曰：'所谓"雍端年十三，不识六与七"，此岂非有侍儿耶？'于是坐客皆发一笑。"① 这条资料出现在宋代周紫芝的《竹坡诗话》中，应为两宋时事，明代陶宗仪《说郛》也对此事进行了转载。

### （三）金至明——《闲情赋》接受之拓展期

金元时期李冶对苏轼的观点表示明确的反对："东坡谓梁昭明不取渊明《闲情赋》，以为小儿强解事。《闲情》一赋虽可以见渊明所寓，然昭明不取，亦未足以损渊明之高致。东坡以昭明为强解事，予以东坡为强生事。"② 李冶驳斥的焦点在于苏轼对萧统的质疑，而不是《闲情赋》本身。他认为陶渊明在《闲情赋》中是有所寄托的，基本是持肯定的态度。这一时期，论者对《闲情赋》的肯定趋势并未发生改变，如王恽就认为："如渊明高风远韵，又何害见闲情于一赋者哉！"③

元代杨维桢在其《续奁集》的小序中说："陶元亮赋《闲情》，出瞽御之辞，不害其为处士节也。余赋韩偓《续奁》，亦作娟丽语，又何损吾铁石心肠也哉。法云道人劝鲁直勿作艳歌小辞，鲁直曰：'空中语耳，不致坐此坠落恶道。'余于《续奁》亦曰：'空中语耳。'"④ 他的观点与王恽一致，认为《闲情赋》不会影响陶渊明的大节。他不但在理论上如是主张，在创作实践上也进行了探索，创作出不少被时人视为艳情诗的作品。

金元时期的文学作品对《闲情赋》也多有提及，此时《闲情赋》在诗词中被作为气节、相思的文化符号而存在。元好问《归来图戏作》中把

---

① （宋）周紫芝撰：《竹坡诗话》，《景印文渊阁四库全书》，台北：台湾商务印书馆，1986年，第1480册，第668页。
② （元）李冶撰：《敬斋古今黈》卷7，《景印文渊阁四库全书》，台北：台湾商务印书馆，1986年，第866册，第395—396页。
③ （元）王恽撰：《秋涧先生大全文集》卷73，景印涵芬楼《四部丛刊》（初编），上海：上海商务印书馆，1922年，无页码，北京大学图书馆藏。
④ （元）杨维桢撰，（元）章琬编：《复古诗集》卷6，《景印文渊阁四库全书》，台北：台湾商务印书馆，1986年，第1222册，第141页。

《闲情赋》作为远离官场、保持气节的象征:"云鬟春风一尺高,笑携儿女候归桡。情知一首《闲情赋》,合为微官懒折腰。"① 在这首诗中,《归去来兮辞》比《闲情赋》应该更切合情境,但诗人却取了《闲情赋》,一方面可能是出于诗歌格律上的考虑,另一方面也能看出诗人对《闲情赋》颇为喜爱。王沂的《御街行——送王君冕》则把《闲情赋》作为相思的文化符号加以引用,以下为该词的上阕:"烟中列岫青无数,遮不断,长安路。杜鹃谁道等闲啼,迤逦得人归去。陇云秦树,周台汉苑。满眼相思处,停杯莫,放离歌。举至剪烛西窗语,元都燕麦又春风。自是刘郎迟暮,纫兰结佩,裁冰斫句,细和《闲情赋》。"② "细和《闲情赋》"就是拟写《闲情赋》一样的作品,表达像李商隐《夜雨寄北》中那样的相思之情。可见王沂是把《闲情赋》当作纯粹的写情之作来看待的。唐元《渊明菊》一诗:"谁锡嘉名配往贤,香生仿佛义熙前。孤高莫比《闲情赋》,惨淡如思《述酒》篇。白白黄黄荒圃地,风风雨雨晚秋天。纵残不受尘沙污,百卉中间节最坚。"③ 诗人把《闲情赋》作为孤高的象征,如果说《闲情赋》与孤高产生联系,那一定是指赋中描写的那位"负雅志于青云"的旷世女子,同时也是指陶渊明孤高的人格形象。

此外仇远、刘将孙的诗词中也均提及《闲情赋》,此处不再一一述及。

从以上诗词中不难发现,此赋除了被当作朋友之间相思的象征外,大部分情况下,在元代文坛复古思潮的影响下,其意义已经泛化,成为节操、高古的化身。

明代围绕萧统和苏轼观点的讨论仍在继续,对《闲情赋》的评价和解读则出现了更加多元的情形。

郭子章认为:"陶彭泽《闲情赋》,萧昭明云:'白璧微瑕,惟《闲情》一赋。'东坡曰:'渊明作《闲情赋》,所谓"《国风》好色而不淫",正使不及《周南》,与屈、宋所陈何异?而统大讥之,此乃小儿强作解事者。'昭明责备之意,望陶以圣贤,而东坡止以屈、宋望陶。屈犹可言,宋则非

---

① (金)元好问编:《中州集》卷3,《景印文渊阁四库全书》,台北:台湾商务印书馆,1986年,第1365册,第85页。
② (元)王沂撰:《伊滨集》卷12,《景印文渊阁四库全书》,台北:台湾商务印书馆,1986年,第1208册,第494页。
③ (元)唐元撰:《筠轩集》卷7,《景印文渊阁四库全书》,台北:台湾商务印书馆,1986年,第1213册,第510页。

陶所愿学者。东坡一生不喜《文选》，故不喜昭明。"①郭子章不认同苏轼将陶与屈宋相提并论的做法，认为陶可以比肩屈原，但绝对非宋玉所能及。他认同萧统，认为萧统对于《闲情赋》的批评是出于对渊明寄予"圣贤"的厚望。在郭子章的观念中，圣贤的地位是要高于屈宋的。言下之意是说，如果以屈原的高度来评价陶渊明，那么对《闲情赋》就不必非议；如果从圣贤的高度来评价陶渊明，那么《闲情赋》还是存在问题的。

张自烈在他所辑的《笺注陶渊明集》中对萧统和苏轼二人的观点全部予以否定：

> 按昭明序云："白璧微瑕，惟在《闲情》一赋。"愚谓昭明识见浅陋，终未窥渊明万一。盲者得镜，用以盖卮，固不足怪。此赋托寄深远，合渊明首尾诗文思之，自得其旨。如东坡所云，尚未脱梁昭明窠臼。或云此赋为睠怀故主作，或又云续之辈虽居庐山，每从州将游，渊明思同调之人而不可得，故托此以送怀，如东坡所云与屈、宋何异，又安见非小儿强作解事者？索解人不易得如此。观渊明序云："谅有助于讽谏"、"庶不谬作者之意"，此二语颇示己志。览者妄为揣度，遗其初旨，真可悼叹。②

张说否定了萧、苏二人的意见，同时驳斥了眷怀故主和思求同调的说法，试图对《闲情赋》的主旨从赋作文本上进行回归性的探索，认为此赋的主旨就在赋序之中，仍在于讽谏。张自烈回归文本的批评方法是可取的，但是仅仅强调文本意义的做法未免失之片面。他的批评肯定了陶渊明，也肯定了《闲情赋》，使陶渊明及其《闲情赋》的地位继续走高。

明代对《闲情赋》批评的声音虽少，但也未曾断绝。陶宗仪就认为此赋会对人产生严重的不良影响："陶渊明作《闲情赋》，固多微词，梁昭明便谓白玉微瑕。以此言之，宜乎当时深斥以谓淫言绮语，入人肌肤。"③杨

---

① （明）郭子章撰：《豫章诗话》卷1，《丛书集成续编》，上海：上海书店出版社，1994年，第155册，第618—619页。
② （晋）陶潜撰，（明）张自烈辑：《笺注陶渊明集》卷5，景印涵芬楼《四部丛刊》（初编），上海：上海商务印书馆，1922年，无页码，北京大学图书馆藏。
③ （明）陶宗仪编：《说郛》卷24上，《景印文渊阁四库全书》，台北：台湾商务印书馆，1986年，第877册，第368页。

慎认为：" 陶渊明《闲情赋》：'瞬美目以流盼，含言笑而不分'，曲尽丽情，深入冶态。裴硎《传奇》、元氏《会真》，又瞠乎其后矣。所谓词人之赋丽以淫也。"① 陶宗仪对《闲情赋》采取的是道德审判的方法，而杨慎采取的则是文学批评的方法，二者相较，陶宗仪的批评相当粗暴和严厉，杨慎的批评态度显得更为谨慎和委婉，其中甚至有些许的欣赏意味。王世贞认为渊明作《闲情赋》可以理解，但与渊明的一贯风格不甚相符。他在评文征明小楷书《赵飞燕外传》时说："太史铁心石肠，而寄托乃尔，毋亦靖节《闲情赋》故事耶？"② 意思是说史官一般都是秉笔直书，铁石心肠，却写出《赵飞燕外传》这样的作品，就像陶渊明人格高尚，也会创作出《闲情赋》这样的作品。言下之意，对《闲情赋》多少有些微词。

明代与《闲情赋》相关的拟作数量呈增加趋势。元明之际杨维桢的《香奁八首》和《续奁集》多为艳体诗，陆容《菽园杂记》对此作了评价："杨铁崖国初名重东南，……《香奁》《续奁》二集，则皆淫亵之词。予始疑其少年之作，或出于门人子弟，滥为笔录耳。后得印本，见其自序，至以陶元亮赋《闲情》自附，乃知其素所留意也。按《闲情赋》有云：尤《蔓草》之为会，诵《召南》之余歌。盖发乎情，止乎礼义者也。铁崖之作，去此远矣。不以为愧，而以之自附，何其悍哉？《香奁》《续奁》，惟崑山有刻本，后又有杨东里跋语，玩其辞气，断非东里之作。盖好事者盗其名耳。记此以俟知者。"③ 此处先不讨论杨维桢作品的真伪问题，所谓的"《香奁》《续奁》二集"是指杨维桢仿照唐代诗人韩偓的《香奁集》而作的诗歌，韩偓《香奁集》中多为艳情绮丽之作。杨作同样也是艳情之作，究竟艳到什么程度，兹举其中一首："平时诡语难为信，醉后微言却是真。昨夜寄将双豆蔻，始知的的为东邻。"④ 诗作以一位少女的口吻，描写了恋爱中心理活动：平地捉摸不定的话难以让人确信，醉后的呓语却可能是发自

---

① （明）杨慎撰，王仲镛笺证：《升庵诗话笺证》，上海：上海古籍出版社，1987年，附录1，第520页。
② （明）王世贞撰：《弇州四部稿》卷132，《景印文渊阁四库全书》，台北：台湾商务印书馆，1986年，第1281册，第198页。
③ （明）陆容撰：《菽园杂记》卷9，《景印文渊阁四库全书》，台北：台湾商务印书馆，1986年，第1041册，第316页。
④ （元）杨维桢撰，（元）章琬编：《复古诗集》卷6，《景印文渊阁四库全书》，台北：台湾商务印书馆，1986年，第1222册，第142页。

内心的真话，昨夜收到他送来的豆蔻花，才确信我就是他的意中人。这首诗是很健康的一首恋歌，并无任何淫亵不当之处，与陶赋相比，并无过分之处。但是陆容认为杨维桢把自己的艳体诗与《闲情赋》相比附是令人惊讶的事情，杨作流于淫亵，而陶赋是合乎礼义的，二者实在没有可以比附之处。结合作品的实际情况，不能不说，陆容有厚此薄彼的嫌疑。他对《闲情赋》从"发乎情，止乎礼义"的角度做出肯定，也许仅仅是从陶渊明的文化地位出发，而非从作品实际得出的结论。

叶盛《水东日记》载西斋亦元僧和《闲情赋》而作《正情赋》，但其主旨则走向道德标榜和感喟苍生一途，与陶赋大相径庭："必中正而为吉，苟淫邪而作訾。勉纯诚于终始，消悔吝于先后……空杼轴而财殚，泪流泙以相接。余何心而独安，瞻凤阙之九重。冀龙鳞之一攀……必皇天之无私，惟苍生之可哀。"①

明代关于《闲情赋》的源流研究，以及将此赋作为考据资料者也大幅度增加，虽然大多数为互相转述，创见不多，但仍能够见出《闲情赋》的影响在继续扩大。据不完全统计，其中研究《闲情赋》源流者凡七见（陶宗仪《说郛》一见，彭大翼《山堂肆考》一见，冯惟讷《古诗纪》一见，何孟春注《陶靖节集》一见，杨慎《升菴集》一见，杨慎《丹铅余录》两见）。以《闲情赋》或与此赋相关的诗词作考据者凡六见，大部分出自杨慎之手。由于多为转述，兹不引述，以免去重复之嫌。

在文人诗词中，《闲情赋》也屡被提及，据不完全统计共有四篇。其中三篇出自彭孙贻之手，另外一篇出自丘濬之手。与之前不同的是，在这几篇诗词中，《闲情赋》基本与相思、闲情（悠闲的情趣）相关联。现举丘濬《懒诗为莆田许氏作》一首："莆中有懒士，踵门求懒诗。君但懒于事，我乃懒于辞。君来索诗日数次，我欲挥毫俄又废。看来我更懒于君，所以深知懒中味。懒中滋味人知少，第一是闲次是睡。古人何人最好闲，陶令弃官江上还。闲中却作《闲情赋》，胡为屑屑不惮烦。古人何人最好睡，老抟翻身驴下坠。睡馀却咏好睡歌，无乃劳劳爱多事。问君之懒何如哉？曰吾丧我忘形骸，过午枕头方拥被，一春齿不沾苔。也不学庄叟逍遥游，

---

① （明）叶盛撰：《水东日记》卷20，《景印文渊阁四库全书》，台北：台湾商务印书馆，1986年，第1041册，第121—122页。

也不学庞老团栾坐，任他门外事如天，管甚邻家灯是火。千呼万唤才欠伸，十回九转难出门。时人但见应世懒，就里谁知学道勤。一年三百六十日，日十二时时八刻，闭门搬运紫河车，毕竟勤耶是懒耶？"[1]此诗的主旨赞美的是懒于应世而勤于学道的精神的，陶渊明与《闲情赋》是作为前代的典范出现在诗中的。从"闲中却作《闲情赋》"一句可以看出，诗人是把"闲情"当作悠闲的情趣来理解的。

《闲情赋》对于民间描写爱情的小曲也产生了影响，如冯梦龙所辑的《挂枝儿》，主要描写男女爱情生活和当时的社会情形，其中有一首写道："变一只绣鞋儿在你金莲上套，变一领汗衫儿与你贴肉相交，变一个竹夫人在你怀儿里抱，变一个主腰儿拘束着你，变一管玉箫儿在你指上调，再变上一块香茶也，不离你樱桃小。"[2]从这种抒情结构中，隐隐约约能看出陶渊明《闲情赋》"十愿"的影响，"变一只绣鞋儿在你金莲上套"，分明就是"愿在丝而为履，附素足以周旋"，"变一领汗衫儿与你贴肉相交"，分明就是"愿在衣而为领，承华首之余芳"，"变一个主腰儿拘束着你"，分明就是"愿在裳而为带，束窈窕之纤身"。不过由"愿"到"变"，由主观愿望到了实际动作，感情表达得更为直接和率真。

## （四）清代——《闲情赋》接受之总结期

清代围绕萧统和苏轼孰是孰非的争论仍未消歇。代表性的如田雯认为苏轼只不过是在替陶渊明解嘲（详见下文）。邱嘉穗以为萧苏二人并不真正了解《闲情赋》的寓义（详见下文）。陈启源对萧统提出质疑："孔子删诗以垂世立训，何反广收淫词艳语，传示来学乎？陶靖节《闲情赋》昭明叹为白璧微瑕，故不入《文选》，岂孔子之见反在昭明下哉？"[3]同样提出质疑的还有刘光蕡（详见下文）。吴觐文认可萧统的"讽谏说"，但却不认同萧对《闲情赋》的评价（详见下文）。

此时，围绕《闲情赋》争论的已不单单停留在挺萧或挺苏的层面，而

---

[1] （明）丘濬撰，（明）丘尔谷编：《重编琼台稿》卷2，《景印文渊阁四库全书》，台北：台湾商务印书馆，1986年，第1248册，第33页。
[2] 魏同贤主编：《冯梦龙全集（第10册）·挂枝儿》，南京：凤凰出版社，2007年，第17页。
[3] （清）陈启源撰：《毛诗稽古编》卷5，《景印文渊阁四库全书》，台北：台湾商务印书馆，1986年，第85册，第399页。

是向纵深发展。围绕《闲情赋》本身的争论较之于前代，更趋细密与激烈。大体来说，推许此赋者仍在多数。推许者所持的理由大致有四：一是以为此赋为拟古之作，有风骚遗韵；二是以为此赋终归闲正，非无讽谏；三是以为此赋无关陶渊明之人品高下；四是以为此赋乃为悟道之作。

赞《闲情赋》以拟古者，主要有以下三家。毛先舒认为："世目情语为伤雅，动矜高苍，此殆非真晓者。若《闲情》一赋，见摈昭明；'十五王昌'，取呵北海。声响之徒借为辞柄，总是未彻风骚源委耳。"[①] 言下之意为《闲情赋》是能够体现风骚传统的作品。方熊认此赋为自况之作，具有汉魏气象："此自比，言情不可止。笔调亦汉、魏之遗。"[②] 陈沆则认为此赋神似《离骚》，晋代文学作品无有出其右者：

> 《闲情赋》，渊明之拟《骚》，从来拟《骚》之作，见于《楚辞集注》者，无非灵均之重台，独渊明此赋，比兴虽同，而无一语之似，真得拟古之神。东坡云："晋无文，惟渊明《归去来辞》一篇而已。"予亦曰：晋无文，惟渊明《闲情》一赋而已。乃昭明谓为白璧之瑕，不但与所选宋玉诸赋自相刺谬，且以《闲情》为好色，则《离骚》美人香草，湘灵二姚，鸩鸟为媒，亦将斥为绮词乎？《国风·关雎》，亦当删汰乎？固哉昭明之为诗，宜东坡一生不喜《文选》也。[③]

防闲兼有讽谏，也是论者推许《闲情赋》的另一个重要理由。邱嘉穗认为：

> 闲者防闲之义，与閒字不同。其赋中"愿在衣而为领"十段，正脱胎《同声歌》中"莞蕈衾帱"等语意。而吴兢《乐府题解》所谓"喻当时七君子事君之心"，是也。《诗》曰："云谁之思，西方美人。"朱子谓"托言以指西周之盛王"，如《离骚》"怨美人之迟暮"，亦以

---

① （清）毛先舒撰：《诗辩坻》卷1，《四库全书存目丛书补编》，济南：齐鲁书社，2001年，第45册，第171页。
② （晋）陶潜撰，（清）方熊评：《陶靖节集》卷5，转引自北京大学中文系编：《古典文学研究资料汇编陶渊明卷》（下册），北京：中华书局，1961年，第323页。
③ （清）陈沆撰：《诗比兴笺》卷2，转引自北京大学中文系编：《古典文学研究资料汇编陶渊明卷》（下册），北京：中华书局，1961年，第324页。

美人目其君也。此赋正用此体。昭明太子指为白璧微瑕，固为不知公者；即东坡以为《国风》好色而不淫，亦不知其托之深远也。①

他认为《闲情赋》并非简单的"好色而不淫"的"闲正"作品，实为大有寄托的讽谏之作，应该寄寓了陶渊明君臣遇合的情结。孙人龙则认为《闲情赋》是符合儒家"发乎情，止乎礼义"的要求的，是"闲正"之作，写作技巧也相当高超："古以美人比君子，公亦犹此旨耳。昭明以'白璧微瑕'议此赋，似可不必。意本《风》《骚》，自极高雅，所谓发乎情，止乎礼义者，非欤！逐层生发，情致缠绵，终归闲正，何云卒无讽谏耶？"②

吴觐文以《闲情赋》的文本为依据，进行了细致的分析，认为赋作在主旨上终归闲正，仍然是具有讽谏意义的作品：

> 至于渊明《闲情》一赋，其自序曰："虽文妙不足，庶不谬作者之意。"所谓作者之意，即上张、蔡两赋，所谓"检逸辞而宗淡泊，始则荡以思虑，而终归闲正。将以抑流宕之邪心，谅有助于讽谏"云尔也。予细玩其赋，如"愿在衣而为领"等语，何等流宕，而终结之曰："尤《蔓草》之为会，诵《邵南》之余歌；坦万虑以存诚，憩遥情于八遐。"则终归闲正矣。作者之意若曰：吾如是之荡以思虑，而终无益也，则不如"坦万虑以存诚"而已，此岂非有助于讽谏乎！而昭明乃谓其卒无讽谏，其论亦已过矣。虽然，昭明之论《闲情赋》则为过当，而其言"卒无讽谏，何必摇其笔端"二语，要自为作文之正论也……然则昭明之论岂可以其过当而尽非之哉！③

刘光第认为陶赋比《诗经》的《有狐》篇要好得多，《闲情赋》能够归于闲正，而《有狐》诗感情流荡而无节制："《有狐》诗之子无裳、无服、无带，情思缭绕，往复迫切，与陶渊明《闲情赋》中九愿字云云，正

---

① （晋）陶潜撰，（清）邱嘉穗笺：《东山草堂陶诗笺》卷5，《四库全书存目丛书》，济南：齐鲁书社，1997年，集部，第3册，第270—271页。
② （清）孙人龙纂辑：《陶公诗评注初学读本》卷2，转引自北京大学中文系编：《古典文学研究资料汇编陶渊明卷》（下册），北京：中华书局，1961年，第324页。
③ （晋）陶潜撰，（清）吴觐文批校：《陶渊明集·〈陶渊明集序〉批语》，转引自北京大学中文系编：《古典文学研究资料汇编陶渊明卷》（下册），北京：中华书局，1961年，第326页。

复不异。陶赋自序云：'始则荡以思处，而终归闲正。'此诗则荡而不能自持矣。"①

还有一部分论者，继承了宋元以来论者的看法，对《闲情赋》本身不置可否，认为此赋并不影响陶渊明之高节。如厉谔赋诗道："盛德何伤笑安石，《闲情》不碍赋渊明。"②王琦认为："然则指楚词之望有娥留二姚，捐袂采芳以遗湘君下女之辞，而谓灵均之人品污下，指《闲情赋》语之亵，又指其诗中篇篇有酒，而谓靖节之人品污下，可乎？若谓彼皆有所托，而言之为无害，则太白又何以异于彼耶？"③何文焕认为："《彦周诗话》谓退之诗'银烛未销窗送曙，金钗欲醉坐添香'，殊不类其为人。余谓铁心石肠，工赋《梅花》，《闲情》一赋，何伤靖节？正恐惯说钟庸大鹤，却一动也动不得耳。"④

刘光蕡的看法更为独特，认为此赋乃为陶渊明悟道之作。同时他的态度也较为开放，对认为此赋有所寄托的看法都采取了比较宽容的态度：

> 此篇乃渊明悟道之言，较《归去来辞》《桃花源记》《五柳先生传》尤精粹。昭明取《五柳先生传》訾此为瑕，何也？读书不可泥于句下，所谓诗无达诂是也。苟执词以求之，十五《国风》之词可存者仅矣！太史公谓'《国风》好色而不淫'，以曰《离骚》，渊明此篇亦即其意。身处乱世，甘于贫贱，宗国之覆既不忍见，而又无如之何，故托为闲情。其所赋之词以为学人之求道也可，以为忠臣之恋主也可，即以为自悲身世以思圣帝明王也亦无不可。⑤

清代批评《闲情赋》的意见虽然不多，较之以往有些批评更为尖锐。

---

① （清）刘光蕡撰，杨扬辑校：《诗拟议》（改补本）（上），《文献》，1986年第3期，第38页。

② （清）厉谔撰：《樊榭山房集续集》卷4，景印涵芬楼《四部丛刊》（初编），上海：上海商务印书馆，1922年，无页码，北京大学图书馆藏。

③ （唐）李白撰，（清）王琦注：《李太白集注》，《景印文渊阁四库全书》，台北：台湾商务印书馆，1986年，第1067册，第694—695页。

④ （清）何文焕：《历代诗话》（下册），北京：中华书局，1981年，第815页。

⑤ （晋）陶潜撰，（清）刘光蕡注：《陶渊明〈闲情赋〉注》，转引自北京大学中文系编：《古典文学研究资料汇编陶渊明卷》（下册），北京：中华书局，1961年，第325页。

田雯说："渊明之赋闲情，柔姿丽语，大非高士本色。苏子瞻曰：'渊明作《闲情赋》，所谓《国风》好色而不淫，正使不及《周南》，与屈宋所陈何异？'然亦曲为解嘲耳，孰谓挂冠高尚人便无冶思艳态也。"① 在《古欢堂集》中，田雯三次提到《闲情赋》时分别冠以"柔姿丽语""柔情丽语""柔心丽语"，这种措词算不上是对《闲情赋》的否定，其批评重点乃在于此赋内容风格与陶渊明人格的反差上。方东树的批评最为激烈："昔人谓正人不宜作艳诗，此说甚正，贺裳驳之非也。如渊明《闲情赋》可以不作，后世循之，真是轻薄淫亵，最误子弟。"② 把《闲情赋》定性为"淫亵"，如此激烈的否定，实为历代罕见。晚清经学家王闿运在《湘绮楼日记》中也认为"《闲情赋》十愿，有伤大雅，不止'微瑕'"。③

有趣的是，也有针锋相对，批评《闲情赋》描写不够直接和大胆的，也是前代所未见，如清邱炜萲在《五百石洞天挥麈》中说："'《闲情》作赋太无聊，有好何须九愿饶。我愿将身化长带，一生牢系美人腰。'旧曾于友人案头见是诗，署曰：《书靖节〈闲情赋〉后》。"④ 徐珂《清稗类钞》在"服饰类"中有"抹胸"一条，引述了清人宋翔凤的一首词："宋于庭，名翔凤，有《沁园春》词咏美人抹胸，词云：'络索双垂，轻容全护，收来暗香。忆才松宝扣，领边依约。偶除瑶钏，袖里端相。塞上酥凝，峰头玉小，恨浅抹横拖一道冈。深深掩，掩几分衷曲，还待猜详。几经刀尺评量，与细腻肌肤要恰当。为当胸阑束，期他婉软。一心偎贴，不间温凉。若化蚕丝，缝成尺幅，那数陶家十愿偿。偏纤手，在风前扇底，更自周防。'"⑤ 宋翔凤于1800年中举，官至宝庆府同知，是比较传统的文人。但他这首词不无游戏的意味，以抹胸为题，写出了不少暧昧的意思。"若化蚕丝，缝成尺幅，那数陶家十愿偿"，化用《闲情赋》十愿的意思，谓若化作蚕丝，被制成抹胸，陶渊明《闲情赋》中的十愿应该都能得以满足了。由此看来，

---

① （清）田雯撰：《古欢堂集》卷18，《景印文渊阁四库全书》，台北：台湾商务印书馆，1986年，第1324册，第211页。
② （清）方东树撰：《昭昧詹言续》卷8，《续修四库全书》，上海：上海古籍出版社，2002年，第1705册，第594页。
③ （晋）陶潜著，龚斌校笺：《陶渊明集校笺》，上海：上海古籍出版社，1996年，第389页。
④ （清）邱炜萲撰：《五百石洞天挥麈》卷7，《续修四库全书》，上海：上海古籍出版社，2002年，第1708册，第185页。
⑤ 徐珂编撰：《清稗类钞》（第十三册），北京：中华书局，1986年7月，第6688页。

到了清代，有一部分文人已经不是那么严肃地看待《闲情赋》了，他们更注重《闲情赋》所透露出来的趣味，已无意对其进行道德评判了。

由于清代进入古典文化的总结期，各类文集、总集、选集、专集的编纂兴盛一时，所以对于唐后清前研究、考据《闲情赋》的资料辗转引叙者甚多，均无创新性的见解，兹不一一引述。

清代引《闲情赋》入诗词创作者亦有人在，但与评论和研究资料相比，则显得较为单薄。如陈维崧、吴雯、毛奇龄、厉鹗等人的诗词中均有提及。此时诗词中的《闲情赋》在文学作品中的符号意义已经回归到闲情的本来意义，无复其他的衍生或比附的意义。

毛奇龄《出沐即事有感》云："西郊出沐践良辰，回首京华又一春。鸦阵噪来天欲雨，骡车过尽路生尘。年前悔作《闲情赋》，日出欢逢曝背人。自笑裸堂相别久，梦回还着白纶巾。"① 此诗应是出郊外修禊事时有感而作，诗中表达了对悠闲生活的向往，表现出"悔作《闲情赋》"的心态。此处《闲情赋》在当时的语境下指君臣遇合，还是指男女欢会，不得而知。结合毛奇龄的生平，此诗应作于他在京城仕宦期间，在此八年期间他曾任职翰林院、国史馆，也曾朝皇帝进献过《古今通韵》一卷。"悔作"一语似乎与仕隐去留有关，再考虑到他经学家的身份，诗中《闲情赋》似指君臣遇合为妥。

吴雯是清代有名的诗人，他一生未仕，游历四方，对于《闲情赋》的看法更为通脱一些。他有两首诗提到了《闲情赋》，诗中似把《闲情赋》当作恋情之作来看待。其一为《赠甯观斋太史》："骑马冲泥拥鼻吟，相过常得散烦襟。题笺久废《闲情赋》，对酒欣调太古琴。忽念湖田应有梦，尚依金马本无心。苟陈风味西州泪，三十年来拟再寻。"② 此诗应为他被召试"博学鸿儒"科时所写，诗中表明了自己无心仕宦，想回到田园生活状态的心愿。《闲情赋》此处应代指吟咏田园的诗作。另外一首是《见华阳道人蒋虎臣先生壁上和女郎诗题其后三首》："闻道华阳句曲仙，布衣粗粝学

---

① （清）毛奇龄撰：《西河集》卷179，《景印文渊阁四库全书》，台北：台湾商务印书馆，1986年，第1321册，第838页。

② （清）吴雯撰：《莲洋诗钞》卷4，《景印文渊阁四库全书》，台北：台湾商务印书馆，1986年，第1322册，第342页。

枯禅。如何也有《闲情赋》，写到青楼燕子边。"①"青楼燕子边"指唐代名伎关盼盼所居之燕子楼，此处代指女性。诗中《闲情赋》则指与女性唱和之作，显然是把该赋看成是恋情之作的。

总体来看，清代论者显得更为理性，将更多的精力放在《闲情赋》本身的评论或研究性的整理上。对《闲情赋》持肯定态度的学者已经占有压倒性的优势，萧统负面评价所产生的影响显然已经荡然无存。

到了近现代，人们对《闲情赋》的评论，虽然仍有争论，但是正面的肯定占了绝大多数。代表性的意见如鲁迅的评论："又如被选家录取了《归去来辞》和《桃花源记》，被论客赞赏着'采菊东篱下，悠然见南山'的陶潜先生，在后人的心目中，实在飘逸得太久了，但在全集里，他却有时很摩登，'愿在丝而为履，附素足以周旋，悲行止之有节，空委弃于床前'，竟想摇身一变，化为'啊呀呀，我的爱人呀'的鞋子'，虽然自说因为'止于礼仪'，未能进攻到底，但那些胡思乱想的自白，究竟是大胆的。"②

郑振铎先生在论及六朝诗时曾说过："自建安、太康以后，便有了两个趋势，第一是文采涂饰得太浓艳，第二是多写闺情离思的东西。固不待到了齐、梁的时代才是'连篇累牍，不出月露之形；积案盈箱，唯是风云之状'的。只有豪侠之士方能自拔于时代的风气之外，陶渊明便是这样的一位'出污泥而不染'的大诗人。他并不是不写情诗，像《闲情赋》，写得只有更为深情绮腻。"③郑振铎先生在他编著的《插图本中国文学史》中，极为欣赏《闲情赋》，他说"陶渊明的《闲情赋》，虽萧统不大满意，斥之为'白璧微瑕'，然实是极清新真切的长篇的抒情诗"。④

## 三、《闲情赋》批评始盛于宋代之原因探讨

有关陶渊明《闲情赋》的评论在唐代和唐代以前数量极少，在宋代和宋代以后却出现了井喷，这种现象应该有文献散佚所造成的错觉，但仅仅

---

① （清）吴雯撰：《莲洋诗钞》卷7，《景印文渊阁四库全书》，台北：台湾商务印书馆，1986年，第1322册，第365页。
② 鲁迅：《鲁迅全集》（第六卷），北京：人民文学出版社，2005年，第436页。
③ 郑振铎著：《郑振铎中国文学史》（上），长春：吉林人民出版社，2013年，第151页。
④ 同上书，第191页。

用文献散佚是无法解释得通的，其中文化的乃至心理的因素，值得进一步探讨。

从文献的角度来说，《闲情赋》保存完好，流传下来的各版本区别不大，所以关于《闲情赋》的争议并不是由于文本本身发生增损变化而导致的。导致争议的根本原因是不断变化着的社会以及与此相关的文化氛围和文化心理，探寻《闲情赋》批评前冷后热的原因从社会文化的角度入手也是顺理成章的事。

从陶渊明去世（427年）到唐亡一共有530余年，在这段时间里，关注《闲情赋》者虽有人在，征之文献，却少之又少。在少人关注的共同表象下面，各阶段的原因还是不同的。

先说渊明当世，当时玄风尚未消歇，文人们冲破常规，特立独行的事时有发生，在这种氛围下，渊明此赋相形之下，实在算不上什么。西晋武帝由于后宫太多，难于选择，于是造羊车用羊决定临幸对象；刘宋时皇帝刘彧在后宫令女子裸体，供人观赏，皇后尴尬不已，刘彧竟大为光火；刘宋山阴公主认为自己和皇帝都是先帝所生，皇帝六宫万余人，而自己只有驸马一人，十分不公，皇帝竟为之置面首三十人。上行下效，民间风气也大体相类。被视为名士者，一般都引领社会风尚。西晋名士谢鲲因调戏邻家女子，被女子掷梭所伤；东晋大臣周顗，当众暴露私处，企图引诱别人的爱妾，有人检举欲免去周顗的官职，皇帝竟不予追究。当时的风气，《宋书》有个比较概括的总结："晋惠帝元康中，贵游子弟相与为散发倮身之饮，对弄婢妾。逆之者伤好，非之者负讥。希世之士，耻不与焉。"[①]他们不但荒淫无度，没有底线，而且容不得指责与批评。当时皇室、名士和贵游子弟多以女色为乐，只有所谓的"希世之士"，旷世的杰出人物才以之为耻，不参与到其中，世风荒淫程度不难想象。在这样的时代洪流面前，一篇咏叹爱情的《闲情赋》又算得了什么呢？

再说南北朝。南北朝时期唯一对《闲情赋》作出评价的是萧统。萧统的批评在当时并没有引起共鸣或反响，原因是当时一般文人的趣味和萧统不同。南北朝时期，文化人主要集中在南朝，而南朝文人的兴趣在宫体文学上。宫体文学的核心是宫体诗。现举几例以说明情况。萧纲《咏内人昼

---

① （梁）沈约：《宋书》，北京：中华书局，1974年，第883页。

眠》:"北窗聊就枕,南檐日未斜。攀钩落绮障,插捩举琵琶。梦笑开娇靥,眠鬟压落花。簟纹生玉腕,香汗浸红纱。夫婿恒相伴,莫误是倡家。"①这首诗是写女子行动与姿容的,涉及女子的面容、发鬓、手腕、香汗等细节性的描述,直白而大胆。沈约《少年新婚为之咏》写新娘子的妆容:"裾开见玉趾,衫薄映凝肤。"②新娘子着装非常暴露,诗人也有意识地将读者的注意力引到女性的脚趾和肌肤上。当时宫体诗的写作比较普遍,数量也比较多,内容多以女子作为写作对象,也有一部分写宫中物品或女子用品的。此时赋坛的情况也比较类似,如江淹写有《丽色赋》和《倡妇自悲赋》,梁元帝有《荡妇秋思赋》,沈约有《丽人赋》,庾信有《荡子赋》等。相比之下,陶渊明的《闲情赋》虽然描写了作者思慕的女子,但是比起这些宫体诗,还是要蕴藉得多。如此看来,《闲情赋》在当时没有引起太大的关注也在情理之中。即便有人对于此类内容不满,宫体文学也应该是首当其冲的。

唐代文人对于男女爱情持比较开放的态度,从唐诗中就可以见出一斑。唐代诗人毫不忌讳在诗作中抒写爱情,唐诗中有很多"寄内""赠内"之作,现举几例以说明情况。李白第四次婚姻娶了宗氏之后,写过多首寄内之作,如《自代内赠》《秋浦感主人归燕寄内》《秋浦寄内》《南游夜郎寄内》等,今录《自代内赠》如下:

> 宝刀截流水,无有断绝时。妾意逐君行,缠绵亦如之。别来门前草,秋巷春转碧。扫尽更还生,萋萋满行迹。鸣凤始相得,雄惊雌各飞。游云落何山?一往不见归。估客发大楼,知君在秋浦。梁苑空锦衾,阳台梦行雨。妾家三作相,失势去西秦。犹有旧歌管,凄清闻四邻。曲度入紫云,啼无眼中人。妾似井底桃,开花向谁笑?君如天上月,不肯一回照。窥镜不自识,别多憔悴深。安得秦吉了,为人道寸心。③

---

① (明)张溥辑:《汉魏六朝百三家集》卷83,《景印文渊阁四库全书》,台北:台湾商务印书馆,1986年,第1414册,第615页。
② (梁)沈约撰,陈庆元校笺:《沈约集校笺》,上海:上海古籍出版社,1995年,第366页。
③ 中华书局编辑部点校:《全唐诗》(增订本),北京:中华书局,1999年,第184卷,第3册,第1890页。

这首诗虽然是模仿妻子的口吻写的，但实际上表达的是自己对妻子的思念之情。"梁苑空锦衾，阳台梦行雨"，上句写妻子独守空房，下句写夫妻梦中欢会，既真实，又大胆。《秋浦寄内》则正面写自己对妻子的情感："我今寻阳去，辞家千里余。结荷倦水宿，却寄大雷书。虽不同辛苦，怆离各自居。我自入秋浦，三年北信疏。红颜愁落尽，白发不能除。有客自梁苑，手携五色鱼。开鱼得锦字，归问我何如？江山虽道阻，意合不为殊。"①诗中先点明离家后的行踪，抒发了离别之苦，叙写途中收到家书的慰藉，表达了虽然山川阻隔，却与妻子心意相合的思念之情。李白除了写给妻子的情诗以外，还模仿六朝乐府，创作了一些表现爱情和婚姻的诗歌，如大家所熟知的《长干行》等。

杜甫也有多首诗写到妻子："从此出妻孥，相视涕阑干"，②"去年潼关破，妻子隔绝久"，③"叹息为妻子，我何随汝曹"，④"何日兵戈尽，飘飘愧老妻"，⑤其中既有抒写与妻子分别之苦的，也有因为自己没有尽到人夫之责而深自愧疚的。这些诗算不上浪漫的情诗，诗中体现更多的是困苦境况下的现实责任感，但有一点是不可否认的，杜甫从不忌讳抒写自己对妻子的感情。

白居易的《赠内》诗浅显易懂，真挚感人：

> 生为同室亲，死为同穴尘。他人尚相勉，而况我与君。黔娄固穷士，妻贤忘其贫。冀缺一农夫，妻敬俨如宾。陶潜不营生，翟氏自爨薪。梁鸿不肯仕，孟光甘布裙。君虽不读书，此事亦耳闻。至此千载后，传是何如人。人生未死间，不能忘其身。所须者衣食，不过饱与温。蔬食足充饥，何必膏粱珍。缯絮足御寒，何必锦绣文。君家有贻训，清白遗子孙。我亦贞苦士，与君新结婚。庶保贫与亲，偕老同欣欣。⑥

---

① 中华书局编辑部点校：《全唐诗》（增订本），北京：中华书局，1999年，第184卷，第3册，第1889页。
② 同上书，第217卷，第4册，第2277页。
③ 同上书，第217卷，第2274页。
④ 同上书，第218卷，第2303页。
⑤ 同上书，第218卷，第2479页。
⑥ 同上书，第424卷，第7册，第4675页。

此类的诗作还有不少，兹不一一列举。

唐代人的爱情生活不局限在婚姻里，对于婚姻以外艳遇艳情类的情感，他们也不怎么避讳。崔护《题都城南庄》："去年今日此门中，人面桃花相映红。人面不知何处去，桃花依旧笑春风。"① 写的是与美丽女子萍水相逢，一别之后后会无期的无限怅惘。唐诗中写得比较露骨大胆的，是元稹的《会真诗三十韵》："微月透帘栊，萤光度碧空。遥天初缥缈，低树渐葱茏。龙吹过庭竹，鸾歌拂井桐。罗绡垂薄雾，环佩响轻风。绛节随金母，云心捧玉童。更深人悄悄，晨会雨濛濛。珠莹光文履，花明隐绣栊。宝钗行彩凤，罗帔掩丹虹。言自瑶华浦，将朝碧帝宫。因游李城北，偶向宋家东。戏调初微拒，柔情已暗通。低鬟蝉影动，回步玉尘蒙。转面流花雪，登床抱绮丛。鸳鸯交颈舞，翡翠合欢笼。眉黛羞频聚，朱唇暖更融。气清兰蕊馥，肤润玉肌丰。无力慵移腕，多娇爱敛躬。汗光珠点点，发乱绿松松。方喜千年会，俄闻五夜穷。留连时有限，缱绻意难终。慢脸含愁态，芳词誓素衷。赠环明运合，留结表心同。啼粉流宵镜，残灯远暗虫。华光犹冉冉，旭日渐曈曈。警乘还归洛，吹箫亦上嵩。衣香犹染麝，枕腻尚残红。幂幂临塘草，飘飘思渚蓬。素琴鸣怨鹤，清汉望归鸿。海阔诚难度，天高不易冲。行云无处所，萧史在楼中。"② 会真原为与神仙聚会之意，后来引申为与异性聚会。元稹在诗中写的是自己的恋爱经历，非常直白地把男女欢会的场景和过程都写出来了，使读者历历在目，比之南朝宫体诗，有过之而无不及。

唐代文人素有狎妓之风，王仁裕《开元天宝遗事》记载："长安有平康坊，妓女所居之地，京都侠少萃集于此，兼每年新进士红笺名纸游谒其中，时人谓此坊为风流薮泽。"③ 包括李白、白居易这样在诗中表现得与妻子感情甚笃者也毫不忌讳与歌妓的交往。杜牧《遣怀》一诗，写的就是自己年轻时候放浪青楼妓馆的经历："落魄江湖载酒行，楚腰纤细掌中轻。十年一

---

① 中华书局编辑部点校：《全唐诗》（增订本），北京：中华书局，1999年，第368卷，第6册，第4161页。
② 中华书局编辑部点校：《全唐诗》（第六册），北京：中华书局，2013年，第4655页。
③ （五代）王仁裕撰：《开元天宝遗事》卷2，《景印文渊阁四库全书》，台北：台湾商务印书馆，1986年，第1035册，第851页。

觉扬州梦，赢得青楼薄幸名。"①

唐代文人还有与女道士产生恋情的情形。李商隐有一些艳诗即是描写他早年的恋爱生活。他年轻时曾入道学仙，与许多女道士有过交往，《全唐诗》中有他的《月夜重寄宋华阳姊妹》一首："偷桃窃药事难兼，十二城中领彩蟾。应共三英同夜赏，玉楼仍是水晶帘。"②宋华阳本在宫内侍奉公主，后随公主入道教成为女道士，此诗即写给入道后的宋华阳。据说李商隐有一次与宋华阳邂逅，宋的年轻美丽、聪慧多情深深打动了李，两人坠入情网。后来宋华阳怀孕，恋情暴露，李商隐被驱逐下山，他们的恋情无果而终。此事虽难以坐实，但亦能看出唐代社会风气。

李康成的《玉华仙子歌》也是一首描写与女道士恋情的诗，这段恋情充满了无由实现的惆怅和"传情写念长无极"的相思：

  紫阳仙子名玉华，珠盘承露饵丹砂。转态凝情五云里，娇颜千岁芙蓉花。紫阳彩女矜无数，遥见玉华皆掩婍。高堂初日不成妍，洛渚流风徒自怜。璇阶霓绮阁，碧题霜罗幕。仙娥桂树长自春，王母桃花未尝落。上元夫人宾上清，深宫寂历厌层城。解佩空怜郑交甫，吹箫不逐许飞琼。溶溶紫庭步，渺渺瀛台路。兰陵贵士谢相逢，济北风生尚回顾。沧洲傲吏爱金丹，清心回望云之端。羽盖霓裳一相识，传情写念长无极。长无极，永相随。攀霄历金阙，弄影下瑶池。夕宿紫府云母帐，朝餐玄圃昆仑芝。不学兰香中道绝，却教青鸟报相思。③

唐代文人纳有姬妾侍婢也是常有的事，最有名的莫过于白居易的樊素、小蛮。唐孟棨《本事诗》《事感》："白尚书姬人樊素善歌，妓人小蛮善舞，尝为诗曰：'樱桃樊素口，杨柳小蛮腰。'"④白居易的《春尽日宴罢，感事独吟》："五年三月今朝尽，客散筵空独掩扉。病共乐天相伴住，春随

---

  ① 中华书局编辑部点校：《全唐诗》（增订本），北京：中华书局，1999年，第524卷，第8册，第6046页。
  ② 同上书，第540卷，第8册，第6258页。
  ③ 同上书，第203卷，第3册，第2131页。
  ④ （唐）孟棨撰：《本事诗》，《景印文渊阁四库全书》，台北：台湾商务印书馆，1986年，第1478册，第238—239页。

樊子一时归。"① 描写的是有樊素陪伴在侧的日子。白居易六十多岁时，得了麻痹之症，打发樊素携自己所乘之马离开自己嫁与他人，樊素不肯，白居易作《不能忘情吟》："骆，骆，尔勿嘶；素，素，尔勿啼。骆反厩，素反闺。吾疾虽作，年虽颓，幸未及项籍之将死。何必一日之内，弃骓兮而别虞兮！乃目素兮素兮，为我歌杨柳枝。我姑酌彼金罍，我与尔归醉乡去来。"② 当然白居易的姬妾歌妓不止这二人，他在《追欢偶作》中写道："十载春啼变莺舌，三嫌老丑换蛾眉。"③ 家中的歌妓隔几年就要换一次。白居易的这种作风在唐代官场上比较引人注目，但不是绝无仅有的。

唐人对男女欢情的态度也体现在赋作中。唐代富嘉誉的《丽色赋》以欣赏的态度专写丽色，既无讽谏，也无道德说教。唐吕向的《美人赋》既写美人，也有讽谏，有意思的是此赋的讽谏是从美人口中说出，和通常意义上作者自归"闲正"的模式还是有一定区别的。此前很多同类赋作通常是把美色作为德操的妨害者甚至对立面来写的，吕向的《美人赋》却将美与德合二为一，消除了以往对美色的道德性歧视，将美提到与道德同等的高度，这无疑也是唐人开放心态的一种表现。

唐人还将性事赤裸裸地写入赋中，发现于敦煌石窟的《天地阴阳交欢大乐赋》即是代表性的作品。此赋的作者是进士及第、官至左拾遗和主客郎中的白行简，白行简是白居易的弟弟，创作了多篇传奇，《李娃传》即出自其手。《天地阴阳交欢大乐赋》堪称古今第一奇文，经翻译后在世界范围内都颇有影响。此赋从天地阴阳交接之道、人伦之乐讲起，先后描写了男女发育、洞房花烛、男性与姬妾婢女性事场景、四时性事之乐、性压抑、偷情、同性恋等等与性事有关的内容。荷兰汉学家高佩罗认为："这篇文章文风优美，且提供了很多与唐代的生活风俗、习惯和俚语有关的材料。"④ 比生活习俗更重要的是，这篇赋透露出作者对于男女性事积极健康的正视态度，这种态度可作为唐代人对于男女情爱态度的标本之一。

---

① 中华书局编辑部点校：《全唐诗》（增订本），北京：中华书局，1999年，第458卷，第7册，第5229页。
② 同上书，第461卷，第7册，第5279—5280页。
③ 同上书，第457卷，第7册，第5221页。
④ 〔荷兰〕高佩罗：《秘戏图考》，广州：广东人民出版社，2005年，第90页。

宋代刘克庄就曾下过"唐人多不矜细行"[①]的断语，看来并非虚语。

综上所述，唐代人在男女恋情上是比较开放的，《闲情赋》在这种风气下自然难以引起争议。

对《闲情赋》的关注从宋代起突然增多，有两方面的原因。

一方面，是关于陶渊明的人格定位问题。萧统的"白璧微瑕"说，既是对陶渊明的批评，也是对他的期望。宋代开始，以苏轼为代表，对陶渊明进行有意识的"拔高"，使其成为一个接近完美的理想人格代表。如苏轼将《闲情赋》定位为"国风好色而不淫"，把它提升到诗经的高度。这种"拔高"不是某个人一时突发的奇想，而有着深刻的社会文化背景。

有宋一代，知识界对陶渊明的评价都比较高，苏轼、欧阳修等人自不必说，宋代理学的集大成者朱熹对陶渊明的评价也非常高，他的评价应该是宋代知识界对陶渊明比较具有代表性的观点。朱熹在《庐山杂咏》组诗的最后一首《陶公醉石归去来馆》中，提到了陶渊明："予生千载后，尚友千载前。每寻高士传，独叹渊明贤。及此逢醉石，谓言公所眠，况复岩壑古，缥缈藏风烟。仰看乔木阴，俯听横飞泉。景物自清绝，优游可忘年。结庐倚苍峭，举觞酹潺湲。临风一长啸，乱以归来篇。"[②]诗人在庐山游览，见一巨石，据说是陶渊明醉眠之处，因而引发感喟，他认为陶渊明是自古以来贤人之中最杰出的一个。

朱熹在《向芗林文集序》说："陶元亮自以晋世宰辅子孙，耻复屈身后代，自刘裕篡夺势成，遂不肯仕。虽其功名事业，不少概见，而其高情逸想，播于声诗者，后世能言之士，皆自以为莫能及也。盖古之君子，其于天命民彝、君臣父子、大伦大法之所在。是以大者既立，而后节概之高，语言之妙，乃有可得而言者。"[③]这段话揭示了朱熹"独叹渊明贤"的原因，即陶渊明以晋代宰辅之后自居，不肯仕于篡晋的刘宋，体现了臣子忠于君主的大义。朱熹在《分韵得眠意二字赋醉石、简寂各一篇呈同游诸兄》的"醉石"一诗中对陶渊明的"君臣大义"也大加称赞："怀哉千载人，矫首

---

① （宋）刘克庄撰：《后村集》卷17，《景印文渊阁四库全书》，台北：台湾商务印书馆，1986年，第1180册，第174页。

② （宋）朱熹撰：《晦庵集》卷7，《景印文渊阁四库全书》，台北：台湾商务印书馆，1986年，第1143册，第129页。

③ （宋）朱熹撰：《晦庵集》卷76，《景印文渊阁四库全书》，台北：台湾商务印书馆，1986年，第1145册，第574页。

辞世喧。凄凉义熙后，日醉向此眠。仰视但青冥，俯听惊潺湲。起坐三叹息，涕泗如奔川。神驰北阙阴，思属东海壖。丹衷竟莫展，素节空复全。低徊万古情，恻怆颜公篇。"①"千载人"即指渊明，"义熙后"指桓玄篡晋之后，诗歌描写了陶渊明在晋亡后的悲怆心情，称赞了他保全忠义大节的行为。

朱熹认为陶渊明为千古贤人的第二原因是陶渊明淡泊名利，重节操。"贫富贵贱，惟义所在，谓安于所遇也。如颜子之安于陋巷，它那曾计较命如何。陶渊明说尽万千言语，说不要富贵，能忘贫贱，其实是大不能忘，它只是硬将这个抵拒将去。然使它做那世人之所为，它定不肯做，此其所以贤于人也。……晋宋间人物，虽曰尚清高，然个个要官职。这边一面清谈，那边一面招权纳货。陶渊明却真个是能不要，此其所以高于晋宋人也。"②他认为陶渊明不是不要富贵，而是像颜回一样为了道义能抗拒富贵，因此要高于同时代的人物。他在《题郑德辉悠然堂》一诗中，认为陶渊明千古真意就在于"箪瓢可乐"的固穷精神："高人结屋乱云边，直面群峰势接连。车马不来真避俗，箪瓢可乐便忘年。移筇绿幄成三径，回首黄尘自一川。认得渊明千古意，南山经雨更苍然。"

随着陶渊明社会评价的提高，作为整体评价的一部分，如何评价前人曾经非议过的《闲情赋》便成了一个尖锐的、无法回避的问题。

另一方面，宋代的社会风气与唐代已经大有不同，已经没有唐代那么开放。对于白居易在杭州任刺使时终日携妓游玩的行为，宋人感到甚为诧异，议论道："为见当时郡政多暇，吏议甚宽，使在今日，必以罪去矣。"③唐代官声看似寻常的行为，在宋代就会受到惩处，甚至被免职。这种巨大的变化不局限于官场，与官场风气密切相关的整个社会风气都发生了改变。宋代阐述男女行为规范的家训家仪类著作颇多，如宋司马光《涑水家仪》对男女两性的本分与行为规范做了详细而严格的界定。

---

① （宋）朱熹撰：《晦庵集》卷7，《景印文渊阁四库全书》，台北：台湾商务印书馆，1986年，第1143册，第121页。
② （宋）黎靖德编：《朱子语类》卷34，《景印文渊阁四库全书》，台北：台湾商务印书馆，1986年，第700册，第731—732页。
③ （宋）龚明之撰：《中吴纪闻》卷1，《景印文渊阁四库全书》，台北：台湾商务印书馆，1986年，第589册，第293页。

> 凡为宫室，必辨内外，深宫固门。内外不共井，不共浴堂，不共厕。男治外事，女治内事。男子昼无故不处私室，妇人无故，不窥中门。男子夜行以烛。妇人有故身出，必拥蔽其面。男仆非有缮修，及有大故，不入中门。入中门妇人必避之，不可避亦必以袖遮其面。女仆无故不出中门，有故出中门，亦必拥蔽其面。铃下苍头，但主通内外之物，毋得辄升堂室，入庖厨。①

这种风气转变不仅表现在官场和知识界，而且及于民间。洪迈记载：

> 唐州比阳富人王八郎，岁至江淮为大贾，因与一倡绸缪，每归家必憎恶其妻，锐欲逐之。妻，智人也，生四女，已嫁三人，幼者甫数岁，度未可去，则巽辞答曰："与尔为妇二十余岁，女嫁，有孙矣，今逐我安归？"王生又出行，遂携倡来，寓近巷客馆。妻在家稍质卖器物，悉所有藏箧中，屋内空空如窭人。王复归见之，愈怒曰："吾与汝不可复合，今日当决之。"妻始奋然曰："果如是，非告于官不可。"即执夫袂，走诣县，县听仳离而中分其赀产。王欲取幼女，妻诉曰："夫无状，弃妇嬖倡，此女若随之，必流落矣。"县宰义之，遂得女而出居于别村。②

县宰给王八郎妻分了一半家产，且将女儿的抚养权判给妻子。在当时的男权社会中，王八郎妻明显是取得了这场斗争的胜利。这种判决方式说明，即便在民间，弃妻携娼也是被视作不道德的事情。

这种风气表现在文学创作上，显示为宋诗中爱情诗大大减少，词中虽多爱情主题，但是大都比较婉约，而且偏重于情思，无复唐代那种那种直白、洒脱与随意。

宋代赋坛，薛士隆《坊情赋》则以道德的矜诩为要务，无复唐赋风采。在这种社会氛围下，《闲情赋》因为涉及了男女之情，其评价问题就变

---

① （宋）司马光撰：《涑水家仪》，见（明）陶宗仪编：《说郛》卷24上，《景印文渊阁四库全书》，台北：台湾商务印书馆，1986年，第880册，第50页。

② （宋）洪迈撰，何卓点校：《夷坚志》丙志卷14，北京：中华书局，1981年，第2册，第484页。

得迫切起来,在唐代不是问题的问题现在成了大问题。所以重新评价《闲情赋》乃是宋代相对保守的社会风气与文人对陶渊明的理想化两相对冲之下的必然现象。

还要补充说明的一点是,有影响力的名人参与争议,会起到示范和引导作用。如苏轼批评萧统,涉事者二人在文化界的影响力都是巨大的,因而他们之间的争议影响也同样巨大,在诸多的资料当中,苏轼和萧统的观点也是被引用得最多的。

经过宋代文人的论争,《闲情赋》的评价问题已经成为陶渊明接受与研究上绕不开的一桩公案。明清时期的争论则是学界对这一公案讨论的继续,争论的学术意义已经超越了其社会意义和道德意义。

## 四、拟作传统变异的文化心理学分析

中国古代辞赋在发展过程中,有一个很独特的传统——拟作,即后人模仿前人的作品并力求有所突破。最能体现这一传统的当属京都大赋,从司马相如的《上林赋》到班固的《两都赋》、张衡的《二京赋》、左思的《三都赋》以及后来的多篇京都赋,都是在拟作的传统下创作的。清代陈元龙编纂《历代赋汇》时将历代赋作分为若干题材门类,同一门类中的不少赋作就是在拟作传统影响下产生的。赋家们进行拟作的心理学动因一般有以下四种情况:一是模仿学习,一些作者出于对前代赋家才华的仰慕而进行模仿性创作,借此提高作赋的水平;二是认为前代赋家的作品尚有不足之处,于是创作新作品以补充、超越被模仿者;三是作者所处情境与前代赋家略同,通过拟作抒发一己之感慨;四是为参加科举考试而进行的模拟训练。女性审美赋的题材不会出现在科举考试的命题范围之中,所以对拟作来说,第四种心理动机并不成立。

陶渊明的《闲情赋》就是模仿前人作品并有取得突破者,赋序中非常清楚地讲了此赋乃是模仿张衡、蔡邕等人的作品而写作的:"初,张衡作《定情赋》,蔡邕作《静情赋》,检逸辞而宗澹泊,始则荡以思虑,而终归闲正。将以抑流宕之邪心,谅有助于讽谏。缀文之士,奕代继作;因并触类,广其辞义。余园间多暇,复染翰为之;虽文妙不足,庶不谬作者之意乎。"① 至于写作动机，作者仅交代为"园间多暇"，既然多暇，在众多可模仿的题材中偏偏选中这一类，说明还有其他没有言说的触发因素。关于这一点，也不必作过多猜测。从现存赋作看，像陶渊明《闲情赋》（包括之前应场《正情赋》、陈琳和阮瑀的《止欲赋》等）一样能够放下身段大胆表现对女性的思慕之情以及思慕而不可得的痛苦的赋作，自唐代以后，虽然有貌似者，但是在精神实质上差距甚远。关于这一点在前文已经述及，此处再略作提示，以便行文。

　　唐代富嘉谟的《丽色赋》其意不在丽色，而在于对权贵与排场的描写；宋代薛士隆作有《坊情赋》，"坊情"的"坊"就是"防闲"之意，从表面看，似乎与《闲情赋》相类。但仔细比对，发现此赋与陶赋的用心实在不同。陶赋写的是作者对美人的思慕，作者是情动于中而发于外，万般思慕，求之不得，对女性采取的仰视的角度；《坊情赋》同样写了美人，但却是情动于她而求于己，是女子眷恋作者，主动示好，"睇予兮脉脉，欲往兮还来"，女子对作者采取仰视的态度："跪酌我兮金觥，欲言兮无语。敛蛾眉兮映朱户，刚撩鬓兮为我容。"② 两相对比，薛赋作者不仅将自己置于感情上主动的优势地位，还为自己确立了一种道德上的优势地位——作者非但没起好色之心更有抵御诱惑之美德。从这一点上来讲，《坊情赋》的确算不上《闲情赋》的拟作。又如宋代朱昂的拟作，朱赋在序中明确说明是模仿陶赋而作，但是赋的主旨完全与陶作不类，全篇几乎都陶醉在对自己高洁贞介品格的陶醉式的赞美之中。这种拟作只是借用了陶赋的外壳，在精神主旨和表达方式上则完全不同。明代叶盛记载中的西斋亦元僧的拟作《正情赋》，如上文所述，基本上都是自我表扬式的道德说教，在精神气质上与陶赋相去甚远，根本不是陶赋的拟作。明清以来的拟作之中，也有大胆豪放的女性审美赋作，十分可喜，但大都流于轻佻放纵，缺乏真实忘我的精神，与陶赋更不相类。

　　综观整个拟作传统的变化，基本可以得出这样的结论：陶渊明以前的时代，女性审美赋作审美价值较高，赋作普遍将作为审美对象的女性树立为一种美学上的神性存在，谓之为纯审美阶段，也不无道理；唐宋时代，

---

① （晋）陶潜撰，逯钦立校注：《陶渊明集》，北京：中华书局，1979年，第153页。
② （清）陈元龙编：《历代赋汇》，南京：凤凰出版社，2004年，第620页。

拟作者在考量时除了审美角度，更多的是站在政治或道德的功利角度进行的，可谓之为功利阶段，这个阶段的影响流布于明清；明清时期的一些拟作从功利化的泥潭中解脱出来了，甩掉了政治或道德的包袱，但在审美上却流于平庸和平淡，可谓之为世俗化的阶段。女性审美赋的拟作传统从陶渊明以后，虽然在继续传承，而且经历了两次变化，但是魏晋时期所开创的女性审美赋的精神实质并没有得以延续，魏晋以后女性审美赋作的审美传统日渐式微。相比之下，魏晋六朝以后的京都大赋成就虽然难以比肩魏晋六朝以前的作品，但是拟作传统却完整地保留下来了。女性审美赋作的审美传统式微的原因何在呢？

在中国古代社会，在非婚姻状态下，一位男性仰慕一位女性，是带有隐私性质的，要把这种隐私表达出来并公之于众，与他人分享，创作者要经历感情表达和理性判断两个阶段。感情表达阶段就是"情动于中"，有感而发，把对于异性的爱慕形诸笔墨，大部分读书人有过这种冲动，最终能不能写出来，则取决于才华和冲动的强烈程度。与此同时，创作者还要进行理性判断，要不要写，写了之后能不能公开？理性判断实质上就是将自己的主观世界与外在的客观世界进行对比的过程。对于女性的审美就是创作者的主观世界，这个主观世界与人的本性相关；而外在的客观世界则是当时的社会风气与评判标准。经过理性判断后，会出现两种情况，一是主观世界与客观世界相符，二是两者不相符。对于创作者而言，第一种情况处理起来要简单得多。在第二种情况下，创作者会有两种应对的策略，要么做出否定的判断，打消公开发表的念头，要么调整创作策略和表达策略，以达到主观世界与客观世界最轻量级的冲突。

中国文人自古以来就有"三立"的追求，《左传》云："太上有立德，其次有立功，其次有立言，虽久不废，此之谓不朽。"① 人生在世，在所有有成就的事业中，树立高尚的道德操守并为世人所景仰是排在首位的。换句话说，功业著述可以不出色，但是德行不容有失。因此古人特别看重后人对自己的评价，特别重视两件事，一为谥，二为墓志。古人有在死后对爵高禄厚者进行褒贬评价的传统。一旦得谥，便被永远打上了道德评判的印记，无法更改。普通人没有得"谥"的资格，那便用墓志铭。德行好的

---

① 杨伯峻编著：《春秋左传注》，北京：中华书局，1990年，第1088页。

人自不必说,德行不好的,也要花钱请人溢美几句,于是便有了谀墓之作。无论是"谥",还是墓志,都是对人一生德行盖棺定论的东西,所以格外被人们看重。

盖棺定论一般是后人的事,但是要想得到一个好的评价,必须自己生前做得好,即使做得不怎么好,也不能有硬伤。所谓硬伤,就是有证据,不容否认的污点,白纸黑字写下来的东西就是其中一种。所以孔子说:"多闻阙疑,慎言其余,则寡尤;多见阙殆,慎行其余,则寡悔。"①"慎言"就可以少犯错误,那"慎作""慎写"便更是避免错误的好办法了。

《闲情赋》被萧统视为"白璧微瑕",被看作陶渊明的一个缺点。这个评价一方面批评了陶渊明,另一方面也给后代的文人以"慎作"的警示。即便后来有人为《闲情赋》平反,追求立德的文人们仍然没有人愿意把自己的德行放在一个饱受争议的位置上,让后人去进行道德审判。所以,《闲情赋》就成为一篇为人们所津津乐道,但谁都不愿意去涉足模仿的赋作。

正如宋人刘克庄所言:"唐人叙述奇遇,如后土夫人事讬之韦郎,无双事讬之仙客,莺莺事虽元稹自叙,犹借张生为名。惟沈下贤《秦梦记》、牛僧孺《周秦行记》、李群玉《黄陵庙诗》皆揽归其身,名检扫地矣。"②一个人一旦用文字的形式把自己牵涉到道德争议中,那么就会名誉扫地,即使像元稹写《莺莺传》采用化名的办法,也难以逃脱世人的指责。形诸文字,流布久远,且难以消除,这不能不引起讲究名检的文人们足够的重视。

《闲情赋》的起点是动情,终点是"闲情","闲情"的目的只是让自己回归到一个符合社会道德要求的状态,回归到一个大众心目中的正常人,而不是进行道德标榜。唐宋时期的几篇拟作都是以情或色为起点,终点是立德,即树立自己的道德形象。这一变化是根本性的,赋作的真正目的是立德,情与色只不过是作者达到立德这一目的的手段而已。所以,与其说情或色为起点,倒不如说道德本身就是创作的动机。可见,在立德观念的主导下,唐宋文人只是从形式上对魏晋女性审美赋作进行模拟,丢弃了其精神传统。

明清时女性审美赋的拟作传统虽再次发生了变化,但却从唐宋时期

---

① 张燕婴译注:《论语》,北京:中华书局,2006年,第20页。
② (宋)刘克庄撰:《后村集》卷17,《景印文渊阁四库全书》,台北:台湾商务印书馆,1986年,第1180册,第173页。

"立德"的极端走向了另外一个的极端。明清时期的女性审美赋,大部分摆脱了道德的束缚,能够进行自由的审美活动,但是与道德同时消失的还有感情,审美活动变成了单纯的感官享受,较少有感情参与。从本质上来讲,这种现象与唐宋时期的道德标榜有一致之处,作者都没有把女性放置于平等的地位来看待。道德标榜时女性沦为纯粹的参照系,用女性的道德牺牲和情感牺牲来成全男性的道德构建。而明清时期的女性审美赋作是以一种玩赏的心态创作的,女性是被矮化成一种供玩赏的对象,沦为一种物化的对象。这一时期女性被物化的代表性赋作是马彧的《咏妓转转赋》、钱文荐的《爱妾换马赋》和李遇春的《闲情赋》。《爱妾换马赋》中的女性是作为一种商品交换活动的对象,完全被剥夺了人格和尊严,剩下的只有她在男性眼中的玩赏和消遣价值。《咏妓转转赋》和李遇春《闲情赋》都是以妓女为描写对象的,妓女之所以受男性青睐,关键在于其基于外貌的观赏性和基于性别的娱乐性。在男性眼中,妓女是人,但不是一个平等的人,也不是一个完整的人。

女性审美赋作中女性的物化,并不是从明清时期才开始的。它一方面是战国两汉女性审美赋作中相关基因的进一步发展,同时也是中国文化传统中女性物化传统的延续。

宋玉的《登徒子好色赋》和司马相如的《美人赋》为了力证作者不好色,塑造了极具诱惑性的两位女性形象,这两位女子既无道德约束,也无情感积淀,只不过是美色的载体,在赋中是作为男性自我塑造的垫脚石而存在的。这个传统因为魏晋时期人的精神解放而一度消歇,但是并未完全断绝。江淹的《丽色赋》由于感情投入减少,娱乐化倾向增加,女性作为消遣对象的物化倾向重新抬头。沈约的《丽人赋》把妓女作为描写对象,对女性的物化程度已经超过了宋玉和司马相如的赋作。由此看来,唐宋以后,女性审美赋作中女性物化现象的出现,也是其来有自了。

辞赋以外,中国文化中女性物化传统也在不断发展。早期表现比较突出的是南朝的艳情诗对女性比较轻狎的玩赏态度。"南朝艳情诗的女性叙写,因为失去了伦理教化意味与政治托喻功能,而演变为单纯吟咏美色,体现艳情趣味的娱乐之作。"① 南朝艳情诗还有对女性的物化倾向："很多学者都曾指出，南朝以'宫体诗'为代表的艳情诗对女性的描写具有'物化'的倾向，这是非常准确的判断。这种物化倾向首先表现在诗人们热衷于吟咏女性的穿着、妆容、佩饰，以及与女性有关的枕席、衾帐、灯烛、铜镜、熏香等诸多物事。其实这也是艳情诗人的一种叙写策略。因为要表达女性作为男性观赏对象的性特征和性诱惑，其美好的躯体是最根本的要素，然而宫廷等场合毕竟不同于市井乡野，缺乏直陈肉体的写作语境，于是只能借助附着于女性躯体上的服饰或她们经常接触的枕帐等生活用品，迂回地达到上述目的。蛾眉连娟、云鬓散乱、钗钏晃动、衣袂摇曳、枕席难眠、镜前梳妆等描写，都是为此而服务的。女性成为物品聚合的符号，她们身体的各个部位都可从整体分离出来，以装饰物代替。比如'红妆'代指脸庞，'青黛'代指眉毛，飘逸的罗袖代表身段的婀娜，合身的'宝袜'显示腰身的纤细，装饰物的夸饰已使女性成为器具化、服饰化的纯粹色相。如若抽离这些附属物，女性形象将不复存在。"② 把上述种种说成是人的物化，不如说是物的人化。真正的物化在于对人的属性的抹杀和忽略："南朝艳情诗的物化倾向更为重要的表征，则是抽去了所写女性的个性和情感，仅将其作为纯粹的审美物象来对待。或许可以说，这些女性既缺乏传统诗赋中'神'的象喻意义（如《洛神赋》中的洛神），也没有现实社会中'人'的性格情感（如《陌上桑》中的罗敷），只有泛化娱人的'性'的韵味，其全部价值就是给宫廷化、贵族化的诗人提供一种类同于山水的审美客体。"③

在长篇小说《三国演义》和《水浒传》中，女性也是作为工具而存在的。有学者研究认为："有的被当成泄欲的工具。女性不再是作为人的存在，而是因其具有的物性而吸引了男性的目光，她们除了身体，别无所有。在《三国演义》中大将张仪的妻子邹氏因为长得美丽多姿，便被曹操轻而易举地霸占了，成为他泄欲的工具；袁熙之妻甄氏生得花容月貌，有倾国倾城之色，在夫死家亡的悲痛中被曹丕强娶为妾，当曹丕称帝之后有

---

① 郭建勋、陈娜：《论南朝艳情诗女性描写的娱乐化与物化倾向》，《湖南大学学报》（社会科学版），2011年第1期，第78页。
② 同上文，第79页。
③ 同上文，第80页。

了新欢，便将其赐死。她们生命的存在是为男性泄欲的工具，只是活的玩物。""有的女性则是沦为政治斗争的工具或者邀宠的工具。这一点在小说中描写很多，在《三国演义》的'王司徒巧施连环计'一回中，貂蝉这个柔弱的女子被抛向了政治旋涡的中心，虽然书中极力称赞她舍身报国的赤心，但事实上在这出连环计中，她为男权政治奉献了仅有的躯体。"①女性的物化现象在明清文学创作中不是孤立的，而是成为跨越文学体裁界限的一种带有共性的现象。这种现象的出现是以男权社会作为土壤的，在男权社会中，男性对于女性的绝对支配权必然导致女性地位的降低，女性物化就是女性地位降到最低点必然出现的结果。在社会结构和男女地位不发生改变的情况下，女性物化的现象是很难消失的。冯梦龙的《警世通言》中的《杜十娘怒沉百宝箱》的主人公杜十娘坚决维护自己的个体尊严和生命价值，具有个性解放的色彩，但最后仍然以悲剧收场。这一悲剧的根本原因就在于杜十娘个性解放的要求与当时的社会土壤发生了冲突，男性的支配地位仍然固若金汤，李甲可以把杜十娘像商品一样转手卖给孙富，这一点和钱文荐的《爱妾换马赋》虽然动机不同，但性质却是相同的。这两篇作品是在同一片文化土壤上开出的两朵花，颜色不同，但根系相通。

## 五、《闲情赋》的接受与儒家诗学传统冲突的消解

《闲情赋》引发争论的最根本的原因是其"闲"与"情"的内容在结构上的失衡，即"闲"少而"情"多。这种失衡不是《闲情赋》独有的，而是从汉代大赋那里继承而来的。女性审美辞赋在汉代以前是不存在这种失衡情况的，因为那时对辞赋作品还没有提出"讽"的社会功能方面的要求。所以，"闲"与"情"不是同时产生的，前者是在文体发展的过程中附加上去，并逐渐发展定型的。

在没有外来干扰的状态下，人们总是倾向于接受顺应自己天性的事物，而拒绝限制天性的事物。女性审美赋作在"闲"与"情"在结构上的失衡，

---

① 刘卫华、胡众庆：《缺席·物化·异化——〈三国演义〉和〈水浒传〉中的女性生存状况》，《邯郸师专学报》，2003年，第4期，第24页。

必然导致作品传播结果发生更大的失衡，顺应天性的"情"被继续放大，限制天性的"闲"被持续消解。而儒家诗教"有助于讽谏"的要求，恰恰是针对作品的传播效果而言的，女性审美赋结构性的失衡必然与儒家诗教传统产生内在的冲突。具体到《闲情赋》，儒家诗教理论要求文学作品要有讽谏作用，发挥其应有的社会功能，而《闲情赋》写情的内容量大而生动，讽谏的功能弱化到几乎等同于无。《闲情赋》的接受从一开始就面临着这种冲突，接受者一方面接受了儒家诗教的深深浸润，另一方面又不得不面对《闲情赋》"劝百讽一"的状态，不管是持批评态度或是持宽容态度，都得面对。如何化解这种矛盾？尤其是随着陶渊明在文学史上地位的确立，这种矛盾的尖锐性就越来越突出了。所以《闲情赋》的接受史其实就是这种内在的冲突不断呈现并消解的过程。

  这种冲突并非《闲情赋》所特有的，回顾一下儒家具有强烈社会政治功利性的诗教传统的建立，就不难发现冲突从一开始就是存在的。儒家诗教的建立是一个较为漫长的时期，汉代《毛诗》的出现与流行是儒家诗教传统正式确立的重要标志。这个标志的确立其实就是《诗经》的内容与儒家思想体系冲突消解的达成。一方面，由孔子删定的《诗经》在儒家独尊的时代其地位无可撼动，另一方面儒家的社会伦理观念又对《诗经》丰富的内容提出了规约性的要求。冲突是如何解决的呢？汉儒采取的办法是必要的时候曲解《诗经》以达到迁就儒家的社会伦理观念的目的，这样既不违背儒家思想的义理要求，又维护了孔子所删定的《诗经》的崇高地位。如《诗大序》解读《关雎》："《关雎》，后妃之德也，风之始也，所以风天下而正夫妇也。"[①] 将一首爱情诗歌完全解读成社会教化工具了。《闲情赋》中提到的《野有蔓草》，《诗大序》解读为："《野有蔓草》，思遇时也。君之泽不下流，民穷于兵革，男女失时，思不期而会焉。"[②] 同样也是通过腾挪对诗旨的主观理解来达到迁就诗教要求的目的。由曲解达成的冲突消解毕竟是不稳定的，从《闲情赋》中"尤《蔓草》之为会"一句中，就可以看出在陶渊明时代，就已经有人不按照《毛诗》的解说来理解《诗经》了。江淹《丽色赋》中提到《野有蔓草》时也说"感《蔓草》于卫（当作

---

① 郭丹主编：《先秦两汉文论全编》，上海：上海远东出版社，2012年，第429页。
② 同上书，第440页。

"郑")诗",对该诗的理解同样不符合《毛诗》的意思。随着历史的发展,冲突的消解会达成另外一种状态,即以作品的本义为依归,完全忽略外在的政治或道德的要求。明代季本在《诗说解颐》中解读《野有蔓草》:"男子遇女子野田草露之间,乐而赋此诗也。"[①] 季本的解说完全无视儒家诗教的要求,将此诗完全理解为表现男女自由恋爱的篇章。

具体到《闲情赋》,冲突的一方是赋作本身及其所呈现的意义,另一方是儒家的诗教传统。与《诗经》相比,体现在《闲情赋》接受上冲突的特殊性在于:《诗经》是儒家诗教确立的源头,对源头的重新解读会动摇儒家诗教据以成立的论据,从而动摇儒家诗教体系,而《闲情赋》不是儒家诗教的源头,对它的正常解读不会否定儒家诗教的合法性和合理性。所以,在《闲情赋》接受过程中要达成与诗教冲突的消解,不能指望用儒家诗教来迁就作品,只有改变作品自身因素一种途径。这种改变不可能是作品文本,只能是受众对作品的理解。好在《闲情赋》本身提供了多元化理解的因素,虽然"劝百讽一",终归还是有"讽"的因子,为后人做出符合社会现实而非作品现实的理解提供了便利。

简单回顾一下《闲情赋》的接受史,就可以明白下述观点。萧统视《闲情赋》为陶渊明的瑕疵,对《闲情赋》完全持否定的态度,将其置于儒家诗教的对立面。这种对立从宋代开始就有所改变了,受众心目中的《闲情赋》呈现出向儒家诗教靠拢的趋势,具体表现为人们对《闲情赋》从多个角度进行解读,以达到与儒家诗教靠近或并行不悖的状态。苏轼将陶赋提到"好色而不淫"的高度,接着就有人认为此赋是"情动于中而形于言",有人认为此赋"发乎情性止乎礼义",有人认为此赋表现了作者的率真,有人从"防闲"角度对此赋予以肯定,还有人认为此赋所咏乃是君臣不遇之情。宋人的这些观点得到了明清时期很多人的赞同,明清时期也有人提出了新的理解,如认为此赋是思同调之人而不可得,认为此赋为悟道之作等等。上述这些解读的共同点都是主观放大了《闲情赋》中"讽"的成分,将其拉到儒家诗教的旗下。明清时期仍有批评陶赋者,其态度之尖锐,有时超过了萧统。这种不接受实质上也是从另一个角度上的接受,从冲突消解的本质上看,与肯定《闲情赋》者并无区别,都是在不触动儒家

---

[①] 徐志春编著:《诗经译评》(上),北京:外语教学与研究出版社,2010年,第318页。

诗教的前提下达到的冲突消解。

之所以出现这种情况，在于两个定点的共同作用。一个定点是儒家诗教的讽谏论，在过去近两千年间，这一点是不容置疑的，也是不可撼动的。另一个定点是陶渊明的人格，陶渊明的人格和境界是后代尤其是宋以后知识分子们的理想，是他们刻意维护而不愿去撼动的。在两个定点都不可改变的情况下，只能转而寻求动点，那么这个点无疑就是观察和理解《闲情赋》的角度。通过转换理解角度，可以使《闲情赋》脱离污名的境地。通过《闲情赋》去污名化的方式可以使陶渊明人格上更为纯净，更加理想化，也能够更好地与文人们的儒家价值观相契合。所以，《闲情赋》的接受，不仅仅是对此赋的解读和理解问题，也是千年以来，文人们追求和塑造理想人格的过程。兹作诗为证：

  陶公作赋竟妖娆，一唱《闲情》艳色僚。
  十愿焉穷结誓意，一闲岂寄憩情操。
  瑕瑜在璧凭訾议，性伪由人任笔刀①。
  弥望南山生翠柏，彭泽菊放暗蓬蒿。

## 六、作品译读

### 江妃赋
#### （南朝宋）谢灵运

  《招魂》《定情》，《洛神》《清思》，覃囊日之敷陈，尽古来之妍媚。矧今日之逢逆，迈前世之灵异。小腰微骨，朱衣皓齿。绵视滕采，靡肤腻理。姿非定容，服无常度。两宜欢颦，俱适华素。

  于时升月隐山，落日映屿，收霞敛色，回飙拂渚。每驰情于晨暮，矧良遇之莫叙。投明瑱以申赠，觊色授而魂与。嗟佳人之眇遇，眺宵际而告语。惧展爱之未期，抑倾念而暂伫。天台二娥，宫亭双媛，青袿神接，紫衣形见。或飘翰凌烟，或潜泳浮海。万里俄顷，寸阴未改。事虽假于云物，心常得于无待。况分岫湘岸，延情苍阴。隔山川之表里，判天地之浮沉。

---

① 即刀笔。

承嘉约于往昔,宁更贰于在今?倘借访于交甫,知斯言之可谌。兰音未吐,红颜若晖。留眄光溢,动袂芳菲。散云辔之络驿,按灵轸而徘徊。建羽旌而逶迤,奏清管之依微。虑一别之长绝,眇天末而永违。

(《全上古三代秦汉三国六朝文》,商务印书馆,1999年。标点有改动)

**译文**:

屈原的《招魂》、张衡的《定情赋》,曹植的《洛神赋》和阮籍的《清思赋》,延展了以前铺陈描写之辞,穷尽了自古以来女子的美丽与可爱。况且今天所遇到的,超过前人描绘的神灵。纤细的腰肢似乎没有骨骼,鲜红的衣服,洁白的牙齿。凝视的时候神采焕发,皮肤肌理细腻柔滑。妆容变化繁多,穿衣不拘一格。无论是笑是愁都很好看,浓妆或是素裹都很得体。

此时将要升起的月亮还隐在山后,落日的光辉映照着水中小岛,将要散去的霞光消退了颜色,回旋的狂风从小岛上刮过。虽然早晨和黄昏的时候我都很神往,美好的际遇也没有人可以叙说。把洁白的美玉赠送给她,希望彼此能以眉目交流,情投意合。可叹美人只能远远相逢,眺望天际而告白诉说。怕诉说爱意达不到希望的效果,克制住钦慕的念头而暂时停留。天台山的二位神女,宫亭湖上的两位仙姝,青色的衣服可以想见,紫色的衣服可以看见。有时凌空飞翔上接烟云,有时在水中潜泳直至大海。一会儿工夫就到达万里之外,而时间一点都没流逝。行事虽然借助于云气,精神却常常遨游于自由而无所凭借的状态。何况人隔于湘江两岸,情阻于苍山之北。隔绝在山河内外,相距就如天与地那么遥远。以前接受了美好约请,难道今天又要背叛吗?如果访问一下郑交甫,就知道这话是可信的。带有兰花香气的话还没有说出来,红润的容貌犹如辉光。目光所到之处光芒流溢,衣袖挥动之间香气飘散。松开骏马的缰绳来回穿梭,停下车子往复徘徊。树起饰有羽毛的旗子曲折行进,奏起声音清亮的管乐隐隐可闻。想到这次分别就永远隔绝,远在天边难以会面。

## 丽色赋

### （南朝梁）江淹

楚臣既放，魂往江南。弟子曰玉，释珮解骖。濛濛渌水，袅袅青衫。乃召巫史：兹忧何止？

史曰："臣野胶学蔽理，臣之所知，独有丽色之说耳！夫绝代独立者，信东邻之佳人。既翠眉而瑶质，亦卢瞳而頳唇。洒金花於珠履，飒绮袂与锦绅。色练练而欲夺，光炎炎其若神。非气象之可譬，奚影响而能陈。故仙草灵葩，冰华玉仪。其始见也，若红莲镜池；其少进也，如彩云出崖。五光徘徊，十色陆离。宝过珊瑚同树，价值琼草共枝。虽玉堂春姬，石室素女，张烟雾于海际，耀光影于河渚。乘天梁而皓荡，叫帝阍而延伫。犹比之无色，方之非侣。于是雕台绣户，当衢横术，椒庭承月，碧幌延日。架虹柱之严丽，亘虹梁之峻密。锦幔垂而香（一作"杳"）寂，桂烟起而清溢。女乃耀《邯郸》之躩步，媚《北里》之鸣瑟。

"若夫红华舒春，黄鸟飞时；绀蕙初软，頳兰始滋。不擘蘅带，无倚桂旗；摘芳拾蕊，含咏吐辞。笑《月出》于陈歌，感《蔓草》于卫（当作"郑"）诗。故气炎日永，离明火中，槿荣任露，莲花胜风。后栏丹柰，前轩碧桐。笙歌畹右，琴舞池东。嗟楚王之心悦，怨汉女之情空。

"至乃西陆始秋，白道月弦，金波照户，玉露暧天。网丝挂墙，彩萤绕梁。气已湿兮未半，星虽流兮夜何央。忆杂珮兮且一念（一作"欷"），怜锦衾兮以九伤。及洹阴凋时，冰泉凝节，轩叠厚霜，庭澄积雪。鸟封鱼敛，河凝海结。紫帷匼匝，翠屏环合；麝蜜周彰，灯炉重沓。耻新台之青楼，想上宫之邃阁。

"若乃水照景而见底，烟寻风而无极。霞出吴而绮章，云堆赵而碧色。雾辞楚而容裔，风去燕而凄恻。莫不辍镜徙倚，掣瑟心息。

"于是帐必蓝田之宝，席必蒲陶之文。馆图明月，室画浮云。春蚕度网（一作"纲"），绮地应纺。秋梭鸣机，织为褧衣。象衾琼盘，神沥仙丹；雕柱彩瑟，九华六出；翠蕤羽钗，绿秀金枝。言必入媚，动必应规。有光有艳，如合如离。气柔色靡，神凝骨奇。经秦历赵，既无其双。寻楚访蔡，不觌其容。亦可驻发还质，骖星驭龙。蠲忧忘死，保其家邦。非天下之至丽,孰能预于此哉!"

宋大夫耀影汰迹,萦魂洒魄。赏以双珠,赐以合璧。拂巫荡祝,永为上客。

(《全上古三代秦汉三国六朝文》,商务印书馆,1999年。标点有改动)

**译文**:

楚国的臣子屈原已经被流放,魂魄飘往江南。他的弟子名叫宋玉,把自己的玉珮和马赠给屈原。清澈的水面上云气迷茫,青色的衣衫随风飘拂。(楚王)于是召唤来掌管占卜和星象的官员问:这种忧愁怎么才能消除呢?

掌管星象的官员说:"粗鄙的我拘泥于所学而不明白道理,我所知道的,只有美丽的容貌可以消忧!冠绝当代而超凡拔俗的,的确是东邻的美人。她既有着翠色的眉毛和玉一样的皮肤,又有着乌黑的眼珠和红润的嘴唇。缀有珍珠的鞋子上装饰着金色的花朵,丝绸的衣袖与衣带随风飘舞。颜色洁白耀人眼目,光彩艳丽不同寻常。她的气度气派是无法比拟的,她的影子和声音怎么能够陈说呢?所以她就像仙界的花和草一样,具有冰一样的光彩和玉一样的外表。她刚出现的时候,就像红色的莲花倒映在平静的池塘之中;稍微靠近一点的时候,就像彩色的云朵从山崖间升起。五光十色,交相辉映。比整树的珊瑚还要珍奇,像成簇的仙草一样珍贵。即使仙界玉堂的春姬,仙界石室的素女,在遥远的海边眺望迷茫的烟雾,在河中小岛上映照自己美丽的身影。乘坐着天梁星无边地漫游,久久地站在那里叩叫天帝的大门。与她相比也显不出美丽,和她站在一起也不像同类。此时楼台门户雕绘华美,正对着大道,散发着椒香的院子笼在月光之下,绿色的帷帐迎着日光。飞架着华丽庄严的雕有龙形的柱子,横亘着高大众多的彩虹般的桥梁。丝织的帷帐低垂幽静无人,桂制的熏香燃起而清香四溢。这位女子于是随着《邯郸》的曲子舞动她轻快的步伐,又恰好合乎正在弹奏《北里》曲子的瑟的节拍。

"至于红色的花朵因春天的节气而开放,黄莺恰逢时节而飞舞;青红色的蕙草刚刚发芽,红色的兰草刚刚长出。没有系蘅草织就的衣带,也没有携带桂旗飘飘的随从;一边摘取芳草,拾取花蕊,一边写作吟咏诗词。取笑《诗经·陈风》中《月出》篇美人思念的忧愁，同感于《诗经·郑风》中《野有蔓草》中女子邂逅佳侣的欢乐。所以天气炎热白日漫长，炽热的太阳高悬中天，木槿花被露水打湿，莲花随风舞动。后院种有红色的朱柰，房前植有碧绿的梧桐。在花圃的西边、池塘的东边，弹琴吹笙，歌舞不休。感叹楚王心中的喜悦，怨叹汉水之上游女的情爱成空。

"至于日行西陆秋天到来，月亮运行变成弦月，金色的光芒照耀着大门，秋天的露珠遮暗天空。珠网挂在墙角，彩色的萤火虫围绕着屋梁飞舞。还没到半夜空气就已变得很潮湿，星辰已经坠落夜晚多么漫长。想起相赠的各种美玉让人长叹一声，顾念空空的绣被让人无限忧伤。等到阴冷凝结、万物凋零、泉水结冰的时节，栏杆上落满厚厚的积霜，庭院里积满晶莹的雪。鸟儿和鱼儿都不再出来活动，河流和大海都结了冰。紫色的帷帐四周环绕，绿色的屏风围成一圈；麝香到处飘散，明灯与香炉重重叠叠。为卫宣公所筑之新台上的青色楼阁而感到羞耻，向往着仙界深邃的阁楼。

"至于水清映物清澈见底，烟气逐着风无边际地飘荡。霞彩出于吴地就像丝绸的花纹，云彩堆积在赵地就呈现绿色。雾气辞别楚地从容飘动，风离开燕地而有悲意。没有人不放下手中镜子而徘徊，放下正在演奏的琴瑟而心灰意冷。

"帷帐之上装饰的一定是产于蓝田的宝玉，铺设的席子一定织有葡萄花纹。房屋墙壁上画着明月和浮云。春天的蚕儿爬上网格准备结茧，织锦之地应随季候开始纺织。秋天梭在织机上作响，织成防尘的罩衣。还有象牙做成的首饰盒，美玉做成的盘子，神仙饮用的美酒，令人长生不死的丹药；雕绘弦柱的彩色的瑟，生有六个花瓣的菊花；缀有翠羽的饰物，饰有羽毛的发钗，绿玉的花，饰有黄金的灯。谈吐必定可爱，举止必定合乎规范。光芒和色彩并存，离合聚散。神态温柔容貌美丽，精神专一骨相不凡。遍寻秦地和赵地，找不到与她一样的。寻访楚地与蔡地，难以看到像她那样美丽的容貌。（她）也可以保持头发乌黑，恢复年轻美丽，用星星拉车，驾驭矫龙。摒弃忧愁，忘掉死亡，保全家国。若非天下最美丽的人，谁能做这些呢！"

宋玉大夫照亮（屈原的）影像拭去尘迹，寄托无穷思念。赏赐给掌管星象的官员一对明珠，一对玉璧。斥退掌管占卜之事的官员，（把掌管星象的官员）永远奉为贵客。

## 丽人赋
### （南朝梁）沈约

有客弱冠未仕，缔交戚里，驰骛王室，遨游许史。归而称曰："狭斜方（一作"才"）女，铜街丽人。亭亭似月，嬿婉如春。凝情待价，思尚衣巾。芳逾散麝，色茂开莲。陆离羽珮，杂错花钿。响罗衣而不进，隐明灯而未前。中步檐（应作"櫩"）而一息，顺长廊而回归。池翻荷而纳影，风动竹而吹衣。薄暮延伫，宵分乃至。出暗入光，含羞隐媚。垂罗曳锦，鸣瑶动翠。来脱（同"悦"）薄妆，去留馀腻。沾妆委露，理鬓清渠。落花入领，微风动裾。"

（《全上古三代秦汉三国六朝文》，商务印书馆，1999年）

**译文**：

有一个客人二十岁左右，没有做官，结交皇亲，奔走于王室，遨游于权贵之家。回家后赞叹说："小街曲巷中的有才女子，闹市间的美丽姑娘。明艳美丽犹如月亮，美好柔和好像春天。情志专注等待善价出卖自己，才思远在男子之上。香气比打开的麝香还要芬芳，容貌比盛开的莲花还要美丽。翠羽与玉珮色彩绚丽繁杂，首饰与鲜花交相混杂。丝绸的衣服窸窣作响人却迟迟未上前，藏于明灯之外迟迟没有走近。中途走到门檐之下歇息片刻，沿着长廊又往回走。池塘中荷叶翻动照见了她的影子，风儿吹动竹林和她的衣衫。傍晚时分引颈盼望，夜半时分她才到来。她从暗处走到亮处来，含着娇羞和可爱。身上悬垂着丝绸的衣服，身后拖曳着丝织的彩带，美玉和翡翠摇动叮当作响。来时施着恰到好处的淡妆，离开后留下淡淡的脂粉香味。落下的露水打湿了妆容，对着清清的渠水整理鬓发。落花飘入她的衣领，微风吹动了她的裙裾。"

## 丽色赋

### （唐）富嘉谟

客有鸿盘京剧者，财力雄倬，志图丰茂。绣毂生尘，金羁照路。清江可涉，绿淇始度。拾蕊岁滋，摘芳奇树。锦席夜陈，苕华娇春。瑶台吐镜，翠楼初映。俄而世姝即，国容进。疑自持兮动盼，目烂烂兮昭振。金为钗兮十二行，锦为履兮五文章。声珊珊兮佩明珰，意洋洋兮若有亡。蹁跹兮延佇，招吾人兮由房。凝釭吐辉兮明烛流注，愿言始勤兮四坐相顾。时峨峨而载笑，唯见光气之交鹜。夜如何其夜迟迟，美人至止兮皎素丝，秉明心兮无他期。夜如何其夜已半，美人至止兮青玉案，之死矢兮无雕换。既而河汉欲倾，琴瑟且鸣。余弄未尽，清歌含韵。歌曰："涉绿水兮采红莲，水漫漫兮花田田。舟容与兮白日暮，桂水浮兮不可度。怜彩翠于幽渚，怅妖妍于早露。"于是览物迁迹，徘徊不怿。起哀情于碧湍，指盛年于光隙。击节浩叹，解珮嘉客。是时也，杨雄始壮，相如未病。复有邹、枚，藉藉苟令。咸娱座客，嬉妙情。洒豪翰，动和声。使夫燕姬赵女，卫艳陈娥，东门相送，上宫经过。碧云合兮金闺幕，红埃起兮彩骑多。价夺十城之美，声曼独立之歌。况复坐弦酌而对瑶草，当盛明而谓何？

（《全唐文》，中华书局，1983年）

### 译文：

有个升迁腾达到京城做事的人，财力雄厚超群，志向抱负远大美好。装饰华美的车轮扬起轻尘，黄金装饰的马络头辉映道路。能穿越水色清澄的江水，渡过岸边生满绿竹的淇河。拾取地上一年一开的野花，采摘奇伟美丽的树上的花朵。夜里铺开彩色的用丝织成的席子，美玉比春天还要美好。美玉砌成的妆台上镜子升起，绿色的楼上刚刚洒上阳光。不一会儿举世无双的美女出现了，倾国倾城的绝色女子走来了。似乎自守的样子来回顾盼，眼光明亮而有精神。黄金打造的发钗有十二股簪子，彩色丝绸做成的鞋子上装饰着很多花纹。叮当作响的是光彩夺目的玉耳坠，情意无所归依好像若有所失。步姿如舞引颈企立，招引我们进入房中。油灯放出光芒，明亮的蜡烛流着蜡水,思念的话语开始频繁响起,四座之人相互打量。时而充满壮美的笑声,只看见光色交相辉映。黑夜为什么来得那么迟,美人到来时穿着洁白的丝衣,怀着清正纯明的心思没有其他的期望。黑夜啊为什么就已过半了呢,美人来到时捧着青玉制成的盘子,发誓到死也不把心儿变。不久银河斜移,琴瑟还在奏响。余曲未完,清亮的歌声有节奏地唱响。歌道:"涉过碧绿的江水采摘红莲,水面广远无际花儿繁。船儿起伏天色将晚,桂水涨潮无法渡过。喜爱幽静的小岛上鲜艳翠绿的色彩,为早晨降下的美丽露珠而惆怅。"当时观览风物,移动脚步,脚下徘徊,心中不乐。碧绿的急流让人顿起悲伤之情,人生美好年华如光过隙。打着拍子大声叹息,解下玉珮赠给贵宾。这时候,杨雄正当盛年,相如还未生病。又有邹阳、枚乘,声名赫赫的荀卿。都来娱乐在座的客人,游戏其美妙的才情。挥洒笔墨,奏响和谐的音乐。让燕赵之地的美女,陈卫之地的佳人,相送于东门之外,路过美人所居之地。青云四合闺房日暮,尘土飞扬,颜色绚烂的马儿众多。价钱超过十座城池中的所有宝物,声音比超凡拔俗的歌声还要美妙。何况重新落座面对珍奇的花草听乐小酌,躬逢昌明之世还有什么可说的呢?

## 美人赋

(唐)吕向

  帝初驰六飞,之不测,奄四海而作君。曜明威,嶷崇勋。固尽善而尽美,又焉得而称云。时屯既康,圣躬之豫,乐以和操,色以怡虑。岂曰帝则,实惟君举,庸克推腹心,增耳目。燕赵郑卫楚越巴汉之邦,士农工商皂隶舆台之族,不鄙褊陋,不隔贱卑,工技者密闻,淑逸者遐知。上心由是震荡,中使载以交驰,周若云布,迅如飙发。以日系时,以时系月,德隽相次,为乐不歇。阅紫微,环帝座,蘂华灼烁,柳容婀娜,轻罗随风,长縠舒雾。肌肤红润,柔姿靡质。妖艳天逸,绝众挺出。嫘然容冶,霍若明媚。曼睐腾光以横波,修蛾濯色以总翠。齿编贝,鬓含云。颜绰约以冰雪,气芬郁而兰薰。腰佩激而成响,首饰曜而腾文。或纤丽婉以似嬴,或秾盛态而多肌。有沈静见节,有语笑呈姿。思若老成,体类婴儿,真天子所御者,非庶人当有之。洎怀春暮,睇情(疑为"辰")晷。列筵于林,方舟于水。自任纵诞，相与攀倚。鸟间关而共娇，花散乱而增美。吹碧叶，吐红蕊。左右相视，游嬉未已。见颓景之迫濛汜，携密亲，召近臣，陈金罍与瑶席，朗月垂光而射人。列星夺采，长河灭津。然后丝竹发越，金石铿鈜。守则异器，动则和鸣。妙舞谓何尚以轻，善歌取何矜以清。齐列捷猎，按次屏营。间直往以曳绪，欻转入而旋萦。低视候节，纤体遗声。遏行云，结遗风。众工相错，迭美不同。夕以阑，乐亦阕。醉以荡情，乐以忘节。帝曰："今日为娱，前代固无。当以共悦，可得而说。"众皆蹁跹，离席迁延。咸齐首，互举酒。歌千春，称万寿。因进曰："妾家贱族，陋目褊心。陛下衣绮縠与罗纨，饰珠翠与碧金。燕私陈乎笙鼓，和乐象乎瑟琴。何恩渥以增极，而悦愉之备深。顾薄躯之无谷，空负惠以难任。"有美一人，激愤含颦。凛若秋霜，肃然寒筠。乃徐进而前止，遂抗词而外陈，曰："众妾面谀，不可侍君之侧。指摘背意，委曲顺色。故毁妍而成鄙，自崇谬而破直。妾异尔情，敢对以臆。若彼之来，违所亲，离厥夫，别兄弟，弃舅姑。戚族愧羞，邻里嗟吁。气哽咽以填塞，涕流离以霑濡。心绝瑶台之表，目断层城之隅。人知君命乃天不可雠，尚惧盗有移国、水或覆舟。伊自古之亡主，莫不就此嫚游。借为元龟，鉴在宗周。众以为喜，妾以为忧。"于时天颜回移，圣心感通。竟夜罢寝，须明导衷。俾革进伎乐者为荐士之官，征艳色者为聘贤之使。阙下骏奔，王庭麇至。野无遗材，山无逸人。贲然偕道，与物恒春。若此之淑美，岂同夫玉颜绛唇、巧笑工颦，惑有国之君臣者哉。

（《全唐文》，中华书局，1983年。个别标点有改动）

**译文**：

　　皇帝起初驾六匹骏马，深入危险之地，庇护四海成为君长。显耀上天威严圣明的旨意，建立至高无尚的勋业。本已十分完美了，怎么容得我去称赞呢？艰难的世道已经变得安宁，皇上的快乐，音乐用以配合高尚的品行，美色用以消除忧虑。这怎么是上皇所定的法则呢？实际是皇上您创制的，或许能推举贤能明智之臣，增加见闻。燕、赵、郑、卫、楚、汉这些地方，士、农、工、商、皁（差役）、隶（奴仆）、舆（奴隶之第六等）、台（奴隶之第十等）之类的人群，不管其见识狭隘浅陋，不论其身份地位低下，从事各种技艺的人已多次听说，深闺中的贤德女子也马上知道了。皇上因此内心震动，宫中的使者众多往来不断，遍布各处像云铺在天上一样，快得像风刮起一样。用一天将各个时辰归并联系起来，用四季把各个月份归并联系起来（意谓时复一时，日复一日，月复一月，季复一季），有才德的人依次而列，不停歇地奏乐。填满了宫殿，围绕着皇上的座位，貌如荷花鲜艳明丽，姿似柳树婀娜多姿，轻薄的丝绸衣衫随风飘拂，长长纱带像雾气飘散。肌肤红润，身姿柔软，皮肤细腻。艳丽不凡，超群脱俗。容貌美丽动人，光彩照人，明艳可爱。目光明媚闪射光彩如横流的水波，长长的蛾眉颜色明净好像聚拢了千山的青色。牙齿就像编成一串的贝壳，鬓发就像乌云一般。容貌柔婉美若冰雪，气味芳香犹如兰草。腰间的佩饰相互撞击叮当作响，首饰闪着光彩展现出美丽的花纹。有的身材苗条柔顺美丽好像弱不禁风，有的身材丰满仪态万方而多肉。有的沉稳闲静表现出良好的操守，有的笑语连连展现出美丽的样子。思想就像年高有德之人，身体柔嫩好像婴儿一般，真正是天子所宠爱的女子，不是一般人所能拥有的。等到念及春天的傍晚，偷眼瞧着皇上。在树林中摆开筵席，在水边列好船只。任凭自己恣肆放诞，相互交好者攀肩依傍。鸟儿婉转啼叫似与她们比美，花儿散乱怒放增加了无边的美丽。吹弄绿色的叶子，玩赏红色的花蕊。展示给旁边的人相互观赏，游玩嬉戏未毕。看见落日靠近山头，带着关系亲密的人儿，召唤亲近的大臣，摆开黄金的酒杯和华美的席子，明月洒下清辉照耀着人们。众星失去了光彩，银河也消失了形迹。在这之后，弦乐器和管乐器声音激昂，打击乐器声音洪亮。安定处则不同的乐器奏响，动荡处则所有乐器合奏。曼妙的舞姿为什么以轻盈相夸耀，动听的歌声为什么以凄清相炫耀。整齐列队，参差相接，依照次序，蹁跹徘徊。一会儿径直前去连续不断，忽然又转回来盘桓旋绕。低下眉眼等待节拍，盘绕着身体余音不断。阻滞了天上飘浮的云彩，凝结了迅疾的风儿。众多的乐工相互交替，轮替的美人也各不相同。夜晚将近，音乐停止。酒醉使人放纵情意，欢乐使人忘掉节操。皇上说："今天的欢乐，前代本来就没有。应该共同享乐，能有什么好的说法吗？"众人都身姿优美地起身，离开席位向后退。一起仰起头，相互举起酒杯。祝贺（皇上）千年安康，长寿不老。（有人）趁机进言道："我家是贫贱出身，见识浅陋狭小。皇上让我穿上了丝绸的衣服，戴上了黄金与珠宝做的首饰。宴饮时摆出笙与钟鼓，和谐欢乐犹如琴瑟。恩泽深厚得无以复加,欢愉快乐极多。但是我微贱之身乏善可陈,白白地承受着恩惠而难以负担。"有一位美人,情绪激动,皱着眉头。脸色冷如秋霜,严正如冰天雪地里的竹子。于是慢慢走来停在前面,然后直言陈词,说道:"这些姬妾都是当面奉承您,不可以陪伴在您的身旁。批评指责违背她们意思的事情,曲意迁就随着您的脸色行事。所以毁坏美的成全坏的,推崇错误的损害正直的。我不同于她们的状况,敢用真心实意来回答您。像她们来到这里,告别了亲人,告别了丈夫,离开了兄弟,离开了亲戚。亲戚们感到羞惭,邻居们为之叹息。悲痛哽噎,气塞不畅,眼泪纵横,沾湿衣裳。思念穿越了皇宫的楼台,在高城的角落望尽了远方。人们都知道皇上的命令如天一般无可比拟,(尽管如此)还怕大盗篡夺政权,水能使舟翻覆。自古以来亡国之君,没有不沉溺于这种游乐之中。可资借鉴的往事,就在周王朝。大家都觉得可喜可贺,我认为值得忧虑。"皇上的表情回转动摇,内心感动。通宵未眠,等待天亮传达心意。命令改贡献歌舞的人为荐举人才的官员,征集美女的官员为征聘贤才的使臣。宫阙之下急速奔走,朝堂之上群集而来。郊野之中没有被遗漏的人才,山中没有避世隐居的人。与道和谐光彩熠熠,与物同在生机常存。像这样的美好,怎么能等同于用美玉般的容颜、红润的嘴唇,愁笑皆宜,来迷惑治理国家的皇帝的那种美好呢?

## 情赋
### (唐)司空图

愚尝赋春情数百言,状其思媚,自谓摅众骚之遗恨,遭乱而失。今独忆其三十五字,存于濯缨之东楹云:暖融融兮傍曲塘,扶兰心兮牵藕肠。雨丝丝兮羃暗芳,阻佳期兮日难忘。情烟绵兮悄自伤。

(《司空表圣文集》,见《景印文渊阁四库全书》,台湾商务印书馆,1986年)

**译文**:

我曾经写了关于男女之情的赋,有几百字,描写了相思喜爱之情,自认为拾取了众家诗人未尽的遗憾,(赋稿)遭遇动乱而遗失了。现在只记得其中的三十五个字,保存在濯缨亭东侧的柱子上:蜿蜒曲折的塘边天气和暖,气质淑美心中思念不可断绝。细雨飘飞遮盖了暗暗的香气,相会的好日子被阻隔让人整日难忘。情意绵绵让人心伤。

## 坊情赋
### (南宋)薛季宣

彼美人兮婉且都,容闲闲兮艳春华。鬐堆云兮鬓蝉翼,瑳皓颈兮凝酥。瞬目兮秋波,步弓兮飞凫。束素珮兮琼琚,冠集翠兮芙蕖。独立兮墙隈,顾景兮徘徊。竿丹葩兮柳绿,寄芳情兮青梅。睇予兮脉脉,欲往兮还来。瞩星眸兮愁予,惧一逝兮长乖。按辔兮求浆,絷马兮垂杨。寒命坐兮少须,跪酌我兮金觞。欲言兮无语,敛羞蛾兮映朱户。刚撩鬢兮为我容,骨游丝兮若无主。启贝齿兮流香,与我期兮溱之阳。驱辎车兮飚飚,情依依兮凭帘。税驾兮同行,携春笋兮掺掺。汎涟漪兮清波,航木兰兮素舸。惊起兮双鹈,共饮兮新荷。弄修景兮澄澜,鼓桂楫兮长歌。歌春日之艳阳兮,景浩荡而舒长。柳袅娜其蓊垂兮,百卉开而芬芳。燕呢喃以并语兮,梭对掷其鹅黄。嗟物之各有偶兮,怨只凤之无皇。泯予心之闵默兮,见良人以徊徨。羹肥犴之羞珍兮,可一脔之能尝。载赓(即"赓载")曰:春景兮熙熙,春日兮迟迟。愿交颈兮同游,羡比翼兮于飞。怅形迹之碍夫人兮,内也谁欺!羌屋漏之足愧兮,逝将往而犹疑。歌竟兮沉吟,迭倡兮嘉音。遏行云兮清彻,鼓朱丝兮鸣琴。思招摇兮不持,花微吐兮芳心。倚兰玉兮明珠,款晖映兮坐隅。艰自启兮樱唇,聊搔首兮踌躇。逝相亲兮莫可,正良心兮回我。复大礼兮自持,焱(应作"歘")长揖兮分飞。惋怅望兮阻山岳,远相思兮云霓。乱曰:色天下之通好兮,心放其收礼。正己以参天兮,莫见乎幽视。十年犹臭兮,薰揉于茝。彼鲍鱼之肆兮,君子曾是之游?紫夺朱兮改色,珠有颣兮焉修?宁有负于家人兮,予心不歉;顾不易于去水兮,言反其流。慨礼教之可乐兮,聊卒岁以优游。粲秀色而好不吾移兮,夫复何求?

(《全宋文》,上海辞书出版社,安徽教育出版社,2006年。个别标点有改动)

**译文:**

那位美女和顺又美丽,容貌娴静比春天的花朵还要美丽。发髻就像一朵乌云,两鬓发色淡如蝉翼,如玉般洁白的脖子细嫩润泽,犹如凝冻的酥油。眼睛眨动目光有如秋天清澈明亮的水波,步履就像飞翔的水鸟。腰间佩着精美的玉珮,头上饰着翡翠与荷花。独自站在墙角,看着自己的影子在徘徊。把红色的花朵插在绿色的柳枝上,把美好的情怀寄托在青梅上。脉脉含情地看着我,好像要走开却又走回来。明亮的目光让我顿起愁怨,怕她一去不返永远分离。停下马匹找水喝,把马拴在垂杨下。请我落座稍等片刻,用精美的酒杯跪着给我斟酒。想说话而又默默不语,害羞地皱着秀眉映着红色大门的反光。恰好撩起鬓发为我而打扮,骨头好像蛛丝一样柔软。张开嘴贝壳般的牙齿间流出香气,与我相约在溱水北岸。赶着马车一路颠簸,思念之情殷切倚在车帘旁。停下车来又同行,牵着她的手儿纤细又润泽。清澄的水波泛起涟漪,驾着木兰树做成的大船。惊起一对凤鸟,在新发的荷叶上饮水。(我们)在清澈的水波上玩赏长长的日影,敲着桂树做成的船桨放声高歌。歌唱春天明媚的风光,阳光久久地普照四方。柳枝细长柔软地下垂着,百花盛开芳香四溢扑面。燕子一起呢喃鸣叫,黄鹂鸟儿穿梭着飞来飞去。感叹所有事物都有伴侣,抱怨雄凤却无雌凰相伴。我心纷乱而忧郁难言,看见心上的美人不安徘徊。烹煮肥羊做成美味的食物,不知是否能尝到一小块肉。接着作歌曰:春色和乐,春日缓缓。盼望能亲昵地同游,羡慕鸟儿齐飞并肩。礼法阻限有情人让人怅惘,内心又在把谁欺骗!内心阴暗处尚有值得惭愧之处,决心前去(寻她)又犹豫不前。歌毕低声自语,又有悦耳的声音接着唱响。(她的)声音清脆上遏行云,弹拨琴弦奏出琴曲。(她)心思动摇难以自持,就像花儿微微吐露出芳香的花蕊。佩戴着兰草、美玉和珍珠,柔和地映射着旁边的座位。很困难地张开樱桃般的小口,又以手搔头犹豫不决。决意不能相亲近,端正内心是非回答我。陈说庄严的礼法而自守,长长一揖后迅速离我而去。可叹只能惆怅远望被大山阻隔,久久的相思只能寄托于彩虹。乱曰:美色是天下所有人共同的爱好,心意放纵收束于礼法。端正自己的思想以通达于上天,没有人能看到得(我的)阴暗之处。如果把香草与臭草混合起来,十年之后仍然散发臭味。卖咸鱼散发着臭味的店铺,有德君子怎么能游于这种地方呢？紫色顶替红色更改了正色，珍珠有瑕疵怎么能修饰得好呢？宁可辜负女人，我不会感到抱歉；但是让滔滔逝水倒流回来，难上加难。感喟于礼教可以让人愉悦，姑且悠闲游玩其中以度过岁月。女色秀丽美好却不能打动我，还有什么可追求的呢？

### 咏妓转转赋
（宋）马彧

玳筵既启，雅乐斯陈。雾卷罗帏，花攒锦茵。有西园之上客，命南国之佳人。貌逞婵娟，纵玉颜而倾国；步移缥缈，蹴罗袜以生尘。

（《历代赋汇》，凤凰出版社，2004年）

**译文**：

玳瑁宴已经摆开，雅正之乐已经奏响。丝织的帷帐卷起如烟雾，锦缎的席子上绣满了花儿。有皇苑来的贵宾，要求南国的美人出演。容貌美丽，放任如花似玉的美貌就可以倾人之国；步伐隐约，挪动穿着丝袜的双脚就会沾惹尘埃。

### 江妃赋
（明）俞安期

郑交甫客游于楚，星纪载期，邈焉索处。忽焉以嬉，遘彼江妃于汉之涯。微词相感，谲乎见绐。怀佩既失，灵迹莫追。五色无主，累日欷歔。楚王闻而召见，命抽绪而赋之。乃湛思其授受，仿佛其丰仪。爰濡毫而引牍，遂掞藻而敷词。其辞曰：

粤青祇之发春兮，草木苑而华生。仓庚熠其振羽兮，翟鹭鹭而飞鸣。羌予有烟煴之思兮，若昧旦欲辨而未明。聊纡徐以游步兮，写羁怀之怦怦。遂乃遵修术，履神区，江之皋，城之隅。或荡心以遐瞩，或寄目而踟蹰。休乎汉南之乔木，觐彼东门之如荼。帷裳成塞，铅黛成林。笑言谐谑，亦各有心。班兮杂沓，匪我所歆。复有二姝未至，遵彼微行。遗视成采，扬颜施光。娇容特显，态无定方。划兮若排积晦而烛龙吐耀，恍兮若拥卿云而文凤惊翔。其轻弱也，绛气游彩丛霄中；其清映也，朗月流景方诸宫。其状则曲翠随眉，层波溢眦。頺唇欲合，瓠犀微齾。肤肉似丰，骨法且细。屈髻如玦，臀髩如虿。蟠鬓聿修，不屑施鬓。屧晕琼藻，气吐玉䔩。皦非凝粉，泽岂涂脂。步珠尘而不动，倚条杨而不欹。仰若寄傲，俛若衔思。众妍屡变，若合若离。其饰则宝叶扶鬤，镠蕤承足，绳玑络臂，裁碧耀目。鞶带飞飞，香缨馥馥。簪以黄支之犀，曳以苕华之玉。纤纨致乎东齐，明锦濯乎西蜀。金缕芸黄，离罗微绿。要约绮裳，项围绣襦。袂举扬绡，襟垂掩縠。表里交映，参差相属。其佩则北荒之明月，莫难之夜光。英英粲粲，焜焜煌煌。鉴容益媚，当暑招凉。尔乃躐行则芳躅并进，少顿则衫袖交联。双颜合美，异体同妍。回飔欲举，皓腕相牵。既振迅以辞避，复矜顾而回旋。若将迎而欲却，类含意而待宣。余斯时也，目转注而不定，魂摇曳而翩翻。欲迫之而恐逝，惧招之而不前。冀承间而送款，复投会以告虔。歌曰："遭子于汉之皋兮，我心劳兮。愿有要兮，子之佩烂昭昭兮。"于是丽姝安轨正仪，情会体近。步整若迟，履轻若敏。解彼明珠，爰赴所请。口鲜违辞，色无微愠。举而授受，其光清烱。握之分明，怀之谛审。既而意警神超，气愉意适。行才十步，时仅顷刻。再探怀中，佩已旋失。剑云善亡，珠岂生翼。回瞻丽姝，亦不可觌。即蹇修无由以通辞，象罔不可以求索矣。羲轮既颓，望舒将御。竚立怅惘，尚希神遇。居人问之，余告之故。彼曰："嚱嚱！此江妃也。出而遨游，不可逮也。神祇异轨，毋尔思也。"始乃循来陌，曳归策。颜蕴勃，趾踧踖。疑结梦之乍还，逮衔憾而未释。

楚王曰："子怀惸惸，亦既劳止。楚国虽隘，幅员千里。岂无其人，惟肖彼美？试求得之，愿以赐子。"

（《明文海》卷三十四，中华书局影印，1987年）

**译文**：

郑交甫在楚国游历，岁月满一年，很长时间独自一个人生活。偶然去游玩，在汉水之畔遇到江妃。用婉转而巧妙的话语打动她，被很诡异地欺骗了。怀中的玉佩已经丢失，江妃的神灵之迹也没办法追踪。神色不定，连日叹息不已。楚王听说后召见了他,命令他发挥引申而作赋。(他)于是深思他们之间的交往,想象她的风度仪容。就提笔铺纸,铺张辞藻而铺叙文辞。文辞曰:

掌管春天的青帝让春气发动,草木茂盛花儿开。黄莺羽色光鲜鼓动翅膀,野鸡鷕(yǎo)鷕地鸣叫着飞翔。我产生了混沌不明的念头,就像天将明未明时想看清楚却又看不清。姑且从容地踱步,抒发一下让人心急的羁旅他乡的心情。于是沿着长长的道路,走过神奇幽深之地,江边高地,城池的旁边。有时纵情远望,有时注视而徘徊。歇息在汉水南岸的高大树下,遇见东城门外游玩的女子如茅草的白花一样众多。裙子多得如城墙关隘一样,打扮过的面孔密密麻麻如丛林一般。说笑逗趣,各自怀有各自的心思。颜色斑杂纷乱繁多,不是我所喜欢的。又有二位美女后来才到,沿着那边的小路走来。含情而视,光韵流动,扬起面孔,散发光彩。美丽的容貌出众而显扬,仪态万种没有定则。明朗如排尽长夜而太阳大放光辉,恍惚就像祥云围绕彩凤受惊而飞。她们纤弱得就像九霄上红色的霞光散射出的光彩;她们纯洁清净就像神仙居所中明亮的月亮放出的光芒。说起她们的容貌,弯弯的青黑色随眉涂施,目光如层层波浪荡漾出眼窝。红唇像要合上,整齐洁白的牙齿半遮半露。肌肉丰润,骨相纤细。弯弯的鬓发犹如弧形的玉玦,发梢就像蝎子翘起的尾巴。盘起的头发又黑又密,用不着加戴假发。两颊映照着美玉的光彩,吐气似玉的精华。洁白不是施粉的效果,润泽不是因为涂抹了油脂。行走时脚下不会扬起轻尘,倚着细小的杨树,杨树并不会歪斜。抬头好像寄托高傲旷放的情怀,低头好像心怀深深的思绪。美丽多样,变幻不定,似分似聚,扑朔迷离。她们的饰物则有插在发髻上的玉叶,装饰在鞋上的黄金花蕊,戴在胳膊上用绳子串起来的珠子,辉映着眼睛的精美碧玉。衣带飘扬,缨络散发着香气。头发上插着极南黄支之国进献的犀牛角制成的簪子,坠着名为苕华的美玉。精细的丝织衣物来自于东方的齐国,鲜艳的锦缎来自于西方的蜀国。金缕衣闪耀着正黄色,披着的罗衣透着微绿。腰间束着彩色丝织的裙子,脖子上围着花纹美丽的衣领。举起袖子看到生丝织的袖口,垂下衣襟遮住了里面的纱。里外交相辉映,错落有致,相互配合。她们的佩物则有北方极远之地的明珠,东夷之地的夜光珠。光彩鲜明,明亮辉耀。照镜更显可爱,正当盛夏让人感到清凉。她们漫步时一起前进,稍作停留时则衣袖交错相连。两张面孔争相比美，不同的身体却同样美丽。旋风要刮起的时候，她们洁白的手牵在一起。既快速回避，又矜持顾盼回环旋绕。好像要正面相迎又像要后退，好像怀有深意而将要说出来。我在这时，目光时转移时注视不能停歇，心意摇曳而翻飞。想靠近她们又怕她们受惊吓而离开，想跟她们打招呼又怕她们不肯前来。希望趁机表达诚意，又想趁机向她们表达诚心。歌道："在汉水之滨遇到你，让我心忧伤。盼望能把你约请，你的佩玉明又亮。"这时两位美女确定法度，端正仪容，心意相通，身体靠拢。步履庄重好像在迟疑，脚步轻盈又好像很敏捷。解下她们的明珠，就前往赴约。口无怨言，面无微怒。拿起（明珠）送给对方，光彩纯洁又明亮。（我把明珠）确定地握在手里，仔细地揣在怀里。一会儿心意敏悟，精神飞扬，心情愉悦，心愿满足。走了仅仅十步，时间仅过了片刻。再伸手摸怀里，明珠之佩已经丢失。听说像龙、太阿这样的宝剑能化龙飞走，明珠难道还能长了翅膀飞走？回头看那两位美女，也不见踪迹。找到媒人却没有办法传话，传说中的能替黄帝找回玄珠的象罔也找不到她们了。太阳已经西落，月亮将照临天空。我还久久站立，迷惘若失，还想着能在精神上感知到她们。居民们问我，我告诉了他们原因。他们说："嘻嘻！这是神女江妃。出来游玩，不可以当作配偶的。神灵们有不同的法度，不会思念你的。"（我）才开始沿着来时的路，提着马鞭赶着马儿回家。脸色郁结愁闷，脚步徘徊不前。好像做梦刚刚醒来，到现在还心怀失望没有放下。

楚王说："你的心里这样忧思，也是很愁苦了。楚国虽小，疆域千里。难道没有人能像她们那样美吗？试着找找，找到的话赏赐给你。"

## 邂逅赋

### （明）孙七政

昔子云谓相如之赋，曲终雅奏，有近于戏。若楚骚则词虽逸宕，长寄心于君王，本托曲以寄雅，非废雅而为曲也。此固屈宋杨马之流别与？予闲居作《邂逅赋》，彷佛斯义。虽矫逸以度曲，寔冲远以摅怀。知音者寡，聊自适情云尔。

夫何南国之佳人兮，独希世而含英。裁轻绡以结态，酌颢气以抒情。非雾非烟，信自灵区谪艳；倾城倾国，偏能欲界韬精。翔千仞而历览，遡群玉以孤征。叹红颜之薄命，悲代幻之朝荣。于是则忘念沈灰，冰心錬（疑为"练"）璞。鸩毒纷丽，膏肓恬莫（同"漠"）。去复去兮，翩翩恍惚尽虫沙；玄又玄兮，倜傥冲虚捴猿鹤。西陵松柏，羞结同心。东海沧桑，愁抛宿约。时则有庐山白社之旧，竹溪仙逸之流。寻岳未遂，天涯寡俦。问芙蓉之别馆，吊凤凰之遗丘。箫声既断，弄玉偏留。乍相见兮，恨相见之独晏；倏相知兮，悲相知之即离。剑术销而神光在，狡狯尽而丹砂飞。片片青霞，谁家握瑾。采采明月，君心有珠。俱云有意求仙，未偷桃实。不意无心得果，却付交梨。赠我兮交梨，莫报兮琼芝。讶君情之低回，使予忽焉踟蹰。意朝云若暮雨兮，异宵梦之幽期。倘汉皋之神女兮，宁解佩以相欺。欲凌波而微步兮，又宛然而遘之。寔神交而意接兮，畴云色授而神怡。夫何举世皆腥秽兮，独申以蕙荪之芳好。握水镜以玄鉴兮，怀冶化于窈窕。谓心巧而善幻兮，珠为情兮玉为盼。谓雅掺以幽真兮，娇疑尽兮态逾新。诧佳人之若神兮，蔼出没兮无垠。似江月之杳眇兮，灼流光以相亲。若江风之绵邈兮，袭清虚以怀人。悄徬徨而伫想兮，倘凤缘兮心殷殷。乃歌曰："绝代兮佳人，皎洁兮芳芬。恍邂逅兮一见，指明星兮殷勤。"又歌曰："佳人兮难再得，海水可量兮情难测。衷肠结好兮永无斁，御彼冽风兮蓬莱宅。"歌既阕兮月扬辉，佳人倚曲兮冰弦凄。芳草年年兮，向君萋萋。愿君采佩兮长相思。

（《明文海》卷三十四，中华书局影印，1987年）

**译文**：

以前杨子云认为司马相如的辞赋，到结尾才转向雅正，接近于游戏玩耍。像楚辞辞藻即使放荡而无拘束，但把心意深深寄托在君王身上，原本就是借助于委婉的手法表达雅正的意思，不是废弃雅正而故作委婉。屈原、宋玉、扬雄、司马相如等人一定都是这样吧？我闲居时写作了《邂逅赋》，仿效这种做法。虽然本着纠正放纵的弊病来创作，实际上抒发冲和高远的情怀。知音的人太少，姑且自己顺适性情而已。

南国的那位佳人啊，世上少有内负才情。其体形如轻薄的丝织品裁剪而成，其情怀源自自然界盛大纯洁之气。不像烟也不像雾，的确是神灵之境贬谪下来的美女；能倾城也能倾国，偏偏在尘世间隐藏光芒。飞到极高之地处处看遍，只身前往仙境群玉山游历。感叹红颜多薄命，悲悯人生代谢如花儿晨开暮落。因此就沉心于死灰，藏心于素朴。视繁丽为毒药，内心宁静而淡泊。逝者相继，飘忽于迷离之境都化作了虫子和沙土；非常玄妙，卓异之人升天也化作异物。西方陵墓上的松树和柏树，也羞于与（人们）结为知己，东海的沧海桑田，也因发愁而背弃了旧时的约言。当时就有庐山隐居的老友，竹林溪水边求仙避世的人。寻访名山未能如愿，满天下找不到志同道合的伴侣。寻访美人的馆舍，凭吊凤台遗迹。箫声已经消散，当时吹箫的美人弄玉还在。刚刚相见，就为相逢特别晚而抱憾；马上相知，却为刚相知就得分离而伤心。越女的剑术已经失传，而其神异的灵光仍在，麻姑撒米成珠（丹砂）的游戏早已结束，化成的丹砂也消失无踪。一片一片的青云，好像何人美玉般的才德。光华四射的明月，好像你如明珠般清净的心境。都说有求道成仙的意愿，没有像东方朔偷食仙桃被贬谪的行为。没想到没打算得到果实，却得到了可以使人飞升成仙的交梨。送给我交梨啊，没有玉芝作回报。惊奇于你在感情上对我如此迁就，使我很快又犹豫。猜想巫山女神朝云和暮雨，和（我）晚上梦到的幽会不一样。如果是汉水之滨的神女，怎么会解下佩玉欺骗我呢？刚要飘浮于波涛之上缓缓行走，就真真切切地像遇到了她。的确是心意相投梦魂交会，就是前人所说用神色传意令人精神愉悦。全世界都那么腥臭，只有（你）重复着香草般美好的情意。手持明镜明察万物，外貌美丽内心怀自然造化的道理。内心灵敏而多奇异的变幻，情如明珠般纯净眼神如玉石般清亮。所谓美好纯正之中掺杂着幽静纯真，任性与猜忌没了踪影情态让人耳目一新。惊异于这位佳人好像神仙一样，乘云气出没于没有边际的世界。好像江上天空的月亮一样渺茫，只能通过明亮流动的光彩与她接触。好像江面上的风一样悠远，刮过天空让人起了思念之情。满怀忧愁地徘徊时而久立凝思，或许是前生的姻缘让人情深难舍。于是唱道："举世无双的佳人啊，纯洁而有美好德行。恍恍惚惚偶遇见一面，手指明亮的星辰以表衷情。"又唱道："佳人啊难以再得，海水可以测量但感情难量。内心交结情好永无尽，乘着寒风安家在蓬莱神山上。"歌已唱完月亮洒下清辉，佳人倚靠在幽深之处琴声凄清。香草年年绿，向着你疯长。希望你啊采来佩戴在身边，（它代表我）永远不停的相思情。

## 顾司封伤宠赋

（明）祝允明

满不久秦台月，聚不住楚观云。云凋月堕兮，红粉黄尘。于是缅邈宵情，芊绵昼臆，怜生信誓之留，怨触箱奁之历。则有钿钗孔翠，绣领鸳鸯。窗窥鸾照，珮解风篁。发燕草之碧丝，脸越渠之红房。望惑弓鞶兮只脱，魂迷黼帐兮半张。昔喻丽于群芳，兹萃芳而何益？悲瑶草之不声，痛琼华以无息。苦莫苦兮断知心，悼莫悼兮难国色。抚（疑为"怃"）幽栖兮泪盈（本作"盌"，据四库本《怀星堂集》校为"盈"）巾，伤四海兮无佳人。便为巫女终成梦，便作姮娥有底亲？银蜡九枝光，绿沉百和香。香香香不歇，光光光不绝。瑟鼓残兮湘水咽，紫箫吹断兮黄泉裂。虽令魂返少君丹，假使貌成虎儿笔。争如歌出李延年，会道佳人难再得。

（《明文海》卷三十四，中华书局影印，1987 年）

**译文**：

秦穆公为爱女筑的秦台之上月亮不能常圆，楚国高唐观旁的云雨也不能常聚。云彩易散明月易落，美女也会化作黄尘。因此晚上悠远的情思，白天不绝的心意，看到表达诚信誓约的留赠之物而生爱意，察看镜匣内的物品时又勾起无限哀怨。有用孔雀和翠鸟羽毛装饰的首饰，衣领上绣成的鸳鸯。从窗户中能够看见妆镜，听到解下佩玉时如风吹竹林时的声响。头发就像北方的草一样青绿而如丝般柔长，脸庞就像南方荷花红色的莲蓬。视线迷乱鞋子只脱了一只，心意沉醉华帐只打开一半。以前用众多的花草比喻美丽，现在收集了这么多花草又有什么用呢？珍美的草不声不响令人悲伤，珍奇的花儿没有呼吸令人哀痛。说起痛苦没有什么比知心者断绝来往更让人痛苦的了，说起悲伤没有什么比让冠绝一国的美女罹难更让人悲伤的了。怅然隐居泪水沾满佩巾，可悲的是四海之内再也找不到像她那样的佳人了。就算她化作巫山神女终究还是在梦里才能见到，就算她化作嫦娥又如何让人亲近呢？银制的烛台九个分枝上的蜡烛都放着光芒，绿色的沉香与各种香料混合成香。香散发着香气，香气不断绝，烛光散发着光芒，光芒不会中断。瑟鼓演奏将歇湘江之水也在哭泣,箫声停歇阴间世界似乎要裂开。即使用汉武帝时方士李少君的丹药能复生,就算容貌像宋代大画家米友仁画出来的一样。怎么比得上歌声传自汉代的李延年,会唱佳人难再得。

## 幽期赋
（明）董梦桂

　　晨揽衣以感怀,怅终宵之反侧。魂欢洽而先往,身怅惘其难及。夫何修阻之乍生,乃兴思乎畴昔。当邂逅之漠漠,继渐及而温温。心曰许而迹违,每即就而逡巡。迨绸缪之已至,属缱绻之方新。得顷刻之真契,觉三秋之渺恩。怪曩日之不我逑,怨今日之牵予心。春风融融,宵月胧胧。与子同期,期我房中。拟开帘而竹动,讶玉宫之早扃。畏多露之沾草,谢风雨之妒红。凤孤飞而夜唳,感求凤之不逢。步徘徊而气结,徒抑抑其何从。犹弃掷之未忍,遥相对而诉空。挑短灯以嗟咏,长吁伴乎晓钟。当斯之时,翻怜吾子。子心伊何,我情伊尔。目应玄夫花阴,耳或惊乎窗纸。匪转展而难寐,必梦魂之劳止。一愁两分,谁约谁侈?料劳（一作"芳"）心之善怀,想柔情之过此。嗟哉!形开若寐,未酒而昏。离思渺密,厥绪难寻。自审失之,孰究吾心。

（《明文海》卷三十四,中华书局影印,1987年）

**译文**:

　　早上提起衣衫很有感触,整个晚上内心不快翻来复去难以入眠。心意欢悦和睦地先飞去,身体却惆怅迷惘难以到达。为什么道路遥远险阻突然出现,于是想起了以前。那时偶遇之初静悄悄,后来渐渐接触感觉很柔和。心想着答应行动又违心,每次想靠近时却又后退。等到情意深厚到了极点,才是恋情的刚刚开始。得到片刻的情投意合,觉得好几个月都缺少恩爱。埋怨以前不与我相伴,责怪今日让我牵肠挂肚。春风和暖,夜月昏黄。和你一起约定相会,相约在闺房。想拉开窗帘却只看到风吹竹林摇动,惊讶于闺阁如此早就上了锁。惧怕露水又多又浓沾湿了草叶,告诫自己风雨会忌妒摧残红艳的花儿。雄鸟晚上单飞而鸣叫，感叹于雌鸟难逢。脚步迟疑而心情郁闷，白白地心怀忧郁怎么办呢？想抛弃仍然不忍心，遥遥相向对着虚空倾诉衷情。一边挑长燃短的灯芯一边吟诵，久久的叹息与报晓的钟声一起响起。当这个时候，反倒疼惜起你来。你的心情怎么样？我的感情仍然是这样。眼睛应该看错花的影子，耳朵有时因为窗纸的声响而受惊。不是翻来覆去睡不着，就一定是梦中相思劳苦。同样的忧愁分作两处，谁的少一些谁的又多一些？女子的情怀多愁善感，料想相思的柔情一定超过我。啊！形貌懒散，没喝酒就已昏昏沉沉。离别的愁绪悠远而微妙，其头绪难以追寻。自己知道已经失去它了，谁能明白我的心意呢？

### 千秋绝艳赋
（明）王骥德

　　吴郡毛允遂公子出其内所临钱叔宝《会真卷》，周公瑕为题曰"千秋绝艳"，命予作赋。卷中悉次金元人所为传奇，语稍波及。赋曰：
　　美夫河中丽人，洛下书生。娟娟蕙质，缱绻兰情。嫣然色授，瞬兮目成。宛转生前之恨，蝉媛身后之名。尔其汉皋春丽，萧寺花浓。心劳金屋，人闲珠宫。托娴辞于尺素，寻芳信于飞红。迨夫佼人月下，绮树墙东。既械情于丽句，亦示赧于颊容。凄其良夜，黯彼回风。于是酹卓琴兮多露，荐韩香兮下陈。云捧瑶钗，不负明星之约；妆留角枕，犹娇在闼之春。乃至王孙之草才青，河桥之柳堪结。殢锦带于新欢，怆罗巾于生别。投夜弦而留连，报春鸿而凄绝。环一解于中摧，镜长分于永诀。憯紫玉之张罗，怅青陵之同穴。海填卫而难平，血啼鹃而不灭。则有南宫辞客，北里骚人，绣肠欲绝，彩笔如新。韵清商于子夜，度艳曲于阳春。亦有丹青点笔之工，盘礴含毫之史，臆彼多情，图其有美。高唐片障，崔徽一纸，未若秦家之妇，张玄之妹。丽比舜华，才方锦字。抽乌丝之逸藻，聊试隃糜；榻粉本之馀妍，诧传侧里。夫其涂黄乍就，浮渲欲飞。额瞬似语，态弱堪持。妩然而狎，俛然而思。粲然而笑，蹙然而啼。神情绰约，芳泽陆离。洛水无声之赋，金荃设色之词，乃知凡理有穷，惟情无尽。感于决胆，愁堪凋髻。楚楚短绡，茫茫长恨。俯仰今昔，我辈差近。噫嘻！崔孃窈窕天人，其俪张郎，才地则钧。嗟红颜之薄命，怨锦翼之离群。抱丹诚而不化，咏白首而难陈。即憔悴之见绝，仍掩抑而含辛。悲绝艳于既谢，尽丽辞于长鼙。倘有情之披揽，当三慨于斯文。

（《明文海》卷三十四，中华书局影印，1987 年）

**译文**：

吴郡的毛允遂公子展示了他妻子临摹的钱叔宝（明代画家）的《会真卷》，周公瑕题字曰"千秋绝艳"，请我作赋。此卷中都收录了金元人所作的传奇，（我只好）言语间稍稍有所提及。赋曰：

美丽啊河中的美女，洛阳城中的书生。外貌美丽秉性香洁，纯洁的感情牢不可破。动人的神色传递情意，情意绵绵眉目传情结成亲好。生前的遗憾令人感动，身后的名望也格外美好。至于汉水之滨春色秀丽，佛寺花儿正繁。心中牵挂着华美屋宇中的人，那人却在深深的佛寺之中。凭借书信传递文雅的言辞，在落花中等待她的消息。至于美人身披月光，美丽茂盛的树木摇曳在隐居之处。既把感情深藏在美丽的词句之中，也在光润美丽的容颜中表达出羞涩。美好的夜晚寂静清冷，回旋的风儿在黑暗中刮起。这时用司马相如挑逗卓文君的琴来回应又怕引起别人猜疑，（只能）在堂下进献定情的异香。乌云般的头发簪拥着美玉的簪子，不辜负织女星的约定；妆粉残留在角制的枕头上，仍然使门内春色显得美好可爱。以至行人远游青草微微泛绿，桥边的柳枝也长到可以折来送别。将锦制的带子留给刚刚结识的爱人，丝制的手巾上便留下了因生生离别而悲伤的泪水。夜里丢下弹奏的琴而舍不得离开，提笔写封书信让人极度伤心。解下玉环相赠内心伤痛不已，在永别前破镜为二各执一半约定再会。吴王夫差之女紫玉为情而死死前一歌"张罗"之歌令人悲痛，韩朋之妻在青陵台为夫殉情让人不乐。炎帝之女淹死东海化为精卫鸟日夜填海而海不见平，杜鹃哀鸣口中出血渍染草木而血色不消。于是有南方的诗人，北方的诗人，才华横溢非常悲痛，富有文采的笔像新的一样好使。在半夜时分写出凄清悲凉的清商之曲，在温暖的春天填出关于爱情的曲词。也有染笔绘画的画工，发奋作画的画师，猜想她们深挚的感情，表现她们的美丽。高唐神的画轴，唐代歌妓崔徽的画像，不如秦家女子罗敷，晋代张玄的妹妹。美丽比得上《诗经》中提到的木槿花，才华比得上前秦苏蕙寄给丈夫的织锦回文诗。在乌丝织栏的笺纸上写出美丽辞藻，姑且试试文墨；临摹画稿上无限的娇美，流传到邻街让人惊异。额黄刚刚涂好，高高发髻好像要飞起来一样。抬头眨眼眼神好像会说话，体态柔弱刚刚能自持。嬉戏的时候很可爱，深思的样子很颓废。爽朗大笑，忧伤哭泣。神态表情美好可爱，仪容光彩艳丽。曹植在洛水之滨创作无声的《洛神赋》，温庭筠《金荃集》文采斐然，才知所有的道理都能穷尽，只有感情没有止境。被感动得愿抛头颅，忧愁得鬓发凋零。整整齐齐的丝绢太短，写不完无穷无尽的遗憾。沉思古今，我们这些人比较类似。噫嘻！崔姑娘是娴静美丽的仙人，她与张郎结合，才华和门第都相当。可叹美貌的女子命运不好，就像拥有五彩斑斓翅膀的鹧鸪却离开了伙伴。怀着赤诚的心永不变，吟咏着《白头吟》难以表达心情。就算枯槁瘦弱得难以续命，仍然心情抑郁忍着悲伤。可悲的是这些艳丽无比的美人已经逝去，久锁眉头写尽华丽的词句。若有情之人翻阅展读，应该对着这篇文章连连叹息。

## 娇女赋
### （明）唐寅

臣居左里，有女未归。长壮洁节，聊赖善顾。态体多媚，窈窕不妩。既闲巧笑，流连雅步。二十尚小，十四尚大。兄出行贾，长嫂持户。日织五丈，罢不及暮。三丈缝衫，余剪作袴。抱布贸丝，厌浥行露。负者不担，行者伫路。来归室中，啧啧怨怒。策券折阅，较索美（一作"美"）货（疑为"负"）。着屐入被，不食而饫。双耳嘈杂，精荡神怖。形之梦寐，彷佛会晤。咀桂嚼杜，比像陈赋。螗蜩夏蜕，额广平而春蛾出蛹，修眉扬而白云怀山。黛浮明而朝星流离，目端详而华瓠列犀。齿微呈而含桃龟肤，口欲言而茵茗呈露。舌含藏而虾蟆蚀月，颠（一作"冀"）发圆而毒蛋摇尾。髻含风而鸦羽齐奋，饰梳妆而游鱼吹日。口辅良而蝶翅轻晕，鼻端中而恒月沐波。大宅黄而琵琶曲项，肩削成而蜻蛚啮李。领文章而雾素一束，腰无凭而鼠姑舒合。体修长而酥凝脂结，袵微倾而鹅翎半擘。爪有光而玉钩联屈，指节纤而莲本雪素。臂仍攘而角弭脱韣，履高墙而轻飘卷雾。行寒裳而梨花转夜，睡未明而温泉浸玉。澡兰汤而阳和骀荡，醉教翔而咏日：缃火齐兮瑱木难簪。鸣凰兮钗琅玕，络瑟瑟兮银指环。被珠绥兮龙系臂，珮璜而澣兮褶翡翠。金裾钩兮绣曳地，襜黄润兮袘方空。绨倒顿兮玉膏筲，綦丹縠兮素五综。丽炎炎兮伦无双。

（《明文海》卷三十四，中华书局影印，1987年）

**译文**：

我住在东边的街上，有一个女儿尚未出嫁。高挑健康操守纯洁，小鸟依人顾盼生姿。体形姿态实在可爱，美丽而没有嫉妒心。既有美好的笑容，步态又从容安闲。年纪小于二十岁，大于十四岁。哥哥出去做生意，大嫂持家。每天织五丈布，完成的时候天还没有黑。用其中的三丈缝制成上衣，其余的裁剪制作成裤子。带着布匹和蚕丝去买卖，道路上的露水湿又多。挑担的人放下担子，赶路的人停在路中间。回到家中，纷纷互相埋怨又生气。倒拿着算筹和文书，比较探讨盈余和亏损。穿着鞋子进入被窝，不吃饭就已经饱了。双耳中声音杂乱，精神上放纵又恐惧。出现在睡梦中，好像又遇见了她。像咀嚼桂花和杜梨一会香甜一会苦涩，比画其形貌陈说其美丽。就像蝉儿夏天蜕掉壳，额头宽阔平坦就像春天的蛾子刚刚钻出蛹一样，长长的眉毛上扬就像白云绕着山峰。青黑色的眉毛像浮在明亮的水波之上，眼睛就像清晨的星星在水里洗过一样，目光端庄安详，牙齿就像美丽的瓠瓜中整齐排列的瓜子一样。牙齿微微露出就像樱桃裂开一道小口，嘴巴将要说话时就像荷花显露。舌头藏而不露就像蛤蟆吃掉月亮一样，乌黑的头发弯曲像蝎子翘起的尾巴在摇动。发髻被风吹着犹如乌鸦振翅，头饰打扮得像游动的鱼儿对着太阳吐气。两颊美丽如蝴蝶的翅膀点染着淡淡的红晕，鼻尖恰到好处，就像长明的月亮沐浴在水波之中。脸庞美如一只歪着脖子的琵琶，肩膀如刻削而成，脖子就像洁白的天牛幼虫在咬食李子。领子五彩斑斓由薄薄一束丝绸做成，腰肢柔软无所倚持就像鼠妇一样伸展和收缩。身体修长肌肤就像洁白的油脂凝结，衣襟微斜而洁白的手腕微微分开。指甲泛着光泽手指就像玉钩一样一起弯曲，手指关节纤细就像雪白的莲藕一样。挽起袖子露出手臂就像角弓末端露出弓袋，在高墙之上行走就像轻风吹着雾气飘过。行走时提起衣裳就像夜空中翻飞的梨花，熟睡未醒时就像美玉浸在温泉中一样。在熏香的水中洗澡暖气荡漾，醉酒后神思飞翔而吟咏道：头上戴着火齐珠，玉簪木簪难匹配。戴着凤凰形的头饰插着玉石的簪子,绾着碧玉色的宝石戴着银制的戒指。披着用珍珠装饰的绶带,手臂上挂着龙形饰物,玉制的佩饰很大,衣服褶皱里显现出翡翠。金黄的衣裾相互勾连,锦绣的衣梢拖曳在地,细布做成短便衣,轻薄的"方空縠"做成衣袖。粗厚的丝织物做成的大套裤和具有脂膏般光泽的裤筒,青黑色和红色的薄纱与白色丝绢相错杂。光艳美丽在同辈之中没有第二个。

### 爱妾换马赋

(明)钱文荐

妾本才人,嫁于荡子。媚临妆镜,娇移步屣。写翠眉端,点花鬓里。碧玉堪状,绿珠可拟。其为爱也,向朱唇而酒分,携素手而阑倚。既指星以设誓,复对月而占喜。云合则处处阳台,鸳交则时时渌水。何惜乎倾城与倾国,庶几焉可生而可死。故妾之与君兮,愿在林而为树,常与君而连理。愿在渚而为莲,常与君而并蕊。奈有生之命薄,遭所欢之意徙。情不关乎一笑,志常在于千里。则有应眈良媒,合图异质。价增十倍,名齐九逸。逐雾则珠汗交流,嘶风则玉音独出。来渥水而路远,涉流沙而影疾。亮男儿之有志,惟此物之堪匹。既无恋于娉婷,更何心乎闺室。听芳卿之他去,知凤爱之已毕。君情虽变,妾意何安?幸与绸缪,常盟岁寒。宁期恩绝,使我心酸。爱分神骏,愁结孤鸾。功名亦有数,何事动离端?将妍化丑易,移恨作欢难。竟谁怜宝袜,空自惭金鞍。麟胶傥能许,犹可急弦弹。妾泪未已,君颜不顾。誓别纤袿,将从征戍。青虹夜吼,紫燕晨赴。饰彼鞯勒,与之驰骛。岂乏佳冶,岂无情愫?衾枕犹前,慇懃非故。汉姬远适,胡笳哀诉。何如独处,寒宵难度。妾方登车,马已在门。妾还顾马,马亦人言:谁当新宠,孰是旧恩。男儿弧矢,讵念婵媛?淫声靡骨,艳舞销魂。欢则妖狐,哭乃断猿。岂若风电,随君追奔。近游阊阖,远逝崑仑。

(《历代赋汇》,凤凰出版社,2004年)

**译文**:

我本是一个有才华的人,嫁给了一个浪荡子弟。在梳妆镜前愈显可爱，挪动脚步也显美态。在眉毛上画上绿妆，在鬓发里插上花朵。容貌可与晋汝南王美丽的妾碧玉相比，可与西晋石崇的美人绿珠相比。深爱的时候，红唇相对分饮美酒，互相携手倚靠栏杆。既指着星辰发誓，又对着月亮占卜喜日。欢会时处处都是欢会之所，恩爱情深时时都是恩爱时刻。倾城倾国的容貌有什么难舍的呢？几乎可以为爱而生为爱而死。所以我与您啊，愿意做树林中的树木，永远与您枝干相连。希望做水中小洲上的莲花，永远与您并肩开放。奈何生来命运不好，遇到爱人心变情移。在感情上从不在乎一笑的情意，志向总在千里之外。于是有重酬之下的好媒人，合乎图谶具有特异禀赋（的骏马）。身价涨了十倍，与汉文帝的九匹骏马齐名。在雾中驰骋则汗珠纵横交错流淌，在风中鸣叫则声音清越优雅非同凡响。来自于遥远的盛产神马的渥洼水中，越过沙漠而身快影疾。男儿的确有志向的话，只有这匹马能与之匹配。既不贪恋美女，又怎么会有意于闺客呢。任凭爱妾去往别处，知道往日的恩爱已经结束。您的感情虽然已经变化，我的心意怎能安宁？有幸与您情意缠绵，时时盟誓忠贞不变。怎能想到恩爱就此断绝，使我内心酸楚不已。您的爱已经转移到骏马身上，忧愁全都留给了孤单的我。功业和声名都有定数，为何要触动离绪别情呢？把美的变成丑的容易，把怨恨变成欢乐很困难。到底有谁会疼惜我腰间的彩带，只有自己徒劳地羞愧，难与骏马身上的黄金鞍鞯相比。如果角弓（的使用者）也是这样，还可以激烈地弹奏。我的眼泪没有流完，您已不再回头。发誓告别女人，将投身于远守边关。青虹宝剑夜里发出鸣声，名为紫燕的骏马清晨奔驰如电。配上鞍鞯与笼头，与他们一起奔跑。难道缺少美丽的女子，难道没有深厚的感情？被子和枕头还是像从前一样，只是情意不再像以前恳切。汉代蔡文姬远嫁匈奴，《胡笳十八拍》倾诉了她的哀愁。胜过独自居处，寒冷的夜晚难以度过。我刚登上车子，骏马已经到了门口。我回头看那匹马，马也像人一样说话：谁是现在的宠爱，谁是旧时的恩爱？男子爱好武功，怎么会牵挂美女呢？淫邪的歌声会消磨人的骨气，妖艳的舞蹈会让人灵魂消散。欢笑的时候就像妖媚惑人的狐狸，哭泣的时候就像孤独悲啼的猿。怎么能比得上风和电一样的骏马，跟着主人追逐奔跑。近则游历京城，远则游历昆仑山。

## 汉姝赋

（清）陈廷会

楚襄王好色，下令于国中曰："有能献寡人以美人者，封以万家之都，锡以骇鸡之犀。"于是州侯阳陵君之徒，各驰骋乎鄢郢四境，得佳丽玩好习音者，纳之后宫。襄王见之不悦，曰："楚国大矣广矣，人众夥矣，色尽于此乎？寡人兹不好色矣。"

是时景鲤侍侧，进而言曰："州侯阳陵君之属，皆大王之嬖幸臣也。矜妍而恃宠，妒胜而忮功。何肯为王殚心毕力，以求趾豸冶容乎？臣闻天下之美人，皆称楚国。楚国之美者，皆称汉江。汉江之美者，皆称南滨之姝。"王曰："有是哉？其都若此，试为寡人状之。"景鲤曰："唯唯。夫何名姝之杳绍兮，表嫭婍于汉阳。迈迅众以殊制兮，体便娟而独扬。逞靡颜而舒艳兮，耀朝日于扶桑。羌鬒发而曲眉兮，目曼睩以腾光。腰纤巧而若鲜卑兮，肌皦洁于雪霜。启丹唇而发皓齿兮，似兰苣之吐芳。形中丰微，度合修短。南威孟娽，不得称善。然是姝也，虽未御轮，约而新寡。践盟守贞，敦书说雅。屏弃膏沐，虑不苟且。大王诚有意幸怜之，臣请为大王往讽之也。"楚王于是降高台，前稽首，资以黄金，劳以旨酒。景鲤乃发驾郢都，南浮汉口。访于南滨之姝。遣守闾妪而说之，曰："楚王闻静女，体质姽嫿，比德闲好。和中惠心，流盼昭蔌。粲然微笑，解释窈斜。故使景大夫历江抵汉，结辙以迎静女。愿静女勿拒之也。且夫楚之后宫都丽，不可胜详。采丹砂以饰版，雕玄玉以成梁。裂翡翠以结帷，簇珊瑚以为床。被青云之奇服，曳白蜺之名裳。有革制味，仪狄荐觞。齐讴巴舞，间奏迭倡。篦（应作"箟"）箴（应作"蔽"）象棋，相羊洞房。兰膏明烛，差池夜光。王又幸怜爱女，则必屏秦娥，退卫姬，黜赵女，远燕妃。入则专席，出则相随。静女岂拘鄙节而不贪此极乐为乎？"汉姝于是闻言怊怅，涕泣横流。因称诗曰："鼓桂櫂兮泛中洲，皇天何辜兮我命不犹，吁嗟汉女兮不可求。"景鲤遂归报楚王。楚王闻之，颜色立变。

宋玉乃前曰："臣固知景鲤之欺大王也。夫楚之汉江，实近臣里。南滨之姝，臣识厥舅。臣尝闻其体貌悟㦤（同"愸"），嫶施莫拟。故使人盛宣大王玉声，讽其父母。汉姝不应，拒而矢死。臣知其不可强，故不以齿也。

夫妹且不臣之许，而许鲤乎？且夫蟹可以败漆，鳖见膏而杀，桑虫遇果蜾而类其子，橘踰淮而化为枳，此物性之不坚者也。兼金炼而愈刚，江河日下而东行，冬青凛寒而叶不萎黄，此物类之不可移者也。故谊士不以时违而改节，贞女不出见靡丽而失常。大王虽好色，又安能以汉妹充闲房哉？"楚王曰："善。"于是亦不罪景鲤。

（《历代辞赋总汇》，湖南文艺出版社，2014年）

**译文**：

楚襄王喜欢美色，在国内下令说："有能给我进献美女的，我封给他有万户人家的城池，赐给他名为骇鸡的名贵犀角。"因此州侯阳陵君这些人，各自奔走于楚国四方，寻觅懂得玩赏和音律而且容貌美丽的女子，收入楚王的后宫。楚襄王看到后很不高兴，说："楚国疆域广大，人口众多，美色都在这儿了吗？我现在不喜欢美色了。"

此时景鲤在旁边陪侍，走上前来说道："州侯阳陵君这些人，都是大王您宠爱的臣子。骄傲于自己的美丽且倚仗自己被宠爱，嫉妒胜利者和有功者。怎么肯为您尽心尽力，来搜求姿态袅娜容貌美丽的女子呢？我听说天下的美人，首推楚国的。楚国的美人，首推汉江一带。汉江一带的美人，要数南岸的美丽女子。"楚王说："有这种说法吗？她们这样美，请你试着为我形容一下。"景鲤说："好。著名的美女少有人继承其美，在汉水之北展示着其美丽。异乎寻常的模样远远地超出众人，体态以轻盈美好而特被传扬。展示着精美的容颜散发着艳丽的气息，比出于扶桑树下的太阳还要光彩照人。头发乌黑眉毛弯弯，目光明亮可爱闪耀着神彩。腰肢纤细美丽就好像用鲜卑大带约束过一样，肌肤比霜雪还要洁白。张开红唇露出洁白的牙齿，好像兰茝之类的香草散发气息。体型恰到好处而略微丰满，身材不高不矮正好合适。春秋时晋国的美女南之威与古代美女孟娵都算不上美丽。但是这位美女，即使没有举行御轮成婚的大礼，但是有了婚约且刚刚守了寡。她履婚约坚守忠贞，诚心于典籍心悦雅正。放弃梳妆打扮，心中绝无不正当的想法。大王您真的有怜惜她的意愿，我请求为大王您去劝说她。"楚王这时走下高台，走上前跪拜行礼，给（景鲤）黄金，用美酒慰劳他。景鲤于是从楚国都城郢出发，渡过汉口。寻访南岸的美女。派值守里巷的老婆婆前去劝说，道："楚王听说了你这位娴静的美女，外貌娴静美好，德行检点优良。内心和谐聪明，顾盼生姿。开心微微一笑，散发出无比美好的感觉。所以派景大夫渡过长江到达汉水，驾着车辆来迎接你这位美女。希望你这位美女不要拒绝他啊。何况楚王的后宫非常华美，难以一一地细说。开采红色的砂石用来装饰墙壁，用黑色的玉石雕刻成屋梁。用翠鸟的羽毛编织成帷帐，用珊瑚装饰着床。穿着像青云一样珍奇漂亮的衣服，拖曳着白虹般的名贵下衣。周朝有莘氏之女调制饮食之味，夏朝善酿者仪狄捧上酒杯。齐国的歌巴地的舞，时时奏响一起唱和。玉饰的箭袋象牙制成的棋子，令人久久盘桓的相互通达的高大房屋。用泽兰子炼制的油脂做成明亮的蜡烛，就像众多错落不齐的月亮。如果你足够幸运楚王怜惜爱慕你，一定会屏退秦地的美女，辞退卫地的佳人，贬黜赵地的美人，疏远燕地的妃子。进门则有专设的席位，出门则让你跟随。你这位美女难道要拘于小节而不贪恋这种无边的快乐吗？"汉水之滨的美女听说这番话后很惆怅，眼泪交错纵横地流淌。于是引用诗句说："荡起桂木做的桨泛舟向水中小岛，上天有何罪孽我的命运不好，可叹汉水神女不能得到。"景鲤于是回去禀报楚王。楚王听说，脸色马上就变了。

宋玉于是上前说："我确定地知道景鲤在欺骗大王您了。楚国的汉江，其实靠近我的家乡。南岸的美女，我认识她的舅舅。我曾经听说她模样和善贤淑，毛嫱、西施都比不上。所以（我）派人极力传达大王您的意思，劝说她的父母。汉水之滨的这位美女不答应，誓死拒绝。我知道她是不可以强求的，所以没有把她挂在嘴上。那位美女尚且不答应我，怎么会答应景鲤呢？况且螃蟹可以使油漆不干，鳖因为受油脂的引诱而被杀，螺蛉被蜾蠃带走就变成了小蜾蠃，橘树到了淮河以北就变成了枳树，这些都是事物的本性不坚定者。好金子越炼越坚硬，江河之水每天向东流动，冬青面对寒冷却不枯萎变黄，这些都是事物的种类不可更改者。所以恪守大义的人不会因为时运不好而改变自己的操守，忠贞的女子不会因为外出见到华丽的东西而失去常道。大王您即便喜欢美色，又怎么能用汉水之滨的女子来充实您空闲的后宫呢？"楚王说："好。"因此也没有怪罪景鲤。

## 寡女赋
（清）吴潘昌

风雨独居，窝（应为"寡"）窝无偶。微闻邻女之泣，怛然心伤，述其辞以唁之，兼自况也，为赋《寡女》焉。

（《历代辞赋总汇》，湖南文艺出版社，2014年）

**译文：**

风雨交加，我一个人在家，空落落的没有伴侣。隐约听到邻家女子的哭声，心中很忧伤，转述她的话以表安慰之意，同时也用以自比，创作了《寡女赋》。

## 美人临镜赋
（清）高景芳

若夫金屋深沉，绮窗闲雅。香烬鸭炉，霜销鸳瓦。蘠帐低垂，帘衣密下。梦迷离而半醒，灯明灭以将灺。晓钟已停，玉漏罢泻。于是绣被不温，晨光渐曙。星星倦眼，渺渺春魂。衣将披而未起，声欲发而还吞。架上裙拖（应为"袘"），命双鬟之徐整；枕函钗坠，令小玉以潜扪。发晞膏沐，脸馀睡痕。眉山蹙翠，鞋弓褪跟。爰褰帷以下床，亦拥髻而临轩。则有青衣捧盆，绿珠执帨。口脂面药，以供澡頮。理玉进金，以献环珮。妆阁既启，侍御成队。乃奉簪珥，乃陈粉黛。扰扰绿云，煌煌珠翠。匣镜初开，月光露胐。清辉忽满，魄圆水汇。有美一人，俨然相对。爰见眸澄点漆，腕现凝酥。青丝理发，白雪呈肤。先之以犀篦，继之以牙梳。载掠载刷，不疾不徐。妆成回顾，容华烨如。芳心未慊，引镜踌躇。乍窥鬓影，旋拭唇朱。既上整乎花钿，复中饰其衣襦。背照才明，鉴看双举。肩斜似鞾，袖或单舒。夷光之坐映耶溪，未归吴国；甄后之行来洛浦，独怆陈思。藉不律之采藻，为临镜之瑰词。乃为之歌曰："镜中人兮台畔姝，外与内兮无殊。形对影而欲呼兮，口将言而嗫嚅。恐无情之不我应兮，终以礼而自持。"

(《历代辞赋总汇》,湖南文艺出版社,2014 年)

**译文**:

　　华美的房屋幽静深远,装饰精美的窗户透出高雅。香在鸭形的熏炉中化成灰烬,霜在饰有鸳鸯的瓦上融化。华帐低低地垂挂,帘幕拉得严严实实。梦境模糊好像处于半醒状态,灯火忽亮忽暗将要熄灭。报晓的钟声已经停歇,玉制的漏壶已经停止了泄沙。这时饰有文绣的被子不再暖和,早晨的阳光渐渐地温暖起来。星星就像倦困的眼睛,春天的情怀缥缈悠远。披上了衣服还没有起床,想出声又收了回去。衣架上的裙边,命两个丫鬟慢慢整理;枕盒中的首饰,让侍女摸索着拿出来。洗头以后头发干了,脸上还留着睡觉的痕迹。秀丽的双眉皱起像聚拢了青山的翠色,小小的鞋子还没穿好。于是掀开帷帐下床,捧着发髻来到窗前。这时有侍女端来水盆,丫鬟拿来毛巾。还有唇膏和搽脸油,以供洗脸之用。整理好玉饰并奉上金饰,呈上佩玉。闺房的门已经打开,侍奉的人排成队。于是献上发簪和耳环,摆开傅面的白粉和画眉的黛墨。头发像纷乱的绿云一样,珍珠和翡翠亮光闪闪。镜匣中的镜子打开,像新月放出光芒。清澈明亮的光辉瞬间到处都是,就像圆月照临在汇聚的水面上一样。有一位美人,庄重严肃坐在对面。于是看见眼眸清澈乌黑,手腕像凝结的油脂。整理青色丝线般的头发,露出白雪般的肌肤。先用犀牛角做的篦子,再用象牙做的梳子。边梳边刷,不快不慢。化妆好以后回头一看,容貌光彩照人。心中还不满意,拿着镜子还在犹豫。忽然对镜看看鬓发,又擦涂一下口红。既整理头上的首饰,又修饰一下身上的衣服。背对着镜子照才能看清楚,镜中与镜外人双双并立。肩膀斜削好似下垂,一个衣袖有时舒展开来。就像西施坐在若耶溪畔,还没有送给吴国;甄后走到了洛水之滨,独独让陈思王曹植悲伤不已。借用不合韵律的文采辞藻,作对镜的瑰丽文辞。于是为她歌道:"镜中的人啊梳妆台边的美女,外表与内在啊都一致。面对着她的影子想呼唤她,口中想说话却欲言又止。怕她无情不回应我,最终守礼把自己克制。"

## 丽情赋（并序）

（清）包世臣

宋大夫赋《讽赋》《好色》，司马文园赋《美人》，繁侍中赋《定情》，陶令赋《闲情》，江醴陵赋《丽色》，皆竭思遥况，深婉比于风人。夫情生无极，感丽而兴。不必辞动目欲，过称志回者已。扬州小寄，续自为篇。且邮致江州，属晋卿同作焉。

拔戟争车，大逵不归。小史含睇，淑若朝晖。前鱼易泣，后薪岂齐？流眄授精，中首将疑。永誓婉娈，丹青不移。谁能出烛，宜歌《卷衣》。素腕初呈，绿鬓微搔。项明宝索，膺拊金绡。绛唇徐启，危坐弄箫。低眉不回，令我魂销。维时虚馆，吹万谧发。流苏高垂，宛来明月。寒香切肌，沁芳阁（应作"訇"）烈。兰缸坐青，鉴此玄鬘。绳床对展，步障深开。迎风卷叶，承露舒蓓。暧若披帷，两心无猜。讵为指环，内手迟回。偏其反而，鄂不韡韡。岂无可显，颓思伏笫。蔺珠就贯，累累想似。惟闻泽芳，席流惊泚。定气求衣，扬声呼媵。毋忘日新，犹堪夜炳。玉绳带户，银床络井。帘外露滋，风前花静。花露往来，池波澹骀。莫有鸳鸯，波间徘徊。

（《历代辞赋总汇》，湖南文艺出版社，2014年）

### 译文：

宋玉大夫创作《讽赋》《登徒子好色赋》，司马相如创作《美人赋》，繁钦创作《定情赋》，陶渊明创作《闲情赋》，江淹创作《丽色赋》，都竭尽思虑远加比喻，含蓄委婉和诗人差不多。情与天地同生，感触跟着一起产生。不必笔下想写眼睛想看，又言过其实地说自己已回心转意。在扬州小住一段时间，自己续写成篇。并且邮寄到江州，嘱托晋卿也写一篇同题的赋作。

俊美的公孙阏拔出戟与同僚颍考叔争抢车辆，颍考叔拿走车辕，公孙阏追到大路没有追上（后来暗箭射杀了颍考叔）。掌邦国之志的小史若是有偏私，会让一个人的品行美得如同早晨的阳光。失宠的人都会哭泣，后来得宠的人难道就好吗？眼睛顾盼目光传情，似乎想要告白又有所犹豫。

发誓永不分离，就如丹青一样不变色。谁能像楚庄王爱妃一样让人甘冒被扯下帽缨再点亮蜡烛的风险，当得起《秦王卷衣曲》所唱君王赠衣的宠爱。洁白的手腕略微呈露，轻轻地刮掠青云般的鬓发。脖子上戴着玉制的项链，胸部装饰着金线织就的轻纱。红唇慢慢张开，端坐吹箫。娇羞低头不肯回顾，让我欢喜无比。此时馆舍寂静，风吹万窍发出的各种声响因安静而更加响亮。饰有流苏的帷帐高高垂挂，明月升起如在眼前。清冽的香气绕在身边，沁人心脾香气馥郁。精美的灯盏底座泛出青色，映照着这乌黑的头发。轻便的折叠床相对着展开，道旁遮蔽风寒的幕布远远摆开。叶子迎着风被吹拂而摇动，花朵上沾着露珠而开放。朦朦胧胧就像掀开帷幕观看，两个人心中天真无邪相处融洽。曾经要看一下手上的戒指，（她）把手收回去犹豫不定。如花枝一般摇动，如花一样灿烂光鲜。怎能没有让人名声显扬的事情呢，趴在床上愁思不断。莲子与珍珠穿成串，一个一个都相似。只有闻到泽兰的香气，才让人从梦中惊醒汗流枕席。调整好呼吸寻找衣服，高声呼唤婢女。不要忘记每天都要有进步，还能够深夜秉烛苦读。玉绳星正对着大门，银色的栏杆围绕着水井。帘幕外露水深重，起风前花朵静好。花间露珠来回流动，池塘中的水波起伏荡漾。再无鸳鸯，在水波间来回游动。

## 丽人赋

（清）吴嘉淦

魏吴侍中既罢南皮之讌，出游漳河之滨。景物丽彩，绮罗耀春。动中情之怡悦，乐妍媚之良辰。招桂旗于神浒，疑天台之迷津。忽精移而神骇，羌离世而绝尘。乃顾左右而问曰："此非昔者君王所济之洛川乎？何为而觏此丽人也？尔其为状也。"

窈窕容与，嫙娟婀娜。朱唇的皪，皓齿璨瑳。修眉纤袄，云髻鬖髿。停视兮若秋波之乍横，回眸兮若明星之斜堕。态轻盈以姽婳，体柔弱而妩媚。尔乃曳纤罗之袿裳，被文绮之渥饰。珥瑶碧以珠明，践丝履而锦织。远而望之，翩如惊鸿之翔波；即而视之，粲若翡翠之奋翼。居下蔡而迷人，入汉宫而倾国。厌下里之寂寞，寄遥情于水乡。傍单舟与叠舸，袭水佩与云裳。朝抱乎兰蕙之露兮，夕搴乎菡萏之香。拾芳洲之翠羽，戏隔渚之鸳鸯。偕汉皋之二女，相解佩以徜徉。怅小姑之独处，知未嫁乎彭郎。忽邂逅而相遇兮，意惝怳而踌躇。何神女之来降兮，若幻游于太虚。乍延客而入坐，羌临风而整裾。通殷勤之款实兮，吐兰气之徐徐。嗟佳人之明慧兮，独拳拳以顾予。表衷情之先达兮，持纨扇而乞书。惭比丽于锦段，代申意于琼琚。于焉漏短意长，徘徊月上。绮筵琼盏，桦烛罗幌。嫣然一顾，神佚意荡。讶玉宇之高寒，何乘风而忽往。既极欢娱，转益怅怏。悼良会之易毕，徒劳神于遐想。览文士于前叶兮，类所遇之多奇。范扁舟而泛宅，载苎萝之西施。玉登墙而凝望，悦东邻之艳姿。何佳冶之悦目，终形隔而神离。怅塞修之间阻兮，谁为予以通辞。情纵悦其淑美兮，望潜渊而沈思。欲渡江而相接兮，指后日以为期。结诚素而不渝兮，惧盛年之电驰。悼容华之易歇兮，知不可乎后时。既而叹曰："诵《感甄》之赋语兮，泪流襟之浪浪。彼君王之才知兮，第寄怀于明珰。况微臣之蒲质，敢撄情于姬姜。登铜雀而延伫兮，望卫水之汤汤。表寸衷之私慕兮，愿永言而勿忘。"

（《历代辞赋总汇》，湖南文艺出版社，2014年。标点有改动）

**译文**：

　　魏吴质侍中已经结束了南皮的宴席，出游漳河之畔。景物比彩色颜料还要艳丽，丝绸的衣服辉映着春色。触发了内心的快乐，喜欢这美丽可爱的美好时光。在神仙游玩的水滨招展装饰着桂花的旗子，像天台山般迷误的道路让人生疑。突然精神恍惚震荡，离开人世超脱尘俗。于是左右看看问道："这不是以前陈思王曹植渡过的洛水吗？为什么能看到这么美丽的女子呢？请你描绘一番吧。"

　　文静美丽闲舒从容，姿容美好无比柔美。红红的嘴唇光彩鲜明，洁白的牙齿明洁灿烂。长长的眉毛不粗不细，乌云般的鬓发梳成倭堕髻。注视的时候就像秋天清澈明亮的水波突然出现在眼前，眼珠转动就像明亮的星星从天际斜落下来。姿态轻盈而闲静美好，肢体柔弱而美好可爱。拖着轻薄的丝织精美长袍，披着华丽的丝质美丽饰物。两耳戴着美玉制成的耳环似明珠般发光，脚上穿着用彩锦做成的鞋子。远远望去，轻盈得就像惊飞的鸿雁在波涛之上飞翔；靠近一看，光鲜灿烂得就像翠鸟在拍打着翅膀。待在下蔡这个美女辈出的地方也很让人迷恋，进入美女扎堆的汉宫也能倾人之国。嫌乡野之地冷静孤单,把高远的情思寄托于水上。靠着一只几层的楼船,穿戴着水做的佩玉云做的衣裳。早晨捧起兰草蕙草上的露水(饮用),傍晚摘取荷花(食用)。捡拾开满鲜花的小岛上的翠鸟羽毛,挑逗邻岛的鸳鸯进行游戏。与汉水边的两位女神一起,解佩相赠安闲游玩。小姑(指江西彭泽附近的小孤山)一人独处让人忧愁,知道她没有嫁给彭郎(指江西彭泽附近的澎浪矶)。忽然之间不期而遇,让人心意迷乱而犹豫。神女怎么会降临这里,就像不真实地游历在空寂玄奥之境。刚刚邀请客人入座,又迎着风整理裙裾。告白深厚真诚的情意,舒缓地吐出如兰花般芬芳的气息。可叹佳人如此聪慧,单单诚挚地顾念于我。表达完内心的感情之后,手持细绢制成的团扇请我写字。与华丽的丝织锦缎比美(让我)惭愧,只能托"琼琚"之辞(指《诗经·卫风·木瓜》:"投我以木瓜,报之以琼琚。")以表达心意。于是夜晚太短情意太长,流连之际月亮升起。华丽丰盛的筵席(摆出)美玉的酒杯,用桦树皮卷制的蜡烛(照亮)丝罗的帷幔。回头可爱地一看,令人精神心意为之荡漾。惊奇于神仙居处又高又冷,怎么乘着风儿很快就到达。已经穷尽了欢乐,转而增添了一丝惆怅不乐。伤心美好的聚会容易结束,白白地费神胡思乱想。历数前代的文人,像这样的遭遇多有奇异之处。范蠡泛舟江湖以船为家,载着苎萝村美丽的西施。宋玉爬上墙头凝视窥望,喜欢东邻姿容美丽的女子。为何美丽妖艳赏心悦目,最终却身隔两处心意相离。媒人从中(作梗)阻隔,谁能为我传达话语。即使心里喜欢她的良善美好,只能望着深深的潭水深思。想渡过江水与她交往,指定以后为约会的日期。结下真诚的感情而不变,怕年轻时光如闪电般飞逝。伤心美丽的容颜容易凋零,知道以后没有可能。接着叹道:"诵读曹植《感甄赋》(即《洛神赋》)的句子,眼泪流下打湿了衣襟。陈思王这样的聪明才智,也只能寄托怀抱于珠玉的饰品。何况我蒲柳一样体弱质贱的人,怎敢把神女牢记于心。登上铜雀台引颈远望,看见卫水浩荡流不停。表达出我微薄的暗恋之情,希望常常念及不要记不清。"

**闲情赋**

(清)李遇春

寻冶艳于若邪,彷芳踪于月晕。萃江山之秀色,自尔天成;发宇宙之文章，不须拭抆。山辉玉蕴，难以集其润和；绿水碧蕖，时足摩其逸韵。自欣瓜豆之有因，何虑刀环之无分。红桥宛转，翠阁纡徐。亚字墙边，莺啼绿柳；银钩帘下，燕掠绮疏。花迎骏马于章台，玉鞭金埒；香袅银兔于妆匣，明镜彩珠。既抽簪而叩扉，复鬈枕而解珇。歌接南楼之箫管，镫摇西壁之蟾蜍。竹箭铜壶，梦断月成之后；绣帏步障，情深眉语之初。十二金钗，彷佛庾梅而蔚若；三千银□（此字脱，据上下文推测疑为"蕊"），依稀青桂而森如。至若凉亭日耀，水阁熏侵。纫兰荪以垂珮，结栀子以同心。金凳银铺，青璅墙边何限意；罗衣团扇，绿荷池上订知音。悠扬兮麝佩，清越兮凤琴。舒绣口兮似薛涛之咏，运檀心兮追谢女之吟。既若鸿而若龙，亦如玉而如金。尔乃楥桂摇香于月中，秋风扇凉于岸曲。千条残柳伴人愁，几点疏星留步丁。参差兮红袖，妆浮宝镜之光；披拂兮云鬟，香出瑶池之浴。玉漏初交，银筝半触。满酌兮琼浆，高烧兮红烛。传情绮语，令人不醉而自醒；订约花期，使我如痴而莫赎。鸳帐设兮箫管陈，鹃红落兮更漏促。亦何伤洛浦之无珠，蓝田之少玉也哉！况夫竹苍郁，梅绽蕾。古松杏矫于青云，老柏郁盘于碧海。六出端花，千层瑞霭。熏衣细炷自经年，烧桂流苏复五彩。跳脱层朝寒，琉璃凝暮霭。同梦中宵想月明，想思半夜挑镫待。于是为之歌曰："若耶儿女佳，采春兰岩洞。牵衣蘅皋旁，纤步入云梦。自惜容华妍，波光时相送。川路一何长，抚心生悼痛。女伴夜相邀，琐窗绣凤凰。"又为之歌曰："绵绵烟雨暗江城，黄莺紫燕共飞鸣。九迷香洞花纵横，蜀罗吴縠垂璜珩。修眉朱唇态盈盈，歌喉宛转调清浅。尔时相见不胜情，山岳可移情难更。岂知瞬眼别离生，杨柳门前任送迎。"

（《历代辞赋总汇》，湖南文艺出版社，2014年。标点有改动）

## 译文：

在西施故里若耶溪畔寻访美女，仿佛在朦胧的月光下看到了她的踪迹。聚集了江河山岳的秀色，自然形成无须人力；散发出宇宙中所有的美丽，无须擦拭。山中因埋藏的美玉散发出的光辉，难以表现其和谐润泽；清水中碧绿的荷花，有时足以接近其高雅脱俗的风韵。自喜种瓜得瓜种豆得豆都有因缘，怎会担忧征战归还没有自己的机会呢。红色的桥曲曲折折，绿色的阁楼萦回盘绕。亚字墙的旁边，黄莺在碧绿的柳树上鸣叫；银制钩子的窗帘下，燕子飞过镂空雕饰的窗口。章台街边鲜花迎接骏马的到来，玉做的马鞭名贵的马匹；梳妆盒上香气缭绕着银制的野鸭，明亮的镜子（镶有）彩色的珍珠。既抽出发簪叩响大门，又以枕靠的姿势解下佩玉。歌声与南楼的箫管类乐器一齐响起，灯火在西侧墙壁上蟾蜍状灯台上摇曳。用竹做的箭投向铜制酒壶（以决胜负），月圆之后梦醒；摆开锦绣的帷幕，刚开始眉目传情的就情意深厚。众多的美女，就像大庾岭的梅花一样灿烂鲜艳；数不清的银花，隐隐约约像绿色的桂花树般茂盛浓密。至于阳光照耀着凉亭，临水的阁楼边长满了香草。把兰苏之类的香草缝在衣服上作佩饰，把栀子花编织成同心结。坚固的墙壁银制的铺首（指门上衔环的兽形饰物），在饰有青色花纹的墙边倾吐无尽的情意；丝织的衣服圆形的扇子，在长满碧绿荷叶的池塘畔约定成为知音。麝香做的香佩散发出绵绵不断的香气，凤凰琴弹奏出清脆悠扬的声音。张开吐词华丽的嘴巴就像唐代才女薛涛的吟咏，动动真诚的心思直追晋代女诗人谢道韫的诗篇。既像鸿雁又像龙，既像美玉又像金。至于桂树在月宫中摇曳着散发香气，秋风给水边送来阵阵凉意。与万千条柳枝相伴的是人们离别的愁绪，几颗稀疏的星星让人们停下脚步。众多的美女，妆容映照在镜子的光芒之中；飘拂的乌黑秀美的头发，香气就像刚从仙界池水中洗浴过一样。计时的漏壶刚到下一个时辰，用银装饰的筝将弹未弹。斟满了美酒，高高点起红烛。用华美含情的语言表达感情，让人酒未醉而心已迷；将约会定在花开时节，让我像疯癫一样不可救药。设起绣有鸳鸯纹饰的帷帐，摆好乐器，红色的杜鹃花凋落，夜晚的时间所剩不多。又为何要伤感洛水之滨佩珠消失不见（指郑交甫事），蓝田这个地方缺少美玉呢！何况竹子苍翠茂盛，梅花花蕾朵朵绽放。老松枝干伸展于青云之上，古柏盘曲在清澈澄绿的水面上。生有六个花瓣的花朵，像层层烟雾。熏衣用的线香已存放多年，用桂香熏过的流苏色彩斑斓。玉质手镯似凝结着层层的晨寒，半透明的琉璃石中如凝聚了团团的晚霞。深夜都梦到了明月之下的同样情景，想念时半夜点起灯火等待天明。此时为她们歌道："若耶女子美，山洞之中采春兰。拉着衣襟经过香草遍地的沼泽旁，迈着小步走入云梦泽畔。自爱容貌美，眼波常顾盼。水路多么遥远，扪心痛心又伤感。女伴夜里互相邀约，织绣凤凰雕花窗前。"又为她们唱道："连绵细雨笼罩江边之城，黄莺紫燕边飞边鸣叫。青楼美女众多让人痴迷，名贵丝衣上美玉垂吊。长眉红唇仪态美好，歌喉动听曲调清妙。那时相见不能尽情，山岳可移感情变不了。怎知眨眼要离别，任人送别杨柳荫下门前道。

## 西子捧心赋
### 以西子捧心而愈媚为韵
（清）汤日新

有美人兮，领如蝤蛴，手如柔荑。进由勾践，媒适钟（疑为"种"）蠡。丰姿淑质，疢体香脐。倾国倾城，非生冀北；如花如玉，本出溪西。当其家居若耶水边，娇寄苧萝山里，采薪有忧，浣纱何喜？有自冰人见得，绝世风流；却教莲步端详，大家举止。托腮妩媚，干戈即在佳人；靧面娉娉，军务首推娘子。于是妖女呈妍，悟王得宠。眼转兮情浓，步摇兮肩耸。身若鞠躬尽瘁，百体轻盈；手如奉笏持肩，两拳合拱。扪心自问，双枝玉笋堪夸；掩袖人迷，一朵红云独捧。倘非因病，定是诲淫。第唱《采莲》之雅曲，歌《折柳》之新音。鸾舞腰间，莫夸独丽；燕飞掌上，何足同钦？论绝世之名娃，不在红唇粉颊；想当年之媚态，宛如冯膈推心。岂知祸如褒女，毒胜骊姬。苞桑掌握，家国操持。恐露乳以贻羞，应遮若此；非宿瘤之见丑，何掩如斯？鸳颈长交，谁弗心乎爱矣？蛾眉或变，畴能情不悽而？未几东海兴师，南邦莫主。十年生聚初完，伍子遗睛（应为"睛"）已怒。妾身焉托？安问心癏？君骨将消，可怜尘土。只见滕嫱妃嫔，越国赓歌；徒瞻蔓草荒烟，吴宫罢舞。是叹衰时盛时，荣辱何殊！方知越主吴王，兵机孰愈；迄今艳骨久销，香魂已坠。椒房莫遇秋波，柏寝难寻春睡。悲歌垓下，却同虞美之忱；痛绝马嵬，不是杨妃之志。然玉埋于五湖四海，千古兴思；珠藏于七院六宫，一人独媚。

（《历代辞赋总汇》，湖南文艺出版社，2014年。标点有改动）

**译文**：

有一位美人，脖子像天牛的幼虫一样细嫩洁白，手像初生的嫩芽一样细白柔美。由越王勾践进献，由文种和范蠡做媒。美好的姿容和美善的品质，身体轻快肚脐散发香味。有着倾国倾城的美貌，不是出生在冀州北部；面貌如花似玉，原来出生在若耶溪畔。当她家住若耶溪边，苧萝山里的时候，以砍柴为生，常有忧愁，以洗纱为生，哪有欢乐？自从媒人看见，觉得她有冠绝当世的仪态；再教她端庄安闲的步法，举止终像世家望族的闺秀。手托脸腮显得格外美丽可爱，武器就是佳人；洗过脸异常美貌，军事任务首推女子。这样美女表现出她的美艳，糊涂的吴王夫差得到了宠爱之人。眼睛顾盼情意深厚，佩戴的首饰一步一摇肩膀高高耸起。身体好像恭敬谨慎尽心尽力，身体的各个部位都很轻盈；双手好像捧着笏板双肩收敛，两只拳头合抱在一起。摸着胸口自己问自己，两双洁白的手就像玉做的竹笋值得夸赞；以袖掩面令人迷醉，就像捧着一朵红云。如果不是因为生病，一定就是在引诱人产生淫欲。只唱《采莲》这样典雅的曲调，歌《折柳》这样的新作的歌曲。（因为有她），所谓的腰肢像鸾鸟一样起舞，不要认为最美而夸耀；赵飞燕可以手掌上跳舞，怎么足以让人同样敬佩？衡量冠绝当世的美女，不在于鲜红的嘴唇和粉红的脸；想象当年美丽可爱的样子，好像要剖开胸腹把心给对方。怎知其祸害如同周幽王时的褒姒，恶毒胜过晋国骊姬。掌握着社稷的安危，操持着国家的权柄。怕露出乳房而蒙羞，应该像这样遮掩；若不是大瘤现出丑态，为什么要如此遮掩？鸳鸯的颈永远相交在一起，谁能不系心于爱情呢？美人有时善变，谁在情感上又能不伤心呢？不久东海之滨起兵，南国无主。（越王）十年间繁殖人口积聚物力的任务刚好完成，伍子胥挂在东门上的眼睛已经发怒。我托身在何处？哪里还管心里的苦？你（夫差）的骨头将化掉，化作尘土让人怜悯。只看得见妃嫔宫女，都加入越国歌曲的唱和；空见野草烟雾，吴国的宫殿已经歌舞不再。因此感叹衰落和极盛时，荣耀与耻辱是多么不同！才知越王和吴王，用兵的机谋谁更强；至今美人的骨头早已消失，美人之魂已经消散。宫室中再也遇不到秋波一样明澈的目光，柏树成荫的坟寝之上也难寻觅佳人春睡的美态。在垓下悲凉地歌唱，正与虞姬的忠诚相同；痛苦诀别于马嵬，不是杨玉环的心愿。但是美人埋骨五湖四海，让人千年追思；美人藏于深深的后宫之中，只有一人宠爱。

## 杨妃露乳赋
### 杨妃露乳以增妍为韵
（清）汤日新

忆夫玉环丽质，国色天香。端正楼中勤栉沐，《清平调》里想衣裳。离柘寝以迎风，娇姿嫋娜；浴荷池而出水，弱体轻狂。褪露鸡头，色胜井边之李；酒酣马乳，醉飘陌上之杨。尔其钮玉扣，着红衣。入紫禁，进黄扉。眉黛匀匀，凤髻已瞻秀削；肤脂浣洗，河豚曾比腴肥。敢吟滑润如酥，淫连倖嬖；却谓温柔可爱，妬煞梅妃。则见杏脸桃腮，柳腰莲步。浓巫山峡雨之情，具洛水神仙之度。椒房绣幪，拳的薏以双垂；鸾镜瑶台，弄蒪苴而四顾。玉姿花貌，蔚映云霞；蓉面蛾眉，恩沾雨露。宠冠千官，乐教一部。金屋藏娇，玉楼歌舞。胸怀月满，宜吟杜牧诗词；色绝风流，应奏青莲乐府。想容颜之孰若，雪藕冰桃；拟馥郁以何如？兰心笋乳。媚胜骊姬，德惭太姒。乐霓裳羽扇之中，安珠箔银屏之里。未几劳巡千乘，郁郁而忧；始知怨愤六军，行行旦止。除淫斩佞，军民咸曰宜然；埋玉堕珠，天子难言不以。于是名花萎弃，美玉夷陵。痛连枝于莫救，愿比翼以何能？春雨兮潇潇，倚阑独怅；秋风兮飒飒，拂槛添憎。可怜唐帝相思，幽忱曷已？却愧洗儿只识，罪愈频增。自从破镜分钿，入地升天。马嵬再住，鸳帐安眠？只缘艳骨关中，紫茵莫觅；不及明妃塞外，青塚犹传。蜀水长流，莫挽神魂入梦；栈云一片，徒留草木争妍。

（《历代辞赋总汇》，湖南文艺出版社，2014年。标点有改动）

**译文**：

回忆起杨玉环美丽的容颜，自然天成美艳无比。在华清宫的端正楼中勤梳洗，听到《清平调》就想起她的云霓般的衣裳。离开帝王所居的柏寝台时迎风而行，美好的姿态柔美修长；在荷花池中洗浴露出水面，柔弱的体态轻佻狂放。傅擦花露时衣袖褪露显出酥胸博得玄宗"温软好似鸡头肉"的赞誉，颜色胜过水井边的李子；用马乳酿的酒喝得很尽兴，醉酒后就像路边的杨柳随风飘舞。至于系着玉制的纽扣，穿着红色的衣服。进入禁城皇宫，走进宫殿大门。眉毛画得很匀净，凤凰形的发髻看上去高高耸立；洗净油脂，肥胖滑腻可以与河豚相比。敢于吟出"滑腻还如塞上酥"的句子，和过度宠爱狎昵之人淫乱；（玄宗）却说她温柔可爱，让梅妃嫉妒得要死。就见脸颊粉红如杏似桃，柳树般柔软的腰肢美好的步态。比巫山峡谷里的云雨之情还要浓，具有洛水女神的仪态和风度。豪华的后宫华丽的帷幕中，（乳房）就像白色的薏米双双垂吊；妆台上梳妆镜里，（脸庞）就像摇动的荷花而四下顾盼。如玉如花的姿容外貌，比云彩霞光还要美丽；荷花般的脸庞弯弯的眉毛，蒙受着君王的恩泽。与众多的官员相比最受宠爱，一部《霓裳羽衣曲》只传授给（她）。在奢华的宫殿中珍藏着美女，在华丽的楼台之上唱歌起舞。胸怀满月之志，应该吟诵杜牧的诗词；仪态冠绝当时，应该奏唱青莲居士李白的乐府（指《清平调》）。料想容貌谁比得上，白嫩莲藕和晶莹的桃子；香气又像什么呢？如兰花的蕊如竹笋的汁。可爱胜过晋献公的妃子骊姬，德行比不上周文王的妃子太姒。在云彩般的衣裳和羽毛制成的扇子中享受快乐，在珍珠做的帘子和镶银的屏风里享受安宁。很快就动用众多巡游的车马（西逃），令人非常忧伤；才知禁军多有积怨愤恨，走走停停有一天就停了下来。除去淫乱之人斩杀奸佞之人，军民都说应该如此；埋葬美玉丢弃珍珠，天子难说不按照这样来做。之后名花枯萎死亡，美玉损毁。不能相救恩爱之人让人伤心，希望化作并肩飞行的鸟儿又怎能实现？春雨急骤，靠着栏杆独自忧伤，秋风呼呼作响，吹过栏杆平添几分怨恨。值得怜悯的是唐玄宗苦苦相思，心里的真情何时才能消散？才惭愧地认识到贵妃洗儿只是片面的看法，导致其罪行不断增加。自从诀别之后，上天入地到处寻找。再次停歇在马嵬驿，在绣有鸳鸯的帷帐中怎能安眠？只因为贵妃埋骨关中，裹尸的紫茵早已找不见；不如王昭君远嫁塞外胡地，她的坟墓仍以青冢的名字在流传。蜀地江水永远在流淌，也不能把贵妃的灵魂挽回；高高的栈道上一片云彩，只留下草木竞相逞美。

### 丽人赋

（清）刘孚京

孝武皇帝置酒于明光之宫，黄门名倡，掖庭丽人，靡曼媄（应为"娱"）冶，咸在下陈。饮酣使美人舞，上自歌曰："庭肜朱兮绮罗张，裾宽延兮红翠飐。长离挾兮神螭翔，美人娟兮舒清扬，欢若流波兮方未央。"幸姬李夫人起而和曰："备椒帷兮植兰堂，承嘉惠兮奏重觞。千龄兮万寿，蕃华袭兮弥章。"上大欢乐之。于是司马相如奏赋曰："崇台丽馆，罗姬姜兮。有美一人，嫥以庄兮。清眕睇视，蛾眉扬兮。皤酾巧笑，权准当兮。朱唇皓齿，修颈亢兮。元发冀冀，稠以长兮。靡颜腻理，素腕攘兮。纤腰纱婧，杂裻颭兮。纷（应为"粉"）白黛黑，遗芬芳兮。罗纨雾縠，申以元黄兮。珊瑚木难，垂明珰兮。纤纤细步，丝履双兮。孔雀翡翠，飞鸾皇兮。忽若远逝，跂而未翔兮。回视微眄，荧以煌兮。神光晔晔，曜殿堂兮。千态万状，不可详兮。于皇乐胥，宜泰皇兮。"上乃召东方朔而问曰："此可以为美乎？"朔对曰："夫众女群妾，佩茝若，盛文章。便嬛綷縩，渥饰靓妆。流姚（应为"眺"）冶笑，媚于君王。臣实鄙人，不知其臧。以臣之陋，耳目之所接者，是殆未足以颉颃也。"上曰："如何？"对曰："臣尝东入临淄，观于稷下，北之乎燕，造碣石之宫，登郭隗之台，此皆异时术士之所游处也。复而至于鲁，睹一异人，状貌甚臒。带鹿卢之长铗，冠委蕤之飞羽。褒衣博带，曲裾垂组。颜如渥丹，硕大俣俣。中衢而歌，发声中吕。臣窃异之，造而与语。上超黄虞，下轶汤武。悲时俗之迫隘，方高驰而不顾。陈《卷阿》以要之，若将答而未许。盖以文彩为芳泽，仁义为被履。览德而嫁，失道斯处。纳忠效节，以嫭人主。故足美矣。若夫先施毛嫱阳文子都之徒，列侍曲房，递代进御，媒淫盅惑，阚茸嫉妒，非君子之攸取也。"乃献歌曰："翠盖建兮广乐张，奏阴康兮愉圣皇。念商乐兮怀四方，开贤选圣兮登明堂。青琴宓妃兮何敢当，于胥乐兮眉寿长。"武帝大说，乃罢饮。

（《历代辞赋总汇》，湖南文艺出版社，2014年）

### 译文：

汉武帝在明光宫摆下酒席，宫中知名的倡优，住在侧宫中的美女，纤弱美丽，都立侍于堂下。酒喝得痛快让美人起舞，皇上自己唱道："在朱红的院子里架设起华美的帷帐，裙裾弯延啊红色绿色的衣袖一起飞扬。好像凤鸟展翅神龙翱翔，美人秀丽啊目光神采非凡，欢乐没有止境就像流水一样。"受宠的李夫人站起来跟着唱道："准备好熏香的帷帐建起华美的厅堂，蒙受君恩再次把酒敬上。千年啊万年，青春永续啊更有容光。"皇上为此非常高兴。此时司马相如献赋道："高高的台阁华丽的宫馆，美丽的姬妾排成行。有一个美人，既美丽又端庄。清亮的眸子含情而视，弯弯的眉毛很漂亮。微微一笑酒窝呈露，颧骨不高不低好恰当。红红的嘴唇洁白的牙齿，长长的脖子高高扬。乌黑的头发浓又密，浓密的头发长又长。容颜姣妍肌肤细腻，捋起袖子手腕洁白有光。腰肢纤细又苗条，缤纷的衣襟在飘扬。粉白面庞黑黑的眉毛，飘散着阵阵芳香。丝织的衣服如雾薄，彩色的织物展辉煌。珊瑚与碧色的宝珠，做成耳坠闪闪发光。迈着精巧的碎步，脚下丝织的鞋子成双。装饰着孔雀与翠鸟的羽毛，飞动好像神鸟鸾与凰。突然好像要远飞，踮起脚尖将翱翔。回头微微一瞥，光辉灿烂把人眼目晃。神奇的光彩很明亮，辉映四周照亮殿堂。姿态与形貌万万千，不能一一详细讲。多么喜乐啊，真的适合我们的皇上。"皇上于是召来东方朔问道："这样能算得上美吗？"东方朔回答说："众多的美女成群的姬妾，佩戴着白芷和杜若，穿着色彩斑斓的盛装。轻巧柔媚而婉约，天生美貌打扮又漂亮。眼睛顾盼传情妖媚地笑，竞相献媚讨好皇上。我实在是个粗野的人，不知这样的善与良。以我浅陋的见识，耳闻目睹的，这大概不足以与其高下相当。"皇上说："是怎样的呢？"回答说："我曾经向东进入临淄，在稷下观览，向北到达燕地，造访了碣石宫，登上了郭隗的黄金台，这些地方都是那时术士游览和居处的地方。又到达鲁地，看见一个奇怪的人，外表面貌很粗壮。佩带着名为鹿卢的长剑，柔软的羽毛戴头上。身穿宽大的衣服和衣带，弧形的衣襟丝带垂在下方。脸色红润如朱砂，真是魁梧又强壮。站在大路上把歌唱，歌声能把吕声配得上。我暗自觉得他很奇怪，过去与他把话讲。（他）往前超过黄帝和虞舜的时代，往后经过了商汤和周武王。悲伤于世俗的狭小，将奔向高远之地不回望。（我）陈说《诗经》《卷阿》篇邀请他，（他）好像要回答但还没有开腔。（他）大概是把文辞当作润发的香油，把仁义当作被子和鞋一样。看到有德之人就投入门下，遇到失道之主就退守此方。忠诚和气节一起献出，效命于主上。所以美善值得赞扬。西施、毛嫱、阳文、子都这些人，排列立侍在密室之中，依次轮换为君王所御幸，轻狂放浪迷人心意，品格卑鄙嫉妒生事，不是有德君子所愿意接受的。"于是献歌道："饰有翠鸟羽毛的车盖树立起来，盛大的音乐奏起来，演奏阴康氏之乐以娱乐圣明的皇上。怀念商乐心怀四方，选拔贤能与圣哲登明堂。女神青琴与宓妃怎能相当，快乐啊快乐寿命长。"武帝非常高兴，于是停止宴饮。

## 江姝赋
### （清）王维翰

尔乃花朝之节，扑蝶之天。樱桃解笑，扬柳如眠。囷二分兮春色，翦双燕兮新年。乃曳沙棠之楫，荡画鹢之船。驾言出游，泛于江干。是日也，波静峰环，斜阳未残。镜天乍合，云影平涵。芳草怀人之浦，春光斗鸭之栏，征帆无恙，行游欲还。若有歌者，出乎其间。歌曰："春花多易落，春色恼人肠。何如小荷叶，能覆双鸳鸯。"又歌曰："君家沧江东，妾住邻相接。日日横塘间，相逢不相识。"歌声未毕，水天忽碧。睇而视之，煜若有光。见一丽人，在水之旁。衣裳缟素，花麝芬芳。饰之以翠羽，缀之以明珰。长袖倚槛，纨扇自扬。其状也，双眸翦水，屑晕凝脂。春山澹澹，凤鬟合时。玉仪挺粹，瑰容生姿。忽体态之婉（应为"婗"）娩，若汉滨之逢游女。旋神彩之迷离，疑洛水之见宓妃。羌亭亭而玉立，若神人之来姑射。想飘忽而无踪，又如李夫人之在帐中。恍惚离合，不可方物。彼姝者谁，何如此之殊也？乃为相和之歌曰："横桂櫂兮泛兰江，彼美人兮水一方。吁嗟一苇兮不可航。"于是徘徊容与，久而莫迹。第见两岸鸦声，一江月色。归路微茫，怆焉欲绝。

（《历代辞赋总汇》，湖南文艺出版社，2014年。标点有改动）

### 译文：

花朝节的时候，（是）捕捉蝴蝶的天气。樱桃好像在笑一样，杨柳似乎在沉睡。把二分春色牢牢困住，双燕齐飞燕尾如剪刀，新的一年已来到。于是拖着沙棠木做成的船桨，划着船头画着鸟形的船。驾着车子外出游玩，在江边泛舟。这天呢，水波平静山峰环绕，西斜的太阳还没落下。天空与水面的倒影正好合为一体，云彩的全景沉潜在平静的水面之下。在长满芳草让人思念远行之人的岸边，在春光无限进行斗鸭游戏的围栏边。远行的船儿平平安安，出游结束即将回家。好像有唱歌的人，在其间出没。歌道："春天的花儿大多易凋谢，春天的光景让人心意苦。怎能比上小小的荷叶，还能把双双鸳鸯都遮覆。"又唱道："你家住在沧江之东,我住在旁边挨着你。天天都在水塘边,见面也是不相识。"歌声未落,水与天忽然变成碧绿色。斜眼看去,好像出现明亮的光线。只见一个位美人,就在水边。穿着洁白的衣裳,散发着鲜花与麝香的芬芳气味。头上装饰着翠鸟的羽毛,耳朵上挂着美玉的耳坠。长长的衣袖倚垂在栏杆上,丝织的扇子好像自己在扇动。她的外貌啊,双眸就像一汪清澈的水,双颊的光泽就像凝结的油脂一样。眉毛就像春色点染出的恬静山容,美丽的头发梳理得合于时尚。美好的仪容展现出纯正,美丽的外貌表现出极好的风度。忽然间其体态闲静美丽,像在汉水之滨遇到了游玩的神女。很快其神气风采模糊不清,好像是在洛水之上见到了宓妃。秀气地挺立姿态优美,好像姑射山上的神仙人物。想到其行踪令人捉摸不定一会儿又消失不见,又像当年李夫人死后出现在汉武帝陈设的帷帐之中。模模糊糊动荡不定,让人无法把她的形貌描述出来。那位美女是谁,为什么如此不同呢?于是唱起相和的歌道:"划着桂木做成的船桨在兰江之上泛舟,那位美女啊就在江对岸。可叹小船渡难渡江。"因此徘徊犹豫,很长时间都不能寻到她。只听见两岸乌鸦的叫声,满江的水映着月亮的光色。回家的路幽暗不清,悲伤的情绪强烈异常。

# 参考文献

1. 程俊英:《诗经译注》,上海:上海古籍出版社,1985年。
2. (南朝宋)范晔:《后汉书》,北京:中华书局,1965年。
3. (元)王实甫著,王季思校注:《西厢记》,上海:上海古籍出版社,1978年。
4. (清)永瑢等撰:《四库全书总目》,北京:中华书局,1965年。
5. 郭沫若:《屈原赋今译》,北京:人民文学出版社,1981年。
6. (宋)洪兴祖:《楚辞补注》,《景印文渊阁四库全书》,台北:台湾商务印书馆,1986年。
7. 陈广忠著:《淮南子斠诠》,合肥:黄山书社,2008年。
8. (明)汪瑗撰,董洪利点校:《楚辞集解》,北京:北京古籍出版社,1994年。
9. 马茂元选注:《楚辞选》,北京:人民文学出版社,1998年。
10. 周啸天主编:《诗骚观止》,西安:陕西人民教育出版社,1998年。
11. 杨天宇:《礼记译注》,上海:上海古籍出版社,2004年。
12. (汉)蔡邕撰:《蔡中郎集》,《景印文渊阁四库全书》,台北:台湾商务印书馆,1986年。
13. 崔记维校点:《周礼》,沈阳:辽宁教育出版社,2000年。
14. 王云五主编,李宗侗注译,叶庆炳校订:《春秋左传今注今译》,北京:新世界出版社,2012年。
15. 陈登原:《国史旧闻》,北京:中华书局,2000年。
16. 屈进、胡建华译注:《战国策》(第二版),广州:广州出版社,2004年。
17. 王先慎撰:《韩非子集解》,北京:中华书局,2013年。
18. (清)严可均:《全上古三代秦汉三国六朝文》,石家庄:河北教育出版社，1997年。

19.（晋）习凿齿撰，黄惠贤校补：《校补襄阳耆旧记》，郑州：中州古籍出版社，1987年。

20.（汉）司马迁撰：《史记》，北京：中华书局，1959年。

21.（汉）班固撰：《汉书》，北京：中华书局，1962年。

22.（汉）刘歆等撰，吕壮译注：《西京杂记译注》，上海：上海三联书店，2013年。

23.（宋）朱熹：《诗经集注》，上海：世界书局，1943年。

24.（宋）朱熹撰：《四书章句集注》，北京：中华书局，2011年。

25.（宋）张栻撰：《张栻集》，长沙：岳麓书社，2010年。

26.（三国魏）何晏集解，（南朝梁）皇侃义疏：《论语集解义疏》，《丛书集成》第四册，上海：商务印书馆，1937年。

27. 黄晖校释：《论衡校释》，北京：中华书局，1990年。

28.（汉）刘歆撰，（晋）葛洪辑：《西京杂记》，《景印文渊阁四库全书》，台北：台湾商务印书馆，1986年。

29.（唐）孔颖达撰，《周易正义》，北京：九州出版社，2004年。

30.（宋）苏辙《苏氏诗集传》，《景印文渊阁四库全书》，台北：台湾商务印书馆，1986年。

31. 曾振宇、傅永聚注：《春秋繁露新注》，北京：商务印书馆，2010年。

32. 李守奎等译：《扬子法言译注》，哈尔滨：黑龙江人民出版社，2003年。

33. 张震泽：《扬雄集校注》，上海：上海古籍出版社，1993年。

34. 李守奎等译：《扬子法言译注》，哈尔滨：黑龙江人民出版社，2003年。

35. 孙福轩：《中国古体赋学史论》，杭州：浙江大学出版社，2013年。

36. 逯钦立：《先秦汉魏晋南北朝诗》，北京：中华书局，1983年。

37. 程树德撰，程俊英、蒋见云点校：《论语集释》，北京：中华书局，2013年。

38. 徐志啸：《历代赋论辑要》，上海：复旦大学出版社，1991年。

39. 陈立：《白虎通疏证》，北京：中华书局，1994年。

40. 瞿同祖：《瞿同祖法学论著集》，北京：中国政法大学出版社，1998年。

41. 李均明著：《秦汉简牍文书分类辑解》，北京：文物出版社，2009年。

42. （南朝梁）沈约撰：《宋书》，北京：中华书局，1974年。

43. （清）严可均：《全梁文》，北京：商务印书馆，1999年。

44. （梁）萧统编，（唐）李善注：《文选》，长沙：岳麓书社，1995年。

45. 逯钦立校注：《陶渊明集》，北京：中华书局，1979年。

46. 袁行霈：《陶渊明集笺注》，北京：中华书局，2003年。

47. 王瑶编注：《陶渊明集》，北京：人民文学出版社，1956年。

48. 龚斌校笺：《陶渊明集校笺》，上海：上海古籍出版社，1996年版。

49. 杨勇：《陶渊明集校笺》，上海：上海古籍出版社，2007年版。

50. （汉）刘向著：《列女传》，北京：中国文史出版社，1999年。

51. （晋）陶潜撰，（明）张自烈辑：《笺注陶渊明集》，景印涵芬楼《四部丛刊》（初编），上海：上海商务印书馆，1922年。

52. （晋）陶潜撰，（清）邱嘉穗笺：《东山草堂陶诗笺》，《四库全书存目丛书》，济南：齐鲁书社，1997年。

53. 北京大学中文系编：《古典文学研究资料汇编陶渊明卷》，北京：中华书局，1961年。

54. 叶嘉莹著：《叶嘉莹说陶渊明饮酒及拟古诗》，北京：中华书局，2007年。

55. （宋）苏轼撰，《东坡志林》，《景印文渊阁四库全书》，台北：台湾商务印书馆，1986年。

56. 钱锺书著：《管锥编》，北京：生活·读书·新知三联书店，2007年。

57. （明）杨慎撰，王仲镛笺证：《升庵诗话笺证》，上海：上海古籍出版社，1987年。

58. （清）方东树撰：《昭昧詹言续》，见《续修四库全书》，上海：上海古籍出版社，2002年。

59. 徐公持著：《魏晋文学史》，北京：人民文学出版社，2006年。

60. 孙钧锡：《陶渊明集校注》，郑州：中州古籍出版社，1986年。

61. 杜景华：《陶渊明传》，天津：百花文艺出版社，2005年。

62. 潘水根：《陶渊明小传》，广州：广东旅游出版社，2002年。

63. 郭绍虞主编，中华书局上海编辑所编辑：《中国历代文论选》，北京：中华书局，1962年。

64. 张春林编：《苏轼全集》，北京：中国文史出版社，1999年。

65. 曹础基著：《庄子浅注》（修订重排本），北京：中华书局，2007年。

66. （宋）郭茂倩编撰，聂世美、仓阳卿校点：《乐府诗集》，上海：上海古籍出版社，1998年。

67. 杨伯峻撰：《列子集释》，北京：中华书局，1979年。

68. 余冠英选注：《汉魏六朝诗选》，北京：中华书局，2012年。

69. 费振刚、胡双宝、宗明华辑校：《全汉赋》，北京：北京大学出版社，1993年。

70. 中国文史出版社编：《二十五史》，北京：中国文史出版社，2003年。

71. 王世舜译注：《尚书译注》，成都：四川人民出版社，1982年。

72. 陈贻焮主编：《增订注释全唐诗》，北京：文化艺术出版社，2001年。

73. （明）徐伯龄撰：《蟫精隽》，《景印文渊阁四库全书》，台北：台湾商务印书馆，1986年。

74. （宋）欧阳修撰：《欧阳文忠公文集近体乐府》，景印涵芬楼《四部丛刊》（初编），上海：上海商务印书馆，1922年。

75. （宋）谢采伯撰：《密斋笔记》，《景印文渊阁四库全书》，台北：台湾商务印书馆，1986年。

76. （宋）释惠洪撰，释觉慈编：《石门文字禅》，《景印文渊阁四库全书》，台北：台湾商务印书馆，1986年。

77. （宋）刘克庄撰：《后村集》，《景印文渊阁四库全书》，台北：台湾商务印书馆，1986年。

78. 中华书局编辑部点校：《全唐诗》（增订本），北京：中华书局，1999年。

79. （宋）俞文豹撰：《吹剑录外集》，《景印文渊阁四库全书》，台北：台湾商务印书馆，1986年。

80. （宋）王应麟撰：《困学纪闻》，景印涵芬楼《四部丛刊》（初编），上海：上海商务印书馆，1922年。

81.（宋）王观国撰:《学林》,《景印文渊阁四库全书》,台北：台湾商务印书馆, 1986 年。

82.（宋）高似孙撰:《纬略》,《景印文渊阁四库全书》,台北：台湾商务印书馆, 1986 年。

83.（宋）洪迈撰:《容斋三笔》,《景印文渊阁四库全书》,台北：台湾商务印书馆, 1986 年。

84.（宋）姚宽撰:《西溪丛语》,《景印文渊阁四库全书》,台北：台湾商务印书馆, 1986 年。

85.（宋）向子諲撰:《酒边词》,《景印文渊阁四库全书》,台北：台湾商务印书馆, 1986 年。

86.（宋）曾慥辑:《类说》,《景印文渊阁四库全书》,台北：台湾商务印书馆, 1986 年。

87.（宋）洪迈编:《万首唐人绝句》,《景印文渊阁四库全书》,台北：台湾商务印书馆, 1986 年。

88.（元）脱脱等撰:《宋史》,北京：中华书局, 1986 年。

89.（宋）周紫芝撰:《竹坡诗话》,《景印文渊阁四库全书》,台北：台湾商务印书馆, 1986 年。

90.（元）李冶撰:《敬斋古今黈》,《景印文渊阁四库全书》,台北：台湾商务印书馆, 1986 年。

91.（元）王恽撰:《秋涧先生大全文集》,景印涵芬楼《四部丛刊》（初编）,上海：上海商务印书馆, 1922 年。

92.（金）元好问编:《中州集》,《景印文渊阁四库全书》,台北：台湾商务印书馆, 1986 年。

93.（明）郭子章撰:《豫章诗话》,《丛书集成续编》,上海：上海书店出版社, 1994 年。

94.（明）陶宗仪编:《说郛》,《景印文渊阁四库全书》,台北：台湾商务印书馆, 1986 年。

95.（明）王世贞撰:《弇州四部稿》,《景印文渊阁四库全书》,台北：台湾商务印书馆, 1986 年。

96.（明）陆容撰:《菽园杂记》,《景印文渊阁四库全书》,台北：台湾商务印书馆, 1986 年。

97.（明）叶盛撰:《水东日记》,《景印文渊阁四库全书》,台北：台湾商务印书馆，1986年。

98.（清）陈启源撰:《毛诗稽古编》,《景印文渊阁四库全书》,台北：台湾商务印书馆，1986年。

99.（清）毛先舒撰:《诗辩坻》,《四库全书存目丛书补编》,济南：齐鲁书社，2001年。

100.（清）厉谔撰:《樊榭山房集续集》,景印涵芬楼《四部丛刊》（初编），上海：上海商务印书馆，1922年。

101.（唐）李白撰，清·王琦注：《李太白集注》,《景印文渊阁四库全书》,台北：台湾商务印书馆，1986年。

102.（清）何文焕撰:《历代诗话》,北京：中华书局，1981年。

103.（清）田雯撰:《古欢堂集》,《景印文渊阁四库全书》,台北：台湾商务印书馆，1986年。

104.（清）方东树撰:《昭昧詹言续》,《续修四库全书》,上海：上海古籍出版社，2002年。

105.（清）邱炜菱撰:《五百石洞天挥麈》,《续修四库全书》,上海：上海古籍出版社，2002年。

106. 鲁迅：《鲁迅全集》,北京：人民文学出版社，2005年。

107. 郑振铎著:《郑振铎中国文学史》,长春：吉林人民出版社，2013年。

108.（明）张溥辑:《汉魏六朝百三家集》,《景印文渊阁四库全书》,台北：台湾商务印书馆，1986年。

109.（南朝梁）沈约撰：陈庆元校笺：《沈约集校笺》,上海：上海古籍出版社，1995年。

110.（五代）王仁裕撰:《开元天宝遗事》,《景印文渊阁四库全书》,台北：台湾商务印书馆，1986年。

111.（唐）孟棨撰:《本事诗》,《景印文渊阁四库全书》,台北：台湾商务印书馆，1986年。

112.〔荷兰〕高佩罗：《秘戏图考》,广州：广东人民出版社，2005年。

113.（宋）龚明之撰:《中吴纪闻》,《景印文渊阁四库全书》,台北：台湾商务印书馆，1986年。

114.（宋）洪迈撰，何卓点校：《夷坚志》，北京：中华书局，1981 年。
115.（清）陈元龙编：《历代赋汇》，南京：凤凰出版社，2004 年。
116. 杨伯峻编著：《春秋左传注》，北京：中华书局，1990 年。
117. 张燕婴译注：《论语》，北京：中华书局，2006 年。
118. 郭丹主编：《先秦两汉文论全编》，上海：上海远东出版社，2012 年。
119. 徐志春编著：《诗经译评》，北京：外语教学与研究出版社，2010 年。
120. 严可均编纂：《全上古三代秦汉三国六朝文》，北京：商务印书馆，1999 年。
121. 龚克昌等主编：《全三国赋评注》，济南：齐鲁书社，2013 年。
122.《全唐文》，北京：中华书局，1983 年。
123.（唐）司空图：《司空表圣文集》，《景印文渊阁四库全书》，台北：台湾商务印书馆，1986 年。
124.《全宋文》，上海：上海辞书出版社，合肥：安徽教育出版社，2006 年。
125.（明）黄宗羲编：《明文海》，北京：中华书局影印，1987 年。
126. 马积高主编：《历代辞赋总汇》，长沙：湖南文艺出版社，2014 年。
127.（元）杨维桢撰，（元）章琬编：《复古诗集》，《景印文渊阁四库全书》，台北：台湾商务印书馆，1986 年。
128.（明）丘濬撰，（明）丘尔谷编：《重编琼台稿》，《景印文渊阁四库全书》，台北：台湾商务印书馆，1986 年。
129.（元）王沂撰：《伊滨集》，《景印文渊阁四库全书》，台北：台湾商务印书馆，1986 年。
130.（元）唐元撰：《筠轩集》，《景印文渊阁四库全书》，台北：台湾商务印书馆，1986 年。
131.（宋）洪迈编：《万首唐人绝句》，《景印文渊阁四库全书》，台北：台湾商务印书馆，1986 年。
132.（清）吴雯撰：《莲洋诗钞》，《景印文渊阁四库全书》，台北：台湾商务印书馆，1986 年。
133.（清）毛奇龄撰：《西河集》，《景印文渊阁四库全书》，台北：台湾商务印书馆，1986年。

134.〔德〕卡尔·雅斯贝尔斯:《大哲学家》，北京：社会科学文献出版社，2012年。

135.林语堂:《人生的盛宴》，南京：江苏文艺出版社，2009年。

136.（宋）黎靖德编:《朱子语类》，《景印文渊阁四库全书》，台北：台湾商务印书馆，1986年。

137.（宋）朱熹撰:《晦庵集》，《景印文渊阁四库全书》，台北：台湾商务印书馆，1986年。

138.（宋）叶廷珪撰，李之亮校点:《海录碎事》，北京：中华书局，2002年。

139.徐珂编撰:《清稗类钞》，北京：中华书局，1986年。

140.魏同贤主编:《冯梦龙全集》，南京：凤凰出版社，2007年。

141.袁梅译注:《宋玉辞赋今读》，济南：齐鲁书社，1986年。

142.《现代语文》，2007年第9期。

143.《文汇报·文汇学人》，2015年12月18日。

144.《九江师专学报》（哲学社会科学版），1986年第3期、1987年第3期、1999年第4期。

145.《北京大学学报》（哲学社会科学版），1992年第5期。

146.《贵州社会科学》，2006年第6期。

147.《名作欣赏》，1984年第2期。

148.《邯郸学院学报》，2008年第2期。

149.《文艺评论》，2012年第6期。

150.《山东文学》，2010年第2期。

151.《滁州学院学报》，2005年第3期。

152.《北京工业大学学报》（社会科学版），2002年第1期。

153.《郑州航空工业管理学院学报》（社会科学版），2007年第4期。

154.《暨南学报》（哲学社会科学版），1986第2期。

155.《文献》，1986年第3期。

156.《湖南大学学报》（社会科学版），2011年第1期。

157.《邯郸师专学报》，2003年第4期。

158.《文汇报》，2015年12月18日。

# 后 记

  本书从开始酝酿到完稿经历了好几年时间，其间因为各种事务，撰写工作时断时续。本书的写作缘起是应我的导师龚克昌先生的邀约，为晋代的部分辞赋作注释，其中就包括《闲情赋》。在注释的过程中，对《闲情赋》有了更深入的了解，对后人对《闲情赋》众说纷纭的评价产生了兴趣。其时，恰好要去新加坡参加国际辞赋论坛，于是大致搜罗了一下清代以前人们对《闲情赋》的评价，梳理成一篇小文，在会议上进行了宣读，引起了与会者较大的兴趣。此后，就萌生了一个想法，想把这篇文章扩充成一本小册子。于是在原来文章框架的基础上增加了《闲情赋》源流及《闲情赋》探析两个部分，形成了全书上篇、中篇和下篇的格局，也形成了全书以《闲情赋》及女性审美赋为主线的结构。同时，由于与《闲情赋》题材类似的赋作数量不多，为了方便读者翻检，一并按时代附于各篇之后，并做了必要的翻译。

  限于手头资料和笔者精力，本书中肯定存在资料搜集不够全面，论述不尽恰切之处，恳请广大读者和专家予以指正。

  在本书撰写和出版过程中，得到商务印书馆苑容宏先生的大力支持，得到深圳职业技术学院学术著作出版基金部分资助，也得到我所执教的人文学院的支持，在此深表感谢。

武怀军

2016 年 11 月于深圳